Rolf Düfelmeyer

Sonnenuntergang

Frank Sc

CW Niemeyer N

Der Roman spielt hauptsächlich in allseits bekannten Stätten von Ostwestfalen, doch bleiben die Geschehnisse reine Fiktion. Sämtliche Handlungen und Charaktere sind frei erfunden.

Über den Autor

Rolf Düfelmeyer, geboren 1953 in Herford, lange Jahre als evangelischer Pfarrer und Religionslehrer in Werther und Lübbecke tätig, legt nach „Septemberwut" nun mit „Sonnenuntergang" seinen zweiten Krimi vor. Er lebt mit seiner Frau, einer gebürtigen Bielefelderin, in Werther bei Bielefeld. Sie haben zwei erwachsene Söhne. Zusammen mit dem älteren und Ihrer Schwiegertochter freuen sie sich über eine Enkeltochter.

Mehr über Rolf Düfelmeyer erfahren Sie auf:
www.rolf-duefelmeyer.de

Rolf Düfelmeyer
Sonnenuntergang

Im Verlag CW Niemeyer ist bereits
sein Buch „Septemberwut“ erschienen.

Bibliografische Information der Deutschen Nationalbibliothek
Die Deutsche Nationalbibliothek verzeichnet diese Publikation in der Deutschen Nationalbibliografie; detaillierte bibliografische Daten sind im Internet abrufbar über http://dnb.ddb.de

www.niemeyer-buch.de

Der Umschlag verwendet ein Motiv von shutterstock.com
Druck und Bindung: AALEXX Buchproduktion GmbH, Großburgwedel
Printed in Germany
ISBN 978-3-8271-9563-0

Kapitel 1

April 2010 – Langeoog

Über der Nordsee zogen schon wieder dunkle Regenwolken auf. Eben noch hatte die Sonne ein blaues Loch genutzt, um zu zeigen, dass sie im April durchaus kraftvoll scheinen kann, da drohte von Nordwesten her neues Unheil. Am Strand sah man nur wenige Unentwegte, obwohl sich über die Ostertage bereits viele Gäste auf Langeoog aufhielten, um die freie Zeit für einen kleinen Urlaub zu nutzen. Die heftigen Regengüsse, die fast halbstündlich auf die Insel niedergingen, vertrieben die meisten Strandwanderer bald wieder, zumal die Güsse stets von heftigen Sturmböen begleitet wurden, die den Gedanken an einen Regenschirm bereits im Keim erstickten.

Sylvie und Thomas waren deshalb fast die einzigen Strandwanderer, die, von Kopf bis Fuß in regenfeste Kleidung gehüllt, am Flutsaum entlang Richtung Osten marschierten. Sie liebten die Nordsee und die Inseln und besonders Langeoog. Das Wetter spielte dabei kaum eine Rolle. Sie freuten sich, wenn es sommerlich war, aber sie konnten sich auch begeistern, wenn sich, wie heute, Sonne, Wind und Regen in stetem Wechsel befanden. Wenn der Himmel sich über dem Meer verdunkelte, die Gischt aber gerade deshalb besonders weiß leuchtete, oder wenn nach der Schauerwolke draußen über dem Wasser die ersten Sonnenstrahlen das Meer aufblitzen ließen. Sie konnten von diesem Schauspiel gar nicht genug bekommen und deswegen erfreuten sie sich auch an Tagen wie diesem draußen am Strand. Und bei Flut, wie im Augenblick, war das Ganze noch imposanter und beeindruckender.

Endlich jedoch, nach zweistündiger Wanderung, beschlossen Sylvie und Thomas den nächsten Dünenüberweg zu nutzen, um den Rückweg zum Inseldorf anzutreten. Auf der anderen Seite hinter den Randdünen musste jetzt ungefähr das Ende des Pirolatales erreicht sein, und schon sahen sie vom Strand aus das rote Wegzeichen, das den schmalen Dünenübergang kennzeichnete, der sie auf der anderen Seite in das berühmte Dünental führte.

Ein neuer Regenguss ging prasselnd auf sie nieder, aber sie sahen sich mit strahlendem Lächeln unter den tropfenden Kapuzen an, griffen ihre Hände und liefen Richtung Randdünen über den Strand. Sie waren glücklich und zufrieden, dass sie auf ihrer Insel sein konnten, und noch glücklicher, dass sie einander hatten.

Schon hatten sie den Fuß der Dünen erreicht und mussten die Hand des anderen loslassen, denn der Übergang war schmal und steil, sodass sie sich anstrengen mussten, um im tiefen Sand vorwärtszukommen. Oben angelangt, drehten sie sich um, den wunderbaren Blick über Strand und Wasser genießend, obwohl der Wind ihnen heftig ins Gesicht schlug. Dann begaben sie sich auf den weiteren Weg durch Strandhafer und Sanddornbüsche Richtung Inselinneres. Der Pfad machte einige schmale Biegungen, senkte sich gelegentlich in ein kleines Dünental, in dem der Wind merklich weniger pfiff, um dann erneut anzusteigen – den Elementen ausgesetzt. Endlich erreichten sie die andere Seite und steuerten eine kleine Schutzhütte an, die sie schon von früheren Wanderungen kannten. Trocken und windgeschützt sich ein wenig auszuruhen und aneinandergelehnt ihr Glück zu genießen, darauf freuten sie sich.

Die letzten Meter liefen sie wieder, Sylvie schneller als Thomas, der fröhlich keuchend zurückfiel. Seine Freundin war bereits um die Hütte herumgelaufen, um sich erschöpft auf die Bank fallen zu lassen, als sie einen furchtbaren Schrei ausstieß. Starr vor Entsetzen sah sie einen Mann dort liegen, der, grotesk verdreht, mit irrsinnig aufgerissenen Augen halb auf, halb vor der Bank lag. Der rechte Ärmel seiner Jacke war hochgekrempelt, der Arm oberhalb der Ellenbeuge mit einem Gürtel abgebunden. Neben ihm, aus der rechten Hand herausgefallen, eine Spritze sowie ein Löffel und ein Einwegfeuerzeug, ein Fixerbesteck.

„Lebt der noch?", keuchte Thomas, der inzwischen auch die Schutzhütte erreicht hatte und die augenblickliche Situation erkannte.

„Mann, keine Ahnung!", schrie Sylvie in hysterisch schrillem Ton.

Vorsichtig berührte Thomas den Mann am Arm, der jedoch statt irgendeines Lebenszeichens weiter von der Bank rutschte.

„Hat der sich den ‚goldenen Schuss' gesetzt?", fragte Sylvie mit gebrochener Stimme.

„Woher soll ich das wissen. Ich hab doch noch nie einen Toten gesehen, geschweige denn einen Drogentoten."

Mit zwei Fingern tastete Thomas nach der Halsschlagader, konnte aber keinen Pulsschlag fühlen. Vielleicht war er aber auch zu aufgeregt, um die Ader zu spüren.

„Wir müssen die Polizei und den Notarzt rufen." Dann holte er sein Handy aus der Tasche und wählte die 110.

Eine endlose Zeit schien zu vergehen. Weil sie sich nicht unter das Dach der Hütte trauten, hielten sie sich im Regen stehend aneinander fest und warteten auf die Polizei und den Rettungswagen. Schließlich sahen sie, wie er sich langsam den nur für Fußgänger und Radfahrer gedachten schmalen Weg bis zu ihnen vorarbeitete. Unverzüglich sprangen zwei Rettungssanitäter und der Langeooger Polizist Enno Meiners aus dem Wagen und kümmerten sich zunächst um den in der Hütte liegenden jungen Mann, bei dem sie allerdings nur noch den Tod feststellen konnten.

„Tja, hier können wir nichts mehr tun“, stellte schließlich einer der Sanitäter fest.

„So ist es wohl“, pflichtete ihm Enno Meiners bei. „Ein Drogentoter auf Langeoog. Kann mich nicht erinnern, dass es das schon gegeben hätte. Wie ist der überhaupt hierhergekommen? Wenn man ehrlich sein will, sieht er eigentlich auch gar nicht so aus, wie man sich einen Junkie vorstellt. Oder was meint ihr?“

„Stimmt, sieht fast ganz normal aus. Körperlich nicht wirklich heruntergekommen. Allerdings ziemlich durchnässt trotz der Regenjacke.“

„Egal. Was weiß ich, wie so einer aussieht. Ich werde alles Nötige veranlassen und die Kollegen von der Polizeiinspektion aus Wittmund werden sich der Sache weiter annehmen. Hat er eigentlich Ausweispapiere bei sich?“

„Ja, Perso und Führerschein. Waren in dem Rucksack hier, der offensichtlich ihm gehört.“ Der zweite Rettungssanitäter reichte Meiners die Dokumente.

„Stammt natürlich nicht von der Insel, sondern aus …“, Meiners schaute noch einmal genau hin, „… aus Halle, Halle in Westfalen. Ja, Tobias Oberbaum aus Halle, Westfalen, Hartmanns Wäldchen. Komischer

Straßenname. Na, auch das werden die Kollegen aus Wittmund weiterbearbeiten. Irgendjemand wird den Angehörigen die traurige Nachricht überbringen müssen. Manchmal bin ich froh, wenn ich Arbeit weitergeben kann." Dann nahm er das Handy und begann zu telefonieren, um alles in die Wege zu leiten.

Kapitel 2

Zwei Jahre später, April 2012 – Bielefeld

Seit einem Dreivierteljahr, genauer seit dem 1. September des Vorjahres, war Frank Sommer nun der Leiter der Mordkommission in Bielefeld. Damals wurde er unversehens bereits am ersten Tag in einen sehr aufregenden Fall hineingezogen. Rechte Zeit anzukommen hatte er deshalb nicht gehabt. Inzwischen war aber ein gutes Stück Routine eingetreten. Er hatte sich jetzt eingerichtet, ganz wörtlich auch in seinem Dienstzimmer.

Zwei wichtige Anschaffungen hatte er getätigt: Das war einerseits ein weiterer Stuhl mit Armlehne für den kleinen Konferenztisch – im letzten Jahr gab es nur vier, aber es waren fünf ständige Mitglieder der Mordkommission, weshalb Sommer entweder wie ein Großmogul hinter seinem Schreibtisch thronen oder auf einem unbequemen Stuhl ohne Lehne Platz nehmen musste. Die zweite Anschaffung war wichtiger – viel wichtiger! – er hatte eine eigene Kaffeemaschine für den kleinen Espresso zwischendurch angeschafft. Das Monstrum in der Teeküche war zwar noch da, wurde aber von ihm nicht mehr frequentiert. Er konnte einfach nicht den Gedanken beiseiteschieben, dass der Letzte vor ihm eventuell Brühe genommen hatte, was ihm jedes Mal zuwider war. Auch Sommers Kollegen hatten sich inzwischen angewöhnt, den Kaffee gelegentlich in dessen Zimmer zu genießen. Und, ach ja, schließlich hingen an der Wand verschiedene selbst fotografierte Landschaftsbilder, ein Hobby, dem er aus Zeitgründen fast nur im Urlaub nachging, dann aber mit großer Leidenschaft. Und auf seinem Schreibtisch stand ein Foto, das seine Familie zeigte, seine Frau Angelika zusammen mit ihren Söhnen Fabian und Daniel, wobei Letzterer bei ihrem Umzug nach Bielefeld in Köln geblieben war, wo Sommer vorher lange Jahre als Kripobeamter seinen Dienst tat.

Frank Sommers Arbeitstag begann wie jeden Morgen, so auch heute, damit, dass er zunächst die E-Mails in seinem Computer öffnete. Viel mehr als Routinefälle begegneten ihm da allerdings schon einige Zeit nicht mehr. Immer mal wieder ein Suizid, traurige Fälle, oft der Endpunkt einer menschlichen Tragödie, sodann Vermisstenfälle und immer wieder leidvolle Sexualdelikte. Alles sehr hässlich, aber damit kamen seine Mitarbeiter und Mitarbeiterinnen durchaus allein zurecht. Seine Aufgaben lagen in der Koordination und der Verwaltungsarbeit, die diese Fälle umgaben.

Also ging er die aktuellen Fälle durch, um sich über den Stand der Bearbeitung zu informieren. In diesem Moment klingelte sein Telefon. An der angezeigten internen Nummer sah er, dass es sein Chef, Kriminaldirektor Joachim Wende, war.

„Wende hier. Morgen, Sommer. Haben Sie nachher kurz Zeit für mich? Ich muss da mit Ihnen was besprechen."

„Wann? Sofort?"

„Wenn es geht, warum nicht?"

„Ja, in zehn Minuten vielleicht. Bin gerade bei der Durchsicht der neuen E-Mails. Ist das okay?"

„Ja sicher, dann bis gleich."

Geh nie zum Chef, wenn du nicht gerufen wirst. Dieser alte Spruch fiel Sommer ein. Nun, jetzt war er gerufen worden. Ein irgendwie merkwürdiges Restgefühl hatte er immer in solchen Momenten. Aber im Grunde war Wende kein Chef, dem man besser aus dem Weg ging. Somit fuhr er den Rechner herunter und verließ sein Zimmer.

„Morgen, Sommer. Kommen Sie herein", begrüßte Wende seinen wichtigsten Mitarbeiter. „Ich fürchte, wir haben ein Problem. Nichts wirklich Schlimmes, aber wir müssen es lösen." Bevor Sommer nachfragen konnte, fuhr Wende bereits fort: „Sie haben sicher von unserer Kollegin Sonja Rosenfeld gehört."

Natürlich wusste Sommer das. Er erinnerte sich an den üblen Fall gleich zu Beginn seines Dienstes in Bielefeld. Ein völlig aus dem Ruder gelaufener Mann hatte zwei Menschen ermordet und dann seine Kollegin Rosenfeld in seine Gewalt gebracht. Sie schwebte über viele Stunden in akuter Lebensgefahr, konnte aber am Ende körperlich unversehrt gerettet werden. Ihre Seele jedoch hatte schweren Schaden genommen. Eine posttraumatische Belastungsstörung diagnostizierte die Polizeipsychologin Hülsmeier. Sonja Rosenfeld war seit damals ausgefallen, weil sie sich einer intensiven Psychotherapie unterziehen musste. Sie war immer noch nicht zurück im Dienst.

„Gibt es neue Nachrichten von Sonja?", fragte Sommer etwas besorgt.

„Ja, das kann man sagen. Frau Rosenfeld hat schriftlich den Wunsch geäußert, nicht wieder in die Mordkommission zurückkehren zu wollen. Sie will so etwas wie letzten September nicht noch einmal erleben müssen. Auch ihre Beziehung war deshalb wohl fast am Ende. Das Letzte hat sie mir natürlich vertraulich erzählt und deshalb muss das unter uns bleiben, aber Sie sind ja ihr direkter Vorgesetzter."

Sommer bekam ein flaues Gefühl im Magen. „Sonja hat gekündigt? Sie will den Polizeidienst quittieren?"

„Nein, nein, keine Angst. Sie ist offenbar viel zu sehr Polizistin, um die Polizeiarbeit ganz an den Nagel zu hängen und irgendetwas anderes zu machen. Nein, sie möchte in ein anderes Kommissariat versetzt werden, zur Vorbeugung."

Sommer nickte zustimmend. Er hatte in den letzten Monaten immer mal wieder mit seiner jungen Kollegin gesprochen und so durchaus an ihrem Krankheitsverlauf Anteil genommen. Aber das waren sehr persönliche Gespräche gewesen, über die er mit niemandem sprach. Nun hatte sie es also tatsächlich wahr gemacht und die Versetzung zum *Kommissariat Vorbeugung* beantragt. Er konnte es verstehen. Sie wollte einfach nicht mehr zu spät kommen und hinterher aufräumen, wie sie sich auszudrücken pflegte.

„Dann brauchen wir wohl tatsächlich eine Neubesetzung für Sonja Rosenfeld. Oder soll die Planstelle aufgehoben werden?" Sommer schwante Böses.

„Sie werden lachen", sagte Wende – doch Sommer war ganz und gar nicht zu Scherzen aufgelegt. „Das wurde tatsächlich diskutiert. Schließlich aber konnte ich Schlimmeres verhindern. Wir sollen die Stelle intern ausschreiben und einen Nachfolger oder eine Nachfolgerin für Frau Rosenfeld finden. Und dazu brauche ich Ihre Hilfe. Denn die Person wird ja Ihnen direkt unterstellt. Sind Sie dabei?"

„Natürlich bin ich das. Dann wollen wir mal sehen, ob wir einen geeigneten Ersatz finden. Interne Ausschreibung heißt: hier im Haus?"

„Zunächst hier im Haus durch Umbesetzung aus einer anderen Abteilung, wird aber wahrscheinlich schwer, denn die anderen Kollegen geben sicher niemanden gern ab, und wenn, dann ist so jemand für uns vermutlich auch nicht geeignet." Wende lachte leicht süffisant. „Aber im Ernst, ich möchte, dass Sie sich auf die Suche machen, und dann können wir uns die entsprechenden Damen und Herren gemeinsam angucken. Und wenn es nötig sein sollte, auch Ausweitung auf den gesamten Regierungsbezirk Detmold."

„Okay, ich mach mich an die Arbeit, vielleicht zunächst einmal mit einer Rundmail. Möchten Sie den Text vor dem Versenden lesen?"

„Nein, nein, das wird nicht nötig sein. Dienstgrad wie bei Frau Rosenfeld, und die Arbeitsplatzbeschreibung können Sie ohnehin besser formulieren als ich. Ist ja Ihre Abteilung." Mit einer eleganten Handbewegung entließ Wende den Leiter der Mordkommission. Ein Meister der Handbewegungen, dachte Sommer wieder einmal.

„Na, wie war dein Tag?", Angelika Sommer schaute aus ihrem gemeinsamen Arbeitszimmer, als Frank gegen Abend nach Hause kam.

„Viel Routine, nichts besonderes. Und wie war's bei dir?

„Korrekturen der Deutschklausuren!" Angelika, Lehrerin an der Peter-August-Böckstiegel-Gesamtschule in Werther, verzog das Gesicht. „Gerade erst angefangen. Das wird noch dauern. Aber du wirst ja heute Abend nicht zu Hause sein, oder?"

„Nein, Übungsstunde im Posaunenchor – Donnerstag. Gerade heute kann ich das nicht ausfallen lassen, schließlich habe ich noch etwas gutzumachen."

Er lächelte hintergründig und Angelika wusste, was er meinte.

„Könntest du mir bis dahin trotzdem noch einen schönen Salat machen. Es sind auch Putenstreifen im Kühlschrank."

„Ja sicher, gern. Jetzt sofort?"

„Nein. Stell ihn einfach hin, ich nehme ihn mir dann, wenn ich möchte. Du musst ja womöglich das eine oder andere für nachher vorbereiten."

„Das klappt schon. Ist schließlich genügend Zeit. Übrigens, Sonja wird die Mordkommission verlassen und zur Vorbeugung gehen."

„Na ja, ganz ehrlich, damit war zu rechnen. Hat sie doch ganz schön mitgenommen, die Geschichte letzten September. Hatte der Kerl eigentlich schon seinen Prozess?"

„Ja, läuft gerade. Nächste Woche muss ich vor Gericht aussagen. Ich möchte ihn eigentlich gar nicht wiedersehen. Kein schöner Termin!"

„Wird schon glattgehen." Damit verschwand Angelika wieder in ihrem Arbeitszimmer und würde, das wusste Sommer aus Erfahrung, auch so bald nicht wieder herauskommen. Er selbst ging in die Küche und bereitete den Salat für Angelika vor. Danach war noch ausreichend Muße, um sich eine neue CD des Jazzposaunisten Nils Landgren anzuhören. Wunderbar, wie dieser Mann sein Instrument beherrscht, mal funky, mal poetisch. Seine eigenen Fähigkeiten auf der Posaune waren deutlich eingeschränkter. Eher Kreisklasse gegenüber Champions League.

Eine Dreiviertelstunde später meldete sich Sommers Handy mit dem Erinnerungssignal für private Ereignisse, denn das, was es ankündigte, war in der Tat eine private Geschichte. Sie war sogar so privat, dass die meisten Kolleginnen und Kollegen seiner Dienststelle nicht die geringste Ahnung davon hatten, dass er in einem kirchlichen Posaunenchor spielte. Und was Sommer anging, sollte es auch dabei bleiben, erst recht nach dem Vorfall vom letzten Wochenende.

Nachdem er als Jugendlicher in seiner Heimatstadt Herford das Posaunespiel gelernt hatte, musste er viele Jahre dies Hobby zugunsten von Beruf und Familie vernachlässigen. Im Herbst letzten Jahres aber hatte er die Gelegenheit zum Wiedereinstieg genutzt. Seitdem gehörte der Donnerstagabend dem Posaunenchor Kirchdornberg, was natürlich auch für den Dienst bei Gottesdiensten und für sonstige Auftritte verpflichtete.

Er betrachtete die Bläsermusik der Posaunenchöre mit einiger Skepsis. Musikalisch sei er, wie er es selbst gern ausdrückte, mehr der Jazztyp: Chris Barber, Albert Mangelsdorff und seit einiger Zeit der Schwede Nils Landgren. Aber er hatte sich überzeugen lassen und spielte nun begeistert mit.

Als das Handy sich meldete, hatte er noch dreißig Minuten bis zum Beginn der Übungsstunde. Unter normalen Umständen wäre die Zeit ausreichend gewesen, heute aber musste er noch schnell zwei Kästen mit Getränken im Auto verstauen, etwas Bier, aber meistens Wasser und Cola. Diese Aktivitäten hatten ihren Grund. Sommer musste sich, wie man in Westfalen sagt, *wat miärken* lassen. In der Regel war das üblich, etwa wenn ein Chormitglied Geburtstag gehabt hatte. Die Getränkekästen heute hatten aber keinen normalen Grund. Im Gegenteil, der Anlass war peinlich, mehr als peinlich sogar. Wie gesagt, er hatte etwas gutzumachen. Und das hing zusammen mit dem Frühlingskonzert des Posaunenchores am letzten Samstag. Ein buntes Programm war es gewesen, das allen Spaß gemacht und für das es langen und anhaltenden Beifall gegeben hatte: Alte und neue Bläsermusik, Filmmusiken, Folklore aus Irland und Schottland und moderne gospelartige Stücke.

Von einem dieser Werke war Sommer besonders begeistert gewesen, vor allem auch deshalb, weil die Bassposaunen dabei einen großen Auftritt hatten. Alles fing auch wunderbar an. Er hatte sich in echte Spielfreude gebracht, bis zu dem Zeitpunkt, als sein Blick, dem Verlauf des Stückes folgend, von der linken auf die rechte Seite des Notenblattes wechseln musste. Als Brillenträger ist es nicht immer leicht, die Noten korrekt zu lesen, wenn man sie allzu sehr von der Seite her anpeilen muss. Um jedoch direkt und gerade auf das Notenblatt blicken zu können, muss man auch das Instrument schwenken. Bei Trompeten und Hörnern macht das wegen ihrer Bauart keine Probleme, anders aber bei einer Zugposaune. Mit ihr zieht man entweder links oder rechts am Notenständer vorbei, links vorbei fürs linke Blatt und rechts vorbei fürs rechte. So hatte Sommer es stets gehalten. Daran wollte er nichts ändern. Will man nun jedoch als Posaunist von links nach rechts wechseln, muss man den Posaunenzug ganz heranziehen, sich selbst ein wenig zurücklehnen, die Posaune schnell am Notenständer vorbeiführen, um dann, meistens sofort, mit den anderen zusammen weiterzuspielen. Ein in der Tat schwieriges und unfallträchtiges Unternehmen, auf das man sich am besten schon dadurch vorbereitet, indem man um sich herum bereits beim Aufbauen genügend Platz schafft.

Genau dies gelang aber beim letzten Konzert nicht wirklich. Es waren sehr viele Bläserinnen und Bläser versammelt, und das auf engem Raum, und Sommer fühlte sich schon von Anfang an etwas bedrängt. So kam, was kommen musste. An der entscheidenden Stelle wollte er seine Posaune um den Notenständer herum von links nach rechts ziehen, konnte sich aber nicht genug nach hinten lehnen und touchierte stattdessen mit der Spitze seiner Posaune den Notenständer, der bedenklich zu wackeln begann. Geistesgegenwärtig fasste er mit der rechten Hand, also der Hand, die den Posaunenzug bewegt, zum Pult und bekam dies auch zu fassen, um es zu stabilisieren. Aber fast schon am Ziel, und in dem, wie sich herausstellte, vorschnellen Gefühl, eine Katastrophe *coram publico* auf der Bühne verhindert zu haben, machte sich der Posaunenzug selbstständig. Nun ist es so, dass jeder Posaunist alles dafür tut, dass der Außenzug so leicht wie möglich auf dem Innenzug gleitet. Nur dann kann er ihn so schnell hin- und herziehen, wie es oft erforderlich ist. Damit dies gelingt, wird der Innenzug mit entsprechenden Mitteln geschmiert. Wer gut schmiert, der gut zieht, heißt es unter Posaunisten. So hatte es natürlich auch Frank Sommer vor dem Konzert gehalten. Aber genau dies wurde ihm nun zum Verhängnis. Als er nämlich, den Notenständer rettend, den Außenzug loslassen musste, rutschte dieser, bestens geschmiert, vom Innenzug herunter und segelte auf dem Boden entlang fast bis vor die Füße des Chorleiters. Der, hoch konzentriert, nahm zum Glück von diesem Fauxpas kaum Kenntnis und dirigierte unbeeindruckt weiter. Sommers erster Blick richtete sich auf seine Mitbläser, links die zweite Bassposaune, rechts das Tenorwaldhorn. Ein leichtes Grinsen beim Posaunisten, ungerührte, ja stoische Ruhe bei der Hornistin – Sommer nahm es mit Genugtuung zur Kenntnis. Die

Katastrophe blieb aus. Deshalb angelte er so unauffällig wie möglich mit dem Fuß nach dem Posaunenzug, natürlich den Notenständer dabei fest im Würgegriff seiner rechten Hand, damit besagtes Unglück nicht doch noch im letzten Moment ausgelöst würde. Schließlich hatte er es geschafft und konnte die letzten Takte des Stückes mitspielen, als ob nichts geschehen wäre. Nach Ende des Konzertes stellte sich natürlich heraus, dass doch sehr viele Bläserinnen und Bläser den Vorfall genau registriert, aber durch ihre hohe Konzentration und Geistesgegenwart diesen peinlichen Schnitzer verhindert hatten. Und eben deshalb musste er sich heute *wat miärken* lassen. Es wurde eine fröhliche Übungsstunde.

Ein wenig Sorgen wegen dieses Vorfalls hatte Sommer allerdings in Bezug auf seine Arbeitskollegen. Er hatte KHK Meier von der Drogenfahndung im Konzert gesehen. Aber konnte der etwas mitbekommen haben? Er saß recht weit hinten. Sommers Frau Angelika jedenfalls hatte ihm versichert, von ihrem Platz aus habe sie nichts bemerkt. Im Büro war dann auch tatsächlich alles wie immer. In der Kantine hatte ihn Drogen-Meier angesprochen und für das schöne Konzert gelobt. Kein Wort über Sommers kleines Missgeschick. Alles ging seinen Gang. Allerdings sprach sich im Laufe der nächsten Zeit immer mehr herum, dass der Leiter der Mordkommission im Posaunenchor einer Kirchengemeinde spielt.

Kapitel 3

April 2010 – Bensersiel / Nordsee

Grau und schwer lagen die Regenwolken über der Nordsee. Ein kleiner Sonnenstrahl durch eine Wolkenlücke erhellte für einen kurzen Moment den Fährhafen in Bensersiel. Aber dafür hatte Tobias im Moment keinen Blick. Vollständig in sich versunken, saß er in der Abfertigungshalle für die Schiffe nach Langeoog. Dunkle, grüblerische Gedanken durchzogen ihn. Das zurückliegende Jahr hatte sich mehr und mehr zu einem einzigen Albtraum entwickelt. Dabei hatte alles hoffungsvoll, ja euphorisch begonnen. Aber der Aufprall bei der Landung in der Realität, als ihm klar wurde, wohinein er geraten war – dieser Aufprall war unendlich hart und schmerzhaft gewesen. Benutzt, betrogen, verschlissen, regelrecht ausgenutzt – er konnte seine Situation kaum in Worte fassen. Wie diese Leute ihn „in die Scheiße geritten" hatten. Dieser brutale Ausdruck schien ihm noch am ehesten wiederzugeben, wie es ihm ergangen war, wie er sich jetzt fühlte: Hereingefallen auf ihre ausgeklügelten Methoden der Anmache. Er hatte sich bereitwillig bezirzen lassen, so naiv, so unendlich naiv. Bis er irgendwann merkte, was es mit diesem elenden Haufen, und vor allen Dingen mit dem Chef, dem Meister, auf sich hatte. Meister ließ er sich nennen. Meister – lächerlicher ging es gar nicht. Und als ihm schließlich die ganze Wahrheit bewusst geworden war, und zwar so entsetzlich, konnte er sie nur noch durch zunehmende Betäubung ertragen. Damals schon hätte er verschwinden müssen, hätte sich Hilfe holen müssen, um gegen diese Leute vorzugehen. Aber er hatte sich nicht getraut. Er hatte fürchterliche Angst bekommen, wozu sie noch fähig wären und was sie mit ihm wohl anstellen würden, wenn sie herausbekämen, was er über sie wusste. Aber wohin hätte er gehen können? Er hatte alle Brücken hinter sich abgebrochen. Zu seinen Eltern und seiner Schwester? Nach allem, was geschehen war, war diese Möglichkeit vollkommen ausgeschlossen. Zur Polizei? Anzeige erstatten? Das hätte er vermutlich tun müssen. Er hatte sich in all den schlaflosen Nächten nach seiner Entdeckung immer wieder ausgemalt, wie es wäre, wenn er bei der Polizei Anzeige erstatten würde. Er hätte Ross und Reiter nennen müssen. Hätte seine eigene naive Verstricktheit offenlegen müssen. Hätte alle entsetzlichen Details erzählen müssen. Aber er war zu feige gewesen. Und überhaupt, hätte die Polizei ihm geglaubt? Er hatte es ja selbst kaum geglaubt, wenn er es nicht irgendwann mit eigenen Augen gesehen hätte. Immer wieder hatte er sich vorgenommen, heimlich den Hof zu verlassen, nachts, wenn alle schliefen. Immer wieder hatte ihn die Angst vor Entdeckung ebenso zurückgehalten wie die Angst, von der Polizei nicht ernst genommen zu werden. Stattdessen hatte er sich immer mehr mit den Drogen betäubt, die auf dem Hof überall verfügbar waren. Irgendwann hatte er dem Drängen nachgegeben und wie alle anderen in dieser elenden Kommune Cannabis geraucht. Er, der durch sein Studium genau um die Gefahr und die Wirkungsweise auf den Organismus, und besonders das Gehirn, wusste. Er, der erklärte Gegner jeglicher Drogen, der sogar Alkohol mied, war zu einem Kiffer geworden. Er hatte sich daran gewöhnt, im Drogenrausch der Realität zu entfliehen.

Der Wahnsinn um ihn herum war so wenigstens zeitweise besser zu ertragen gewesen. Und damit nicht genug. In der Kommune kursierte noch eine ganz andere Droge, ein regelrechtes Wundermittel, so hieß es, das bei den immer wieder gefeierten rituellen Partys ausgeteilt wurde. Er hatte gar nicht gewusst, was er nahm, als ihm von den Führern der Gruppe etwas angeboten wurde, was er, naiv wie er immer noch war, für eine Art Bonbon gehalten hatte. Aber dann passierte etwas, was ihn völlig abheben ließ, was ihn alles um sich herum vergessen ließ. Es war, als ob er fliegen könnte. Die Realität vermischte sich mit seiner Phantasie. Raum und Zeit verschmolzen. Aber am Ende dieses Phantasiefluges stürzte er jäh ab. Es endete in einem üblen Horrortrip, von dem ihm dann erklärt wurde, dass es sich dabei um eine Art Kater handelte, dem man aber durch Nachwerfen einer kleinen Pille entgehen könne. Und so hatte er es dann tatsächlich gemacht. Eine Zeitlang ging das gut. Endlich hatte er ein Mittel, das ihn seine vollkommen verkorkste Lage vergessen ließ. Und je mehr er diese Bonbons lutschte, desto mehr war ihm das, was um ihn herum passierte, egal. In den wachen Zeiten dazwischen allerdings war die Welt noch schlimmer als jemals zuvor. Tiefe Depression machte sich in ihm breit. Immer schwärzere Gedanken suchten ihn heim. Einfach von einem Trip nicht wieder zurückkommen – auch dieser Gedanke fing an, sich in ihm festzusetzen. In einem der wenigen klaren Momente, in denen durch seine Depression hindurch wenigstens ein paar vernünftige Gedanken zustande kamen, hatte er deshalb den Entschluss gefasst, endlich zu verschwinden, endlich das zu tun, was er schon lange hätte tun sollen, bevor es so schlimm mit ihm geworden war. Aber die Panikattacken und depressiven Täler blieben eine ständige Gefahr und konnten, auch ohne dass er dieses Teufelszeug genommen hatte, urplötzlich wie aus dem Nichts auftauchen. Er brauchte Hilfe und deshalb musste er erst einmal weg, so schnell und so weit wie möglich. Er musste irgendwie zur Ruhe kommen, musste nachdenken, musste anfangen, sein Leben neu zu ordnen. So wie bisher konnte es nicht weitergehen – konnte, durfte es nicht weitergehen. Auf keinen Fall, wollte er noch irgendeine Chance auf Leben haben. Er musste einen Schlussstrich ziehen. Aber wie? Zur Drogenberatung? Dort würde er doch genauso Ross und Reiter nennen müssen wie bei der Polizei, wenn sie ihm glauben sollten. Nein, das alles war viel zu peinlich. Erst musste er in Ruhe seine Gefühle und seine Gedanken, soweit das noch möglich war, sortieren. Und dazu brauchte er Ruhe und Distanz. Erst einmal weg! Das war der alles beherrschende Gedanke. Aber wohin? Wo würden sie ihn nicht finden? Was war weit genug entfernt und versteckt zugleich? Er hatte keine Ahnung. Sein Verstand war schwammig geworden. Unter der Last der Drogen und der dunklen Gedanken fiel ihm das klare Denken immer schwerer. Schließlich jedoch erinnerte er sich, dass er mit seinen Eltern und seiner Schwester als Kind und Jugendlicher hin und wieder auf einer dieser Inseln in der Nordsee gewesen war. Irgendwann kam er auch wieder auf den Namen der Insel: Langeoog. War das weit genug entfernt? War das ein Ort, an dem er sich verstecken, für eine Weile untertauchen konnte? Langeoog – wie ein Paradies aus lange zurückliegender Zeit erschien diese Insel vor seinem inneren Auge, dort anknüpfen an die Zeit lange vor seinen Problemen.

Plötzlich wurde er aus seinen grüblerischen Gedanken gerissen. Ein Ehepaar hatte neben ihm auf der Bank in der Wartehalle in Bensersiel Platz genommen. Ihre beiden Kinder tobten lebhaft um ihn herum. Die Lebensfreude dieser Kinder zu sehen, tat beinahe körperlich weh. So war er auch einmal gewesen, so unbekümmert. Damals, als er und seine Schwester mit den Eltern auf das Schiff nach Langeoog gewartet hatten, einen unbeschwerten Urlaub am Strand und Meer vor sich. So weit entfernt von dem Sumpf, in den er geblickt hatte und an dessen Abgrund er stand, in der Gefahr, jederzeit gänzlich in diesen Orkus hinein verschlungen zu werden.

Durch die Kinder aus seinen Gedanken befreit, bemerkte er, dass um ihn herum reger Betrieb herrschte. Soeben waren rückreisende Urlauber an Land gegangen. Die meisten gingen zielstrebig zu den bereitstehenden Gepäckcontainern im Außenbereich, um ihre Koffer, die sie auf der Insel darin verstaut hatten, in Empfang zu nehmen. Manche, die das Procedere offenbar noch nicht kannten, erkundigten sich zunächst an einem der Schalter, bevor sie ebenfalls den Weg nach draußen fanden. Dann leerte sich die Halle wieder, und es würde noch eine Weile dauern, bis die Fahrgäste für die Hinreise nach Langeoog an Bord gehen durften. Er sah auf die Uhr: Kurz nach 10. Um 11.30 Uhr würde das Schiff ablegen. Also noch über eine Stunde Zeit. Er sah sich in der Halle um. Als sein Blick die wetterfeste Kleidung streifte, die in einem Geschäft in der Abfertigungshalle angeboten wurde, fiel ihm auf, dass er für einen Inselaufenthalt kaum passend angezogen war. Hemd, Pullover, Regenjacke und ein kleiner Rucksack – in kurzer Zeit hatte er sich in einen ganz normalen Urlauber verwandelt. Seine dünne Jacke, in der er gekommen war, und vor allem das, wie er immer mehr fand, blöde Sektenhemd, verschwanden kurzerhand in einem der Mülleimer. Dann war es Zeit, das Fährschiff zu betreten. Tiefe Genugtuung und Erleichterung verspürte er, als er die Treppe zum Außendeck hinaufstieg. Auf der Insel würde er sicher sein. Auf der Insel würden sie ihn nicht so schnell aufspüren können. Woher auch.

Kapitel 4

Anfang Mai 2012 – Bielefeld

Schon seit Ostern herrschte typisches Aprilwetter, das auch jetzt Anfang Mai noch anhielt. Steter Wechsel zwischen Sonne, Regen und Graupelschauer, und das bei Temperaturen von oft kaum über zehn Grad. Auch heute, als der Wecker um kurz nach sechs klingelte, war die Sonne noch klar und strahlend aufgegangen. Jetzt, beim Frühstück, war davon schon wieder nichts mehr zu spüren. Stattdessen ging einmal mehr ein heftiger Graupelschauer nieder. Der Wetterbericht versprach auch für die nächsten Tage noch keine durchgreifende Besserung. Ein wenig missmutig schlürften Frank und Angelika Sommer deshalb ihren Morgenkaffee. Angelika hatte wieder einmal lange an den Korrekturen gesessen und Frank hatte so gar keine Lust auf die Routine, die im Präsidium auf ihn wartete. Der einzige Höhepunkt in der letzten Zeit war die Gerichtsverhandlung zu den Ereignissen im vorigen September gewesen. Allerdings konnte Sommer darin nicht wirklich einen Höhepunkt sehen. Es war mehr als unangenehm gewesen, diesem Menschen wieder gegenüberzusitzen. Auch das Gespräch mit Wende und das Verschicken der Rundmail mit der Stellenausschreibung für Sonjas Nachfolge war inzwischen schon einige Zeit her. Es waren auch bereits einige Bewerbungen eingegangen. Mit Wende aber hatte er eine Frist von drei Wochen vereinbart. Dann wollten sie genauer schauen, welche Interessenten es gab und wer in die engere Wahl kam.

„Was ist eigentlich mit Fabian?“, fragte Sommer jetzt. „Wohnt der noch hier? Hab ihn schon seit Tagen nicht mehr gesehen? Scheint sich ziemlich rar zu machen, der Herr Sohn.“

Angelika lachte. „Ja, doch, der wohnt noch hier. Aber du hast recht. In der letzten Zeit gibt es hauptsächlich indirekte Zeichen seiner Anwesenheit. Ich glaube, er hat eine neue Freundin. Aber Genaueres weiß ich auch nicht. Kannst ihn ja mal fragen.“

„Oh nein. Bloß nicht. Du weißt, dass er das nicht mag. Er wird es uns schon sa …“

„Hallo, guten Morgen.“

Sommer blieb mitten im Satz stecken, als er plötzlich hinter sich eine fröhliche Frauenstimme hörte.

„Nicht erschrecken, ich bin kein Einbrecher. Ich bin Jennifer.“

Angelika und Frank blickten gleichzeitig auf. Vor ihnen stand ein schlankes Mädchen, vielleicht 1,65 groß, ausgefranste Jeans, lockeres T-Shirt und schwarz gefärbte Haare mit roten Strähnchen und mit einem strahlenden Lächeln.

„Jennifer ist meine neue Freundin.“ Das war Fabian. „Jennifer Oberbaum. Und bevor ihr weiterfragt – Jennifer studiert *Soziale Arbeit* hier an der FH. Hab sie in Bethel bei meinem sozialen Jahr kennengelernt. Sie macht dort zurzeit ein Praktikum für ihr Studium. Ehrlich! Es hat sofort wumm gemacht.“ Fabian und Jennifer sahen sich gegenseitig verliebt an.

Angelika warf Frank einen wissenden Blick zu, der so viel sagen sollte wie: Siehst du, ich hab's doch gesagt. Frank war lange stumm. Dann sagte er: „ … Wow!“, und, seine Sprache wiederfindend: „Kommt, setzt euch. Wollt ihr mit uns frühstücken? Jennifer, möchten Sie Tee oder Kaffee? Wir backen schnell noch ein paar Brötchen auf.“

Fabian wollte schon ablehnen und wie gewöhnlich nach oben in sein Zimmer verschwinden, aber Jennifer kam ihm zuvor: „Ja, danke, gern. Ich hab morgens immer einen ziemlichen Hunger. Ein Brötchen wäre nicht schlecht. Und ist das, was Sie da haben, eigentlich Cappuccino?"

„Kommt sofort", antwortete Sommer gut gelaunt. „Sie studieren *Soziale Arbeit* hier in Bielefeld?" Sommers Neugier war entfacht. „Und jetzt machen Sie ein Praktikum in Bethel und da haben Fabian und Sie sich kennengelernt?"

„Ja, genau. Ich hab zunächst in Bethel eine Ausbildung zur Erzieherin gemacht, kombiniert mit dem Abitur und dann mein Studium hier an der FH begonnen."

„Mensch, Frank, jetzt lass doch nicht gleich den Kommissar raushängen. Befragungen kannst du nachher im Präsidium wieder führen." Das war Angelika, und Fabian pflichtete ihr bei.

„Okay, schon gut. Tut mir leid. Ich bin halt neugierig und das, wie Sie jetzt wissen, auch beruflich."

„Sie sind bei der Polizei? Interessant!"

„Ja, und er ist der Leiter der Mordkommission", ging Fabian dazwischen. „Und wenn du jetzt weiterfragst, dann hört er nie mehr auf."

„Nun lass doch mal. Ist doch wirklich interessant. Warum hast du mir das denn noch nicht gesagt?"

„Ist das denn wichtig, was mein Vater so beruflich macht. Ich dachte, es ginge um uns." Fabian schien tatsächlich ein wenig beleidigt zu sein.

„Natürlich geht es um uns. Aber Mordkommission, das ist schon interessant."

„Kommen Sie doch abends oder am Wochenende mal vorbei, dann können wir uns ausführlicher unterhalten, natürlich nur, wenn Sie wollen", sagte Sommer.

„Na, dann ist ja alles klar!“, bemerkte Fabian trocken und verdrehte die Augen.

Der Rest der Unterhaltung verlief in unverfänglichen Bahnen und schließlich wurde es für alle Zeit aufzubrechen. Die Pflicht rief.

Auf dem Weg zum Präsidium schien wieder die Sonne, aber im Westen hingen schon die nächsten dunklen Wolken. Sommer dachte noch eine Weile über die Begegnung mit der neuen Freundin seines Sohnes nach. Sie war ganz anders als seine erste Freundin. Eher flippig und wild, aber auch offen und herzlich. Komische Haarfrisur allerdings! Aber kein Piercing, immerhin!

Im Büro wartete wieder die wenig geliebte Routine auf ihn. Wichtig war jetzt vor allen Dingen die Regelung von Sonjas Nachfolge. Dabei wollte er auch die drei verbliebenen Mitarbeiter einbeziehen: Pit Schwameyer, Anna Tomczyk und Karsten Linnemann. Vor allem Karsten hatte mit Sonja Rosenfeld immer besonders eng zusammengearbeitet. Ihm fehlte sie deshalb auch am meisten. Dass sie nun ganz aufhören würde, hatte ihn hart getroffen.

„Wenn's geht“, hatte er gesagt, „sucht jemanden aus, mit dem ich genauso gut zusammenarbeiten kann wie mit Sonja.“

Das war natürlich auch in Sommers Interesse. Hoffentlich klappt es, hatte er gedacht. Manchmal muss man nämlich nehmen, was zu kriegen ist.

Beim Mittagessen in der Kantine traf Frank Sommer seine drei Kollegen. Sie saßen bereits zusammen in einer Ecke und schienen hörbar Spaß zu haben. Er gesellte sich dazu und wurde fröhlich begrüßt.

„Frank, hallo, komm her. Wir sprechen gerade über diese Satiresendung aus dem ZDF – Neues aus der Anstalt. Karsten hat gerade erzählt, wie Priol und Pelzig sich darüber unterhalten haben, was sie mit dem Bild des Ex-Präsidenten aus Großburgwedel machen sollten. Kennst du die Sendung?"

„Natürlich. Da hängt immer ein Bild des amtierenden Bundespräsidenten im Hintergrund. Erst war es Köhler, dann Wulf im Indianerkostüm und jetzt ein Bild von Gauck mit extrem skeptischer Miene. Gestern habe ich sie aber nicht gesehen. Und was ist nun mit dem Bild des Ex?"

„Sperrmüll, was denn sonst. Im Internet wollte es auch niemand haben." Alle lachten herzhaft.

„Aber jetzt mal was anderes", fuhr Sommer fort. „Auf die Rundmail für Sonjas Nachfolge haben sich schon ein paar Bewerber gemeldet. Ich würde gern eure Meinung hören, bevor ich mit Wende spreche. Ich denke, das ist in eurem Sinn."

„Aber sehr", antwortete Anna Tomczyk stellvertretend für alle. „Und was gibt's sonst Neues?"

„Nichts, nur öde Routine."

„Bei uns auch. Andererseits, wenn bei uns die Routine aufhört, bedeutet das meist für andere eine Katastrophe. So gesehen ist Routine auch ganz schön."

„Na dann, in diesem Sinne. Die Routine wartet." Mit diesen Worten nahm Sommer sein Tablett und verabschiedete sich.

Am Abend kam Sommer einigermaßen unausgeglichen nach Hause. Angelika merkte das sofort. „Was ist los? Gab es Ärger?", fragte sie.

„Nee, fast im Gegenteil", sagte Frank. Den ganzen Tag Schreibtischarbeit. Längst überfällige Berichte aufarbeiten. Ehrlich, wenn ich nur im Büro herumhänge, bin ich abends ziemlich erledigt. Ab und zu muss man doch mal rauskommen. Wie wär's mit einer kleinen Walkingrunde? Ich glaube, genau das brauche ich jetzt. Der Regen scheint gerade eine Pause zu machen."

„Ja, gute Idee. Ich könnte auch eine kleine Abwechselung brauchen. Die Korrekturen hab ich fertig. Da kommt mir Walken zur Ablenkung gerade recht."

„So schlimm?"

„Ja, bei manchen Klassenarbeiten weiß ich oft wirklich nicht, was die Schüler sagen wollen. Satzbau, Grammatik und Rechtschreibung: alles völlig daneben. Das Lesen der Aufsätze ist dann wie eine Ratestunde."

„Aber es gibt doch sicher auch schöne Klausuren, oder?"

„Ja sicher, zum Glück. Das sind dann die Beiträge an denen ich merke, dass meine Bemühungen doch nicht umsonst gewesen sind. Aber Schluss jetzt. Hol die Walkingstöcke, und los!"

Kapitel 5

April 2010 – auf der Fähre nach Langeoog

Er war sofort nach oben gegangen auf das Sonnendeck im Heck der Langeoog III, auch wenn gar keine Sonne schien. Aber er wollte unbedingt den frischen Seewind spüren, diesen unnachahmlichen Salzgeruch des Wassers. Und er wollte sehen, wie das Land zurückblieb, symbolisch für seinen Abschied vom alten Leben. Allerdings - wie es auf der Insel weitergehen sollte, davon hatte er nicht die geringste Ahnung. Nachdenken in aller Ruhe, soweit das überhaupt in seiner elenden Lage möglich war, das war das erste Ziel. Würde für ihn ein Zurück möglich sein, ein Zurück in sein früheres Leben? Fernab von diesen Leuten und vor allem fort von den Drogen? Oder gab es für ihn nur noch einen Weg, den Weg ohne Wiederkehr, den Weg in das ewige Vergessen? Schon allzu oft war er in der letzten Zeit an einem Punkt angekommen, an dem er nur noch einen Ausweg zu sehen glaubte. In solchen Phasen schien ihm der Tod süß und angenehm, weil die Gegenwart so maßlos dunkel und ausweglos für ihn war. Dann wollte er nur noch, dass die Dunkelheit seines Lebens zu Ende ging, egal wie, Hauptsache vorbei. Im Moment, auf dem Sonnendeck des Schiffes nach Langeoog, waren diese Gedanken jedoch weit von ihm entfernt. Aber dennoch war er froh darüber, auch für diesen extremen Fall vorgesorgt zu haben. Deshalb hatte er sich in Bielefeld am Bahnhof mit „H“ versorgt. Wenn es denn tatsächlich keinen anderen Ausweg mehr gab, war er vorbereitet. Auf keinen Fall wollte er sich irgendwie in die Fluten der Nordsee stürzen. Das erschien ihm zu jämmerlich. Nein, wenn es sich schon unausweichlich darstellte, dann wollte er in einem letzten Drogenrausch abtreten. Eine doppelte, dreifache Dosis Heroin, die er noch nie genommen hatte, fand er besonders geeignet. Aber noch war es nicht so weit. Noch würde er nicht aufgeben. Immerhin hatte er es bis hierher geschafft. Mit einem tiefen Atemzug saugte er die frische Luft in sich hinein.

Sie hatten ihn nicht entdeckt, nachdem er die Dachkammer verlassen konnte, in die er nach den entsetzlichen Vorfällen des Vortages eingesperrt worden war. Alle hatten nach dieser elenden Party im Drogenrausch geschlafen. In der Hand hielt er die Spritze, die Meierhoffs Mann fürs Grobe hingelegt hatte, eine Spritze mit undefinierbarem Inhalt. In einer Plastiktüte geschützt, hatte er sie mitgenommen. So geräuschlos wie möglich musste er das Haus verlassen, aber er durfte das Geld nicht vergessen. Er hatte gesehen, wo es aufbewahrt wurde, und es war gar nicht so schwer, die Kasse aufzubrechen und mit dem gesamten Geld zu verschwinden, immerhin fast 1000 Euro. Von diesem Geld wurden die Einkäufe der Gruppe getätigt, wobei die einfachen Bewohner natürlich nie Geld in die Hände bekamen. 1000 Euro – das sollte erst einmal reichen, um weit genug zu gelangen, um von ihnen nicht gefunden zu werden. Und Langeoog erschien ihm wie eine Verheißung aus einer anderen, besseren Welt.

Schwieriger als das Geld mitzunehmen, war es von dem etwas einsam gelegenen Hof wegzukommen. Es blieb ihm nichts anderes übrig, als eins der Autos zu nehmen, den altersschwachen Bulli. Allerdings würde er gehört werden, wenn er damit vom Hof fuhr. Aber er hatte Glück. Das erste kurze Stück konnte er den Wagen auf dem leicht abschüssigen Hof und dem Zufahrtsweg rollen lassen. Dann, nach etwa 200 Metern, startete er den Wagen so vorsichtig es ging. Gut, dass er sofort ansprang, was nicht immer der Fall war. Dann fuhr er los, ohne den Motor aufheulen zu lassen, hinauf zur Straße und dann Richtung Bielefeld. Immer wieder schaute er zurück. Wurde er verfolgt? Hatten sie etwas bemerkt? Einmal schien es ihm so, als ob ein anderes Auto hinter ihm herführe, ohne Scheinwerfer. Unsinn, dachte er, das bilde ich mir nur ein. Wenn es einer von denen gewesen wäre, hätten sie mich schon längst gestellt. Auf der B 66 begann er sich langsam in Sicherheit zu fühlen. Trotz allem: er wählte absichtlich nicht unmittelbar den Weg in die Innenstadt. Zunächst wollte er abwarten und dann sehen, wie es weitergehen könnte. Deshalb fuhr er von Oerlinghausen aus in Richtung Bad Salzuflen. Als er mehr durch Zufall einen kleinen, versteckt gelegenen Waldparkplatz fand, beschloss er, dort bis zum nächsten Morgen zu warten und, wenn möglich, etwas zu schlafen. Aber wirklich zur Ruhe kam er nicht. Stattdessen gingen ihm immer wieder die Gedanken daran durch den Kopf, wie es nun weitergehen könnte. Die Flucht war geglückt, zunächst jedenfalls. Aber sie würden auf dem Hof sehr bald merken, dass die Kasse aufgebrochen, der Bulli verschwunden und er dafür verantwortlich war.

Der Meister würde sich das nicht gefallen lassen, und das Auffälligste war der Bulli. Den musste er so schnell wie möglich loswerden. Deshalb machte er sich sehr früh am Morgen auf zum nächstgelegenen Bahnhof nach Bad Salzuflen. Dort auf dem Bahnhof hatte er endlich Gelegenheit, sich etwas frisch zu machen und ein paar Lebensmittel zu kaufen. Den Bulli hatte er einfach in der Nähe stehen gelassen. Schließlich setzte er sich in den erstbesten Zug, der ihn über Herford nach Bielefeld brachte. Während der Fahrt dachte er immer wieder darüber nach, was wohl passieren würde, wenn sie ihn doch noch aufstöberten. Je länger er darüber nachdachte, desto klarer wurde ihm, dass er eher seinem Leben selbst ein Ende setzen würde, als wieder in die Hände der Sekte zu fallen. Einerseits kam ihm das jetzt im Moment absurd vor, hatte er es doch geschafft, sich loszureißen und somit den ersten Schritt in eine neue Zukunft getan. Andererseits, wenn es ihnen gelänge, ihn wieder einzufangen, dann glaubte er diese Option unbedingt haben zu müssen.

Am Bielefelder Hauptbahnhof unterbrach er deshalb seine Reise. Ganz in der Nähe, an der sogenannten Tüte, hatte die Bielefelder Drogenszene ihren Haupttreffpunkt. Erstaunlich schnell gelang es ihm, sich mit genügend Heroin zu versorgen, um auch für den ernstesten Moment seines Lebens vorbereitet zu sein. Eine Spritze brauchte er sich nicht zu besorgen, die aus dem Sektenhaus würde er dafür benutzen können. Natürlich hatte er sich deren Inhaltes bereits entledigt. Zu unheimlich war ihm der Gedanke daran, worum es sich dabei handeln könnte. Falls der letzte Schritt unabwendbar schien, wollte er die Kontrolle darüber in der Hand behalten, wie und womit er es tun würde.

Schließlich fuhr er mit dem „Haller Willem" nach Osnabrück und von dort direkt weiter bis Esens in Ostfriesland und Bensersiel. Nun stand er hier auf dem Schiff und ließ sich den Wind um die Nase wehen. Wenn es für ihn noch einen kleinen Hauch von Glück gab, dann konnte er in diesem Moment etwas davon spüren.

Nach einer Dreiviertelstunde waren sie im Hafen von Langeoog angekommen. Die Passagiere bewegten sich zielstrebig zum Ausgang und zu der bereitstehenden Inselbahn. Vorfreude war in den meisten Gesichtern zu sehen. Er reihte sich ein in den Strom der Urlauber. Ein Blick in seinen Geldbeutel zeigte ihm, dass er noch etwas über 630 Euro hatte. Das sollte für eine Unterkunft reichen. Zur Not würde er einfach am selben Tag mit der letzten Fähre um 17:30 Uhr wieder zurückfahren. Dann hatte er wenigstens einen ruhigen Tag zum Nachdenken in den Dünen der Insel gehabt.

Plötzlich versetzte ihn etwas in Unruhe. Irgendetwas hatte er in seinem Augenwinkel gesehen, irgendetwas, das ihm bekannt vorkam und das ihn gleichzeitig aufschreckte. Eine Person, ein Gesicht. Nur ganz kurz war sie in sein Blickfeld geraten, dann war sie schon wieder verschwunden. Angst stieg in ihm auf. Eine Person, die er kannte? Sind sie ihm etwa bisher gefolgt, bis hierher auf die Insel, wo er sich in Sicherheit sah? Aber so sehr er sich auch anstrengte, die Person, das Gesicht oder was es auch immer gewesen sein mag, es war und blieb verschwunden. Alles nur Einbildung, dachte er. Spielte ihm diese elende Droge wieder einen Streich? Egal, er konnte auch bei intensiver Beobachtung des Getümmels um ihn herum nichts Auffälliges mehr entdecken. Unmöglich, dachte er schließlich, wie sollten sie sich an seine Fersen gehängt haben, ohne dass er schon einmal eher etwas bemerkt hätte. Unmöglich! Offenbar waren es doch Entzugserscheinungen. Er musste erst wieder klar denken lernen.

Kapitel 6

Anfang Mai 2012 – Bielefeld

Es war schon fast halb acht, als Angelika und Frank wieder zu Hause waren. Als sie nach dem Duschen in die Küche gehen wollten, um sich etwas zu essen zu nehmen, hörten sie schon von Weitem die Stimmen von Jennifer und Fabian.

„Hallo, ihr beiden", sagte Frank Sommer. „So schnell sieht man sich wieder."

„Ja, stimmt. Und es gibt einen Grund", sagte Fabian etwas bedrückt. „Jennifer möchte etwas mit dir besprechen."

Holla, die Waldfee, dachte Sommer, wenn das man gut geht. In Angelikas Gesicht konnte er lesen, dass sie dasselbe dachte. „Okay, lasst uns schnell etwas essen, dann bin ich bereit."

Eine halbe Stunde später saßen Sommer, Jennifer und Fabian im Wohnzimmer zusammen. Angelika hatte sich diskret zurückgezogen. Sie wollte noch etwas für den nächsten Tag vorbereiten. Sommer selbst hatte sich ein Bier eingeschenkt, Jennifer und Fabian tranken Cola.

„Nun, was habt ihr auf dem Herzen? Ich hoffe, nichts Schlimmes."

„Wie man's nimmt. Aktuell ist es nichts Ernstes, nein", begann Jennifer. „Allerdings – ich weiß gar nicht recht, wie ich anfangen soll. Also, ich bin heute allein zu Hause. Keine Geschwister, das heißt: keine Geschwister mehr! Ich hatte einen Bruder, Tobias, zwei

Jahre älter als ich, aber der lebt nicht mehr. Vor ziemlich genau zwei Jahren, im April, kam er uns Leben. Eine einzige riesige Tragödie für meine Eltern, aber auch für mich. Meine Eltern haben den Tod von Tobias nie verkraftet. Vor allem meine Mutter nicht. Sie hatte sich sogar in Psychotherapie begeben, aber nichts half. Sie ist nur noch ein Schatten ihrer selbst. Ihre Arbeit musste sie aufgeben."

„Und Ihr Vater?"

„Der hat sich stattdessen noch tiefer in seine Arbeit gestürzt. Je depressiver meine Mutter wurde, desto mehr hat er gearbeitet. Manchmal dachte ich, er ist deshalb so viel im Büro, um nicht zu Hause sein zu müssen. Einmal sagte er, Mamas Depression komme ihm vor wie ein Strudel, in den er immer mehr mit hineingesaugt werde, und das, je näher er ihr sei. Und er wolle ihr nahe sein, weil er ihr doch helfen wollte. Aber es ging nicht. Stattdessen Vorwürfe, ihm mache der Tod von Tobias wohl gar nichts aus. Ihm sei es wohl völlig egal, dass ihr Kind auf dem Friedhof liege. Dabei sei er vor allem dafür verantwortlich, was aus Tobias geworden war. Schließlich habe er ihn ja aus dem Haus getrieben." Jennifer machte eine kurze Pause. „In der letzten Zeit hat sich Mama ein bisschen erholt, aber noch immer ist es sehr selten, dass sie auch nur lächelt."

Bei den letzten Worten hatte Jennifer angefangen, immer lauter zu schluchzen. Fabian legte deshalb tröstend seinen Arm um sie und sie schmiegte sich an ihn. Die beiden mögen sich wirklich, dachte Frank Sommer. „Was ist denn passiert? Sie sagten: Er kam uns Leben?"

Jennifer schluchzte noch lauter. „Ja, Scheiße, er ist elendig krepiert. Eine Überdosis Heroin, und das auf

Langeoog. Stellen Sie sich das mal vor. Fährt nach Langeoog, um sich dort den goldenen Schuss zu setzen. Wer macht denn so was? Keiner!"

Sommer war ehrlich erschüttert über die Abgründe von Trauer und Verzweiflung, die sich vor ihm auftaten. Er hatte mit allem gerechnet, hatte sogar daran gedacht, dass Jennifer erzählen wollte, dass sie von Fabian schwanger wäre. Diese Möglichkeit kam ihm jetzt nahezu paradiesisch vor.

„Erzählen Sie einfach, was passiert ist."

„Tobias und Drogen! Der hat nie Drogen genommen. Der war nicht süchtig. Das hätten wir doch gemerkt. So was merkt man doch, verdammt!"

Das Schluchzen hatte aufgehört und war einem kämpferischen Ton gewichen.

„Nein, er war nicht drogensüchtig, jedenfalls nicht bis zu dem Tag, an dem er den Kontakt zu uns abgebrochen hatte, ein gutes Jahr vor seinem Tod. Er war damals zwanzig und studierte Biologie hier an der Uni. Der hat keine Drogen genommen, niemals. Sie hätten ihn mal hören sollen, wenn er Vorträge hielt über die Gefahren von Drogen. Alkohol bezog er übrigens dabei mit ein."

„Aber dann ist etwas passiert, was alles veränderte?"

„Ja. Eines Tages, ich war gerade achtzehn geworden. Ich habe Anfang April Geburtstag."

„Jenni hat am 6. April Geburtstag, also vor knapp vier Wochen", meldete sich Fabian. „Sie ist einundzwanzig geworden."

„Herzlichen Glückwunsch. Da kann man ja fast noch gratulieren."

Jennifer nickte nur kurz mit dem Kopf, reagierte aber sonst nicht weiter.

„Eines Tages traf ich ihn in Bethel vor meiner damaligen Schule."

„Das war während ihrer Ausbildung zur Erzieherin", ergänzte Fabian.

„Er hatte dort extra auf mich gewartet", fuhr Jennifer fort. „Das war 2009, kurz vor den Osterferien. Vielleicht sollte ich einfügen, dass er zu uns nach Hause, nach Halle, nicht mehr kam. In einem riesigen Streit war er ausgezogen, und vor allem unser Vater hatte jeglichen Kontakt zu ihm abgebrochen. Und Mutter war zutiefst beleidigt, dass er nicht unter ihrer Obhut bleiben wollte. Damals vor der Schule habe ich Tobias das letzte Mal gesprochen. Er war vollkommen verändert, total euphorisch, irgendwie abgedreht, hochgestimmt, wenn Sie verstehen, was ich meine. Ihm sei etwas ganz Unglaubliches geschehen. Etwas, womit er niemals gerechnet habe. Er sei auf eine Gruppe von Menschen gestoßen, bei der er sich so unbeschreiblich wohl und geborgen fühle wie seit seiner Kindheit nicht mehr. Sie hätten in Oerlinghausen ein Haus, in dem alle Gruppenmitglieder, sie seien etwa zwanzig, wohnten. Er habe beschlossen, dort ebenfalls einzuziehen. Das Erste, was wir dachten: Eine studentische Wohngemeinschaft. Aber genau das war es eben nicht."

Sommer war von diesem Bericht so elektrisiert, dass sich jedes einzelne Wort geradezu in sein Gedächtnis einbrannte. In Fabians Gesicht, der die Geschichte offenbar schon kannte, spiegelten sich Mitleid, Trauer, Wut und, ja, tatsächlich Liebe zu Jennifer wider. Und auch Frank selbst konnte einen Teil dieser Gefühle nachvollziehen.

„Ich habe damals angefangen, Nachforschungen anzustellen", fuhr Jennifer fort. „Ich wollte unbedingt herausfinden, um was für eine Gruppe es sich da handelte, die Tobias dermaßen in den Bann gezogen hatte, dass er sich ihr ganz und gar auszuliefern schien. Deshalb fuhr ich heimlich nach Oerlinghausen, um mir dieses Haus genauer anzusehen. Die Anschrift hatte Tobias mir damals vor der Schule genannt. Das Haus, ein ehemaliger kleiner Bauernhof, lag jenseits der Tunnelstraße ein Stück zurückliegend im Wald in einer Talsenke. Schopketal nannte sich das. Ich fuhr so weit heran, wie ich es glaubte gefahrlos tun zu können. Ich wollte schließlich nicht entdeckt werden. Dann parkte ich das Auto."

„Hatten Sie denn schon einen Führerschein?"

„Ja, seit Kurzem, seit meinem achtzehnten Geburtstag. Ein eigenes Auto hatte ich zwar noch nicht, aber ich durfte mit dem Wagen meiner Eltern fahren. Ich parkte also etwas vorher auf einem Wanderparkplatz und ging dann zu Fuß weiter, d.h. ich ging nicht, ich schlich. Gehörige Angst machte mir ein offenbar großer Hund, der laut bellte. Aber meine Neugier war größer. Und zum Glück hatte ich ein Fernglas mitgenommen. Von einer etwas erhöhten Position oberhalb des Gehöftes hatte ich durch die Bäume hindurch mit dem Fernglas einen guten Blick. Ich sah einige Männer und Frauen unterschiedlichen Alters, auch zwei Kinder. Alle schienen beschäftigt zu sein, ein Mann und eine Frau luden Lebensmittel aus einem alten Bulli, die Kinder spielten mit dem Hund, den ich gehört hatte. Dann sah ich auch Tobias. Er kam aus der Deelentür heraus und half dabei, weitere Lebensmittel auszuladen. Als der Bulli entladen war, blieben sie im Haus. Auch die beiden anderen Erwachsenen, zwei Männer, die sich immer sehr neugierig umgeschaut hatten, als ob sie etwas suchten, gingen hinein. Einer von denen hatte einmal genau in meine Richtung geschaut. Ich war direkt zusammengezuckt und hinter einem Baum in Deckung gegangen. Nur die Kinder blieben draußen, wurden jedoch auch sehr bald hereingerufen. Alles in allem machte das Ganze einen ziemlich ruhigen, vielleicht sogar friedlichen Eindruck. Meine Eltern haben mir später erzählt, dass es vor allem in den Achtzigerjahren viele solche Wohngemeinschaften gegeben hat, sie nannten sie Landkommunen. Kennen Sie das auch?“

„Ja, ich erinnere mich. In der Öko-Bewegung – die war damals noch ganz jung – gab es nicht wenige, die sich nach einem Leben im Einklang mit der Natur sehnten und sich ihren Traum in Form einer derartigen Landkommune erfüllten. Im Laufe der Zeit ging dies Phänomen aber immer mehr zurück. In einer solchen Kommune lebte Ihr Bruder?“

„Ja, so sah es aus, jedenfalls zunächst. Stutzig wurden wir, als sich Tobias überhaupt nicht mehr meldete, also ich meine, auch bei mir nicht! Tobias und ich waren damals schon bei Facebook Mitglied, weil wir dadurch sehr einfach Kontakt halten konnten, an unseren Eltern vorbei, die von so etwas wie sozialen Netzwerken nicht die geringste Ahnung hatten. Über Facebook war ich auch mit Tobias' Freunden vernetzt – ich meine Facebook-Freunde. Das ist ja etwas anderes als echte Freunde, mit denen man sich in der Realität trifft und bei einem Kaffee oder einem Bier über dieses oder jenes miteinander spricht. Solche echten Freunde hatte Tobias, glaube ich, sehr wenige, wenn überhaupt. Nachdem er von Zuhause weg war, schien er mir sehr einsam geworden zu sein. Aber auch zu den Facebook-Freunden hatte er keinerlei Kontakt mehr. Von dem Moment an, als ich ihn das letzte Mal vor meiner Schule getroffen hatte, hat er nichts mehr gepostet. Langsam, aber sicher wurden wir nervös. Auch irgendwie ärgerlich. Aus dem Internet wusste ich einiges über solche Öko-Kommunen. Manche gab es noch, und inzwischen hatten die sogar eine eigene Homepage. Ihre Blütezeit waren aber tatsächlich die Achtziger- und frühen Neunzigerjahre. Allerdings, irgendwie waren die auch anders als das, was wir in Tobias' Gruppe erlebten. Alle waren nach außen hin sehr offen, ja, sie wollten sogar, dass die Bevölkerung sie beachtete, weil sie sich als eine Art Vorbild für die Gesamtgesellschaft sahen, oft mit einem geradezu missionarischen Eifer."

„Aber nicht so bei Tobias' Gruppe", unterbrach Sommer sie.

„Nein, nicht so bei Tobias. Totale Abschottung nach außen. Er hat sich nie wieder bei uns gemeldet."

„Papa, begreifst du das?", mischte sich wieder Fabian ein. „Erst als die Polizei und der zuständige Pastor zu Hause in Halle auftauchten, um ihnen zu erzählen, dass Tobias an einer Überdosis auf Langeoog gestorben sei", er holte tief Luft, „also, das war die erste Nachricht seit einem ganzen Jahr, dass sie etwas von Tobias gehört hatten."

„Unsere Eltern traf das Ganze wie ein Blitz aus heiterem Himmel. Sie hatten ja überhaupt keine Ahnung. Ich glaube, sie fühlten sich schlagartig schuldig, Tobias aus dem Haus geworfen zu haben und ihn, so wie sie es nannten, auf die schiefe Bahn getrieben zu haben. Dieses Schuldgefühl mag es gewesen sein, dass unsere Eltern sich mit dieser Nachricht nicht zufrieden geben wollten. Sie haben immer wieder versucht, der Polizei klarzumachen, dass mit Tobias' Tod etwas nicht stimmen konnte, dass er nie und nimmer ein Junkie war. Inzwischen hatten wir auch herausgefunden, um was für eine Gruppe es sich genau handelte. Und das hat uns noch mehr erschreckt. Das war keine harmlose Landkommune, sondern irgend so eine durchgeknallte religiöse Sekte. Sie nannten sich „Jünger der universellen Sonne“. An die muss Tobias irgendwie geraten sein. Weiß der Geier, wie die das geschafft haben. Uns hat er ja nichts mehr erzählt. Aber wir waren uns immer sicherer, diese Sekte musste etwas mit Tobias' Tod zu tun gehabt haben. Über unseren Pastor in Halle und einen Spezialisten für Sekten bei der Kirche haben wir dann erfahren, dass diese Sekte noch ziemlich neu ist. So genau habe ich das nicht verstanden, worum es da geht. Sie scheinen irgendwie die Sonne anzubeten, und es gibt einen sogenannten Meister, der für seine Anhänger das Licht der Sonne auf der Erde verkörpert. Er ist quasi ihr Gott. Aber das Ganze hatte irgendwie nichts Positives, nichts Helles an sich, eher etwas Dunkles, Schwarzes, ja Satanisches.“

„Haben Sie das der Polizei vor zwei Jahren auch mitgeteilt?“

„Ja, natürlich!“

„Und wie haben die reagiert?“

„Gar nicht! Das ist es ja. Für die war das einfach ein Drogentoter mehr in der Statistik. Von der Sekte wollten die gar nichts hören, nicht die in Wittmund – also die sind für Langeoog zuständig – und auch nicht die hier in Bielefeld. Die hielten Tobias' Gruppe für eine dieser Öko-Landkommunen, und da wisse man ja, dass dort Drogen zum Alltag gehörten. Damit war der Fall dann erledigt und Tobias' Tod wurde zu den Akten gelegt. Wir haben ihn dann kurz darauf beerdigt.“

Jennifer machte eine lange, erschöpfte Pause. Auch Fabian und sein Vater sagten eine Weile nichts. Nie und nimmer hätte Sommer mit einer solchen Geschichte gerechnet. Er war sehr betroffen und zugleich ziemlich ratlos, wie er darauf reagieren sollte. Wenn er ehrlich zu sich selbst war, dann konnte er die Kollegen, die damals den Fall bearbeitet hatten, durchaus verstehen. Ihre Schlussfolgerungen lagen wirklich nahe. Aber andererseits tat ihm auch Jennifer aufrichtig leid, und zu Hause in ihrem Elternhaus musste in den letzten Jahren die Hölle geherrscht haben. Er fühlte eine stetig wachsende Beklemmung. Im ganzen Raum schien sich ein Unbehagen auszubreiten. Lange, schwere Minuten sagte keiner etwas, bis die Tür geöffnet wurde und Angelika hereinkam.

„Kann ich irgendetwas für euch tun?", fragte sie unbekümmert. „Noch eine Cola?"

Soeben wollte Sommer etwas antworten, als Jennifer dazwischenfragte: „Herr Sommer, Sie sind Polizist, Leiter der Mordkommission. Können Sie irgendetwas tun? Je mehr ich darüber nachgedacht habe, je sicherer bin ich mir, dass diese Sekte etwas mit Tobias' Tod zu tun haben muss. Direkt oder indirekt. Egal wie, wir brauchen endlich Klarheit." Sie machte eine kleine Pause und fügte dann ganz leise hinzu: „Bitte, kümmern Sie sich doch noch einmal um die Sache." Dann begannen wieder Tränen zu fließen.

„Ehrlich gesagt, ich weiß nicht recht …"

„Papa, das kannst du nicht bringen. Das kannst du nicht abschlagen. Wenigstens die alten Akten kannst du noch einmal durchschauen. Das musst du tun. Für uns!" Fabian nahm seine Freundin zärtlich in den Arm, die sich erneut, beinahe Hilfe suchend, an ihn schmiegte.

„Okay", sagte Sommer schließlich nach einer längeren Denkpause. „Okay, die alten Akten kann ich mir ja mal ansehen. Aber versprechen kann ich nichts", fügte er vorsorglich hinzu. Jennifer schaute ihn aus tränenden Augen an und sagte schlicht: „Danke."

Mit einem bedrückenden Gefühl fuhr Sommer am nächsten Morgen ins Präsidium. Noch lange Zeit hatten er und seine Frau nach dem Gespräch mit Jennifer miteinander gesprochen. Die bittere Betroffenheit der Familie Oberbaum durch den tragischen Tod ihres Sohnes hatte sich auch auf Frank und Angelika übertragen. Während Angelika sich sehr schnell ganz auf die Seite Jennifers und Fabians stellte, blieb Sommer selbst skeptischer. Was von dem, was Jennifer berichtet hatte, beruhte auf der Grundlage harter Fakten, was war emotional gefärbt oder gar überhöht. Nicht was wir erleben, sondern wie wir das Erlebte bewerten, macht unser Schicksal aus. Dieser Satz kam ihm in den Sinn. So oder so ähnlich hatte er das im Wartezimmer seines Hausarztes gelesen. Gerade trauernde und depressive Menschen erachten das, was ihnen widerfährt, oft sehr nachteilig. Sie sehen wie gebannt auf die dunklen Seiten, auf das Negative, und die Realität verschwimmt darunter vollständig. Aber traf das in diesem Fall zu? Zweifelsohne waren Tobias' und Jennifers Eltern an der Trauer und vielleicht noch mehr an ihren Schuldgefühlen zerbrochen. Depression hatte sich sozusagen familiendeckend ausgebreitet. Aber war damit auch die Vermutung der Familie falsch, Tobias' Tod hinge mindestens indirekt mit dieser Sekte zusammen und sei eben nicht nur eine unausweichliche Folge des Drogenkonsums? Keine der Möglichkeiten konnte Sommer mit Gewissheit ausschließen.

Also konnte er im Grunde nur eins tun: Er musste sich die alten Akten besorgen und hineinschauen. Wer damals wohl die Ermittlungen geführt hatte? Womöglich einer seiner heutigen Kollegen. Es würde sicher gut sein, vorsichtig und diskret vorzugehen, bevor er jemandem vorschnell und vielleicht unnötigerweise auf die Füße trat. Dennoch: Die Unterlagen mussten noch einmal in Augenschein genommen werden.

Kapitel 7

Februar 2009 – Bielefeld

Seit damals, als er diesen Leuten begegnete, war Tobias kaum zur Ruhe gekommen. Sie hatten sein Leben vollkommen umgekrempelt und er betrachtete das auch noch als sein Glück. Zunächst jedenfalls. Wie dumm kann ein Mensch eigentlich sein? Das fragte er sich immer wieder. Was war nur passiert, dass sein Leben so aus den Fugen geraten konnte? Was hatte ihn nur geritten, sich mit diesen Leuten einzulassen? Es war kaum noch möglich, gedanklichen Kontakt zu der Zeit davor herzustellen. Sein früheres Leben war wie zu einem Brei zusammengeschmolzen. Nur mühsam konnte er die Erinnerungsbruchstücke zusammensetzen. Offenbar hatte sein Verstand Schaden genommen. Kein Wunder bei all dem Zeug, das er konsumierte. Alles, woran er sich erinnerte, war die bürgerliche Idylle der ostwestfälischen Kleinstadt, in der er aufgewachsen war. Aber dann bekam diese Idylle immer mehr Risse und Beulen, hatte angefangen wie Schleim an ihm zu kleben. Sein Leben schien so unendlich vorgeplant zu sein. So vollkommen berechenbar. Er hatte Abitur gemacht am örtlichen Gymnasium, das gleich bei seinem Elternhaus lag. Mit ordentlichen Noten begann er in Bielefeld Biologie zu studieren. Das interessierte ihn wirklich, insbesondere die Neuro- und Verhaltensbiologie. Wie das Gehirn funktioniert und wie Umwelteinflüsse es prägen und beeinflussen, darüber wollte er so viel lernen, wie es nur möglich war.

Natürlich wohnte er zu Hause in seinem alten Zimmer im elterlichen Haus. Bis zur Uni auf der anderen Seite des Teutoburger Waldes waren es nur wenige Kilometer. Alles war wohlgeordnet, und seine Mutter kannte vor lauter Stolz kaum ein anderes Thema als das Studium und die zukünftige Karriere ihres Sohnes, der in ihrer Vorstellung später ein geachteter Lehrer am örtlichen Gymnasium sein würde. Aber trotz der geringen Entfernung zur Universität in Bielefeld lagen Welten dazwischen und er hatte wohl damals angefangen, sich von zu Hause zu entfernen. Immer miefiger erschien ihm die Kleinstadt. Immer länger blieb er in der Uni, um zu arbeiten oder sich mit neuen Freunden zu treffen. Immer häufiger gab er auch nur vor, noch zu arbeiten, weil er dem sorgenvollen Gesicht der Mutter nicht standhalten konnte. Eines Tages war ihm klar geworden, dass er sich ein eigenes Zimmer suchen musste. Er brauchte mehr Luft zum Atmen. Er musste auf eigenen Füßen stehen. Die Reaktionen seiner Eltern allerdings brachten ihn fast zu Fall, machten ihm aber umso deutlicher, dass sein Vorhaben unumgänglich war. Seine Mutter brach in Tränen aus und schluchzte, dass er ihr das nicht antun könne, nach allem, was sie für ihn getan und wie sie sich für ihn aufgeopfert habe. Aber Undank sei ja bekanntlich der Welten Lohn. Fast wäre er eingeknickt. Den Rest hatte ihm dann aber sein Vater gegeben. In aller Seelenruhe und mit erstarrtem, ja eisigem Blick hatte er ihm erklärt, dass er von Zuhause keinerlei Unterstützung bei diesem völlig widersinnigen Vorhaben erwarten könne. Vor allem finanziell müsse er dann sehen, wie er klarkomme und dafür sorgen, dass ihm sein monatlicher BAföG-Satz ausreiche. Eine solche Unvernunft, einen solchen Unsinn unterstütze er mit keinem einzigen Cent. In einer Mischung aus Wut, Enttäuschung und Sorge um die Zukunft war er in sein Zimmer verschwunden. Als er nach einiger Zeit tatsächlich auszog, war es das letzte Mal gewesen, dass er mit seinen Eltern ein Wort gesprochen hatte. Sie hatten ihn und er hatte sie verloren. Nur mit seiner jüngeren Schwester hatte er noch gelegentlichen Kontakt.

Zunächst war alles recht gut verlaufen. Er hatte eine preiswerte Studentenbude gefunden und, was genauso wichtig war, einen Job in einer Kneipe, den er neben dem Studium ausüben konnte. Damit kam er über die Runden und das Studium kam nicht zu kurz.

Die entscheidende Veränderung trat zwei Monate später in sein Leben, und heute wusste er, es war eine drastische Wendung zum Bösen, auch wenn er zunächst an das genaue Gegenteil geglaubt hatte. Es war ein ganz normaler Wochentag gewesen, ein Dienstag, wenn er sich recht erinnerte. Er kam gerade von einer Seminarveranstaltung über neuronale Mechanismen, die ihn leidlich interessierte. Bevor er die nächste Vorlesung aufsuchen wollte, hatte er noch etwas Zeit. Deshalb hatte er sich vom Gebäudeteil W auf den Weg gemacht, um im Café am anderen Ende der Halle einen Latte macchiato zu trinken. Wie immer wurden in der Halle Flugblätter verteilt, die auf alles Mögliche aufmerksam machen wollten, auf ein Konzert irgendeiner Folk-Rock-Gruppe oder auf die politische Lage in diesem oder jenem afrikanischen Land. Er hatte sich angewöhnt, viele Flugblätter einzusammeln, aber nur, wenn ihre Rückseite unbedruckt war. Dann konnte er sie als Konzeptpapier verwenden. Er musste schließlich sparen. Jetzt hielt er plötzlich ein Blatt in der Hand, das sein Interesse weckte. „Bist du glücklich?" stand da als Überschrift in großen Buchstaben. Innerlich wollte er schon antworten: Ja, natürlich! Was soll die blöde Frage? Aber dann blieb sein Blick auch noch an der zweiten Zeile hängen. „Ist dein Leben ausgefüllt? Suchst du nach Neuem? Fehlt dir etwas, aber du kannst nicht genau sagen, was?“ Merkwürdige Fragen, hatte er gedacht. Natürlich suchte er nach Neuem, das tat doch jeder, oder nicht? Und woher sollte er wissen, ob ihm etwas fehlt, wenn er das Fehlende nicht benennen konnte? Und eigentlich war sein Leben doch ausgefüllt. Er studierte genau das, was er wollte. Er hatte einige, wenn auch wenige Freunde, mit denen er sich gelegentlich traf. Und an den Abenden und an Wochenenden war er ja meistens in der Kneipe und jobbte. Nur wenn er dort freihatte, war es gelegentlich öde. Unwillkürlich gingen seine Gedanken zurück an seine Schwester und auch an seine Eltern. Eine schwermütige Stimmung überfiel ihn in solchen Momenten, die in einer Mischung aus Enttäuschung und Sehnsucht bestand. In solchen Zeiten fand er auch immer öfter keine Kraft, für sein Studium zu arbeiten, weil grüblerische Gedanken ihn einschnürten. – Nein, auf diese Gedanken wollte er sich jetzt hier und jetzt nicht einlassen. Mit einer kraftvollen Entscheidung hatte er das Flugblatt zusammengeknüllt und in einen Papierkorb vor dem Café geworfen. Dann holte er sich seinen Latte macchiato und setzte sich an einen der Tische. Aber die finsteren Gedanken, die in ihm aufgestiegen waren, ließen sich nicht abschütteln. Schließlich stand er auf, ging zum Papierkorb und suchte nach dem Zettel, den er eben hineingeworfen hatte. Als er ihn gefunden hatte, glättete er ihn und ging zurück an seinen Platz. Eine junge Frau, vielleicht etwas älter als er selbst, hatte sich inzwischen an seinen Tisch gesetzt.

„Du hast doch sicher nichts dagegen, dass ich mich hierhersetze“, hatte sie gesagt. „War sonst kein Platz mehr frei.“

„Doch, da hinten“, hatte er geantwortet. Und sie hatte abwehrend die Hände gehoben und geantwortet, dass ihr das leid täte. Das habe sie gar nicht bemerkt.

Heute wusste er, dass das kein Zufall gewesen war. Sie waren immer zu zweit unterwegs, wenn sie Flugblätter verteilten. Eine hatte die Flugblätter in der Hand, aber eine zweite Person stand im Hintergrund und beobachtete die Passanten. Die meisten warfen die Blätter sofort weg oder nahmen erst gar keines an. Aber manche lasen sie auch. Und dann gab es einige wenige, die sich offenbar mehr für das Blatt interessierten, so wie er. Er hatte es ja sogar erneut aus dem Papierkorb herausgeholt. Das war eindeutiges Interesse. Da konnte man nachhaken. Da konnte man einen Kontakt herstellen. Und genau das war damals geschehen. Erst viel später war ihm aufgefallen, dass er ganz eindeutig zur falschen Zeit am falschen Ort gewesen war, dass sein Leben ganz anders verlaufen wäre ohne diese verhängnisvolle Begegnung. Aber damals im Café der Universität hatte er das nicht bemerkt, nicht bemerken können. Er fühlte sich unerklärlich hingezogen zu dieser jungen Frau, die sich da gezielt an seinen Tisch platzierte, und hatte ihr gespannt zugehört. Mehr und mehr hatte er das Gefühl, hier eine Seelenverwandte gefunden zu haben. Schließlich hatte sie ihn eingeladen, sie und ihre Freunde doch einmal zu besuchen.

„Komm doch einfach mal vorbei“, hatte sie gesagt. „Wir leben in einem Bauernhaus bei Oerlinghausen. Ein wunderschöner kleiner Hof, nahezu ganz im Wald gelegen. Wir versuchen, dort im Einklang mit der Natur zu leben und die Mitte in uns zu finden."

„Ora et labora", war es ihm spontan entschlüpft. Bete und arbeite, der Wahlspruch der Mönche seit altersher. Sie hatte darauf gelächelt und gesagt:

„Ja, irgendwie schon. Aber keine Angst, wir sind kein Kloster oder so etwas, wir sind ganz normale, meist junge Menschen, die in einer Gemeinschaft von Gleichgesinnten miteinander leben. Was studierst du eigentlich?"

„Biologie", hatte er geantwortet.

„Oh, wunderbar, dann wird es dir bei uns bestimmt gefallen. Wir glauben, dass wir nur eins mit uns werden können, wenn wir auch eins mit der Natur sind. Ehrlich, komm doch einfach mal vorbei. Wir würden uns freuen. Ich heiße übrigens Anja." Dabei legte sie ihre Hand auf seine und sah ihn direkt in die Augen. „Und ich persönlich würde mich auch freuen", fügte sie hinzu. Dann stand sie auf und ging, wobei sie ihm noch einen letzten Blick zuwarf.

Völlig verwirrt, aber auch ziemlich elektrisiert von dieser Frau, war er zurückgeblieben. Wenn er gewusst hätte, was er heute weiß, hätte er sich sicher die ganze Sache aus dem Kopf geschlagen. Aber die Kenntnis besaß er eben nicht. Stattdessen beschloss er, sich diese Wohngemeinschaft einmal anzuschauen. Vielleicht war das ja tatsächlich etwas für ihn, und er brauchte dann die freien Abende und Wochenenden nicht mehr allein zu verbringen.

Kapitel 8

Mai 2012 – Bielefeld

Im Präsidium angekommen, begab Sommer sich nach Erledigung der Morgenroutine selbst ins Archiv im Keller des Präsidiums.

„Guten Morgen, Kollege Weller. Mein Name ist Frank Som…"

„Morgen, Herr Hauptkommissar. Sie brauchen sich nicht vorzustellen. Hier im Haus kennt Sie doch jeder, seit Sie im letzten Jahr einen so furiosen Einstand hatten", begrüßte ihn der Mitarbeiter fast freundschaftlich. „Womit kann ich Ihnen dienen?"

„Die Sache ist etwas heikel…"

„Ist das nicht alles, womit wir es in unserem Beruf zu tun haben?"

Hier im Archiv wird es wohl eher weniger heikel sein, dachte Sommer, sagte aber nichts. Er hatte Angst, den Archivar zu verärgern. „Worum geht es?", fragte dieser dann.

„Also, ich brauche eine alte Akte, etwa zwei Jahre alt. Der Fall hat sich im April des Jahres ereignet und mag dann vielleicht im Sommer endgültig abgeschlossen worden sein. Ganz genau weiß ich das nicht."

„Aktennummer?"

„Muss ich passen, sorry. Es ging um einen Drogentoten von der Insel Langeoog, einen jungen Mann aus unserer Ecke, aus Halle."

„Halle/Westfalen oder Halle an der Saale?"

Sommer begann langsam unruhig zu werden.

„Halle/Westfalen natürlich. Ich sagte doch, aus unserer Gegend."

„Ja natürlich. Wissen Sie, wer den Fall damals bearbeitet hat?"

„Nein. Leider auch nicht."

„Also, Herr Hauptkommissar, so richtig viel wissen Sie nicht. Aber ich werde sehen, was möglich ist. Wissen Sie den Namen des Drogentoten?"

„Ja, den kenne ich: Tobias Oberbaum, Halle/Westfalen, Hartmanns Wäldchen. Vermutlich war er aber im letzten Jahr vor seinem Tod nicht mehr dort gemeldet, sondern in Oerlinghausen, Schopketal. Seine Eltern leben aber noch in Halle. Können Sie damit etwas anfangen?"

„Ich werd's versuchen. Kann aber ein bisschen dauern. Am besten, Sie gehen erst wieder Ihren sonstigen Geschäften nach. Ich melde mich dann bei Ihnen. Oder ist es sehr eilig?"

Nein, das war es eigentlich nicht, und deshalb bedankte sich Sommer für die Hilfe und ging nach oben in sein Dienstzimmer. Er hoffte, bis zum Abend die Akten auf seinem Tisch liegen zu haben. Dann würde er sie mit nach Hause nehmen und dort in aller Ruhe durchsehen. Die Sache war ja nicht direkt amtlich, vielleicht noch nicht.

Jetzt musste er sich zunächst den wirklich dienstlichen Angelegenheiten zuwenden und schaute nach, ob es noch weitere Bewerbungen für die freie Kommissarsstelle gegeben hatte. In der Tat, eine war noch hinzugekommen. Damit waren es jetzt insgesamt sechs. Drei aus dem eigenen Haus und jeweils eine aus Minden, Herford und Gütersloh. Er hatte den Kreis der Adressaten in Absprache mit Wende dann doch auf alle Kreispolizeibehörden im Regierungsbezirk

Detmold ausgeweitet. Drei der Bewerbungen fand er besonders interessant. Darüber wollte er mit seinen Kollegen noch sprechen. Je ein Mann aus Bielefeld aus dem Kommissariat Vorbeugung und aus Herford. Eine Frau kam aus Minden und hatte dort bereits mit Gewaltdelikten zu tun. Der Herforder kam direkt aus der Dienststelle seines ehemaligen Mitschülers Sven Bringsmeier, mit dem Sommer es im letzten Herbst bei der Brandsache in Herford zu tun hatte. Er wollte schon unmittelbar den Hörer in die Hand nehmen und Bringsmeier anrufen. Dann aber fiel ihm ein, dass es vielleicht besser wäre, wenn sein wichtigster Kollege, KHK Schwameyer, dabei sein könnte. Er bat ihn deshalb zu sich und Pit Schwameyer kam auch nach wenigen Minuten in Sommers Zimmer. Dann rief er in Herford an.

„Bringsmeier."

„Hallo, Sven, hier ist Frank, Frank Sommer."

„Hallo, Frank, altes Haus, wie geht's, wie steht's. Was machen die Brandstifter? Wollen wir mal wieder einen zusammen fangen?"

Wieder diese schleimige Jovialität von Sven Bringsmeier. Die hatte er schon als Schüler nicht ausstehen können. Und den Brandstifter hatten sie auch nicht zusammen gefangen. Das allein war das Verdienst Sommers und seiner Kollegen. Bringsmeier war dabei sogar eher hinderlich gewesen. Aber das sagte Frank Sommer lieber nicht. Stattdessen erzählte er direkt von seinem Anliegen.

„Sven, ich hab vor Kurzem eine Mail verschickt an die Dienststellen in OWL. Es ging um die Ausschreibung einer frei gewordenen Kommissarsstelle bei uns im KK11. Übrigens, Pit Schwameyer ist auch im Raum. Ich hab den Hörer auf ‚laut' gestellt."

„Hallo Pit. Alles klar? – Die Stelle, die bei euch ausgeschrieben ist, ist das die von Sonja Rosenfeld?"

Sommer musste schlucken. Auch Pit runzelte die Stirn. Von der jungen Kollegin stand nichts in der Mail. Aber der „Flurfunk" reichte offenbar bis in die Nachbarstadt. Das wollte er eigentlich vermeiden. Bei einer der nächsten Dienstbesprechungen würde das anzusprechen sein, und zwar ernsthaft. Deshalb ging Sommer auf Bringsmeiers Bemerkung auch gar nicht erst ein.

„Einer deiner Mitarbeiter, Sascha Jostheinrich, hat sich auf die Stelle bei uns beworben. So unter Freunden, was ist denn das für ein Typ?"

„So, so! Unter Freunden?" In Bringsmeiers Stimme lag etwas Süffisantes. Dann schien er einen Augenblick nachzudenken. „Du weißt schon, dass das nicht ganz in Ordnung ist, mich so auszufragen. Ich werde den Kollegen selbstverständlich informieren müssen."

„Selbstverständlich. Tu, was du glaubst, tun zu müssen."

„Also, der Sascha ist enorm ehrgeizig. Brennt sozusagen nach Höherem. Einer meiner besten Mitarbeiter. Sehr korrekt, fleißig, sagt seine Meinung. Würde ihn schweren Herzens abgeben. Aber man kann der Karriere ja nicht im Wege stehen. Ganz ehrlich, wenn der zu euch kommt, macht ihr einen tollen Fang. Das werd ich auch Sascha so sagen, nämlich, dass ich dir das gesagt habe."

„Demnach würdest du ihn empfehlen?"

„Unbedingt, unbedingt. Der Jostheinrich wird eure Abteilung bereichen. Alles was recht ist, aber der hat's drauf."

Sommer beendete das Gespräch und bedankte sich bei Bringsmeier. An Pit gewandt sagte er: „Toller Fang.

Brennt nach Höherem. Der hat's drauf! Sag mal, wie findest du das denn?"

„Na ja, irgendwie ziemlich überspannt", antwortete Pit Schwameyer. Aber der Bringsmeier hat ja immer so was Übertriebenes, ja Schleimiges."

„Mag sein, aber ich hatte das Gefühl, dass Sven diesen Jostheinrich loswerden will. Strebt nach Höherem – klingt ja fast so, als ob er mit seinem Karrierestreben eine Menge Unruhe in die Abteilung bringen würde. Oder sägt er gar schon an Svens Stuhl?" Frank Sommer schaute einen Moment aus dem Fenster. Dann sagte er: „Wir können ihn ja mit einladen zu einem Gespräch."

„Wenn du meinst. Aber mehr als drei Leute sollten es nicht sein."

„Nein, sollten es nicht. Da hast du recht. Übrigens, wo du schon mal hier bist. Schau dir doch die anderen Bewerbungen auch an. Kannst sie mitnehmen in dein Zimmer, dann kann Anna sie auch lesen. Und sagt mir eure Meinung. Ganz interessant könnten vielleicht Marina Burmann aus Minden und Henning Scharfmeier aus unserem Haus sein, bisher bei der Vorbeugung. Ach ja, und gebt die Unterlagen auch Karsten."

„Okay, machen wir gern. Bis dann."

Es war schon kurz vor Feierabend, als der Anruf des zivilen Mitarbeiters Hans Weller aus dem Archiv kam: „Hallo, Herr Hauptkommissar. Ich habe eine Akte gefunden, bei der es sich wohl um die von Ihnen gesuchte handelt. Zwei Jahre alt, und es geht um diesen Tobias Oberbaum, der damals tot auf Langeoog gefunden wurde. Übrigens hat die hiesigen Ermittlungen Ihr Kollege Schwameyer geführt. Wenn Sie da Näheres wissen wollen, KHK Schwameyer kann Ihnen sicher weiterhelfen."

„Oh, sehr schön. Danke, Herr Weller. Gute Arbeit. Ich komm dann mal gleich zu Ihnen runter."

Sommer schloss sein Dienstzimmer und holte die alte Akte Oberbaum aus dem Archiv. Er hatte ohnehin nicht vorgehabt, sie im Büro zu lesen. Das Aktenstudium hatte er sich für den Feierabend vorgenommen. Musste ja nicht jeder sofort mitbekommen, dass er genau diesen Vorgang lesen wollte. Und dann auch noch Schwameyer als damaliger Ermittler, gut ein Jahr, bevor er selbst die Leitung der Mordkommission übernommen hatte. Das konnte womöglich peinlich werden.

Zu Hause traf Sommer auf eine gut gelaunte Angelika. Das Wetter hatte sich im Laufe des Tages verbessert und so saß seine Frau auf der Terrasse in der Sonne.

„Komm, setz dich auch hierher", sagte sie. „Die Sonne ist wunderbar. Magst du einen Kaffee? Ich hab auch ein Stück Kuchen."

„Klingt verlockend. Ist der Kuchen in der Küche?"

Angelika antwortete mit Ja, aber Frank war schon in Richtung Küche unterwegs. Kurz darauf kam er mit einem Stück Zitronenkuchen und einem Cappuccino zurück auf die Terrasse.

„Das Wetter scheint sich ja tatsächlich zu ändern. Hast du schon gehört, wie es am Wochenende sein wird? Und am Ersten Mai?"

„Sieht gut aus, glaube ich. Aber wir sollten nachher unbedingt den Wetterbericht in der Aktuellen Stunde im WDR sehen. Sven Plögers Vorhersagen sind ja in der Regel recht zuverlässig, außer in der letzten Zeit. Das Aprilwetter war wohl schwer prognostizierbar. Wir könnten eigentlich mal wieder etwas gemeinsam unternehmen, an dem Feiertag, meine ich."

„Ja, nicht schlecht“ brummte Sommer, der aber mit seinen Gedanken schon bei seinem Aktenstudium war, während er den Kuchen aß und den Kaffee genoss. „Hab mir übrigens die Akte von Jennifers Bruder mitgebracht“, sagte er wie beiläufig. „Mit der wollte ich mich heute Abend beschäftigen. Ist nicht sonderlich dick. Mal sehn, ob sich da was ergibt.“

„Braver Polizist! Fabian und Jennifer werden sich freuen.“

Kurz nach sieben zog sich Sommer in das Arbeitszimmer zurück, das er sich mit seiner Frau teilte. Normalerweise wurde es nur von Angelika benutzt, die es natürlich als Lehrerin täglich brauchte. Aber auch für ihn gab es dort einen kleinen Schreibtisch mit einem Laptop und einen bequemen Sessel, in dem er immer mal wieder Akten las. Das klappte im Präsidium nie so richtig. Zu oft wurde er dort unterbrochen.

Die Akte Tobias Oberbaum war nicht besonders dick. Das war auch nicht anders zu erwarten. Sommer blätterte sie zunächst grob durch. Als Erstes fielen ihm einige Fotos von der Auffindesituation auf Langeoog ins Auge. Ein typischer Drogentoter und dann irgendwie auch wieder nicht. Das Fixerbesteck lag neben ihm, die Spritze wie aus der Hand gefallen. Offenbar hatte er sie noch aus dem Arm gezogen, bevor er starb. Merkwürdig. In Köln hatte er lange Jahre auch mit der Drogenszene zu tun gehabt. Die Drogentoten, die er dort gesehen hatte, waren allesamt schon auf den ersten Blick als Fixer zu erkennen gewesen. Ausgemergelt, ungepflegt, mit Stichen übersät. Das Äußere von Tobias Oberbaum war ganz anders, nicht verwahrlost und auch nicht ausgezehrt. Der linke Arm war bis über die Ellenbeuge entblößt. Mit einem Gurt war der Oberarm abgebunden worden. Sommer versuchte zu erkennen, ob es dort weitere Einstiche von regelmäßigem Drogenkonsum gab. Aber auch mit einer Lupe gelang ihm das nicht. Er machte sich eine erste entsprechende Notiz.

Als Nächstes fand Sommer Hinweise auf Fingerabdrücke. Tobias' Abdrücke waren sowohl auf der Spritze einigermaßen gut zu erkennen als auch auf dem Löffel, in dem das Heroin aufgelöst worden war, und sogar auf dem Gurt, mit dem der Arm abgebunden war. Merkwürdigerweise waren die Fingerabdrücke an einigen Stellen verwischt. Als Erklärung für diesen Umstand wurde vermutet, dass die Abdrücke von den Sanitätern oder dem Pärchen verwischt wurden, das den Toten gefunden hatte. Alle hatten dies auf Befragung aber für unwahrscheinlich gehalten.

Er blätterte weiter und fast hätte er ein besonderes Detail übersehen. Es war kaum mehr als in einem Nebensatz erwähnt worden. An der Spritze war eine winzige weiße Faser entdeckt worden. Zur näheren Erläuterung wurde hinzugefügt, dass es sich um vollkommen gewöhnliche Baumwollfasern handele. Sie müssten von Tobias Oberbaum selbst stammen, vielleicht von weißer Baumwollunterwäsche oder irgendeinem Tuch. Eine andere Erklärung sei nicht denkbar, da die Sanitäter und der Polizist Latex-Handschuhe trugen hätten und das Urlauberpärchen mehrfach versicherte, den Toten nicht angerührt zu haben, jedenfalls nicht das Fixerbesteck. Außerdem hatten sie keine Baumwollkleidung an. Auch sei nicht erkennbar gewesen, dass äußere Gewalt auf den Toten ausgeübt worden sei. Wie sind diese Baumwollfasern zu erklären, dachte Sommer und machte sich eine weitere Notiz.

Spätestens jetzt war seine Neugier endgültig erwacht, und er begann gezielt alle Schriftstücke in der Akte zu lesen und auszuwerten. Der Bericht des Polizeibeamten aus Langeoog, Sommer notierte sich den Namen Enno Meiners, war sehr knapp. Im Grunde enthielt er nur den Hinweis darauf, wie er von einem Urlauberpärchen zu Hilfe gerufen worden war, allerdings nicht direkt, sondern über die Leitstelle in Wittmund. Wer auf den Inseln den Notruf 110 wählt, gelangt automatisch zuerst zur Leitstelle auf dem Festland. Das ist auch deshalb nötig, weil der Polizeiposten auf Langeoog nicht rund um die Uhr besetzt sein kann. Es gibt, außer in der Hauptsaison, nur einen Beamten. Dieser eher am Rande liegende Umstand war vermerkt worden, zu dem traurigen Ereignis selbst aber fand sich wenig.

Dann suchte Sommer nach einem Obduktionsbericht. Tobias' Leichnam war natürlich in Oldenburg obduziert worden. Alles andere hätte ihn auch gewundert. Jeder vermeintliche Drogentote musste geöffnet werden, um die Todesursache zweifelsfrei festzustellen, denn diese Sterbefälle waren meldepflichtig. Als Todesursache wurde tatsächlich eine Überdosis Heroin festgestellt, was beim Gesamtaugenschein nicht überraschte. Der Gerichtsmediziner hatte dabei ausdrücklich vermerkt, dass keine weiteren Einstiche vorhanden waren. Es sei wohl seine erste Injektion gewesen, mutmaßte der Mediziner weiter. Ebenfalls wurde festgestellt, dass Tobias offenbar sehr wohl einige Zeit andere Drogen konsumiert haben muss, aber eben kein Heroin. Jedoch viel Cannabis und eine synthetische, bewusstseinsverändernde Droge, eine Mischung aus LSD, das seit den Sechzigerjahren in der Hippieszene bekannt wurde, und MDMA, seit den Neunzigern als Ecstasy bekannt. Diese Mischung sei, so las Sommer weiter, heute in der Szene als „Candyflip“ auf dem Markt. Er notierte sich, dass er unbedingt bei KOK Meier von der Drogenfahndung nachfragen müsse, was dieses Candyflip eigentlich sei.

Die Frage nach den fehlenden Einstichstellen schien ausreichend beantwortet. Leider auch die Frage nach Tobias' Drogenkonsum. In diesem Punkte irrte die Familie offensichtlich. Er würde nicht umhinkommen, zumindest Jennifer diese Erkenntnis mitzuteilen, dachte Sommer.

Dennoch merkwürdig, überlegte er weiter: Sollte es Tobias allererste Dosis Heroin gewesen sein, an der er verstarb, und das auf Langeoog? Das war zumindest verwunderlich, wenn auch nicht ausgeschlossen. Die norddeutschen Kollegen waren davon ausgegangen.

Erneut fand er nun auch im Obduktionsbericht den ausdrücklichen Hinweis, dass es keine äußere Gewalteinwirkung auf Tobias gegeben habe, also keine Druckspuren, weil er festgehalten wurde. Alles wies tatsächlich darauf hin, dass Tobias die Droge freiwillig genommen hatte, also Unfall oder Suizid, wobei allerdings kein Abschiedbrief gefunden wurde.

Andererseits: Der Frage, warum Tobias überhaupt nach Langeoog gefahren war, wurde mit keinem Wort nachgegangen. Es gab keinen einzigen Hinweis darauf, was Tobias auf Langeoog gewollt hatte. Dafür musste es aber einen Grund geben. Ein Fixer, wenn Tobias denn einer war, macht keine Urlaubsreisen. Oder war er eigens mit einer genügend großen Portion Heroin nach Langeoog gereist, um sich dort den ersten Schuss seines Lebens zu geben, der dann auch gleich sein letzter war. Sehr merkwürdig das Ganze.

Die Kollegen in Wittmund und Oldenburg waren schließlich zu dem Ergebnis *Unfall* oder *Suizid* gekommen, und Sommer konnte diese Einschätzung nachvollziehen. Dennoch blieb ein gewisses Unwohlsein. Ob sich da noch etwas klären ließ? Und sein Kollege Pit Schwameyer? Er war es gewesen, der die traurige Nachricht der Familie Oberbaum zusammen mit dem Gemeindepfarrer überbracht hatte. Eine Aufgabe, um die Sommer Pit nicht beneidete. An der Tür zu klingeln und dann eine Nachricht mitteilen zu müssen, die in Bruchteilen von Sekunden eine Welt zusammenstürzen lässt. Das machte niemand gern. Irgendetwas musste aber auch Pit stutzig gemacht haben. Vielleicht war ihm beim Studium der Unterlagen aus Wittmund dasselbe aufgefallen wie Sommer. Jedenfalls fand sich in den Akten ein durch den Kollegen verfasster Zusatz. Er hatte noch vor der Beerdigung mit Tobias' Eltern und auch besonders mit Jennifer ausführlich gesprochen. Dabei hatten sie auch von der Sekte aus Oerlinghausen erzählt. Leider, so sah es Sommer, hatte Pit dem dann doch keine Bedeutung beigemessen. Für ihn war das eher ein weiterer Hinweis darauf, dass Tobias tatsächlich drogenabhängig gewesen war. Im Umfeld solcher Landkommunen käme das, wie er schrieb, schließlich immer wieder vor. Zudem hatte die Gerichtsmedizin Drogenkonsum über längere Zeit festgestellt. Vor allem dadurch sah sich Pit in seiner These gestärkt. Dabei war er besonders auf das Candyflip eingegangen, das er als echtes Teufelszeug beschrieb. Da die Wirkung von LSD und MDMA unterschiedlich lang dauerte – LSD länger, MDMA kürzer – würde der LSD-Rausch nach der durch das MDMA verstärkten Euphorie oft wie ein Absturz erlebt, als Horrortrip, der bei LSD ohnehin oft vorkam. Und schlimmer noch, diese Panik- und Horrorattacken könnten auch später unkontrolliert auftreten und dann zu völlig unberechenbaren Reaktionen führen. Die Todesspritze auf Langeoog führte Schwameyer auf diese Wirkung des Candyflips zurück. Und so war für ihn die Sache am Ende klar: Ein Drogentoter mehr. Wobei auch er sich nicht zwischen Unfall oder Suizid entscheiden wollte. Wenigstens aber kein Fremdverschulden. Tragisch in jedem Fall, aber damit musste sich die Familie abfinden. Eine Verbindung zu dieser Sekte in Oerlinghausen sei für ihn sehr unwahrscheinlich, so schrieb er. Immerhin aber blieben so viele Fragen offen, dass Schwameyer sich entschlossen hatte, zwar die Leiche zur Beerdigung freizugeben, aber die Asservate, die er schon aus Oldenburg hatte kommen lassen, noch nicht zu vernichten, für den Fall, dass sich doch noch einmal neue Gesichtspunkte ergeben würden.

Ein guter Entschluss, dachte Sommer. Er würde dennoch bei Pit noch einmal nachfragen müssen, und dann würde er Jennifer und ihren Eltern genau das sagen müssen, was vermutlich auch schon Schwameyer ihnen gesagt hatte. Keine leichte Sache. Schließlich packte er die Akte wieder ein und ging ins Wohnzimmer, wo sich Angelika mit einem Glas Wein vor dem Fernseher niedergelassen hatte.

„Magst du auch ein Glas?", fragte sie.

„Ach nein. Ich hol mir ein Bier. Ich hab wunderbares Einbecker Mai-Urbock im Haus." Er ging in den Keller und war wenige Minuten später mit einer Flasche und einem Glas zurück. Ausgiebig zelebrierte er das Einschenken und schaute sich das Bier im Glas an: Wie ein Gemälde, vor allem der wunderbare, an dunklen Bernstein erinnernde Farbton. Dann trank er einen ersten, tiefen Schluck, aber nicht hastig, dafür war dies

Bier viel zu schade. Herrlich vollmundig, reif, aber dennoch frisch. Schließlich widmete er sich, wie seine Frau, dem Fernsehen. Ein Tatort aus Münster: „Spargelzeit" – fabelhaft, wie am Anfang der Vater des Kommissars beim Spargelklauen erwischt wird und wie dem Sohn erst jetzt klar wird, woher der viele Spargel in letzter Zeit stammte, den sein Vater großzügig verteilt hatte. Dafür buchtete er „Vattern" erst mal über Nacht rücksichtslos ein. Strafe muss sein.

Kapitel 9

Mai 2012 – Bielefeld

Am nächsten Tag, kaum an seinem Arbeitsplatz, nahm Sommer den Telefonhörer in die Hand und rief Pit Schwameyer an.

„Hallo, Pit, kannst du mal rüberkommen zu mir. Wir müssen da was besprechen." Kurz darauf traf der Kollege ein. „Oh, Pit. Schön, dass du Zeit hast. Kaffee? Einen Espresso vielleicht oder lieber Cappuccino? Nimm doch Platz. Ich hab auch ein paar Kekse."

„Wow! Was geht denn hier ab? Soll ich den Verdienstorden bekommen oder zur Schlachtbank geführt werden? Aber gern einen Espresso. Übrigens, wenn's um die Neueinstellung geht, die Unterlagen liegen bei Karsten."

„Nein, nein! Darum geht es nicht", sagte Sommer, der sich daran machte, die Kaffeemaschine zu betätigen. Mit einem Lächeln schob er Pit eine Tasse hin.

„Also, worum es geht, das ist nicht ganz leicht zu erklären. Es ist mir, ehrlich gesagt, auch ein wenig peinlich, aber ich habe keine Wahl. Nun ja, die Sache ist die: Unser Sohn Fabian kam vor einiger Zeit mit einer neuen Freundin nach Hause. Das ist nun wirklich nichts, was wir miteinander besprechen müssten. Aber die neue Freundin heißt Jennifer Oberbaum. Klingelt da schon was bei dir?"

Pit sah ihn skeptisch an und schien nachzudenken. Dann schüttelte er den Kopf.

„Also, diese Jennifer Oberbaum hat uns, das heißt Fabian, Angelika und mir, eine ziemlich unglaubliche

Geschichte erzählt." Sommer berichtete ausführlich, was Jennifer ihnen zugetragen hatte. Als er nach endlos langen zehn Minuten fertig war, sah er fragend und skeptisch zu Pit hinüber, der offenbar sehr angespannt zugehört hatte und jetzt seine Stirn bedenklich in Falten legte. Es entstand eine sich schier endlos dehnende Pause.

„Und was hat das mit mir zu tun?", fragte Pit schließlich.

„Also, ich hab mir die Akten besorgt und mich mit diesem alten Fall näher beschäftigt. Du hast damals die Sache hier bei uns bearbeitet."

„Ja, mir schwant was." Pit sah besorgt aus. „Und was ist nun damit? Jetzt mach es doch nicht so spannend. Was hab ich bei dieser Sache verbrochen?"

Pit schien nun doch etwas sauer zu werden, etwas, was Sommer hatte vermeiden wollen, was ihm aber allem Anschein nach nicht geglückt war.

„Pit, damit das gleich klar ist. Ich will dir nicht auf die Füße treten. Du hast nichts falsch gemacht. Im Gegenteil! Ich will nur klären, was damals passiert ist. Ich hab es dem Mädchen versprochen und sie wird mich sicher wieder danach fragen. Ich kann garantiert nicht nach Hause kommen, ohne irgendetwas unternommen zu haben."

Wieder eine Pause.

„Okay. Das verstehe ich. Und von mir möchtest du jetzt hören, wie ich die Sache damals eingeschätzt habe, und warum." Schwameyer beruhigte sich offenbar wieder.

„So ist es", sagte Sommer, „ich habe mir die Akten ziemlich genau angesehen. Dabei sind mir ein paar Dinge aufgefallen, die ich nicht einordnen kann."

„Schieß los."

„Warum befand sich Tobias überhaupt auf Langeoog? Was machte er dort? Fährt extra den weiten Weg bis an die Nordsee und dann auch noch auf eine Insel, um sich den ‚goldenen Schuss' zu geben, der nach allem, was die Obduktion ergeben hat, auch sein erster gewesen ist?"

„Klingt nicht besonders sinnvoll", warf Pit ein. „Genau das hat mich damals auch stutzig gemacht."

„Ganz und gar merkwürdig aber ist, dass an der Spritze eine winzige Baumwollfaser gefunden wurde. Wie ist die dahin gekommen? Eine erschöpfende Antwort gibt es nicht auf diese Frage."

„Absolut richtig", gab Schwameyer seinem Chef recht.

„Es gibt dafür keine wirklich sinnvolle Antwort. Allerdings, wenn diese Fasern ein Hinweis auf Fremdeinwirkung sein sollen, müssten sich doch noch weitere Spuren finden lassen, Druckspuren zum Beispiel, die darauf hinweisen, dass Tobias festgehalten worden ist. Die gibt es aber nicht. Andererseits, dass die Fasern von seiner Unterwäsche stammen, ist auch irgendwie fragwürdig."

Pit dachte einen Moment nach. Schließlich fuhr er fort: „Und dann ist ja auch noch die Sache mit dieser obskuren Sekte in Oerlinghausen. Ich habe mich damals mit ihr beschäftigt, bekam aber keine Genehmigung zu einer Durchsuchung. Wende und dein Vorgänger hielten überhaupt nichts davon, und ich musste diese Ermittlung aufgeben."

„So etwas in der Art hatte ich schon vermutet", sagte Sommer. „Aber du hast wenigstens dafür gesorgt, dass die Asservate nicht vernichtet wurden, für den Fall, dass es irgendwann noch einmal neue Erkenntnisse geben sollte."

„Ja, ich hatte wirklich ein ungutes Gefühl und dachte, das wäre das Mindeste, was ich tun könnte."

„Daran hast du gut getan, Pit." Sommer nickte zustimmend mit dem Kopf. „Vielleicht", so fuhr er fort, „hat niemand Tobias die Spritze gegen seinen Willen verpasst. Es gab ja tatsächlich keine Druckspuren oder Hämatome. Aber was heißt das schon. Vielleicht wurde er psychisch unter Druck gesetzt, sodass er es schließlich verzweifelt und völlig am Ende seiner Kräfte selbst getan hat. Vielleicht hat man ihm das Rauschgift auch besorgt und irgendwie hingelegt – das wäre dann Beihilfe zum Suizid, immerhin."

„Hätte, wäre, könnte! Mag alles sein, aber es ist und bleibt Spekulation. Da haben Wende und dein Vorgänger recht. Wenn es keine wirklich neuen Erkenntnisse gibt, dann lass die Sache auf sich beruhen. So leid es mir um die Familie tut, sie muss sich mit dem Unvermeidlichen abfinden." Schwameyer sagte dies mit einem traurigen Unterton. „Am besten ist es, wenn du die Akte zurückbringst und deinem Sohn und seiner Freundin die traurige Wahrheit nahebringst", fügte er hinzu. „Aber geh nicht zu Wende und zur Staatsanwaltschaft mit der Bitte, den Fall wieder aufzunehmen. Du holst dir eine Abfuhr."

Frank Sommer blieb etwas ratlos zurück. Im Grunde musste er seinem Kollegen recht geben. Er hatte wahrlich nichts Greifbares in der Hand. Dem Staatsanwalt konnte er damit nicht kommen. Aber er fühlte sich auch unwohl dabei, nichts zu tun. Vielleicht konnte er wenigstens Wende überzeugen, erneut den Spuren und Aussagen nachzugehen, zum Beispiel die niedersächsischen Kollegen noch einmal zu befragen oder die Sekte wenigstens einmal zu besuchen. Er musste es einfach versuchen, denn sonst könnte er seiner Familie nicht unter die Augen treten. Also nahm er den Telefonhörer in die Hand und wählte Wendes Nummer.

„Wende hier", ertönte auf der anderen Seite die vertraute Stimme des Kriminaldirektors. „Wie geht es Ihnen? Schon weitere Neuigkeiten in der Nachfolgesache für Kollegin Rosenfeld?"

„Nein, das heißt doch. Es gibt zwei bis drei aussichtsreiche Bewerber beziehungsweise auch eine Bewerberin. Aber das ist es nicht, weshalb ich Sie sprechen möchte. Am Telefon kann ich das aber schlecht erläutern. Wann würde es Ihnen passen, dass ich vorbeikomme?"

„Oh, scheint ja sehr wichtig zu sein. Also, ich seh' mal gerade in meinen Terminkalender. Heute ist es schlecht, aber morgen könnte es klappen, wenn Ihnen 20 bis 30 Minuten reichen. Sagen wir um halb zwölf, kurz vor Mittag?"

Sommer schluckte. Noch einen Tag warten. Er liebte es ganz und gar nicht, unangenehme Dinge vor sich herzuschleppen. Aber da war hier wohl nichts zu machen.

„Ja, okay, dann bis morgen", sagte er deshalb betont ausgeglichen und freundlich.

Sein Blick fiel auf eines der Fotos an der Wand ihm gegenüber, ein Bild vom letzten Norwegenurlaub: Ein munter bis reißend aus letzten Schneefeldern gespeister und durch Wiesen und kniehohes Gestrüpp dahin springender Gebirgsbach, der sich bereits in den Fels eingegraben hatte und vermutlich dem Ziel entgegenrauschte, das für alle norwegischen Gebirgsbäche vorgesehen zu sein scheint: nämlich als tosender Wasserfall oft über hunderte von Metern einem Fjord entgegenzufallen. Im Hintergrund mehr zu vermuten als zu erkennen der tiefe Einschnitt des Ziel-Fjords und jenseits davon die schneebedeckten Berge des gegenüberliegenden Fjells. Das Foto war vor zwei Jahren entstanden. Unten am Fjord, auf Meereshöhe, waren es damals im Juli fast 30 Grad gewesen, aber oben auf dem Hochplateau, in 1000 Metern Höhe, lagen bei nur 14 Grad noch ausgedehnte Schneereste. Unten am Fjord Mitteleuropa und oben Arktis. Und dazwischen nur wenige Autominuten. Nirgendwo sonst in Europa lagen die Klimazonen so dicht beieinander. Wie dicht, dachte er, und seine Gedanken gingen zurück zu Tobias und Jennifer Oberbaum, wie dicht liegen die Dinge oft nebeneinander. Vor knapp zwei Jahren, als er das Foto gemacht hatte, war Tobias schon tot, und in der Familie Oberbaum herrschte Entsetzen und Trauer. Und nun sah er kaum eine Möglichkeit, der Familie zu helfen. Auch wenn Wende weiteren Nachforschungen zustimmen sollte, sehr viel Hoffnung, etwas Wesentliches herauszufinden, hatte er nicht. Er würde unbedingt nicht nur mit Jennifer, sondern auch mit deren Eltern reden müssen. Vielleicht konnte er sie davon überzeugen, das Unvermeidliche zu akzeptieren und sich nicht mehr an vage Hoffnungen zu klammern. Natürlich, er war kein ausgebildeter Therapeut, aber als Leiter der Mordkommission hatte sein Urteil vielleicht genügend Autorität, um vom Ehepaar Oberbaum gehört zu werden. Aber vielleicht auch nicht. Er wollte sich nicht einbilden, etwas verändern zu können, woran nach Jennifers Worten schon Therapeuten gescheitert waren.

„Hey, Frank, träumst du? In welcher Gegend dieser Welt befindest du dich?“

Frank Sommer schreckte auf. Er hatte gar nicht gehört, wie die Tür geöffnet wurde und sein jüngster Kollege, Karsten Linnemann, er war gerade erst 34 geworden, durch die Tür kam.

„Oh, Karsten! Hab dich gar nicht gehört. Na ja, war mit Gedanken gerade in Norwegen." Sommer zeigte auf das Bild an der Wand ihm gegenüber. „Toll, solche Fotos. Man kann immer mal für wenige Minuten aus dem Alltag ausscheren und auf diese Art neue Kraft tanken."

„Ups", bemerkte Karsten, „ist die Gegenwart so schlimm?"

„Na ja, wie man's nimmt. Ich hab da in der Tat ein kleines Problem. Aber du bist sicher nicht hier, um dir meine Sorgen anzuhören. Wie ich sehe, hast du dir die Bewerbungsunterlagen angesehen." Sommer zeigte auf den Stapel Akten unter Linnemanns Arm. „Hast du dir schon ein Urteil gebildet?"

„Ja, sicher, oder besser: nein. Die endgültige Entscheidung müsst ihr natürlich treffen."

„Hör auf rumzueiern! Dich geht das Ganze doch besonders an. Er oder sie wird dein direkter Partner."

„Okay, wenn du mich so fragst. Scharfmeier und Burmann scheinen nicht schlecht zu sein, Jostheinrich eventuell. Einer der Namen, die ich gelesen habe, würde mir allerdings Schwierigkeiten machen, Bellmann von der Internen. Das ist ein ziemlicher Pedant, der mir schon gehörig auf den … äh, auf die Nerven gegangen ist."

„Ups, gerade Bellmann war mein Favorit." Linnemann wurde blass. „Nein, im Ernst", fuhr Sommer fort, „Scharfmeier und Burmann sind auch meine Favoriten. Pit sieht das übrigens ähnlich."

„Anna auch, hab ich gehört", warf Karsten ein.

„Ach, das wusste ich noch gar nicht. Aber schön! Bei Jostheinrich sind Pit und ich übrigens skeptisch. Der ist zurzeit in Herford bei Bringsmeier. Und Sven hat ihn dermaßen über den grünen Klee gelobt, dass wir vorsichtig geworden sind. Scheint ein echter Karrieretyp zu sein, der in Herford eher für Unruhe sorgt."

„Das hat Bringsmeier gesagt?"

„Nein, natürlich nicht. Der hat ihn, wie gesagt, über den grünen Klee gelobt. Aber es fielen Worte wie: Ist sehr ehrgeizig. Strebt nach Höherem usw."

„Na dann, ihr macht das schon." Mit diesen Worten legte Karsten den Aktenstapel auf den Konferenztisch gegenüber von Sommers Schreibtisch unterhalb des Norwegenbildes und wollte sich zur Tür wenden.

„Ach, Karsten, einen Moment noch, wenn du Zeit hast. Höchstens 15 Minuten."

„Ja, das geht schon. Was liegt denn noch an?"

„Einen Kaffee vielleicht?"

„Capuccino wär klasse."

Sommer setzte seine Kaffeemaschine in Gang.

„Also, Karsten, worum es geht. Ich möchte doch deine Meinung hören zu dem Problem, das ich eben erwähnt habe." Sommer erzählte kurz und präzise, aber auch so ausführlich wie nötig von Jennifer und Tobias Oberbaum. Am Ende gab er Karsten die Akte, die dieser aufmerksam durchsah. Dann fragte er: „Und? Deine ehrliche Meinung?"

„Meine ehrliche Meinung. Ich denke, du hast recht. Das Ganze sieht etwas merkwürdig aus. Aber etwas Handfestes gibt es trotzdem nicht. Dennoch, du solltest da noch mal nachhaken. Allerdings könnte es Ärger mit Wende geben. Aber dein Sohn und seine Freundin haben es verdient, dass du nicht sofort aufgibst."

Sommer presste die Lippen aufeinander und nickte bedächtig, ja schwerfällig. Dann sagte er: „Ja, das denke ich auch. Mehr als Nein sagen kann Wende schließlich nicht. Und wenn ich gar nicht zu ihm gehe, ist es letzten Endes auch ein Nein."

Kapitel 10

Mai 2012 – Bielefeld

Pit war nach dem Gespräch mit Sommer etwas genervt in sein Zimmer zurückgeschlurft, weil er vermutete, dass sein Chef nicht so leicht aufgeben würde. Seine Kollegin Anna Tomczyk, mit der er regelmäßig in einem Team zusammenarbeitete, war nicht in ihrem gemeinsamen Raum. Ihr Tisch wirkte wie eben verlassen. Wahrscheinlich kam sie gleich wieder.

Auf seinem Schreibtisch fiel sein Blick auf einen Namen und eine Telefonnummer, die er sich notiert hatte. Schlagartig verbesserte sich seine Laune. Susanne Mühlmann stand auf dem Zettel und eine Mobilfunknummer. Könnte ich doch eigentlich mal anrufen, dachte er. Ob Susanne an Himmelfahrt wohl schon etwas vorhatte? Wie magnetisiert gingen seine Gedanken zurück an das letzte Wochenende. Er hatte die erste größere Ausfahrt des Jahres mit seinem Motorrad unternommen. Und wie immer führte ihn diese erste Fahrt zum Köterberg in Lippe mit seinem Berggasthof, der sich speziell auf Biker eingestellt hatte. Dort konnte er sicher sein, mit anderen Motorradfreunden Gespräche unter Gleichgesinnten zu führen, Benzingespräche, wie sie es nannten. Und da war ihm Susanne begegnet, eine Begegnung, die ihn wie ein Sturmwind getroffen hatte oder wie eine Kawasaki „Ninja", ein Bild, das ihm als Motorradfahrer besser gefiel, obgleich er selbst eher der Cruiser- und Offroad-Typ und seine BMW alles andere als ein Supersportler war.

Er hatte sich gerade mit einer Gulaschsuppe an einem der Tische vor der Berghütte niedergelassen, als er von einem Pärchen in Motorradkombi angesprochen wurde.

„Hey, die Plätze hier, sind die noch frei?", fragte der Mann.

Pit schaute auf, ein wenig aus seinen Gedanken gerissen.

„Ja, sicher, kein Problem", sagte er. Dabei fiel sein erster Blick jedoch auf die Frau, die etwas jünger als er selbst sein mochte und die ihm direkt gegenüberstand. Es traf ihn wie ein Blitz und er wollte schon spontan „Wow" rufen, konnte sich aber dank seiner guten Kinderstube gerade noch beherrschen. Den offenbar zu ihr gehörenden Mann schätzte Pit auf sein eigenes Alter, also Mitte vierzig. Die beiden stellten ihre Suppe und ihre Apfelschorle auf den Holztisch und schwangen sich über die Sitzbank.

„Öfters hier?", begann Pit das Gespräch

„Ja, hin und wieder. Dies Jahr aber noch nicht. Die Saison hat ja auch gerade erst angefangen. Obwohl, einige Hartgesottene kommen ja sogar im Winter her. Aber ich geb's zu, da bin ich eher der Schönwetter-Biker."

Pit löffelte weiter seine Suppe, hatte aber Schwierigkeiten, seinen Blick von der Frau ihm gegenüber zu lassen.

„Ja", sagte er dann, „geht mir ähnlich. Im Winter hab ich das Motorrad abgemeldet und im Frühjahr zum Saisonstart führt mich dann bald der erste Weg hierher zum Köterberg. Okay, dies Jahr hat es ein bisschen gedauert. Das Wetter war bisher einfach zu schlecht. Aber jetzt freu ich mich, wieder hier zu sein. Fühl mich einfach wohl unter so viel Gleichgesinnten.

Und Sie beide? Sind Sie mit einer Maschine unterwegs oder mit zweien?"

Jetzt antwortete die Frau. „Nee, nee, auf jeden Fall mit zweien. Ich brauch meine eigene Maschine. Hinten drauf sitzen, das ist absolut nicht mein Ding. Fahrspaß gibt es nur, wenn man selbst fährt. Und bei meinem Bruder hinten – das geht gar nicht. Der fährt mir einfach zu aggressiv. Ich lasse es meist etwas ruhiger angehen."

Pit hörte wie elektrisiert zu. Die Stimme war warm und in einer eher tiefen Stimmlage. Er hasste schrille Frauenstimmen. Das Gesicht frisch, fröhlich und offen. Und unter der Kombi vermutete er eine sportliche Figur. Auf jeden Fall nicht zu dürr, das mochte er auch nicht. Allerdings hatte er im Laufe seiner beiden gescheiterten Beziehungen gelernt, dass das Äußerliche nur eine zweitrangige Rolle spielt. Warmherzigkeit, Freundlichkeit und ein offenes Wesen waren ihm immer wichtiger geworden, und vor allem zählten gemeinsame Interessen. Besonders daran hatte es beim letzten Mal gemangelt. So etwas sollte ihm nicht noch einmal passieren. Das hatte er sich geschworen. Lieber wollte er allein bleiben. Aber diese Frau hier, ihm gegenüber …

„Und Sie, sind Sie allein hier?", setzte sie das Gespräch fort. Pit wurde aus seinen Gedanken gerissen.

„Ich, äh, ja, allein, ja, ich bin allein hier." Oh nein, wie peinlich, dachte er. Hoffentlich merkt man nicht allzu sehr, wie beeindruckt ich bin. „Meine letzte Partnerin hatte überhaupt keinen Sinn fürs Motorradfahren. Aber das ist vorbei, schon seit zwei Jahren. Seitdem fahre ich wieder öfter, allein natürlich."

Pit konnte selbst kaum glauben, was er da spontan von sich preisgab. Sein Gegenüber sah ihn mit einem neugierigen, ja beinahe enthusiastischem Blick an, von dem Pit mit voller Wucht getroffen wurde. Schon fast wie aus einer anderen Welt hörte er sie sagen: „Ja, davon kann ich auch ein Lied singen." Dann schwieg sie auf eine nachdenkliche Art, und alle drei beschäftigten sich wieder mit ihrer Suppe.

Nach einer Weile war es der Bruder, der das Gespräch wieder aufnahm. „Woher kommen Sie – das heißt: Eigentlich duzt man sich ja unter Bikern. Also, ich bin der Uli. Und du bist der ...?"

„Der Pit aus Bielefeld."

„Und ich bin die Susanne aus ..." Pit stockte der Atem. Hoffentlich nicht aus irgendeiner weiten Ferne. „ ... Ubbedissen. Da wohnen wir ja in derselben Stadt. So klein ist die Welt. Und aus welchem Stadtteil?"

„Westliche Mitte, Siegfriedplatz. Hab da ne nette Altbauwohnung mit Balkon."

„Siegfriedplatz?"

„Ja, eine super Wohnlage, finde ich. Kennst du die Gegend?"

„Siegfriedplatz? Hab gelegentlich schon davon gehört. Überwiegend Altbauten, wenn ich mich recht entsinne."

„Ja, schon", pflichtete Pit ihr bei, „aber trotz der alten Häuser inzwischen eine durchaus junge Gegend. Der Grund ist die Uni, die gar nicht so weit entfernt ist. Mehrere Kneipen in der Nähe. Besonders interessant im Sommerhalbjahr zwei Biergärten mit Ausschank im Freien, einer davon in einem alten Straßenbahnwagen. Und dann zweimal jede Woche Markt. Ich kann von meiner Küche aus direkt dorthin schauen. Allerdings hab ich nur im Urlaub etwas davon, da der Wochenmarkt immer mittwochs und freitags Vormittag stattfindet, und da muss der normale Mensch arbeiten. Samstags ist ja nur auf dem Neumarkt ein großer Wochenmarkt, im Schatten des Telekom-Hochhauses. Und der hat einfach nicht das Flair vom Siggi."

„Wenn man vom Siegfriedplatz weiterfährt, kommt man doch direkt zur Uni und zur Oetkerhalle?", interessierte sich Susanne. Und nach einer kurzen Pause fügte sie an: „Und natürlich zur Schüco-Arena. Die Arminia, ist die eigentlich immer noch dritte Liga?"

Pit stöhnte auf. „Ja, leider. Den Klassenerhalt gerade geschafft. Aber von Wiederaufstieg in die zweite oder gar die erste Liga kann vorerst wohl keine Rede sein. Das ist schon wirklich schade. Wie der Verein heruntergewirtschaftet wurde. Schulden machen ohne Ende, aber nicht für gute Spieler. Da hieß es immer: ‚Für uns zu teuer.' Oder ‚Passt nicht in unser Gehaltsgefüge.' Aber stattdessen einen Stadionprachtbau, mit dem man sich bei der Frauenfußball-WM im letzten Jahr beworben hatte, aber dann doch leer ausging. Und nun steht man da: Wenig Einnahmen in der dritten Liga, aber umso mehr Schulden und ein zumindest für die dritte überdimensionales Stadion. Aber lasst uns nicht von Arminia sprechen. Das macht mich irgendwie trübsinnig. Lasst uns lieber über Dinge sprechen, die uns als Motorradfahrer interessieren. Was habt ihr eigentlich für Maschinen? Ich hab eine BMW, eine R 1200 GS, Reiseenduro."

„Klar, verstehe", unterbrach ihn Uli. „Wenn die Reise etwas länger dauern soll."

„Stimmt!", antwortete Pit leicht amüsiert. „Letztes Jahr war ich im Sommer in Schweden. Demnächst hätte ich mal Lust auf Korsika. Mal sehen. Und Ihr? Wie sieht's bei euch aus?"

„Also, ich fahre eine Yamaha, ein Allrounder, sozusagen für alle Gelegenheiten, eine TDM 900 A, um genau zu sein. Aber Susanne hat auch eine Enduro."

„Oh, danke, Brüderchen. Ich kann schon selbst sprechen. Aber es stimmt. Ich begeistere mich auch fürs Enduro fahren. Hab eine Yamaha, eine etwas ältere XT 660."

Pit war immer mehr beeindruckt von dieser Frau, die ihm da gegenübersaß. Wie sollte er es anstellen, sie wiederzusehen? Er würde eine passende Gelegenheit abwarten. Zunächst unterhielten sich alle drei angeregt weiter. Benzingespräche eben. Die Zeit verging wie im Fluge. Unerwartet und aus Pits Sicht viel zu früh stand Uli auf und sagte:

„Nett, dich kennengelernt zu haben. Aber wir wollen weiter. Vielleicht sieht man sich ja mal wieder, hier oder an der Brocker Mühle, wo man als Motorradfahrer eben so landet."

Pit wurde leicht panisch. Jetzt oder nie, dachte er. Doch bevor er noch etwas sagen konnte, drückte Susanne ihm unauffällig einen Zettel in die Hand und verabschiedete sich mit einem besonders freundlichen Lächeln. „Bis dann mal wieder."

Als die beiden gegangen waren, las Pit, was auf dem Zettel stand: ihren Name Susanne Mühlmann und eine Handynummer. Pit ballte vor Freude und Zuversicht die Faust.

„Hey, Pit, träumst du? Starrst wie gebannt auf so einen kleinen Zettel?" Unbemerkt von ihm war seine Kollegin Anna ins Zimmer gekommen. Nur jetzt nicht rot werden wie ein ertappter Sünder, dachte er.

„Ach, hi, Anna. Nee, war nur ein wenig in Gedanken. Ist alles in Ordnung. Bin gerade bei Frank gewesen, der hatte so einen komischen Fall." Von dem Gedanken an einen Anruf bei Susanne musste er sich erst einmal verabschieden. Oder doch nicht? Pit nahm den Zettel mit der Telefonnummer, sein Handy und ging nach draußen. „Bin gleich wieder da!" Er lächelte Anna zu, die ihn etwas unverständlich ansah.

Draußen auf dem Flur suchte er nach einer ruhigen Ecke, dann wählte er Susannes Nummer. Er spürte sein Herz vor Aufregung schlagen. Dabei kam er sich wie ein dummer Teenager vor. Wenn ihn hier bloß nicht jemand beobachtete oder gar belauschte. Vielleicht hätte er doch lieber zum Auto gehen sollen.

„Mühlmann, hallo."

„Ja, äh. Hallo, Susanne, hier ist Pit, Pit Schwameyer. Erinnerst du dich? Letzten Sonntag auf dem Köterberg? Wie geht's?"

„Hallo, Pit, ich hab schon kaum noch damit gerechnet, dass du anrufst. Hatte die Hoffnung schon fast aufgegeben."

„Na ja, ich dachte, also, ich wusste nicht ...", wie peinlich, was stammele ich hier rum. Das geht ja gar nicht, dachte Pit. Dann konzentrierte er sich auf das Gespräch.

„Ich wollte dir sagen, dass ich es wirklich toll fand, dass wir uns Sonntag getroffen haben, so ganz unverhofft. Und wenn ich ehrlich bin", Pit musste schlucken. Ihm saß ein ziemlicher Kloß im Hals, „also, wenn ich ehrlich bin, du hast mich schon beeindruckt." Es entstand eine kleine Pause, weil Pit nicht recht weitersprechen konnte.

„Oh, tatsächlich? Äh, schön zu hören." Susanne schien irgendwie überrascht und Pit meinte durchs Telefon auch eine kleine Verlegenheit zu spüren. Oder bildete er sich das nur ein? Susanne war schließlich eine erwachsene Frau. Aber dann hörte er sich schon weiterreden: „Und deshalb wollte ich dich einfach mal fragen, ob wir nicht Himmelfahrt zusammen eine kleine Ausfahrt mit unseren Motorrädern machen sollen. Was hältst du davon? Ziel bestimmst du."

Susanne überlegte offenbar einen Moment. Dann sagte sie: „Ja, klingt sehr gut!"

„Echt? Ich freu mich! Und wohin?", antwortete Pit.

Wieder eine kleine Pause. „Weser vielleicht? Von Vlotho flussaufwärts bis Rinteln und dann durch das Lippische Bergland zurück. Aber wollen wir das Ganze nicht heute Abend bei einem Bier besprechen? Wie wäre es beim ALEX in der Obernstraße?"

„Die Brasserie? Ja, super Idee! Sagen wir um acht?"

„Alles klar. Dann bis um acht."

Kapitel 11

Mitte Mai 2012 – Bielefeld

Als Sommer am nächsten Tag auf dem Weg zu seinem Chef war, dachte er wieder an den alten Spruch: Gehe nie zu deinem Fürst, wenn du nicht gerufen wirst. Heute wurde er nicht gerufen, er ging aus eigenem Antrieb. Ein etwas flaues Gefühl in der Magengegend konnte er nicht leugnen.

„Hallo, Sommer, kommen Sie, setzen Sie sich. Was haben Sie auf dem Herzen?“ Gewohnt freundlich begrüßte Wende seinen Leiter der Mordkommission.

Frank Sommer gab sich einen inneren Stoß und begann ohne Umschweife von Jennifer, von Tobias und dem alten, zwei Jahre zurückliegenden Fall zu erzählen. Er verschwieg auch nicht, was Linnemann und Schwameyer dazu gesagt hatten. Er wäre ohnehin danach gefragt worden, also schien es sinnvoll, sofort auch Pits negative Stellungnahme zu erwähnen. Wende hörte intensiv zu. Vorschnelle Urteile, egal ob Zustimmung oder Ablehnung, waren nicht sein Ding. Das zeichnete ihn aus. Er hatte sich bisher wirklich nicht als schlechter Chef erwiesen. Dennoch kam nach einiger Zeit ein klares Nein zu Sommers Überlegung, den Fall wenigstens teilweise noch einmal aufzunehmen.

„Sommer, das müssen Sie verstehen“, schloss Wende, als er dessen Enttäuschung sah. „Wie ich das sehe, hat unser Kollege Schwameyer damals sauber ermittelt und sogar noch einmal mit der Familie gesprochen. Aber es gibt nun einmal keine handfesten Hinweise, dass bei der Sache irgendetwas nicht stimmt.

Das ist schwer für die Angehörigen. Aber ich denke, die Familie muss das akzeptieren, auch die Freundin Ihres Sohnes. Und auch Sie", mit einer Handbewegung deutete er auf Sommer, „sollten die Sache nicht weiterverfolgen. Sie haben ihr Möglichstes getan, und ich verstehe, dass Sie das tun mussten. Aber es gibt in unserem Beruf leider immer wieder Dinge, bei denen wir trotz eines unguten Bauchgefühls nicht weiterkommen. Dann müssen wir auch in der Lage sein, so etwas auf sich beruhen zu lassen. Das wird auch für die Familie des Toten notwendig sein. Das ist sicher schwer, und vielleicht kann man es nie so richtig akzeptieren, wenn die Wahrheit so schmerzhaft ist."

Sommer lehnte sich zurück. „Ja, wahrscheinlich haben Sie recht", sagte er. „Ich werde versuchen, das Jennifer und eventuell auch den Eltern klarzumachen." Er sah eine Weile ohne etwas zu sagen aus Wendes Bürofenster hinaus auf die Kreuzung Kurt-Schumacher-Straße und Stapenhorststraße und den Bürgerpark dahinter. Die Bäume waren jetzt allesamt grün geworden und die Luft war inzwischen auch angenehm warm. Das ließ hoffen für die kommenden Feiertage.

Auch Wende hatte eine Weile geschwiegen, dann fragte er: „Und wie sieht es mit der Nachfolge von Sonja Rosenberg aus?"

Sommer brauchte eine Sekunde, um in die Wirklichkeit zurückzukehren. Dann sagte er:

„Hab die Bewerbungsunterlagen mitgebracht. Die Frist, die wir uns gesetzt hatten, ist abgelaufen, und ich denke, Sie sollten sich alle Bewerbungen einmal ansehen."

„Oh ja, wunderbar. Ich schau mir natürlich alles genau an. Aber dennoch, haben Sie schon Favoriten?"

„Wenn ich ehrlich sein darf, ja, zwei. Henning Scharfmeier aus unserem eigenen Haus, ist zurzeit bei der Vorbeugung und …"

„Oh, würde ja gut passen. Rosenfeld geht von uns zur Vorbeugung und Scharfmeier kommt von der Vorbeugung zu uns. Ganz schlichter Verwaltungsakt. Fände ich gut. Aber zwei bis drei sollten wir schon zu einem Gespräch einladen."

„Ja, und Marina Burmann aus Minden. Ist dort schon im Bereich Gewaltkriminalität eingesetzt. Hat also gewissermaßen schon Erfahrung auf dem Gebiet, auf dem sie auch hier arbeiten würde. Im Übrigen sollten wir nicht nur auf die fachliche Qualifikation achten, darauf natürlich besonders, vielmehr auch darauf, ob der Bewerber in unser Team passt."

„Oder die Bewerberin", fühlte Wende sich bemüßigt hinzufügen. „Nebenbei bemerkt", setzte er fort, „was ist eigentlich mit diesem Jostheinrich aus Herford? Sollten wir den nicht auch einladen?"

Ups, dachte Sommer, da war Bringsmeier wohl schon aktiv geworden. Dem scheint es ja sehr wichtig zu sein, seinen Mitarbeiter loszuwerden. Aus den Bewerbungsunterlagen konnte Wende diesen Namen nicht kennen, lagen die doch erst jetzt auf seinem Tisch.

„Offenbar hat Bringsmeier schon mit Ihnen gesprochen", sagte Sommer dann laut zu seinem Vorgesetzten. „Uns, das heißt Schwameyer und mir, schien Bringsmeier sehr daran interessiert zu sein, diesen Jostheinrich regelrecht über den grünen Klee zu loben. Da hatten wir gleich unsere Bedenken."

„Das mag so sein", gab Wende sich verständnisvoll. „Bringsmeier hat manchmal eine etwas, sagen wir, gewöhnungsbedürftige Art. Aber vielleicht täuscht man sich ja auch und dieser Jostheinrich ist wirklich so gut. Seine Zeugnisse jedenfalls sind ausgezeichnet. Springen Sie über Ihren Schatten und laden Sie auch ihn zu einem Gespräch ein. Sprechen Sie die Termine aber unbedingt vorher mit mir ab. Ich muss schon dabei sein. Am liebsten wären mir alle drei hintereinanderweg. Aber Sie machen das schon, Sommer."

Dann folgte die obligatorische Handbewegung und Sommer wusste, dass das Gespräch zu Ende war. Er ging zur Tür und mit einem kurzen Gruß hinaus.

Das war's dann wohl, dachte Sommer. Die Routine hatte ihn wieder. Natürlich war die Neueinstellung wichtig. Aber dass er im Fall von Tobias Oberbaum so gar nichts tun durfte, wurmte ihn doch sehr. Wieder in seinem Zimmer, sah ihn die Ermittlungsakte beinahe provozierend an. Offiziell konnte er da nicht mehr tätig werden. Aber vielleicht gab es doch noch eine kleine, ganz inoffizielle Möglichkeit.

Die Frage der teilweise verwischten Fingerabdrücke auf der Heroinspritze ließ ihn nicht ruhen. Er beschloss seine guten Kontakte zur Kriminaltechnikerin Claudia Bruning zu aktivieren. Für kurze Dienstwege war sie in der Regel offen. Er erreichte sie nach dreimaligem Klingeln in ihrem Labor.

„Hallo, Clau. Frank Sommer hier."

„Hi, Frankieb ... oh Verzeihung, das sollte ich ja nicht sagen. Hi, Frank. Was gibt's?"

„Um es gleich zu sagen. Dieser Anruf ist so was von inoffiziell, inoffizieller geht es gar nicht. Und am besten vergisst du ihn sofort wieder, wenn das, was ich dir jetzt erzähle, zu nichts führt."

„Hör auf mit diesen verklausulierten Andeutungen. Sag, was du willst, und das möglichst geradeheraus."

„Okay", bemühte sich Sommer jetzt um präzise Sachlichkeit. „Bei uns in der Asservatenkammer liegt eine Fixerspritze mit Feuerzeug, Löffel und Abbindegurt. Auf allen befinden sich nur die Fingerabdrücke des toten Fixers, der sich damit den goldenen Schuss gesetzt haben soll. Aber einige sind verwischt. Angeblich durch Unachtsamkeit der Sanitäter, des entsprechenden Polizeibeamten beziehungsweise der Passanten, die den Toten entdeckt haben. Aber alle bestreiten das laut Ermittlungsakten vehement. Der Fall liegt übrigens zwei Jahre zurück und fand auf Langeoog statt."

„Langeoog?", rief Clau Bruning dazwischen. „Und was hat das mit uns zu tun?"

„Der junge Fixer kam aus unserer Gegend. Die Leiche ist zu uns geschickt worden, damit sie hier durch seine Familie in Halle beerdigt werden konnte. Pit Schwameyer hat sich damit seinerzeit beschäftigt. Er hat auch erreicht, dass Akten und Asservate zu uns gekommen sind und noch nicht vernichtet wurden. Ein ungutes Gefühl hatte ihn damals beschlichen, genau wie mich heute. Du und der Gerichtsmediziner Lakefeld wart jedoch nicht involviert. Also, alles, was ich möchte, ist, dass du dir die Sachen einmal genau anschaust. Oder sind die zwei Jahre, die seit damals vergangen sind, eine zu lange Zeit?"

„Zwei Jahre sind eine lange Zeit. Aber völlig undenkbar ist es nicht. Ich müsste die Asservate hier im Labor haben. Vorher kann ich im Grunde gar nichts sagen. Aber wenn ich dich richtig verstanden habe, dann gibt es keine neue offizielle Ermittlung, das heißt, auch meine Untersuchungen wären höchst inoffiziell, sozusagen in meiner Freizeit?"

„Du hast es erfasst", bestätigte Sommer.

„Hm. Wenn es dir gelingt, die Sachen inoffiziell aus der Asservatenkammer zu holen, dann schau ich sie an, völlig inoffiziell natürlich."

„Du bist ein Schatz."

„Danke, war mir bewusst. Übrigens, nach Feierabend trinke ich hin und wieder gern mal ein Bier. Heute Abend wär mir wieder danach."

„Fühl dich von mir eingeladen. Sagen wir um halb sieben. Hast du eine Stammkneipe?"

„Wie wär's mit dem Brauhaus in der Innenstadt? Aber nicht um halb sieben, besser um halb acht. Bring Angelika mit, wenn sie Zeit hat. Dann bis heute Abend."

Frank Sommer wollte nach diesem Gespräch keine Zeit vergehen lassen. Er machte sich unmittelbar auf den Weg in die Asservatenkammer. Dort traf er Wolfgang Wietler, der als Polizeioberkommissar hier völlig fehl am Platz war. Aber nach einer Schießerei vor einigen Jahren war er im normalen Dienst nie wieder richtig einsatzfähig geworden. In der Asservatenkammer wartete er, so bitter wie das klang, auf seinen Ruhestand. Unser Dienst ist nichts für schwache Nerven, dachte Sommer, und das meinte er ganz und gar nicht ironisch, wenn er an seine Kollegin Sonja Rosenfeld dachte, die sich mit 36 Jahren aus der vordersten Reihe zurückziehen wollte.

„Hallo, Kollege Wietler", begrüßte Sommer ihn freundlich. „Sie können mir einen großen Gefallen tun. Ich brauche für eine Überprüfung ein bestimmtes Asservat."

„Selbstverständlich, Kollege Sommer. Sie wissen ja, wie's geht. Einfach diese Anforderung ausfüllen und unterschreiben, dass Sie das entsprechende Stück erhalten haben und was Sie damit vorhaben. Irgendein aktueller Fall?“

„Nein, nicht direkt. Die Sache liegt schon zwei Jahre zurück.“ Sommer nannte die Vorgangsnummer und Wietler ging nach hinten, um die Sachen zu holen. Als er zurückkam, fragte er:

„Neue Verdachtsmomente in diesem Fall? Soweit ich hier entnehmen kann, handelte es sich um einen Drogentoten, der“, er stutzte und schaute noch einmal genau hin, „der auf Langeoog gefunden worden ist. Da haben Sie aber Glück, dass die Sachen noch da sind. Wären in kurzer Zeit vernichtet worden. Wir können ja nicht alles bis in alle Ewigkeit aufbewahren. Das sprengt jede Lagerkapazität. Das heißt, Moment, hier ist ja noch ein Vermerk des ermittelnden Kollegen, der die Vernichtung ausschließt. Warum ist der Fall denn zu uns gekommen, und das einschließlich der Asservate?“

„Nun, erstens stammte der Tote aus unserem Zuständigkeitsbereich und zweitens haben die Eltern und die Schwester gegenüber der Polizei darauf bestanden, weil bei dem Tod ihres Sohnes beziehungsweise des Bruders nicht alles mit rechten Dingen zugegangen sei. Es gab auch Hinweise in Richtung einer recht merkwürdigen Sekte, zu der das Opfer gehört haben soll. Pit Schwameyer ist dieser Sache damals nachgegangen und hat deshalb erwirkt, dass alle Unterlagen und auch die sichergestellten Asservate zu uns nach Bielefeld gekommen sind. Er war es auch, der die Vernichtung der Asservate verhindert hat. Es gab aber am Ende doch keine stichhaltigen Gründe dafür anzunehmen, dass bei diesem Drogentoten nachgeholfen wurde.“

„Und das ist jetzt anders?“, fragte Wietler aus sichtlich ehrlichem Interesse. Sommer hatte den Eindruck, dass dieser Kollege nur zu gern noch einmal in irgendeiner Sache ermitteln würde, statt in der Asservatenkammer seiner Pensionierung entgegenzudämmern. Trotz seiner angeschlagenen psychischen Verfassung war das Feuer, das einmal in ihm gebrannt hatte, offenbar nicht ganz erloschen. Sommer erzählte ihm in kurzen Andeutungen, worum es bei der Sache ging, und verschwieg auch nicht, dass Wende den Fall nicht wieder aufgenommen sehen wollte. Wolfgang Wietler sollte selbst entscheiden, ob er mitmachen wollte, so kurz vor der Pension, die Sommer nun bestimmt nicht gefährden wollte.

„Danke, dass Sie mir das so ehrlich sagen." Wietler klang fast ein wenig euphorisch. „Aber das geht mich direkt ja eigentlich gar nichts an. Sie haben den Anforderungsschein ordnungsgemäß unterschrieben und damit liegt auch die Verantwortung bei Ihnen. Aber die Sache interessiert mich. Ob es möglich wäre, mich bei Gelegenheit über den weiteren Verlauf zu informieren? Hier unten hat man ja nicht viel Abwechselung." Dabei schienen seine Augen zu leuchten wie bei einem kleinen Kind zu Weihnachten.

„Das lässt sich sicher machen", schloss Sommer. „Vielen Dank für Ihre Kooperation. Ich komme auf Sie zu." Er grüßte mit einer knappen Handbewegung, nahm das sorgfältig eingetütete Fixerbesteck, das Tobias Oberbaum den Tod gebracht hatte, und wandte sich zur Tür.

„Man sieht sich", rief Wietler ihm zum Abschluss nach, „zum Beispiel in der Kantine."

Ohne Umwege ging Sommer in das Labor der Kriminaltechnik und traf dort an ihrem Arbeitsplatz auf Claudia Bruning.

Die blickte irgendwie mit einem Fragezeichen auf der Stirn auf und sagte: „Wie hast du das denn so schnell geschafft?“

„Nie sollst du mich befragen. Aber gänzlich inoffiziell ging das nicht. Wann glaubst du, kannst du dich um diesen, sagen wir Parallelfall kümmern?“

„Ich mach mich gleich dran. Heute Abend im Brauhaus kann ich dir vielleicht schon etwas sagen.“

„So schnell, bei den offiziellen Fällen dauert das immer viel länger“, flüsterte Sommer.

„Da muss ich auch einen offiziellen Bericht schreiben“, flüsterte die Kriminaltechnikerin zurück.

„Na dann, bis heute Abend.“

Es war kurz vor halb acht, als sie das Brauhaus in der Bielefelder Altstadt betraten. Angelika war gern mitgekommen. Claudia Bruning kannte sie bislang noch nicht persönlich und war deshalb interessiert, der Arbeitskollegin ihres Mannes zu begegnen. Im Übrigen wollte sie hören, ob es etwas Neues im Fall von Tobias Obermann gab. Eigentlich waren das natürlich Dienstsachen, die sie als Ehefrau gar nichts angingen, aber genauso eigentlich war das Ganze ja höchst inoffiziell, also irgendwie gar nicht existent.

Die Kriminaltechnikerin war schon da und hatte in einer ruhigen Ecke einen Platz organisiert. Auch an einem normalen Wochentag war das Brauhaus gut besucht. Vor ihr stand ein „Kupfer“, das dunkle, im Brauhaus selbst gebraute Bier. Frank und Angelika setzten sich zu ihr an den Tisch und bestellten bei der Bedienung für Frank ein „Messing“, das helle Pils des Brauhauses, und für Angelika einen trockenen Weißwein, da sie Bier nicht sonderlich mochte.

„Sie sind also Claudia Bruning“, begann Angelika das Gespräch. „Ich habe in der Tat schon sehr viel von Ihnen gehört, wenn ich das mal so sagen darf.“

„Oh, hoffentlich nur Gutes. Aber wahrscheinlich hat Frank Ihnen schon manche Anekdote von der „taffen Claudia“ erzählt.“

„Die ‚taffe Claudia‘, ja, in der Tat, diesen Spitznamen hat er zu Hause schon erwähnt.“

„Aber Ihr Frank ist auch nicht ohne. Wie er schon bei unserer ersten Begegnung damals bei dem Brand in der Herforder Schule gekontert hat – alle Achtung. Aber wo wir so spontan und vertraut miteinander reden – alle Freunde und Bekannte nennen mich Clau.“ Um Angelika zuzuprosten, hob sie ihr Glas und Angelika tat es ihr gleich.

„Okay, gern! Und ich heiße Angelika, aber das war ja wohl bekannt.“

„Na, dann auf euch beide“, fügte Frank Sommer vergnügt hinzu. „Scheint ja ein netter Abend zu werden.“ Das Klingen der Gläser beim Anstoßen ging in ihrem gemeinsamen Lachen unter. Eine Weile verlief das Gespräch in munter lockeren Bahnen. Sie bestellten sich Tapas und erneut Bier und Wein, doch dann konnte Sommer seine Neugier nicht mehr zurückhalten.

„Also, Clau, hast du schon einen Blick auf das Fixerbesteck werfen könne, das ich dir heute Nachmittag gebracht habe?“

„Wow, das wurde aber auch Zeit. Ich dachte schon, du würdest gar nicht mehr fragen und ich hätte mich umsonst angestrengt. Aber ich muss dich leider enttäuschen. Neues kann ich dir nicht berichten. Eine deiner Fragen war, ob ich feststellen könnte, dass die Verwischung der Fingerabdrücke durch bloße Hände oder durch einen Handschuh verursacht worden sind. Das ist leider nicht mit letzter Sicherheit möglich. Ich tippe auf Handschuhe oder etwas Ähnliches. Aber gerichtsfest wird das nicht."

„Latex-Handschuhe?"

„Nein, eher nicht. Vielmehr wollene Handschuhe oder ein Tuch, aber auch wieder nicht zu dick. Doch wie gesagt, alles Vermutung, nichts Beweiskräftiges."

Sommer konnte seine Enttäuschung nicht verbergen. Auch Angelika presste ihre Lippen zusammen, was sie immer tat, wenn sie eine unangenehme Wahrheit akzeptieren musste.

„Nun guckt nicht wie ein Schaf beim Scherer", fuhr Clau Bruning fort. „Ich bin ja noch nicht fertig. Ich habe mir auch die Baumwollfasern noch einmal gründlich angesehen."

„Wo sind die denn gefunden worden?", fragte Angelika jetzt dazwischen.

„An der Spritze", antwortete ihr Mann, „genau zwischen Plastikzylinder und Nadel."

„Weiße Baumwollfasern", dachte Angelika laut weiter, „also Fasern wie zum Beispiel von Unterwäsche? Weißes Feinripp?"

„Ja, weißes Feinripp könnte sein. Es wurde auch von den niedersächsischen Kollegen vermutet, dass diese Fasern von Tobias' Unterwäsche stammen könnten", ergänzte jetzt wieder Frank, „aber das macht trotzdem irgendwie keinen Sinn."

„Und wenn die Fasern von dünnen weißen Baumwollhandschuhen herrühren, die irgendjemand getragen hat, als er mit der Spritze hantierte?" Angelika schien sich ganz und gar in den Fall hineinzuknien. „Ich komme darauf, weil ich erst neulich auf der Beerdigung einer Kollegin solche Handschuhe gesehen habe. Weiße dünne und ganz schlichte Baumwollhandschuhe. Die Sargträger hatten sie an, und die warfen sie am Schluss mit in das offene Grab."

„Ja, wenn man davon ausgeht, dass es sich um solche Handschuhe handelt", ergänzte Clau, „dann könnte das Ganze einen Sinn ergeben. Das würde dann auch zu der Art und Weise passen, wie die Fingerabdrücke verwischt worden sind. Im Übrigen könnte sich die sicher jeder leicht besorgen. Das heißt", fuhr sie fort, „mir fällt noch etwas ein. Derartige Handschuhe werden oft auch von Allergikern getragen, um ihre Hände zu schützen, oder wenn jemand Hautausschlag an den Händen hat. Könnte es sein, dass Tobias eine Allergie hatte? Ist euch da etwas bekannt?"

„Keine Ahnung", sagte Sommer, „aber wozu auch! Wir suchen einen Beerdigungsträger mit Hautausschlag, der im April vor zwei Jahren auf Langeoog war. Der Fall ist gelöst."

Die beiden Frauen am Tisch sahen sich etwas verdutzt an, prosteten dann aber Sommer zu und verfielen mit ihm in ein herzhaftes Lachen. Am Ende verlief der Abend etwas länger, als eigentlich geplant war.

Kapitel 12

Mitte Mai 2012 – Bielefeld

Als Pit an diesem Abend seine Wohnung verließ, um mit der U-Bahn, die direkt vor seiner Haustür am Siegfriedplatz hielt, in die Innenstadt zu fahren, war er einigermaßen aufgeregt. Ich benehme mich wie ein Schuljunge, hatte er gedacht, als er vor dem Spiegel verschiedene Hemden und Hosen ausprobierte. Schließlich hatte er sich für seine neueste Jeans entschieden, und dazu ein Hemd mit blauen Streifen. Darüber seine dunkelbraune Lederjacke. Erstens besaß er ohnehin fast nur Jeans, Hemden und Pullover in seinem Kleiderschrank und zweitens wollte er genauso erscheinen, wie er nun einmal war. Und drittens hing von diesem Treffen mit Susanne enorm viel ab, und er wollte unbedingt einen guten Eindruck machen.

Es war kurz vor acht, als er die Brasserie ALEX in der Obernstraße betrat. Das Lokal war gut besucht und er schaute sich vorsichtig um, ob er Susanne schon irgendwo entdecken konnte. Enttäuscht stellte er fest, dass sie noch nicht da war. Glücklicherweise fand er einen freien Tisch am Fenster mit gutem Blick auf den Eingang. Dorthin setzte er sich und bestellte sich ein Weizen. Kurz nach acht sah er sie durch die Tür kommen. Offenbar hatte auch sie ihn entdeckt und kam direkt auf ihn zu. Pits Herz schlug deutlich schneller, als er sie sah. Einfach hinreißend, dachte er. Jetzt ohne Motorradkleidung wirkte sie erheblich weiblicher. Unterstrichen wurde dieser Eindruck durch eine die Figur betonende Bluse in aktuellen orange Farbtönen, die sie über einer Jeans trug. Ihre sportliche Seite unterstrich sie durch einen gut dazu passenden Pullover, den sie sich locker über die Schultern gelegt hatte.

„Hallo, Susanne, schön, dich zu sehn. Ehrlich, ich freu mich riesig, dass wir uns hier heute treffen. Du siehst großartig aus." Bin ich das, der dieses hier von sich gibt, dachte Pit. Wie schon bei ihrem ersten zufälligen Treffen hatte Susanne auch jetzt eine ganz besondere Wirkung auf ihn. Und hoffentlich auch umgekehrt, dachte er weiter.

„Hallo, Pit", antwortete sie. „Ja, ich freu mich auch, dich zu sehn. Siehst gut aus. So ganz anders als in Motorradkluft."

„Hat die Fahrt hierher gut geklappt? Ich vermute, du bist von Ubbedissen nicht mit dem Bus gekommen, sondern mit dem Auto."

„Ja, natürlich. Nee, mit Bus und Bahn von Ubbedissen, das ist eine Weltreise. Aber dafür musste ich erst einen Parkplatz suchen, was schwieriger war, als ich gedacht hatte. Deshalb auch die leichte Verspätung."

„Na, Hauptsache, du bist jetzt da. Was möchtest du trinken?"

Sie sah auf sein Glas und sagte: „Weizen wär nicht schlecht, aber ich muss ja nachher noch fahren. Gibt es das auch alkoholfrei?"

„Ganz bestimmt. Ich hol dir eins."

Als er wieder am Tisch war, fragte Pit: „Sag mal, hattet ihr am Sonntag noch eine schöne Tour? Wo seid ihr entlanggefahren?"

„Es war super! Vom Köterberg haben wir noch eine wunderbare Runde durch das Lippische Bergland gemacht. Extertal, Burg Sternberg – wunderschöne Straßen. Echt tolle Gegend. Na ja, wenn wir Himmelfahrt zusammen eine Tour machen, wirst du es ja sehen. Und wo warst du?“

„Ich bin zur anderen Richtung gefahren, vom Köterberg durch das südliche Lipperland bis Horn-Bad Meinberg und über den Teutoburger Wald auf die Südseite und durch die Senne zurück.“

„Auch eine schöne Strecke“, kommentierte Susanne.

„Ja, stimmt. Aber soll ich ehrlich sein? Ich hab die ganze Zeit an dich gedacht, ob ich dich wiedersehen würde und – na ja – dass ich am liebsten die Tour mit dir zusammen gefahren wär.“ Meine Güte, was lehne ich mich weit aus dem Fenster, dachte Pit. Hoffentlich geht das nicht schief. Vielleicht mag sie es nicht, wenn ich so vorpresche. Deshalb wartete er gar nicht erst ihre Antwort ab, sondern fragte sie, ob sie vielleicht Hunger hätte und etwas essen möchte.

„Ja, sehr gern“, antwortete Susanne und griff nach der Karte. „Ich habe tatsächlich ziemlich großen Hunger. Ich bin erst kurz bevor ich losmusste von der Arbeit gekommen. Es reichte nur, um mich umzuziehen. Abendessen war nicht drin. Aber ich wusste ja, dass man hier nicht nur trinken, sondern auch ordentlich essen kann.“ Dann widmete sie sich intensiv dem Studium der Speisekarte. Pit überlegte derweil, was sie wohl aussuchen würde. Ein Salat, vielleicht mit Schinken oder Putenstreifen? Oder war sie Vegetarierin? Das wäre nicht Pits Welt gewesen. Aber bei dieser Frau hätte er alles akzeptiert. Obwohl: Motorradfahrerin und Vegetarierin? Na ja, man weiß ja nie.

„Ich nehme Steak und Salat“, sagte sie, „und du?“

„Oh“, Pit war aus seinen Gedanken gerissen. „Steak und Salat klingt gar nicht schlecht. Und gibt es noch etwas dazu?“

„Kräuterciabatta“, war ihre schnelle Antwort.

„Schön, aber lass mich doch selbst kurz in die Karte gucken." Und nach einem kurzen Blick fuhr er fort: „Steak und Salat sind gut, aber vielleicht gibt es statt Brot auch Pommes frites." Dann winkte er die Bedienung heran und sie bestellten ihr Essen.

„Sag mal", begann Pit wieder das Gespräch, „du hast noch bis vorhin gearbeitet. Das ist ziemlich lange. Was machst du beruflich, wenn ich fragen darf?"

„Oh, so fragt man Leute aus, aber du darfst fragen. Ich bin Anwältin und arbeite in einer Kanzlei in Heepen."

„Oh, tatsächlich", entfuhr es Pit. „Familienrecht?" Er brachte Anwältinnen seit seiner Scheidung immer mit Familienrecht in Verbindung.

„Strafrecht hauptsächlich, aber seit einiger Zeit vertrete ich verstärkt auch Mobbing-Opfer, du glaubst gar nicht, was für haarsträubende Geschichten man da zu hören bekommt und wie schwierig es ist, vor allem in Zeiten des Internets, den Betroffenen zu ihrem Recht zu verhelfen."

„Wow", entfuhr es Pit, „du siehst mich überaus beeindruckt."

„Und du, was machst du so, wenn du nicht Motorrad fährst?

„Du wirst lachen. Früher bin ich sogar dienstlich Motorrad gefahren bei der Motorradstaffel der Polizei. Heute mache ich das aber nicht mehr. Bin schon lange bei der Kriminalpolizei, Mordkommission, hier in Bielefeld."

„Donnerwetter, jetzt bin ich überrascht", war Susannes Antwort. „Aber bisher hatten wir es noch nie miteinander zu tun. Na ja, meine Strafrechtssachen sind auch eher Jugenddelikte und Drogen. Andererseits, vielleicht sehen wir uns ja auch mal dienstlich wieder, das wär dann natürlich, wie soll ich sagen, spannend."

„Du sagst es – spannend", stimmte Pit ihr zu. Dann wurde das Gespräch unterbrochen, weil das Essen serviert wurde. Pit bestellte sich noch ein zweites Weizen, ebenso Susanne, natürlich weiterhin alkoholfrei. Das Gespräch wurde lockerer. Sie unterhielten sich über das Motorradfahren und über ihre sonstigen Interessen und Pit stellte zufrieden fest, dass sie vieles gemeinsam hatten. Er wunderte sich schon, dass er in Gedanken eine längere Beziehung nicht ausschloss. Je länger der Abend dauerte, desto gelöster wurde die Stimmung und desto näher kamen sie sich. Irgendwann hatte Susanne ihre Hand auf seine gelegt und er hatte ein angenehmes Kribbeln verspürt.

Es war schon fast halb elf, als Susanne sagte, dass es für sie Zeit sei aufzubrechen. Schade, dachte Pit, als sie ihn fragte: „Bist du eigentlich auch mit dem Auto gekommen?"

„Nein, mit der U-Bahn, wieso?"

„Na dann, komm mit, ich bring dich nach Hause, dann seh ich gleich, wo du wohnst. Der Siegfriedplatz ist mir ja noch nicht so bekannt."

Vor Überraschung konnte Pit gar nichts sagen außer: „Ja, gern." Dann bezahlten sie und machten sich auf den Weg.

Als sie vor Pits Wohnung angekommen waren, nahm er sein Herz in beide Hände und fragte: „Kommst du noch mit rauf?" Erwartungsfroh und unsicher zugleich sah er sie an. Sie beugte sich vor, küsste ihn und sagte: „Nicht böse sein. Lass uns noch etwas warten, vielleicht demnächst."

Enttäuscht, aber respektvoll antwortete Pit: „In Ordnung, wie du willst. Dann sehen wir uns Himmelfahrt, sagen wir um halb zehn bei dir in Ubbedissen. Ich komm bei dir mit dem Motorrad vorbei. Ist das okay?“

„Ach, komm doch ruhig schon um neun. Ich bereite uns ein schönes Frühstück, und dann können wir losfahren.“

„Ja, wunderbar, so machen wir das. Ich freu mich riesig!“

„Ich auch!“

Kapitel 13

Mittwoch, 16. Mai 2012 – Bielefeld

Es war zwölf Uhr, als Kriminaldirektor Wende die Entscheidungssitzung über die Nachfolge von Sonja Rosenfeld eröffnete. Die Vorstellungsgespräche hatten um neun, zehn und elf Uhr stattgefunden, jedes 45 Minuten lang. Er hatte sich überzeugen lassen, dass alle Kollegen des engeren Mitarbeiterstabes bei dieser Entscheidung mitwirken sollten, und das hieß außer Sommer und Schwameyer auch Anna Tomczyk und Karsten Linnemann.

„Liebe Kollegen, liebe Kollegin", begann Wende etwas umständlich. „Vielleicht können wir so beginnen, dass jeder einen Moment nachdenkt und sich dann zunächst darüber äußert, ob einer von den dreien schon klar erkennbar aus dem Kreis der Bewerber herausfällt." Er sah in die Runde. „Ja, Kollege Schwameyer, bitte."

„Also, ganz ehrlich, das hat doch wohl jeder gesehen. Der letzte Bewerber, dieser Jostheinrich aus Herford, der ist es wirklich nicht. Vor lauter Arroganz konnte er kaum durch die Tür kommen. Schon nach fünf Minuten tat er so, als ob er nicht nur Kommissar bei uns werden solle, sondern Leiter der Mordkommission. Franks Posten steht doch nicht zur Disposition? Oder habe ich etwas verpasst?" Pit lachte süffisant bei dieser Bemerkung.

„Nein, das sehen Sie ganz richtig, Herr Schwameyer", antwortete Wende etwas leicht irritiert. Pits ironische Art war ihm nicht immer geheuer.

„Wollen wir einen solchen karrieresüchtigen Besserwisser in unseren Reihen haben? Ich jedenfalls nicht." Damit lehnte sich Pit zufrieden zurück. Er hatte gesagt, was zu sagen war.

„Pit, nun mach mal halblang!", mischte sich Anna Tomczyk ein. „So schlimm fand ich ihn nicht. Aber sicher, sehr von sich eingenommen war er schon. Mein Favorit wäre er auch nicht."

„Und was meinen Sie, Herr Sommer?", fragte Wende nach.

„Ich glaube, unser Eindruck, den wir schon im Telefongespräch mit Sven Bringsmeier in Herford gewonnen haben, hat sich bestätigt. Jostheinrich will noch hoch hinaus. Das könnte Unruhe geben."

„Ja, aber Konkurrenz belebt das Geschäft. Und dann die sehr guten Zeugnisse. Was meinen Sie denn, Linnemann?"

„Ganz ehrlich?"

„Ja sicher, sonst säßen Sie doch nicht hier!" Wende machte eine seiner beliebten aufmunternden Handbewegungen.

„Ganz ehrlich, mit Jostheinrich könnte ich mir keine Zusammenarbeit vorstellen."

„Aha, scheint nicht viele Freunde zu haben unter Ihnen, dieser Jostheinrich", stellte Wende fest. „Und was ist mit den anderen?"

„Also, ich ganz persönlich würde mich für die Frau entscheiden", sagte Anna, „für Marina Burmann. Sympathisch, aufgeschlossen, gute Zeugnisse. Hat mal jemand mit ihrem Chef in Minden gesprochen?"

„Ja, hab ich", mischte sich Sommer ein. „Im Gegensatz zu Bringsmeier hatte ich bei ihm den Eindruck, dass er Frau Burmann wirklich sehr ungern gehen lassen würde. Offenbar reizt sie die Aufgabe, an den wirklich spektakulären Fällen mitarbeiten zu können. Und das geht eben nur in Bielefeld. Wir sind ja in solchen Fällen für ganz OWL zuständig. Sie selbst hat sich hier vorhin ja ganz ähnlich geäußert."

„Und was ist mit Henning Scharfmeier hier aus unserem Präsidium?", fragte Pit Schwameyer dazwischen. „Wär doch irgendwie ideal. Scharfmeier von der Vorbeugung zu uns und Sonja von uns zur Vorbeugung."

„Hat aber mit echter Ermittlungsarbeit noch nicht viel zu tun gehabt." Das war Karsten Linnemann.

„Stimmt", fügte Anna hinzu. „Im Übrigen fände ich es ausnehmend gut, wenn wieder eine Frau zu uns käme. Ich würde auf Dauer ungern die einzige Frau hier bleiben. Außerdem: Gemischte Teams haben sich bewährt. Sieht man doch an Pit und mir. Oder, Pit?" Dabei schlug sie ihrem Kollegen freundschaftlich auf die Schulter.

„Also gut", versuchte Wende das Gespräch zusammenzufassen. Jostheinrich ist definitiv draußen. Das sehe ich genauso wie Sie alle. Bei den anderen erkenne ich eher einen Gleichstand. Finde aber das Argument von Frau Tomczyk einleuchtend, dass gemischte Teams sehr sinnvoll sind. Und eine einzige Frau scheint mir auch etwas wenig in der Abteilung zu sein. Hat jemand etwas dagegen, wenn wir Frau Burmann in das Team holen?"

In der Runde war zustimmendes Gemurmel zu hören. Auch Pit stimmte schließlich zu, obwohl Sommer meinte, irgendetwas von „Scheiß Frauenquote" gehört zu haben. Er fragte aber wohlweislich nicht nach.

„Na, dann sind wir uns ja alle einig, dass …" Wende kam nicht dazu, den Satz zu Ende zu formulieren, weil der schrille Ton von Sommers Handy sie unterbrach.

„Sommer“, meldete er sich, „ja … ach tatsächlich? … Äh, einen Moment bitte, ich bin gerade mitten in einer Teambesprechung. Ich stelle das Gespräch laut, dann können alle gleichzeitig mithören.“ Sommer betätigte die Laut-Taste. „So, jetzt. Wenn Sie das, was Sie mir gesagt haben, noch einmal wiederholen könnten, bitte.“

„Ja, selbstverständlich. Polizeioberkommissar Konrad Wemhöner, Kreispolizeibehörde Detmold. Ich rufe an wegen eines merkwürdigen Vermisstenfalls in Oerlinghausen, also, sozusagen direkt vor Ihren Toren. Ein gewisser Klaus Dieter Meierhoff wird seit drei Tagen vermisst.“

„Minderjährig?“

„Nein, nein! Der Mann ist 42 Jahre alt. Wohnt in Oerlinghausen im Schopketal in so einer Wohngemeinschaft. Er wurde von seinen Mitbewohnern als vermisst gemeldet.“

„Und Sie sind sicher, dass er nicht nur einfach die Koffer gepackt hat und ausgezogen ist? Soll bei Wohngemeinschaften gelegentlich vorkommen.“

„Haben wir zunächst auch gedacht. Aber das Zimmer, das er bewohnt, sah so aus, als ob er nur eben zur Toilette gegangen wäre. Im Übrigen haben die Mitbewohner mehr als deutlich erklärt, dass dieser Meierhoff so etwas wie der Anführer ihrer Gemeinschaft sei. Der würde nicht einfach so verschwinden.“

„Sehe ich das richtig, Herr Wemhöner, dass Sie von einem Verbrechen ausgehen? Oder wie kommen wir sonst in Bielefeld dabei ins Spiel?“

„Ja, so ist es. Es gibt tatsächlich Hinweise darauf, dass Meierhoff nicht freiwillig verschwunden ist. Ob er irgendwo versteckt gehalten wird oder ob er einem Gewaltverbrechen zum Opfer gefallen ist, das ist momentan noch unklar. Aber wir brauchen die Hilfe aus Bielefeld."

„Danke, Kollege, für Ihre Meldung. Da scheint tatsächlich etwas dran zu sein. Sagen Sie, diese Wohngemeinschaft in Oerlinghausen, könnte das auch eine Sekte sein? Eine Sekte mit dem Namen ‚Jünger der universellen Sonne'?", fragte Sommer, neugierig geworden.

Verblüfftes Schweigen auf der anderen Seite.

„Ja, in der Tat, der Name ‚Jünger der universellen Sonne' fiel in dem Zusammenhang. Von ‚Sekte' war aber nicht die Rede. Sie seien, so hat uns ein Mitglied, eine jüngere Frau, eine ...", Wemhöner raschelte mit seinen Papieren, „eine Anja Dobertan... Also, diese Frau hat erzählt, dass sie eine spirituelle Gemeinschaft seien. Sie lege sehr viel Wert auf diese Feststellung. Wie kommen Sie darauf, Herr Sommer?"

„In einem anderen Zusammenhang sind mir kürzlich diese ‚Jünger der universellen Sonne' untergekommen, und ich erinnere mich, dass die in Oerlinghausen ein gemeinsames Haus bewohnten. Herr Wemhöner, wann und wo können wir uns zusammensetzen, um die Sache genauer zu betrachten?"

„Nun, von mir aus fast jederzeit. Als Ort würde ich die Polizeiwache in Oerlinghausen vorschlagen, dann haben wir beide ungefähr die gleiche Anfahrtsstrecke und im Übrigen sind wir dann sozusagen vor Ort. Ich bringe alle Unterlagen mit."

„Okay. Von mir aus kann das sehr schnell gehen. Am besten gleich morgen. Nein, Stopp. Morgen ist ja Himmelfahrt, also übermorgen. Freitag. Was halten Sie von 10 Uhr in Oerlinghausen?"

„Moment, ich schaue gerade in meinen Kalender. Ja, geht gut. Ich kann mir den Termin freischaufeln. Das, was ich Freitag vorhatte, kann durchaus warten. Ist nur Routine."

„Na dann bis übermorgen. Tschüss, Kollege Wemhöner." Sommer drückte die Aus-Taste und sah beinahe fragend in die Runde.

„War das nicht ein wenig vorschnell?", fragte Wende als Erster. „Sie kennen diese Gemeinschaft?"

„Ja, das kann man wohl sagen, wenn auch noch nicht persönlich. Erinnern Sie sich? Ich hab Ihnen vor Kurzem von dem Fall eines Drogentoten erzählt, den ich gern wieder aufnehmen wollte. Pit, dieser Fall, den du vor zwei Jahren bearbeitet hast: Tobias Oberbaum, gefunden damals auf Langeoog."

„Herr Sommer, bitte nicht schon wieder! Sie hatten doch eine eindeutige Anweisung. Wenn Sie die missachten, kann ich das nicht tolerieren."

„Entschuldigen Sie, Herr Kriminaldirektor. Jetzt sind Sie vorschnell. Ich hab Ihnen neulich sehr ausführlich den damaligen Fall geschildert und …"

„Herr Sommer, nun lassen Sie es gut sein!", unterbrach Wende ihn. „Oder wollen Sie sagen, dass diese alte Geschichte mit dem Verschwinden von diesem – äh – Meierhoff zu tun hat?"

„Herr Wende, Kollege Sommer hat recht!", mischte sich jetzt Pit Schwameyer ein. „Wenn Sie sich erinnern, bin ich im Zusammenhang meiner damaligen Ermittlungen auf eine Wohngemeinschaft oder Sekte oder spirituelle Gemeinschaft", er sprach das Wort mit ironischem Unterton aus, „oder was auch immer das sein mochte, gestoßen, zu der der Drogentote Tobias Oberbaum vor seinem Ableben gehörte. Seine Schwester Jennifer, übrigens die Freundin des Sohnes von Kollege Sommer, hat damals immer wieder auf Tobias' Verbindung zu dieser Sekte hingewiesen, und sie tut das offenbar immer noch, wenn ich dich, Frank, richtig verstanden habe. Und wenn jetzt der Sektenchef – oder wie nennt man den? – verschwunden und vielleicht sogar einem Verbrechen zum Opfer gefallen ist, dann ist das für uns tatsächlich von erheblichem Interesse."

„Hm. Wie dem auch sei. Offenbar ist an dieser Vermisstensache tatsächlich nicht alles koscher", fasste Wende zusammen. „In Gottes Namen, dann ermitteln Sie. Kümmern Sie sich um den vermissten Sektenchef. Und vielleicht ergibt sich bei der Gelegenheit ja tatsächlich auch etwas Neues im Fall von Tobias Oberbaum. Allerdings, dessen Schwester ist die Freundin Ihres Sohnes? Habe ich das richtig verstanden?"

„Ja, das stimmt", musste Sommer zugeben. „Aber das meine ich Ihnen schon bei unserem Gespräch neulich mitgeteilt zu haben."

Wende wog den Kopf hin und her. „Wenn das so ist, könnten Sie befangen sein. Dann muss ich Sie von dem Fall abziehen. Jetzt fangen Sie aber erst einmal an. Alles Weitere sehen wir später. Und, ach ja! Alles Notwendige für die Einstellung von Marina Burmann werde ich unverzüglich in die Wege leiten. Mal sehn, wie schnell das über die Bühne gehen kann. Vielleicht sind die Mindener kooperativ. Wir brauchen hier ja jede Kraft."

Es folgte die obligatorische Handbewegung des Kriminaldirektors und alle hatten verstanden, dass sie nun entlassen waren.

Noch in der Tür bat Sommer die Ermittlungsgruppe zu sich in sein Dienstzimmer, um zu überlegen, wie sie nun am sinnvollsten vorgehen sollten. Dort angekommen, setzten sich alle auf ihre üblichen Plätze. Durch die Neuanschaffung des fünften Konferenzstuhles war es zwar etwas enger geworden, aber so hatten nun alle einen vernünftigen Sitzplatz. Allerdings, ein Stuhl blieb zurzeit natürlich noch leer. Doch der sollte bald von Marina Burmann besetzt werden.

„Wie geht es eigentlich Sonja?“, fragte Sommer, den leeren Stuhl betrachtend.

„Ihr Versetzungsantrag“, antwortete Karsten, „ist genehmigt worden. Bei der Vorbeugung fehlte ja ohnehin jemand. In der kommenden Woche wird sie dort anfangen. Zunächst aber nach ihrer langen Krankheitsphase im Rahmen einer Wiedereingliederung nur stundenweise. Hab gestern noch mit ihr telefoniert. Sie ist, wie man so schön sagt, guter Dinge.“

„Das freut mich zu hören“, erwiderte Sommer. „Möchte jemand einen Kaffee?“

Früher war es üblich gewesen, dass bei einer solchen Gelegenheit Karsten als Jüngster zum Kaffeeautomaten in die Teeküche geschickt wurde. Seit aber diese wunderbare Maschine in Sommers Zimmer stand, wurde das Kaffeemonster, wie es alle nannten, nicht mehr aufgesucht. Franks Kaffee war einfach um Längen besser. Inzwischen hatte man sich auch auf einen entsprechenden Kostenbeitrag von allen geeinigt.

Diesmal war es Pit, der das Gespräch eröffnete. „Na, dann müssen wir uns ja wohl doch noch einmal mit dem alten Fall beschäftigen, und ich komme endlich dazu, mir diese Sekte in Oerlinghausen einmal genauer anzusehen.“

„Kann mir mal jemand sagen, worum es hier eigentlich geht?“ Anna Tomczyk war als Einzige bislang noch nicht mit diesem Vorgang in Berührung gekommen und reagierte nun entsprechend irritiert. „Ist hier irgendetwas total an mir vorbeigegangen?“

„Oh, Anna. Entschuldige bitte. Du hast absolut recht. Pit kennt den Fall, weil er selbst vor zwei Jahren ermittelt hat. Und Karsten kam neulich zufällig darauf zu, als ich die alten Akten auf meinem Schreibtisch liegen hatte. Da liegen sie übrigens noch immer." Mit einer Handbewegung langte er nach hinten auf seinen Schreibtisch, angelte sich die Unterlagen und legte sie vor Anna auf den Tisch. Sie schlug sie auf, während Sommer ihr in notwendiger Kürze erläuterte, worum es ging.

Als er sich für den Heimweg in sein Auto setzte, fiel Frank Sommer auf, dass sich das Wetter offenbar dauerhaft gebessert hatte. Aus einem wolkenlosen Himmel schien eine strahlende Sonne. Die Eisheiligen waren endgültig vorbei und für den morgigen Himmelfahrtstag wurde im Radio, gerade als er es einschaltete, weiterhin sonniges und wärmeres Wetter angesagt, das sich auch in der nächsten Zeit nicht ändern sollte. Die Aussicht auf ein Frühstück im Garten am Feiertag verbesserte seine Laune. Um elf wollte er dann mit dem Posaunenchor bei einem Waldgottesdienst spielen. Auch das war eine gute Aussicht.

Dann aber dachte Sommer daran, wann und wie er die neuen Entwicklungen Jennifer mitteilen sollte. Von dem Verschwinden des Sektenchefs jedenfalls durfte er nichts erzählen. Über kurz oder lang jedoch würde sie garantiert nachfragen. Gar nichts sagen ging nicht. Alles sagen wollte er wiederum auch nicht. Er hatte noch sehr genau Wendes Hinweis im Ohr, er könne eventuell wegen der engen Beziehung zwischen Jennifer und Fabian befangen sein. Und natürlich wollte Sommer nicht riskieren, von diesem Fall abgezogen zu werden.

Kapitel 14

Freitag, 18. Mai 2012 – Bielefeld

Der Verkehr auf der Detmolder Straße war erwartungsgemäß sehr dicht, als Pit und Frank am Freitagmorgen Richtung Oerlinghausen fuhren. Aber wann war das auf dieser wichtigen Ausfallstraße nach Osten eigentlich nicht der Fall? Bis sie kurz hinter der Autobahn die Stadtgrenze erreicht hatten, dauerte es über eine halbe Stunde. Dass sie nun in Lippe waren, konnten sie daran erkennen, dass die Wahlplakate sich änderten. In Kürze sollte es in Nordrhein-Westfalen Landtagswahlen geben, und von den Plakaten herunter, die sie jetzt sahen, warben die Politiker und Politikerinnen damit, dass sie für Lippe nach Düsseldorf gehen wollten, während eben noch von allen Plakaten Bielefeld das Beste gewünscht wurde. Lippe, ehemals ein unabhängiges Fürstentum und über lange Zeit für viele der Inbegriff deutscher Kleinstaaterei, hatte sich bis heute eine gewisse Eigenständigkeit bewahrt. Die Lipper reagierten auch immer etwas pikiert, wenn sie vorschnell mit den Ostwestfalen in einen Topf geworfen wurden, zum Beispiel dann, wenn mal wieder ein Sportreporter die Handballer vom TBV Lemgo ganz allgemein als „die Ostwestfalen" bezeichnete.

Vor der Ampel am Scherenkrug hatte sich ein kleiner Stau gebildet. Sommer und Schwameyer brauchten zwei Ampelphasen, um nach rechts auf der Tunnelstraße nach Oerlinghausen fahren zu können.

„Sag mal, Frank, kennst du den schon?", nutzte Pit die Wartezeit. „Einem aufmerksamen Polizeibeamten auf Bielefelder Gebiet war eines Abends aufgefallen, dass wenige hundert Meter weiter, auf Lipper Gebiet, bei einem Wohnhaus das Licht immer wieder ein- und ausgeschaltet wurde. Es brannte immer ungefähr fünf Minuten und dann wurde es kurz ausgeschaltet, um dann wieder nur fünf Minuten zu brennen und so weiter. Unser Kollege war neugierig und ging rüber zum Haus, und was meinst du, hat er dort gesehen?"

„Pit, hat sooo'n Bart, der Witz. Ein Lipper las in aller Ruhe ein Buch. Und immer, wenn er die Seite umschlagen musste, löschte er kurz das Licht, um Strom zu sparen. Beim Umblättern braucht man ja kein Licht."

„Genau, genau! Beim Umblättern braucht man ja kein Licht. Es wird gespart, koste es, was es wolle!" Pit krümmte sich vor Lachen. Frank war froh, als die Ampel auf grün sprang und sie endlich weiterfahren konnten.

Oerlinghausen nannte sich gelegentlich „Bergstadt" und je näher sie kamen, desto mehr merkten sie, dass dieser Namenszusatz nicht übertrieben war. Die Kernstadt lag wirklich im Teutoburger Wald und nicht daneben oder davor, obwohl ein großer Teil der Stadtfläche auch auf der Südseite mit den Heideflächen der Senne und vor allem mit dem bekannten Segelflugplatz lag. Ihr Navi leitete sie ohne große Probleme zur Polizeiwache am Marktplatz im Zentrum. Sommer und Schwameyer parkten ihren Dienst-Passat direkt hinter dem Gebäude und gingen hinein. Konrad Wemhöner wartete schon auf sie und kam unmittelbar auf die beiden Beamten zu.

„Guten Morgen! Sie müssen die Kollegen aus Bielefeld sein."

„Guten Morgen! Ja, ich bin Frank Sommer vom KK11 und das ist Pit Schwameyer, mein wichtigster Mitarbeiter. Und Sie sind Konrad Wemhöner?"

Der lippische Kollege war eine baumlange Erscheinung, sicher zwei Meter oder mehr. Sommer und Schwameyer mussten nach oben schauen, wenn sie mit ihm sprachen. Das erzeugte bei ihnen ein merkwürdiges Gefühl. Sie waren beide etwas über einsachtzig und begegneten ihren Zeitgenossen deshalb in der Regel auf Augenhöhe.

„Oh, ein Mensch mit Überblick", hörte sich Sommer spontan und unvermittelt sagen. Wemhöner lachte fröhlich. Offenbar war er diese Reaktion gewohnt.

„Zwei Meter vier", konterte er gut gelaunt. „Und bevor Sie weiterfragen, die Luft hier oben ist kaum anders als auf Normalhöhe." Im Hintergrund drehte sich ein wachhabender Polizeimeister schnell weg, und Sommer konnte gerade noch erkennen, wie er sich die Hand vor den Mund hielt, um nicht lauthals loszulachen.

„Dann kommen Sie mal mit, ich hab uns einen kleinen Konferenzraum reserviert. Dort liegen auch alle bisherigen Unterlagen zu diesem Fall." Wemhöner wies mit einer Handbewegung nach hinten und ging dann unmittelbar voraus. In der Tür zog er automatisch den Kopf ein. Normale Türen waren zwei Meter hoch und damit definitiv zu niedrig für Konrad Wemhöner. Viele besonders große Menschen hatten oft erhebliche Rückenprobleme, da sie sich ständig kleiner machen mussten, als sie in Wirklichkeit waren. An einen entsprechenden Zeitungsartikel, den er vor Kurzem gelesen hatte, musste Sommer jetzt denken. Im Konferenzzimmer angelangt, kam Wemhöner dann schnell zur Sache.

„Also, es geht um das Verschwinden von Klaus Dieter Meierhoff. Vermisst gemeldet vor vier Tagen, am 14. Mai. Hier ist übrigens ein Foto von ihm."

Sommer und Schwameyer schauten sich das Bild genau an. Es zeigte einen Mann mittleren Alters mit strenger, ja beinahe finsterer Miene. Langes, dunkles Haar fiel wellig um sein ovales Gesicht. Sein geblümtes, hochgeschlossenes Hemd mit einem kleinen Stehkragen mutete irgendwie indisch an. Links trug er eine Brosche oder einen Orden; weder Sommer noch Schwameyer konnte es genau erkennen. Die Form dieser Brosche schien eine Sonne darzustellen mit ausgeprägtem Strahlenkranz. Die rechte Hand hatte Meierhoff wie zu einem Schwur erhoben, oder sollte das gar eine segnende Handhaltung sein? Als Bildunterschrift stand dort in altertümlichen Buchstaben: „Der Meister". Sommer sah Schwameyer verwundert an. „Was sollen wir denn davon halten?", fragte er ihn schließlich.

„Spirituelle Gemeinschaft eben!", antwortete Pit. „Schwer religiös das Ganze, scheint mir. Aber besonders vertrauenerweckend sieht er nicht aus." Und an Wemhöner gerichtet fuhr er fort: „Woher haben Sie das Bild? Kann mich nicht erinnern, vor zwei Jahren ein Foto von diesem Meierhoff gesehen zu haben."

„Vor zwei Jahren?", fragte der Angesprochene zurück.

„Ja, vor zwei Jahren hatte ich mit dieser Gemeinschaft schon einmal, zumindest am Rande, das Vergnügen." Pit malte Anführungszeichen in die Luft und berichtete dann in aller Kürze von dem Fall Tobias Oberbaum. Der lippische Kollege hörte aufmerksam, ja fast gebannt zu. Am Ende entwich ihm ein spontanes „Donnerwetter! Das hätte ich jetzt nicht erwartet."

Und er fuhr fort: „Und was das Bild betrifft, das haben wir von den Gruppenmitgliedern erhalten. Solche Bilder hängen in ihrem Haus übrigens fast in jedem Zimmer, und der Meister ziert auch die Startseite ihrer Homepage. Gab es die vor zwei Jahren auch noch nicht?"

„Nicht, dass ich wüsste. Wär mir garantiert aufgefallen", sagte Pit fast etwas verunsichert. „Und jetzt mal zum aktuellen Fall. Wieso glauben Sie, dass ein Kapitalverbrechen vorliegt?"

„Zunächst einmal deutet nichts darauf hin, dass Meierhoff irgendwelche Dinge mitgenommen hat, die man gewöhnlich mitnimmt, wenn man verreist. Sein Zimmer, wie gesagt, sah so aus, als sei er eben mal vor die Tür gegangen. Zugeschlossen übrigens. Der einzige Raum im ganzen Haus, der immer verschlossen war, so erzählten die Gruppenmitglieder. Wir mussten sehr deutlich werden, damit sie uns überhaupt hineinließen, und dann fand sich kein Schlüssel. Ich hab die Tür von einem Kollegen der Technik öffnen lassen. Aber innen wies nichts auf einen geplanten oder überstürzten Aufbruch hin. Die Bewohner waren übrigens am Anfang gar nicht misstrauisch geworden, dass ihr Meister eine Zeit lang nicht auftauchte. Er zöge sich, so berichteten sie, immer mal wieder an einen bestimmten Ort, einer Hütte im Wald, zur Meditation zurück, manchmal allein, manchmal in Begleitung. Aufgefallen war sein Fehlen erst am Abend, als er nicht zum gemeinsamen Abendessen erschien. Das hätte immer einen besonderen Rahmen und ohne den Meister könnten sie nicht beginnen."

„Und da haben sie gemerkt, dass er fehlt, und haben vermutlich angefangen zu suchen?", fragte Sommer dazwischen. „Sind sie dann zu seiner Hütte gegangen?“

„Ja. Moment, ich hab hier die Aussage einer jungen Frau, Sina Blechschmidt. Ich lese mal vor: ‚Als der Meister nach einer Stunde immer noch nicht da war, haben wir angefangen, ihn zu suchen. Anja - in Klammern: Anja Dobertan – hatte ihn am Nachmittag allein zur Hütte gehen sehen. Wir haben eine ganze Zeit darüber gesprochen, ob wir dort nachsehen durften. Es gab schließlich eine strenge Anweisung, dass niemand dorthin gehen durfte, wenn er nicht ausdrücklich vom Meister dazu aufgefordert wurde. Schließlich war es Axel - in Klammern: Axel Soltau –, der losging, um nachzusehen. Nach einer Viertelstunde kam er zurück und berichtete aufgeregt und mit gebrochener Stimme, dass die Tür der Hütte weit aufgestanden hätte und der Meister nicht da sei. Da wussten wir, dass etwas nicht stimmte, und haben die Polizei informiert.‘ Wir haben die Hütte, so ein Gartenhaus aus dem Baumarkt, und den Bereich drum herum übrigens genau in Augenschein genommen“, fuhr Wemhöner fort, „von Meierhoff aber keine Spur, bis auf die Brosche in Sonnenform, die auch auf seinem Foto zu sehen ist.“ Dann zog er das Stück aus einem Plastikbeutel, der zu den Unterlagen gehörte, und zeigte es den Bielefeldern. „Die Brosche schien gewaltsam von der Kleidung abgerissen zu sein. An der Nadel fand sich ein winziger Stofffetzen“, führte Wemhöner weiter aus und zeigte eine zweite Plastiktüte, in der sich der kleine Fetzen befand. „Das könnte zu einem Hemd des Meisters gehören. Die Mehrheit der Bewohner konnte sich erinnern, dass Meierhoff an dem Tag ein Hemd in dieser Farbe getragen hatte. “

„Gab es weitere Spuren?“

„Ja, Fußspuren. Aber die waren nicht besonders brauchbar. Es hatte ja recht viel geregnet. Immerhin konnte man erkennen, dass es zwei verschiedene sein mussten."

„Welche Größe?"

„Auch nicht ganz eindeutig wegen des Regens Anfang der Woche. Die meisten Spuren zwischen Größe 43 und 45 und die anderen etwas kleiner, 39/40. Die größeren Abdrücke stammen sicherlich von einem Mann, wahrscheinlich von Meierhoff. Die Sektenmitglieder hatten ausgesagt, dass er relativ große Füße hat. Vielleicht waren es aber auch zwei Männer. Möglich, wie gesagt, wegen des Regens nicht eindeutig. Die kleineren Spuren könnten von einer Frau stammen."

„Danke, Herr Wemhöner, dass Sie uns so präzise informiert haben", sagte Sommer. „Die ganze Sache ist in der Tat ziemlich merkwürdig. Irgendetwas stimmt da nicht. Die Fahndung nach Meierhoff ist ja bereits lange durch Sie veranlasst worden. Aber ich denke, wir sollten noch einmal sehr gründlich und im großen Umkreis das gesamte Waldgelände um diesen Meditationsplatz absuchen lassen. Vor allem möchte ich dieser spirituellen Wohngemeinschaft einen Besuch abstatten. Wenn ich ehrlich sein soll, macht das auf mich längst den Eindruck einer Sekte. Da brauchen wir unbedingt nähere Informationen. Doch bevor wir das tun: Mein Bauchgefühl sagt mir, dass es Zeit ist für ein Mittagessen."

Dabei strich sich Sommer sanft über seine Bauchwölbung. „Herr Wemhöner, kennen Sie sich hier aus? Sie haben in letzter Zeit im Zuge der Ermittlung doch sicher schon öfter Hunger bekommen. Kann man hier irgendwo gut essen?"

„Ehrlich gesagt, ist mir selbst auch etwas flau im Magen, und Herr Schwameyer sieht auch aus, als ob er Nahrung vertragen könnte", scherzte Wemhöner.

„Aber unter der Woche ist das mittags hier immer etwas schwierig. Viele Restaurants öffnen erst am Abend. Letzte Woche war ich mit einem Kollegen mitten in der Stadt bei einem Griechen. Das finde ich sicher wieder. Also, wenn Sie mögen?"

„Grieche ist okay, aber bitte kein Gyros-Schnellimbiss, bei dem man sich dann mit Tsatsiki die Hose vollkleckert. Und Knoblauch wäre auch nicht gut", bemerkte Schwameyer.

„Ja, er hat recht. Wir wollen ja noch die Sektentruppe befragen", pflichtete ihm Sommer bei.

„Keine Sorge! Da, wo wir waren, gab es ein richtiges Restaurant. Wie hieß das doch noch?"

Inzwischen hatten sie den Konferenzraum verlassen und waren wieder im Wachraum.

„Kollege Wöste, wo waren wir doch letzte Woche beim Griechen? Wie hieß das noch?"

„Bei Vassili, Hauptstraße, ein altes Fachwerkgebäude. Wollen Sie da wieder hin?"

„Ja, müssen uns erst mal stärken für den späteren Besuch in dieser Wohngemeinschaft im Schopketal."

„Na dann, guten Appetit. Und haben Sie die Kollegen aus Bielefeld schon vorgewarnt, welche Art spiritueller Erleuchtung auf sie wartet?"

„Nicht alles verraten! Bis nachher."

„Bis nachher."

Sie verließen den Wachraum, um zu ihren Autos zu gehen. „Lassen Sie uns mit einem Auto fahren. Nach dem Aufenthalt im Schopketal werden wir uns sicher hier noch einmal besprechen."

„Kommt drauf an, wie lange das bei der Sekte dauert. Also vielleicht doch besser mit zwei Fahrzeugen.

Eventuell fahren wir dann auch sofort wieder nach Bielefeld und sprechen erst morgen miteinander. Im Übrigen, die anderen Mitarbeiter würde ich gern heute Abend noch informieren", meinte Sommer.

„Na, dann los."

Es war nur ein Katzensprung bis zu Vassili, ein, wie sich herausstellte, nettes und durchaus typisch zu nennendes griechisches Restaurant in einem alten, lippischen Fachwerkhaus. Sie bestellten sich unterschiedliche Grillteller und wiesen ausdrücklich darauf hin, dass sie kein Knoblauch wollten, was auch ohne Problem möglich war.

Als die Getränke gebracht wurden, Wasser und Apfelschorle, fasste sich Wemhöner ein Herz und fragte Sommer, was ihn schon von Anfang an interessierte.

„Sagen Sie, Herr Sommer, Sie waren doch der leitende Ermittler in dem Doppelmord mit Geiselnahme im letzten September. Waren Sie damals nicht eben erst von Düsseldorf nach Bielefeld gekommen?"

„Köln, Herr Kollege, Köln. Soviel Zeit muss sein." Sommer prustete vor Schreck. Köln mit Düsseldorf verwechseln - wenn ihm das jemals an seinem alten Arbeitsplatz passiert wäre, die Kollegen hätten ihn zwei Jahre keines Blickes mehr gewürdigt. „Aber sonst stimmt, was Sie sagen", fügte Sommer versöhnlich hinzu. Er machte eine kurze Pause, wobei er in Wemhöners verdutztes Gesicht sah. Dann fuhr er fort: „Bevor wir jetzt jedoch weiter über vergangene Fälle reden: Wir werden vermutlich eng zusammenarbeiten. Ist es da nicht sinnvoll, wenn wir auf das förmliche ‚Herr' verzichten können? Ich bin der Frank."

„Oh, sehr gern, ich bin Konrad."

„Und ich Pit."

Es ging bereits auf halb drei Uhr am Nachmittag zu, als sie sich mit ihren Autos dem Sektenhaus näherten. Sommer und Schwameyer waren einigermaßen gespannt, was sie dort erwarten würde. Schwameyer sah in seiner Vorstellung jede Menge völlig ausgeflippter Typen. Sommers Phantasie war weniger bunt und blumig.

Wemhöner fuhr voraus, da er den Weg kannte. Von der Lämershagener Straße aus bogen sie in einen schmalen Seitenweg ein, der stark bergab und direkt in den Wald führte. Kurz darauf passierten sie einen kleinen Parkplatz. Sommer erinnerte sich, dass Jennifer ihm erzählt hatte, sie habe etwas oberhalb des Sektenhauses angehalten und habe sich dann durch den Wald angeschlichen. Das könnte hier gewesen sein.

Allerdings ließen sie, die Talsohle erreichend, ein erstes größeres Haus links liegen und fuhren noch tiefer in den Wald hinein. Dabei kamen sie an einem weiteren Wanderparkplatz vorbei. Vielleicht hat Jennifer aber auch hier ihr Auto abgestellt, dachte Sommer. Ihrer Beschreibung nach wäre auch das möglich. An einer Weggabelung hielten sie sich links, während rechts offenbar ein Wanderweg weiter dem Schopketal folgte. Nach weiteren 300 bis 400 Metern, der Weg stieg wieder leicht an, endete dieser schließlich auf dem Hof eines kleineren Anwesens, das früher eine von den typischen kleinen Hofstellen gewesen sein musste, die seinen Besitzern ein vermutlich nur bescheidenes Auskommen gesichert hatten. Sie hielten direkt geradeaus vor einer Remise, in der ein Geländewagen und ein ramponierter Kleinbus parkten. Als sie ausstiegen, sahen sie rechts eine Scheune, die aber verschlossen war. Linker Hand befand sich das Wohnhaus, das man durch eine große Deelentür betrat, die jetzt geöffnet wurde. Zwei Männer kamen auf die Kommissare zu, um sie zu begrüßen. Sommer musste an das Foto des vermissten Sektenführers denken, als er die beiden sah.

Sie trugen ein ähnliches, indisch wirkendes Hemd und tatsächlich die gleiche Sonnenbrosche. Das heißt nein, nicht ganz. Die Brosche dieser beiden Männer war nicht golden wie die von Meierhoff, sondern silbern. Ihre Haare aber lang und wallend wie die ihres Meisters.

„Ist ja wie eine Zeitreise zu den Hippies der späten Sechziger", flüsterte Sommer, und Pit ergänzte: „Genauso hab ich mir das vorgestellt."

„Die Herren von der Polizei!", begrüßten sie zunächst Wemhöner, der ihnen ja schon bekannt war. Ihr Tonfall war irgendwie unangenehm säuselnd. „Ich hoffe, Sie bringen uns gute Botschaft von unserem Meister. Haben Sie ihn gefunden? Wie geht es ihm?"

„Nein, leider nicht, Herr Wanderbur und Herr Soltau. Aber ich möchte Ihnen zwei Kollegen aus Bielefeld vorstellen, die jetzt die Ermittlungen übernehmen werden. Herr Sommer, Erster Kriminalhauptkommissar und Leiter der Mordkommission, und Herr Schwameyer, Hauptkommissar."

„Mordkommission? Bielefeld?"

„Natürlich rechnen wir immer noch mit der Möglichkeit, dass Herr Meierhoff …"

„Sagen Sie doch Meister, weil er es ist."

Pit verdrehte erkennbar die Augen.

„ … dass Herr Meierhoff sich irgendwo bester Gesundheit erfreut. Nichtsdestotrotz müssen wir aufgrund der Spurenlage aber auch von einem Gewaltverbrechen ausgehen, mindestens einer Entführung, vielleicht auch von einem Tötungsdelikt."

Die beiden Sektenmitglieder stöhnten auf. „Und warum Bielefeld? Wir sind doch hier im Kreis Lippe?", fügten sie hinzu.

„Weil Bielefeld im gesamten Regierungsbezirk Detmold für Kapitalverbrechen zuständig ist", war die knappe Antwort.

„Herr Wanderbur, Herr Soltau, wir möchten uns einen persönlichen Eindruck von Ihrer Gemeinschaft machen. Ich würde gern mit Ihnen und den anderen Bewohnern sprechen, und ich denke, Sie haben nichts dagegen, wenn mein Kollege Schwameyer sich hier ein wenig auf dem Hof umsieht."

„Wir haben keine Geheimnisse", war die Antwort. Dann gingen sie in das Wohnhaus, während Pit draußen blieb und das Gelände in Augenschein nahm.

Eine der für die Gegend typischen kleinen Hofstellen, dachte Sommer, als sie durch die Deelentür traten. Von der eher schmalen und kurzen Deele abgehend konnte er die ehemaligen Viehställe erkennen, auch wenn dort offenbar schon lange keine Tiere mehr standen. Ein paar Schweine und ein oder zwei Kühe, mehr Vieh wird es hier kaum gegeben haben, dachte er weiter. Nach wenigen Metern hatten sie die Tür zu den Wohnräumen erreicht. Diese Abtrennungen waren bei sehr alten Häusern erst nachträglich eingebaut worden. Wahrscheinlich war das auch hier der Fall. Schließlich wurden die Polizisten in den Raum geführt, der ehemals wohl die „Gute Stube" gewesen sein dürfte. Höflich, aber mit ernster Miene wurden sie dort von zwei Frauen in langen fransigen Röcken begrüßt. Auch sie mit indischen Blusen und Brosche, diesmal aber bronzefarben. Im Vorbeigehen hatten Sommer und Wemhöner noch einen Blick in die große Wohnküche werfen können, in der einige Bewohner um einen Esstisch saßen. Zwei Mädchen machten Hausaufgaben. Das eine von den beiden mochte vielleicht noch in der Grundschule sein, das andere müsste man doch eher eine Jugendliche nennen, fand Sommer bei näherem Hinsehen.

Auf dem Tisch in der Mitte der Wohnstube stand ein Glaskrug mit Wasser und einige Gläser.

„Eine Erfrischung für Sie, meine Herren?", fragte Wanderbur. „Frisches Quellwasser aus unserem eigenen Brunnen. Leider nicht mehr von unserem Meister gesegnet. Das war eine seiner Aufgaben. Jeden Morgen segnete er das Trinkwasser für den Tagesbedarf, das wir dann in Flaschen abfüllten und für jeden zum Trinken bereitstellten. Nun ist mir von der Gemeinschaft diese Aufgabe übertragen worden." Sommer hatte große Mühe, sein ungläubiges Staunen einigermaßen für sich zu behalten, während Wanderbur jedem Polizisten ein Glas Wasser reichte, an dem sie dann nippten.

„Trinken Sie doch einen kräftigen Schluck. Das Wasser füllt Ihre Energiespeicher auf."

„Sehr schön", sagte Sommer artig. Er hatte sich fest vorgenommen, alle Merkwürdigkeiten zu registrieren, aber nicht zu kommentieren. Weil Schwameyer das erfahrungsgemäß weniger gut konnte, hatte er ihm die Aufgabe übertragen, sich draußen umzusehen. Die Bewohner des Hauses sollten nicht verärgert werden, weil sie sonst womöglich nichts von ihrem Leben und ihren Vorstellungen preisgaben.

Pit Schwameyer schaute sich auf dem Hof um. Viel Geld war hier für eine Renovierung nicht investiert worden, immerhin aber etwas Eigenleistung. Die Fenster waren laienhaft gestrichen, die Fachwerkbalken warteten noch auf eine entsprechende Behandlung. Den Gefachen ging es nicht anders. Die Dachpfannen sahen alt aus, waren aber vermutlich noch dicht. Hinter dem Haupthaus konnte er einen großen Garten erkennen, in dem Gemüse gezogen wurde. Im hinteren Teil wuchs ein riesiger Rhabarber, der aber schon zu blühen begann. Die noch jungen Pflänzchen in den Beeten davor standen ein wenig kreuz und quer. Pit war ein Kind der Großstadt, Gärten und erst recht Landwirtschaft waren ihm fremd. Seine Altbau-Wohnung am Siegfriedplatz hatte nur einen Balkon. Für ihn völlig ausreichend. Seine letzte Lebensgefährtin hatte dort ein paar Blumenkästen aufgestellt. Als sie ausgezogen war, waren die Blumen in kurzer Zeit vertrocknet, und Pit hatte die leeren Kästen in den Keller geräumt. Er brauchte keine Blumen. Zwei bequeme Gartenstühle, ein kleiner Tisch und ein Grill füllten den Balkon genügend aus. Mehr war nach seiner Meinung nicht nötig. Wenn seine Zeit und das Wetter es zuließen, war er ohnehin lieber mit seinem Motorrad unterwegs.

Der Blick in diesen Garten beflügelte seinen Eindruck, dass hier eine an Hippiezeiten erinnernde Landkommune ihr Unwesen trieb. Als Kind war er des Öfteren bei seinen Großeltern in Werther gewesen. Dort hatte es einen riesigen Garten gegeben. Jedenfalls war er ihm damals so vorgekommen. Aber ganz deutlich standen ihm die geraden Reihen der Gemüsepflanzen vor Augen, die sich völlig von dem Anblick in diesem Hippiegarten unterschieden. Meine Oma hatte immer eine spezielle Leine, dachte er, mit deren Hilfe sie die Reihen so gerade hinbekam. Wie hieß diese Leine doch noch? Er musste einen Augenblick nachdenken, dann fiel es ihm ein: Pattleine, genauso hieß dies unersetzliche Utensil. Nach kurzer Zeit hatte er das Interesse an dem Garten verloren. Er hätte ohnehin nicht antworten können, wenn ihn jemand nach den verschiedenen Pflanzen dort gefragt hätte. Stattdessen wandte er sich der Remise und der Scheune zu. Der Kleinbus war bereits in die Jahre gekommen. Mindestens zehn Jahre alt, dachte er. Viele Rostspuren und eine neu, eingebaute, andersfarbige Beifahrertür fielen ihm unmittelbar auf. Einen ganz anderen Eindruck machte der Geländewagen. Auch nicht ganz neu, aber gut in Schuss und vermutlich auch als Gebrauchtwagen nicht gerade billig. Er notierte sich die Nummern. Dann fiel sein Blick auf die Scheune. Die große Schiebetür war geschlossen. Er probierte sie zu öffnen, und tatsächlich, sie gab nach und ließ sich aufsperren. Innen war es recht dunkel und er bewegte die Schiebetür deshalb so weit auf wie es ging. Als Erstes erkannte er einen alten Traktor. Gegenüber modernen Schleppern wirkte er klein und zierlich. Firmenbezeichnung und Typenschild waren einigermaßen zu erkennen: Allgaier A111 von 1955. Allerdings hatte am Rest der Zahn der Zeit deutlich genagt. Pit erinnerte sich aber, im Fernsehen einmal eine Sendung über historische Traktoren gesehen zu haben, und er glaubte zu wissen, dass so ein altes Schätzchen, auch wenn es nicht fahrbereit war, durchaus seine Liebhaber hatte. Er fotografierte den Trecker mit seiner Handykamera und notierte sich Namen und Typ. Zugelassen war er natürlich nicht. Später wollte er sich im Internet genauer informieren. Alte Technik hatte für ihn etwas Interessantes, auch wenn diese Leidenschaft sich bisher hauptsächlich auf Motorräder und Autos bezog.

Sein Blick schweifte weiter durch die Scheune. Alles ziemlich staubig und schmutzig. An den Wänden hingen einige Gartengerätschaften. Dann bemerkte er links eine offenbar erst in letzter Zeit aufgemauerte Wand, ohne Putz, an der weitere Spaten und Rechen an Haken aufgehängt waren. Eine Tür gab es nicht. Einen Augenblick blieb er verwundert stehen und dachte nach. Er glaubte sich zu erinnern, dass die Scheune von außen größer wirkte als von innen. Sollte sich hinter dieser Wand ein weiterer Raum befinden, dachte er, und wenn ja, wie groß mochte dieser wohl sein und von woher ließ er sich betreten? Schwameyer ging wieder auf den Hof und versuchte die Größe dieses ominösen Raums abzuschätzen. Innen mochte die Scheune etwa zehn Meter tief und zwischen 12 und 13 Meter lang sein. Er hatte sie grob abgeschritten, Außen aber waren es fast 20 Meter. Demnach war ein beachtlicher Raum von acht mal zehn Metern durch die Wand abgetrennt worden. Fenster gab es keines, beziehungsweise jetzt, als er darüber nachdachte, fiel es Pit auf, dass auf der linken Scheunenseite ein ehemaliges Fenster zugemauert worden war, während das Pendant rechts neben der Scheunentür erhalten geblieben war. Neugierig geworden, ging Pit links um die Scheune herum zur Giebelseite. Zwischen Remise und Scheune gab es nur einen kleinen Durchlass, in dem das Gras bereits kräftig wucherte. Hier ging sonst niemand durch. Auch an der Giebelseite gab es keine Fenster, dafür aber eine relativ neue Tür von der Größe eines Garagentores. Sie war mit einem Sicherheitsschloss unzugänglich gemacht. Schwameyer fotografierte alle Seiten. Er wollte, misstrauisch geworden, diese merkwürdigen Gegebenheiten später mit Sommer und den anderen Kollegen in Bielefeld diskutieren. Aber vielleicht würde einer der Bewohner die Tür nachher aufschließen und alles war ganz harmlos.

„Sagen Sie, wie viele Mitglieder hat Ihre Gemeinschaft?", fragte Sommer, nachdem er sein Wasserglas abgestellt hatte.

„Wir sind 18 Personen, zehn Frauen, sechs Männer und zwei Kinder", war die unmittelbare Antwort.

„Einschließlich Herrn Meierhoff?", bohrte Sommer weiter.

„Nein, der Meister ist kein Mitglied. Er ist der Chef. Mit ihm sind wir 19 Personen."

Wanderbur, der geantwortet hatte, blickte die Polizisten unverständlich an.

„Und wie alt sind diese Personen?"

„Zwischen 27 und 36 Jahre die Erwachsenen. Bruder Soltau hier neben mir ist der älteste."

„Und die Kinder?"

„Leah ist glaube ich zehn oder, nein elf. Alina ist etwas älter, dreizehn."

„Dann ist Herr Meierhoff mit seinen 42 Jahren der älteste?"

„Wenn Sie es sagen. Übrigens, wenn Sie mehr über unsere Gemeinschaft und deren spirituelle Grundlagen wissen möchten, schauen Sie doch in unsere Homepage."

„Das werden wir sicher tun. Aber da ist noch etwas, was ich mich schon die ganze Zeit frage: Wie finanzieren Sie sich eigentlich?"

„Oh, sicher, die Frage wird uns immer mal wieder gestellt. Auch dazu finden Sie auf unserer Homepage eine Antwort."

„Vielleicht sofort eine kleine Zusammenfassung?"

„Nun, wir sind zunächst einmal Selbstversorger. Und dann haben wir alle nach unseren Möglichkeiten eigenes Geld eingebracht."

„Und das reichte, um diesen Hof zu kaufen oder zu mieten?"

„Wir haben ihn gekauft. So teuer war er nicht. Aber Sie haben recht, das hätte nicht genügt. Wir haben auch einige wohlhabende Gönner, die nicht hier einziehen wollen, uns aber finanziell unterstützen."

Sommer und Wemhöner waren mit dieser Auskunft nicht wirklich zufrieden, fragten aber im Moment nicht weiter nach. Bei Gelegenheit würden sie darauf zurückkommen.

„Schön, wenn man reiche Gönner hat", stellte Wemhöner trocken fest. „Im Augenblick ist es aber wohl das Wichtigste, dass wir Herrn Meierhoff wiederfinden oder zumindest herausfinden, was aus ihm geworden ist", fuhr Sommer fort. „Von Herrn Wemhöner habe ich erfahren, dass Herr Meierhoff zum Zeitpunkt seines Verschwindens allein in seiner Meditationshütte war. Das Gebiet wurde bereits abgesucht und wir haben eine goldene Brosche gefunden, eine Sonne im Strahlenkranz."

„Oh, das war uns gar nicht bekannt." Wanderbur machte eine kurze Pause. Dann fügte er hinzu: „Meine Herren, dürften wir Sie bitten, uns diesen Fund so bald wie möglich zurückzugeben. Es hat unschätzbaren Wert für uns. Übrigens: sagen wir nicht Brosche. Es ist kein Schmuckstück. Wir nennen es ‚Sonnenmal' oder schlicht ‚das Mal'. Jeder von uns trägt eines. Das wird Ihnen sicher schon aufgefallen sein. Die meisten sind aus schlichtem Eisen, aber die, die dem Meister näherstehen, bekommen ein silbernes oder bronzenes. Nur der Meister selbst trägt eines aus Gold. Und es ist auch größer als unsere. Das Mal ist das Abbild der universellen Sonne, die durch den Meister hindurch auf uns scheint und uns erleuchtet."

„Tut mir leid", antwortete Sommer, „aber das geht im Augenblick nicht. Das Mal, wie Sie es nennen, könnte Spuren tragen, die uns Aufschluss geben, was da am Meditationsort geschehen ist. Zur gegebenen Zeit werden Sie das Stück sicher zurückerhalten. Oder ist die kriminaltechnische Untersuchung schon abgeschlossen, Kollege Wemhöner? Ich nehme an, dass das Stück in Detmold untersucht worden ist."

„Entschuldigen Sie, Herr Kommissar, aber wir müssen darauf bestehen, dass wir das Sonnenmal unverzüglich zurückbekommen", mischte sich Soltau, der zweite Sonnenjünger, ein. „Ihnen ist sicher bekannt, dass unser Grundgesetz die freie Religionsausübung schützt. Und das goldene Sonnenmal ist dafür unerlässlich."

„Hoppla, ich sagte doch, Sie bekommen es so bald wie möglich zurück. Ich persönlich werde dafür sorgen, dass es nach der KTU umgehend passiert. Vorher ist das aber leider nicht möglich. Im Übrigen werden wir uns hier auf dem gesamten Gelände und im Wald gründlich umsehen müssen."

„Aber Ihre Kollegen waren hier doch schon überall, sogar im Zimmer des Meisters, was eigentlich streng verboten ist."

„Entschuldigen Sie", brachte sich jetzt Wemhöner ein, „aber das war nur ein erster recht oberflächlicher Augenschein. Die Kriminaltechnik wird das sehr viel differenzierter erledigen. Sie haben doch sicher nichts dagegen, schließlich wollen Sie Ihren Meister ja zurückhaben."

„Nett, wie Sie das formulieren, aber es ist völlig ausgeschlossen, dass Sie in den Räumen des Meisters herumspionieren und dabei womöglich seine Privatsachen durchschnüffeln."

„Wir nehmen Ihre Vorbehalte zur Kenntnis", begann Sommer das Gespräch abzuschließen, „aber wenn wir es im Zuge der Ermittlung für unumgänglich halten, werden wir es tun, wenn nötig, mit einem richterlichen Beschluss." Er machte eine kleine Pause und sah Wemhöner an, als er weitersprach. „Ich denke, das soll es für den Moment gewesen sein." Und wieder an die beiden Sektenmitglieder gerichtet: „Sie hören in jedem Fall von uns."

Draußen auf dem Hof wartete Schwameyer bereits auf Sommer und Wemhöner.

„Es gibt eine interessante Neuigkeit", flüsterte er den beiden zu. „Am besten, wir setzen uns alle drei zusammen in ein Auto."

Im Bielefelder Wagen sitzend fuhr er fort: „Wenn ich euch jetzt erzähle, was ich entdeckt habe, schaut euch nicht sofort neugierig um. Wir werden garantiert beobachtet. Es geht um die Scheune. Nicht hingucken, jedenfalls nicht so offensichtlich. Also, diese Scheune enthält ein Geheimnis. Links von der Schiebetür befindet sich ein zugemauertes Fenster. Dahinter gibt es einen großen Raum, der nicht von innen zugänglich ist, sondern nur von außen, gesichert mit einem aufwendigen Schloss. Reingucken konnte ich deshalb nicht. Ich wollte diese Sektentypen aber nicht nach dem Schlüssel fragen. Wenn sich dort ein Geheimnis verbirgt, würden sie gewarnt, wenn wir sie darauf ansprechen. Das sollten wir nicht riskieren. Wir brauchen dringend einen Durchsuchungsbeschluss, am besten für den ganzen Hof. Das ist hier nicht koscher."

„Ja, das sehe ich auch so", pflichtete Sommer ihm bei. „Die Sektenbrüder konnten übrigens keine einleuchtende Antwort geben auf die Frage, wie sie das alles finanzieren. Einer faselte etwas von Gönnern und davon, dass sie selbst ihr eigenes Geld eingebracht hätten. Also, wenn ihr mich fragt: Hier stimmt etwas nicht, und zwar ganz gewaltig nicht. Aber lasst uns erst einmal rasch vom Hof fahren, damit diese Sektierer nicht misstrauisch werden. Am besten, wir fahren noch einmal zur Wache zurück, auch wenn es schon spät ist."

Bei der Wache angekommen, trafen sie die Vereinbarung, sich trotz des bevorstehenden Wochenendes am morgigen Samstag um 10 Uhr zu einer großen Lagebesprechung in Bielefeld zu treffen. Bis dahin wollte Sommer sich um einen Durchsuchungsbeschluss bemühen. Die drei waren sich einig, dass Eile geboten war, damit die Sekte keine Chance hatte, irgendwelche Spuren zu beseitigen. Sie trauten der Gruppe nicht über den Weg.

Kapitel 15

Samstag, 19. Mai 2012 – Bielefeld

Am Samstag um 10 Uhr waren alle im Konferenzraum versammelt. Auch Wende war da und Wemhöner aus Detmold. Sommer hatte darauf bestanden, dass er zu ihrer Mordkommission abgeordnet wurde, weil er sich schon von Anfang an mit der Vermisstensache Meierhoff beschäftigt hatte. Zudem war die Ermittlungsgruppe um eine Reihe weiterer Kolleginnen und Kollegen erweitert worden, da es sicher sehr viel Fleißarbeit zu erledigen gab. Dieser Teil der Ermittlungstätigkeit war nie sonderlich beliebt, aber unerlässlich. Polizeiarbeit war zum großen Teil immer zuerst das akribische Sammeln von Spuren, die schließlich ausgewertet und zueinander in Beziehung gesetzt werden mussten.

Deshalb forderte Sommer Wemhöner auf, zunächst alles zu berichten, was sie schon in Erfahrung gebracht hatten, um allen auf den gleichen Wissensstand zu verhelfen. Sommer selbst notierte die wichtigsten Tatsachen an einem Whiteboard.

- *Meierhoff, Sektenführer, aus Meditationshütte verschwunden am 14. Mai*
- *M. dort immer allein, es sei denn, ein anderes Mitglied wurde eigens eingeladen*
- *Zwei, vielleicht drei verschiedene Fußspuren, ungenau, eine eventuell von M., die anderen unbekannt, vermutlich männlich und weiblich*

- *Brosche mit Sonnensymbol, sogenanntes „Sonnenmal", aufgefunden, Stoffreste, vermutlich von M's Hemd, an der Nadel gefunden*
- *M's Zimmer machte nicht den Eindruck, als wäre er geplant abgereist*
- *Zur Sekte: merkwürdige Vorstellungen, Erleuchtung durch „die universelle Sonne", Sektenführer vermittelt die Erleuchtung; wie ein Gott verehrt*
- *Der Hof insgesamt bietet typischen Eindruck einer Landkommune*
- *Aber: In Scheune ein gut verschlossener Raum von circa 8 x 10 Metern abgetrennt. Nur von außen zugänglich*

Zu jedem der Punkte heftete Sommer, soweit möglich, noch ein Foto hinzu, sodass es für alle Mitarbeiter eindrucksvoller im Gedächtnis haften bleiben sollte.

Als Wemhöner fertig war, ergriff Sommer selbst das Wort: „Also, was sind die nächsten Schritte? Ich habe bereits heute Morgen einen Durchsuchungsbeschluss für das gesamte Anwesen erwirkt. Dabei gilt das Hauptaugenmerk noch einmal Meierhoffs Zimmer, besonders aber diesem ominösen Raum in der Scheune. Was wird dort verborgen. Wozu dient er? Darüber hinaus muss die Suche nach Meierhoff verstärkt werden. Wir müssen das gesamte Waldgebiet im großen Umkreis um das Anwesen akribisch untersuchen. Wir gehen nach der bisherigen Spurenlage nicht davon aus, dass er freiwillig verschwunden ist. Alles ist wichtig. Und", er lachte ein wenig, „was auch immer die Oerlinghauser in ihrem Wald in letzter Zeit entsorgt haben, wir werden es finden und daraufhin überprüfen, ob es zu Meierhoff gehört. Für diese Form der Waldreinigung", Frank malte Gänsefüßchen in die Luft, „steht die Bereitschaftspolizei zur Verfügung, die mit ausreichend Kräften bereits auf dem Weg nach Oerlinghausen ist. Sie werden kurz vor dem Ort auf uns warten, die eine Hälfte an der Tunnelstraße, die andere an der Lämershagener Straße. Aber das ist noch lange nicht alles. Die Kerntruppe weiß es bereits: Es gibt noch einen zweiten Fall."

Ein Raunen ging durch den Raum, während Sommer den Fall „Tobias Oberbaum" erläuterte und auch dazu die wichtigsten Stichpunkte an eine zweite Tafel schrieb. Auch auf den Faserfund der Kriminaltechnikerin ging er ausführlich ein.

„Aber damit es klar ist, dieser alte Fall ist damals korrekt behandelt worden. Es gab keine sinnvollen und stichhaltigen Hinweise, dass es kein sozusagen normaler Drogentoter gewesen sein könnte. Deshalb musste Pit Schwameyer, der das damals federführend bearbeitet hatte, den Vorfall schließlich beiseitelegen, obwohl ihm die Sache nicht ganz astrein erschien. Aber da der alte Fall sich ebenfalls genau im Umfeld dieser Sekte abgespielt hat, sollten wir auch unsere Augen offen halten. Und noch etwas: Mit dieser heutigen Aktion wird sich die Geschichte nicht mehr verheimlichen und die Medien werden sich das nicht entgehen lassen. Es versteht sich eigentlich von selbst, aber ich sage es noch einmal: Auskünfte erteilt nur der Pressesprecher. Ich habe Herrn Hermes bereits zu dieser Besprechung hinzugebeten. Herr Hermes, ich grüße Sie. Schön, dass Sie dabei sind. Sonst redet niemand mit den Medien. Da hier offenbar eine merkwürdige Sekte involviert ist, werden auch die Boulevard-Medien nicht lange auf sich warten lassen. Also stellt euch darauf ein und haltet euch zurück." Und an den Pressesprecher gewandt, fuhr er fort: „Sie versorgen am besten die Medien mit den üblichen Informationen. Irgendwann wird sicher auch eine Pressekonferenz notwendig sein. Aber zunächst müssen wir sehen, was da auf diesem Hof vor sich gegangen ist beziehungsweise noch vor sich geht. Kommen Sie eigentlich mit nach Oerlinghausen?"

„Ich werde später nachkommen, wenn die Presseerklärung raus ist. Es ist sicher gut, wenn ich mir auch vor Ort ein eigenes Bild mache und eventuell dort auch schon für Fragen der Journalisten zur Verfügung stehe. Sie können also in aller Ruhe arbeiten. Um die Presse kümmere ich mich."

Eine gute Stunde später wimmelte es auf dem Sektenhof und darum herum von Polizei. Die Bereitschaftspolizisten hatten sich bereits zu einer engen Kette formiert, die nun begann, den Wald systematisch abzusuchen. Sie würden bis zum Abend eine möglichst große Fläche untersuchen in der Hoffnung, eine Spur von Meierhoff zu finden. Sie waren auch darauf gefasst, seinen Leichnam zu entdecken. Darum brauchte Sommer sich mit seinen Kollegen nicht direkt zu kümmern. Er machte sich mit den Durchsuchungsspezialisten der Kriminaltechnik daran, den Hof selbst unter die Lupe zu nehmen. Das alles geschah unter einem enormen Gezeter der Sektenmitglieder, die es offenbar als einen Akt extremen religiösen Frevels ansahen, in jeden Winkel des Hauses zu schauen. Zu dramatischen Szenen kam es, als sie in Meierhoffs Zimmer gehen wollten. Mit einer Mischung aus flehendem und wütendem Geschrei stellten sich Soltau und Wanderbur, die jetzt offenbar die Gruppe anführten, vor die Tür und versuchten so, das Eindringen der Polizisten zu verhindern. Diese mussten schließlich Gewalt anwenden, weil sie sich mit Worten kein Gehör verschaffen konnten.

Da der Raum bereits, wenn auch oberflächlich, von den Detmolder Kollegen angesehen worden war, galt Sommers und Schwameyers Hauptaugenmerk zunächst mehr dem merkwürdigen Raum in der Scheune. Steffen Wanderbur und Axel Soltau standen nach ihrem Rausschmiss aus dem Haus ziemlich aufgebracht, aber auch hilflos auf dem Hof, als Sommer sie aufforderte, den Schlüssel für die große Seitentür der Scheune zu holen. Aber sie reagierten nicht. Fast schien es so, als ob sie gar nicht verstehen würden, was man von ihnen erwartete.

„Herr Wanderbur, ich fordere Sie jetzt zum letzten Mal auf: Geben Sie uns den Schlüssel zu diesem Tor!" Sommer legte in seine Worte alle Autorität, zu der er fähig war.

„Ich weiß von keinem Schlüssel. Tut mir leid. Das Tor ist für uns verboten. Dort hat nur der Meister Zugang."

„Wollen Sie allen Ernstes sagen, dass Sie nicht wissen, was sich hinter diesem Tor verbirgt? Entschuldigen Sie, aber wer soll Ihnen denn das glauben?" Pit wurde langsam, aber sicher sauer. „Selbst wenn Ihr Oberguru als Einziger einen Schlüssel dafür hatte, dann wird er doch nicht ausschließlich selbst dort hineingegangen sein. Wie schräg ist das denn."

„Reden Sie nicht in diesem Ton über unseren Meister!", mischte sich jetzt Soltau ein. „Das Grundgesetz schützt auch unsere Religionsausübung, und wir erwarten von Ihnen als Vertreter des Staates, dass Sie dem Grundgesetz darin folgen. Und im Übrigen wiederhole ich gern, was mein Sonnenbruder Ihnen schon gesagt hat. Wir haben keinen Schlüssel zu diesem Tor. Wir wissen auch nicht, was sich auf der Rückseite befindet. Und den Schlüssel muss der Meister irgendwo bei sich aufbewahren."

„Okay", fasste Sommer zusammen, „so kommen wir offenbar nicht weiter. Pit, frag im Haus nach, ob die Kollegen schon einen Schlüssel gefunden haben, den sie nicht zuordnen können und der zu diesem Tor passen könnte. Wenn es ihn gibt, dann müsste er am ehesten irgendwo in Meierhoffs Zimmer zu finden sein."

Pit machte sich sofort auf den Weg und kam bereits nach wenigen Minuten zurück.

„Nein, kein Schlüssel, aber ein Safe mit einer Zahlenkombination. Die Detmolder haben den anscheinend übersehen. War aber auch gut getarnt hinter einem Bücherregal, sodass man ihn bei oberflächlicher Betrachtung unmöglich entdecken konnte. Die Kollegen haben bereits einen Spezialisten des Herstellers angefordert, um ihn zu öffnen. Kann aber etwas dauern. Vor Montag ist da nichts zu machen."

„Alles klar, dann hilft es nichts. Wir öffnen das Tor gewaltsam." Sommer gab den bereitstehenden Technikern einen Wink und sie begannen mit ihrer Arbeit. Das Schloss war ein kompliziertes Sicherheitsschloss, aber nach einiger Zeit sprang es auf und die Tür ließ sich öffnen. Zu aller Überraschung bot sich hinter der Tür aber kein unmittelbarer Einblick in den Raum. Hinter dem Tor befand sich vielmehr eine Art Windfang oder Verschlag aus rohem Holz, etwa anderthalb Meter tief und mit einem weiteren Tor von der gleichen Größe wie das Haupttor. Auch dieses war verschlossen. Das Schloss jedoch ließ sich leichter öffnen als das Hauptschloss.

„Ich hätte drauf wetten können, hier so etwas in dieser Art zu finden", sagte Pit, als auch das zweite Tor offen stand. Ihr Blick fiel auf eine grüne Cannabis-Plantage mit ausgeklügelter Beleuchtungs- und Bewässerungsanlage. Die Hanfpflanzen waren bereits etwas über einen Meter hoch und in voller Blüte. „Na, die wären ja wohl bald abtransportiert worden, wenn ich das Wachstumsstadium richtig deute." Und zu Frank gewendet: „Dieser Tobias Oberbaum, der Drogentote von Langeoog vor zwei Jahren, bei dem hat man doch einen starken Cannabis-Konsum festgestellt, oder?"

„Ja, das ist richtig, Cannabis und dieser scheußliche Candyflip."

„Na, dann haben wir hier ja wohl die Erklärung dafür", stellte Pit fest, während er gleichzeitig mit einem Finger auf die Hanfpflanzen zeigte.

„Könnte sein, jedenfalls dann, wenn diese Plantage schon damals betrieben wurde. Aber wie dem auch sei. Wir brauchen hier die Kollegen der Drogenfahndung. Ich ruf da gleich mal an."

„Da sind dann aber meine Kollegen aus Detmold zuständig, wenn ich das anmerken darf." Das war Wemhöner, der die ganze Zeit schweigend im Hintergrund geblieben war.

„Stimmt, du hast recht", pflichtete Sommer ihm bei. „Dann verständige deine Kollegen mal."

Während Wemhöner telefonierte, schauten sie noch einmal die offenbar professionell betriebene Plantage an.

„Und was machen wir mit den Sektenmitgliedern?" Pit sah schon leicht angesäuert aus. „Ich sehe mal wieder Kompetenzstreitigkeiten heraufziehen. Wenn wir die jetzt vor dem Hintergrund des Drogenfundes befragen, werden die Detmolder sich bestimmt auf die Füße getreten fühlen. Andererseits können wir das hier doch nicht einfach ignorieren. Eine Verbindung zum Verschwinden von Meierhoff ist doch nicht auszuschließen."

„Nein, ganz und gar nicht, vielleicht ist diese Verbindung sogar naheliegend. Und deshalb werden wir auch mit diesen Damen und Herren sofort ein ernsthaftes Gespräch führen. Vor allem Wanderbur und Soltau müssen wir befragen. Du und ich machen das. Und dann sind da noch zwei Damen gewesen, die mit dem bronzenen Sonnenmal, du erinnerst dich?"

„Ja, tue ich", erwiderte Pit. „Die haben vermutlich auch eine etwas herausgehobene Position, wenn auch erst sozusagen in der dritten Reihe. Wer spricht mit denen?"

„Anna und Karsten. Wo sind die eigentlich?", fragte Sommer.

„Karsten ist oben im Wald und Anna", Pit überlegte einen Moment, „Anna hab ich zuletzt oben in Meierhoffs Zimmer gesehen."

„Okay, ich rufe Karsten an und du Anna. Dann kann's sofort losgehen. Die anderen Mitglieder müssen von den zusätzlichen Mitarbeitern befragt werden. Also, auf geht's."

Als Sommer und seine Kollegen wieder auf dem Hof vor der Scheune standen, hatte sich dort inzwischen eine Armada von Medienvertretern eingefunden. Auch das Regionalfernsehen vom WDR war da, und der Pressesprecher Hermes antwortete in diesem Moment auf die Fragen des Fernsehreporters. Sommer nahm das Handy aus der Tasche. Aber noch bevor er Karsten anrufen konnte, meldete sich sein Handy. Karsten kam ihm zuvor.

„Mensch, Karsten, kannst du Gedanken lesen? Ich wollte gerade bei dir anrufen. Wir brauchen dich hier."

„Bestimmt! Aber vorher solltest du noch einen Blick auf das werfen, was wir hier gefunden haben.“ Karsten machte eine Pause, als ob er die Spannung künstlich steigern wollte.

„Karsten, nun red weiter!“ Sommer wurde ungeduldig. „Mach's nicht so spannend.“

„Okay. Wir haben hier einen Schuh gefunden, Größe 45.“

„Ja und? Könnte doch irgendein Schuh sein. Oder denkst du, dass das ein Schuh des Meisters ist?“

„Na ja, wär doch immerhin möglich. Sehr lange hat dieser Schuh hier jedenfalls noch nicht gelegen.“

„Okay, tüte den Schuh ordentlich ein und sichere die Fundstelle, damit die Techniker nachher den Ort genau ansehen können. Und dann komm her und bring den Schuh mit. Vielleicht erkennt ihn einer der Sektenjünger. Dann wäre das ein wichtiger Hinweis.“

„In Ordnung, ich komm dann gleich runter zu dir.“

Eine Viertelstunde später kam Karsten zum Sektenhaus, den Schuh fein säuberlich in einer Plastiktüte tragend. Sommer und Schwameyer hatten die vier Sektenmitglieder, die sie befragen wollten, auf dem Hof zwischen Haus und Scheune versammelt. Nun zeigte er ihnen den Schuh.

„Wir haben den hier oben im Wald, ein Stück von der Meditationshütte entfernt, gefunden. Könnte es sich dabei um einen Schuh von Herrn Meierhoff handeln?“ Frank gab die Tüte als Erstem Steffen Wanderbur. Er vermutete, dass es hier wichtig war, die Hierarchien in der Sektengemeinschaft einzuhalten. „Herr Wanderbur, was meinen Sie? Könnte das ein Schuh Ihres Meisters sein? Sehen Sie ihn sich genau an. Ein schwarzer, im Grunde schlichter Lederschuh, Größe 45.“

Wanderbur nahm die Tüte in die Hand, vorsichtig, beinahe ehrfürchtig, als ob er bereits überzeugt wäre, den Schuh des Meisters in der Hand zu halten.

„Ja", sagte er dann bedächtig nach einer Weile, „das könnte der Schuh unseres Meisters sein. Aber ich sage bewusst ‚könnte'. Denn so ein Schuh könnte genauso gut jedem anderen gehören. An dem Schuh ist ja nichts Besonderes. Ja, der Meister hat solche Schuhe getragen. Sie waren doch in seinem Zimmer. Dort muss es mehr von dieser Sorte geben."

„Okay, das war's fürs Erste", sagte Sommer, als er die Tüte wieder an sich nahm. „Claudia!", Sommer drehte sich zu der Kriminaltechnikerin um, die gerade über den Platz kam. „Nimm diesen Schuh bitte genau unter die Lupe. Wir gehen davon aus, dass es ein Schuh des Vermissten ist, wissen es aber nicht endgültig. Vielleicht findet ihr irgendetwas, am besten DNA-Spuren, die Meierhoff eindeutig als Besitzer ausweisen. Und dann muss der Fundort oben im Wald ebenfalls genau untersucht werden. Karsten zeigt es dir."

„Alles klar. Vergleichsmaterial haben wir übrigens schon in Meierhoffs Zimmer gesichert."

„Und nun noch einmal zu uns." Sommer wandte sich wieder den vier Sektenmitgliedern zu. „Wir werden uns jetzt erst einmal gründlich unterhalten. Jedoch schön getrennt. Die beiden Damen, Sina Blechschmidt und Anja Dobertan, gehen mit Frau Tomczyk beziehungsweise Herrn Linnemann, die beiden Herren mit mir beziehungsweise Herrn Schwameyer. Aber nicht hier, sondern bei uns im Präsidium, damit es eine ganz offizielle Befragung wird, die entsprechend dokumentiert werden kann. Wenn ich dann bitten dürfte." Sommer wies mit der Hand in Richtung der bereitstehenden Polizeifahrzeuge. Als alle eingestiegen waren, meldete sich sein Handy. Es war Claudia Bruning, die einen weiteren, sehr interessanten Fund aus dem Wald meldete.

„Frank, du glaubst nicht, was wir hier gefunden haben", redete die Kriminaltechnikerin aufgeregt ins Telefon. „Etwas weiter von der Fundstelle des Schuhs in Richtung eines Waldparkplatzes lag links neben dem kleinen Pfad, an dem auch der Schuh entdeckt wurde, eine kleine Spritze, also, was soll ich sagen, so eine typische Fixerspritze, wie ich sie neulich zu unserer inoffiziellen Untersuchung von dir bekommen habe. Ich habe das Teil behandelt wie ein rohes Ei und auf der Stelle sorgfältig eingetütet. Im Labor werde ich die Spritze eingehend in Augenschein nehmen und mir wird kein Detail entgehen. Es kann Zufall sein, dass hier so etwas im Wald herumliegt, aber irgendwie kann ich das nicht recht glauben. Nun ja, wenn ich mit der Begutachtung fertig bin, werden wir es ja wissen."

Sommer war zunächst so überrascht, dass er gar nicht antworten konnte.

„Frank? Hörst du mir noch zu?", hörte er Claudia durch das Telefon sagen.

„Ja, ja doch!", antwortete er jetzt. „Eine Fixerspritze im Oerlinghauser Wald? Damit hätte ich jetzt nicht gerechnet! Nun lasst uns noch keine voreiligen Schlüsse ziehen. Wann glaubst du, dass du Genaueres sagen kannst?"

„Also, ehrlich gesagt erst am Montag. Heute komme ich nicht mehr dazu, und morgen ist schließlich Sonntag."

Sommer dachte einen Augenblick nach. Wie dringend waren diese Ergebnisse? Bei der direkten Suche nach Meierhoff halfen sie nicht unbedingt. Die würde ohnehin bei Einbruch der Dunkelheit abgebrochen werden müssen. Der gesamte Wald ringsum war gründlichst abgesucht worden. Hier war er definitiv nicht. Man hatte sogar Spürhunde eingesetzt, Leichenspürhunde, und auch solche, die darauf trainiert waren, lebende Personen zu finden. Alles ohne Erfolg.

„Ja, ich glaube, das hat bis Montag Zeit", sagte er jetzt zu der Kriminaltechnikerin. „Gibt es sonst noch etwas Neues?"

„Ja, könnte sein. Dieser kleine Pfad, an dem sowohl der Schuh als auch die Spritze gefunden wurden, führt ja direkt zu einem Waldparkplatz. Dort fanden sich Reifenspuren. Auch die haben wir gesichert. Allerdings …"

„…Reifenspuren auf einem Waldparkplatz sollen vorkommen. Ich weiß", ergänzte Sommer Claudias Satz, „aber trotzdem gut, dass ihr sie gesichert habt. Es ist nicht auszuschließen, dass Meierhoff irgendwie dorthin gebracht worden ist. Möglicherweise sind dann unterwegs Schuh und Spritze verloren gegangen und dann wurde der Meister mit einem Auto weggeschafft. Irgendwie nicht gerade besonders professionell. Das ist natürlich alles Theorie, aber immerhin eine mögliche."

„Du sagst es, Frank. Es könnte so sein, muss es aber nicht. Ich melde mich Montag so schnell es geht bei dir. Bis dann." Damit legte Claudia Bruning auf und Sommer stieg in seinen Passat, um den anderen zum Präsidium nachzufahren. Vorher aber ließ er den Raum des Sektenchefs und die Cannabisplantage noch mit neuen Schlössern sichern. Er wollte in jedem Fall vermeiden, dass irgendwer in die Räume eindringen konnte und dort etwas Wichtiges entfernte. Das galt besonders für Meierhoffs Safe, der ja erst am Montag geöffnet werden konnte. Außerdem wollte er vor den Vernehmungen unbedingt seine Kollegen von den neuen Vermutungen unterrichten, damit sie eventuell darauf eingehen konnten.

In getrennten Vernehmungszimmern saßen die vier führenden Sektenmitglieder und warteten darauf, von den Ermittlungsbeamten vernommen zu werden. Sommer hatte seine Kollegen vorher in sein Zimmer gebeten und sie von der neuesten Entwicklung unterrichtet. Pit war besonders skeptisch, was die Beurteilung der Fundstücke anging.

„Also, Frank, deine Spürnase in allen Ehren, aber diese Funde sind bislang alles andere als eindeutig. Die kann doch sonst wer dort verloren haben. Vielleicht stammt die Spritze von einem Diabetiker, was weiß denn ich!"

„Komm, Pit", wandte Anna Tomczyk ein, „jetzt lass deinen Pessimismus mal außen vor. Ein Schuh, wie Meierhoff ihn getragen hat, und eine Spritze, gefunden an einem Pfad, der von der Meditationshütte wegführt und auf einen Waldparkplatz mündet – das kann kein Zufall sein. Aber was soll's, wir werden es ja bald von Clau Bruning hören, wenn sie die Dinge genau unter die Lupe genommen hat. Im Übrigen denke ich, dass wir bei unseren Vernehmungen neben den allgemeinen Fragen auch besonders nach dem Leben in dieser Sekte fragen müssen. Auch auf einen möglichen Drogenkonsum der Sektenmitglieder selbst sollten wir achten, und nicht nur darauf, was sie über die Cannabiszucht in ihrer Scheune wissen.

Frank Sommer öffnete die Tür zum Vernehmungsraum, in dem Steffen Wanderbur schon ungeduldig wartete.

„Sagen Sie, was soll das Ganze eigentlich", polterte Wanderbur sofort los, als Sommer durch die Tür kam. „Sie schleppen uns hierher wie Schwerverbrecher. Dann müssen wir eine erniedrigende Prozedur über uns ergehen lassen, bei der wir fotografiert werden und unsere Fingerabdrücke abgeben müssen, und dann lassen Sie mich auch noch ewig lange warten. Etwas mehr Respekt vor einem unbescholtenen Bürger darf man ja wohl erwarten. Wir sind nicht die Täter, unsere Gemeinschaft ist das Opfer durch das Verschwinden unseres Meisters. Oder glauben Sie etwa, wir hätten den Meister selbst verschleppt." Er lachte sarkastisch auf und schaute dann in einer Mischung aus Resignation und Trotz zur Wand.

„Herr Wanderbur, Sie sind nicht nur hier wegen des bedauerlichen Verschwindens Ihres Anführers", entgegnete Sommer so beruhigend wie möglich, „Sie sind vor allem hier, weil wir auf Ihrem Hof eine ziemlich große und ebenso ziemlich professionelle Cannabisplantage entdeckt haben. Da müssen Sie schon Rede und Antwort stehen. Und die erkennungsdienstliche Behandlung gehört dazu. Am besten ist es, wenn Sie einfach erzählen, was Sie darüber wissen." Sommer rückte das Mikrofon des Aufnahmegerätes aufmunternd in Richtung Wanderbur und fügte hinzu: „Wenn Sie so freundlich wären, in dieses Mikrofon zu sprechen."

„Ich weiß wirklich nicht, was Sie von mir wollen. Welcher Sache werde ich eigentlich beschuldigt?"

„Ich wiederhole es gern für Sie. Auf Ihrem Hof wurde eine Cannabiszucht entdeckt, und wir beschuldigen Sie des Anbaus und Vertriebs von illegalen Rauschmitteln."

„Entschuldigen Sie, wenn das so ist, werden Sie von mir nichts mehr hören, zumindest nicht so lange, bis ich mit einem Anwalt gesprochen habe."

„Das ist Ihr gutes Recht. Aber ich würde Ihnen raten, es sich nicht unnötig schwer zu machen. Wenn Sie nichts mit der Sache zu tun haben, ist es am besten, wenn Sie hier und jetzt alles erzählen, was Sie darüber wissen. Dass diese Plantage gänzlich an Ihnen vorbeigegangen ist, das glaubt Ihnen doch kein Mensch. Und wenn Sie beteiligt waren, wovon ich ehrlich gesagt ausgehe, dann werden wir das auch beweisen. Oder haben Sie immer Handschuhe angehabt, wenn Sie die Plantage betreten haben?"

Wanderbur schaute beinahe erschrocken auf, bevor er sich wieder zu fassen schien.

„Sehen Sie", hakte Sommer sofort nach. „Wir werden es herausbekommen, und dann macht es sich nicht besonders gut, wenn Sie immer nur das zugeben, was wir ohnehin schon wissen."

„Ach, hören Sie auf mit Ihren Spielchen." Wanderbur hatte sich jetzt endlich besonnen. „Ich möchte einen Anwalt sprechen. Vorher hören Sie von mir kein Wort mehr. Sie führen mich ja absichtlich aufs Glatteis."

Für Sommer war klar, dass er hier jetzt erst einmal nicht weiterkam. „Wie Sie meinen", sagte er deshalb und verließ den Raum, um zu sehen, wie es bei den anderen Vernehmungen lief.

Pit Schwameyer, das merkte Sommer sofort, als er dessen Raum betrat, hatte sich bereits ziemlich in Rage geredet. Ihm gegenüber saß Axel Soltau schon halbwegs klein in sich zusammengesunken auf seinem Stuhl.

„Sie versuchen mir also allen Ernstes klarzumachen, dass Sie von dieser Cannabiszucht überhaupt keine Ahnung hatten. Wie schräg ist das denn? Das glaubt Ihnen doch nicht einmal meine Oma." Schwameyer schrie fast und beugte sich weit über den Tisch vor. In Soltaus Gesicht war zwar so etwas wie Panik zu erkennen, allerdings wich er keinen Zentimeter vor Schwameyer zurück. Dann bemerkte er, dass Sommer das Zimmer betreten hatte. Flehentlich nahm er die Hände hoch und sagte beschwörend: „Herr Sommer, so war doch Ihr Name? Herr Sommer, bitte beschützen Sie mich vor den Attacken Ihres Kollegen. Er macht mir Angst!"

Merkwürdig, dachte Sommer. Einerseits steht ihm die Panik ins Gesicht geschrieben und andererseits legt er diese fast schon kühle Ausdrucksweise an den Tag. Wittert er Oberwasser, weil ich gekommen bin, oder ist er so abgebrüht?

Schwameyer hatte sich in der Zwischenzeit wieder zurückgelehnt und sagte nun in Richtung seines Kollegen: „Der Herr Soltau gibt hier das Unschuldslamm. Stellt sich als Opfer dar, das von allem nichts gewusst haben will. Also ehrlich, ich muss mal vor die Tür."

„Warte", sagte Sommer, „ich komme mit." Und auf dem Flur ergänzte er: „Jetzt schraub dich mal runter und hol tief Luft. Diesem Soltau kommt man so offenbar nicht bei. Macht einerseits einen verschüchterten Eindruck, um dann aber irgendwie abgebrüht nach Hilfe gegen den bösen Bullen zu rufen." Bei dem Wort „böse" malte er Anführungsstriche in die Luft.

„Und was schlägst du vor?", fragte Schwameyer zurück. „Bist du bei Wanderbur weitergekommen?"

„Nein, auch nicht", war die Antwort. „Der hat bis jetzt keinen Ton gesagt und will zuerst einen Anwalt sprechen. Aber an einer Stelle habe ich eine Regung in seinen Augen entdeckt. Als ich darauf hinwies, dass wir in dem verschlossenen Raum intensiv nach Fingerabdrücken und Ähnlichem suchen und ich ganz sicher bin, auch seine dort zu finden, da hat er einen kurzen Moment gezuckt, bevor er wieder sein Pokerface aufsetzte und nach dem Anwalt rief. Es sah so aus, als ob er tatsächlich darüber nachgedacht hätte, ob er in dem Raum Spuren hinterlassen haben könnte. Und ich wette, Clau Bruning wird fündig werden. Und deshalb sollten wir jetzt einfach aufhören, über die Cannabiszucht zu reden. Jetzt reden wir über das Verschwinden von Meierhoff und über das Leben in der Sekte ganz allgemein."

Pit Schwameyer sah seinen Vorgesetzten ernst und nachdenklich an. Dann sagte er: „Ja, klingt nicht schlecht. So machen wir es. Aber wir sollten tauschen. Ich gehe jetzt mal zu Wanderbur und du zu Soltau. Ist das für dich okay?"

„Ja, sicher, das können wir so handhaben. Aber erst einmal brauche ich jetzt einen Kaffee. Kommst du mit rauf in mein Zimmer. Cappuccino wie immer?"

„Cappuccino wie immer!", war Pits unmittelbare Antwort, allerdings nur, um sofort wieder innezuhalten. „Sollten wir nicht erst noch sehen, wie die Lage bei Anna und Karsten und deren Vernehmung der beiden Sektendamen gelaufen ist?"

Sommer quittierte diesen Vorschlag mit einem Nicken und sie schlichen in jeweils einen Vernehmungsraum.

Nach kurzer Zeit waren alle vier wieder auf dem Flur und auf dem Weg in Sommers Zimmer. Auch

Anna und Karsten waren froh über eine Vernehmungspause, da sich auch ihre Befragungen festgefahren hatten und sie unbedingt das Gehörte sortieren mussten.

Als die vier Ermittler in Sommers Zimmer saßen, war es bereits fast halb sechs Uhr abends. Alle machten einen recht erschöpften Eindruck von den Anstrengungen des Tages. Sie hatten zwar einen sehr interessanten Fund in der Scheune des Sektenhofes gemacht, aber in Bezug auf das Verschwinden des Sektenchefs waren sie nicht wirklich weitergekommen. Inzwischen war es allen klar, dass Meierhoff nicht freiwillig verschwunden war, sondern dass er verschleppt wurde. Und noch mehr, sie hatten auch zunehmend die Hoffnung aufgegeben, ihn lebend wiederzufinden. Aber warum? Der Drogenfund auf dem Sektenhof ließ an eine Tat im Umkreis des Drogenmilieus denken. Möglich war es. Vielleicht ein Streit um die richtige und rechtzeitige Bezahlung. Aber Meierhoff war es doch, der Geld von einem Dealer zu erwarten hatte, und nicht umgekehrt. Es ergibt doch keinen Sinn, dass ein Dealer Meierhoff umbringt, oder was auch immer, weil der Geld haben will. Oder doch? Andererseits, vielleicht waren der Sektenchef und die gesamte Sekte zu einem Sicherheitsrisiko geworden. Vielleicht wollten sie sogar abspringen und sollten sozusagen auf Kurs gehalten werden? Viele Fragen, aber nichts Konkretes.

„Was haben eure Befragungen eigentlich ergeben?“, wandte sich Sommer jetzt an Anna und Karsten.

„Ehrlich gesagt, bei mir war es recht wenig. Ich habe mit dieser Anja Dobertan gesprochen. Die war insgesamt ziemlich naiv. Zuerst dachte ich, sie täte nur so, aber mit der Zeit stellte sich in unserem Gespräch heraus, dass sie wirklich reichlich leichtgläubig ist. Die himmelt den Meister geradezu an. Er sei der beste und gütigste Mensch, den sie je kennengelernt habe. Durch ihn sei Licht in ihr verkorkstes Leben gekommen. Sie sei des Öfteren auch allein mit ihm gewesen und dann habe er ihr das tiefe Gefühl vermittelt, dass sie für ihn wichtiger sei als alle anderen. Er sei zuallererst *ihr* Meister gewesen, der mit dem Glanz der Sonne ihr Leben erwärmte. So hat sie sich wirklich ausgedrückt: ‚ihr Leben erwärmte'. Wenn ihr mich fragt, diese Frau ist schlicht und ergreifend bis über beide Ohren in den Meister verknallt. Und mehr als einmal hatte ich in der Unterhaltung auch das Gefühl, dass der das ziemlich ausgenutzt hat."

Karsten blickte in seine persönlichen Aufzeichnungen, die er bei Befragungen immer zusätzlich zur Ton- und Bildaufzeichnung machte.

„Hier", fuhr er dann fort, „wörtlich hat sie gesagt: ‚Der Meister war mir oft sehr nah, ganz besonders nah sogar.' Wie soll man das deuten? Ich vermute eine sexuelle Beziehung."

„Wenn ich dazu mal etwas sagen darf", mischte sich jetzt Anna Tomczyk ungeduldig ein. „Ganz ähnliche Andeutungen machte auch Sina Blechschmidt. Allerdings weniger euphorisch. Irgendwie reservierter. Ich hab dann noch mal nachgebohrt, ob sie ein sexuelles Verhältnis zu Meierhoff habe. In ihrer Antwort versuchte sie auszuweichen, aber ich bin mir ziemlich sicher, dass es so ist. Und völlig überraschend fing sie dann an, von ihrer Tochter zu erzählen. Eines der beiden Kinder, das wir dort gesehen haben, das ältere, jugendliche Mädchen, ist ihre Tochter. Alina, gerade dreizehn Jahre alt. Lebt mit der Mutter seit vier Jahren auf dem Hof. Auch da habe ich noch einmal nachgehakt. Aber auch an diesem Punkt war sie sehr verschlossen. Wich ständig aus. Jedenfalls hatte ich das Gefühl. Es gefiele Alina gut auf dem Hof, sie ginge in Oerlinghausen auf das Gymnasium. Allerdings seien die Leistungen im Laufe der Zeit immer schlechter geworden, was sich die Mutter gar nicht erklären konnte, was ihr aber offenbar große Sorgen bereite."

„Hast du sie auch nach Alinas Verhältnis zu Meierhoff befragt?", wollte Pit jetzt wissen.

„Ja, habe ich", erwiderte Anna. „Meierhoff sei wie ein Vater zu ihr. Er sei sehr fürsorglich. Doch dann brach sie plötzlich mitten im Satz ab. Wir sollten uns das einmal genau in der Videoaufzeichnung anschauen." Anna suchte in der Computerdatei nach der entsprechenden Sequenz. In der Tat, Sina Blechschmidt brach mitten im Satz ab und hielt sich die Hand vor den Mund, so als ob sie sich selbst das Weitereden verbieten wollte. Dann hatte Anna noch einmal genauer nachgehakt und gefragt, was sie damit gemeint habe, Meierhoff sei wie ein Vater zu Alina. Er sei doch nicht der leibliche Vater, oder? Nein, das hatte sie deutlich zurückgewiesen. Aber Meierhoff habe sich sehr um Alina gekümmert. Er habe immer wieder gesagt, dass er gerade auf Alina große Hoffnungen setze, was ihre Position in der Gemeinschaft anginge. Deshalb müsse ihre Meditationsausbildung ernst genommen werden, damit sie später als Verbindungskanal zur universellen Sonne dienen könne. Was sie sich unter dieser sogenannten Meditationsausbildung denn konkret vorstellen solle, wollte Anna an dieser Stelle wissen. Da hatte Sina Blechschmidt wieder abgeblockt und noch gesagt, dass das nur den Meister und Alina etwas angehe. Sie selbst habe nicht den genügenden Weihegrad, um verstehen zu können, was zwischen dem Meister und Alina vorginge.

„Entschuldige, dass ich hier so direkt dazwischenfrage." Pit Schwameyer machte einen besorgten und angewiderten Gesichtsausdruck. „Mir kommt das Ganze sehr merkwürdig vor. Sehr sexualisiert, wenn ich das mal so sagen darf. Der Oberguru scheint es ja ziemlich wild getrieben zu haben. Und was ist das für eine merkwürdige Beziehung zu diesem Kind Alina. Die ist doch erst dreizehn! Hat der Guru sie etwa", er hielt einen Moment inne, „missbraucht?"

Die Spannung im Raum war mit Händen zu greifen. Pit hatte ausgesprochen, was alle gedacht hatten, als sie die Videoaufzeichnung sahen. Anna überlegte einen Augenblick. Dann sagte sie: „Darauf kann ich leider keine eindeutige Antwort geben. Aber es ist nicht auszuschließen. Wir müssen da unbedingt dranbleiben. Fest steht nur, dass Sina Blechschmidt selbst mit dem Meister immer mal wieder allein in der Meditationshütte war. Das hat sie dann irgendwann zugegeben. Aber es schien ihr eher peinlich zu sein. Also, wenn ihr mich fragt: die hatte was mit dem, aber ich könnte mir vorstellen nicht ganz so willfährig wie offensichtlich Anja Dobertan. Und was Alina angeht – ihr habt es ja selbst gehört."

Es entstand eine kleine Pause, in der alle über die Tragweite dessen nachdachten, was sie soeben gehört hatten. Schließlich war es Pit, der als Erster weiterredete.

„Ganz ehrlich. Dieser feine Haufen von friedlichen Landwirten", er malte Anführungszeichen in die Luft, „nährt so langsam jedes Vorurteil. Ein Sektenguru, der eine Schar von bedingungslos Untergebenen um sich sammelt und der es anscheinend als sein vornehmstes

Recht als Erleuchteter ansieht, sich der weiblichen Mitglieder nach Belieben zu bedienen. Und der dieses Recht vielleicht sogar auf ein dreizehnjähriges Kind ausdehnt – das ist doch, entschuldigt, verdammt noch mal zum Kotzen!"

„Du hast recht, das wäre in der Tat zum Kotzen", pflichtete Sommer ihm bei. „Aber ob es so ist, wissen wir noch nicht wirklich. Wir haben bislang nur zwei Personen befragt. Ich bin gespannt, was die anderen Befragungen ergeben. Aber wir werden konsequent in diese Richtung weiterermitteln. Schließlich könnte sich da auch eine Spur im Zusammenhang mit Meierhoffs Verschwinden andeuten, vielleicht sogar ein Motiv für eine eventuelle Entführung oder mehr. Aber Konkretes haben wir leider nicht in der Hand. Deshalb müssen wir zunächst auf die Ergebnisse der KTU warten. Clau hat uns die für Montag versprochen. Mal sehen, was sie so alles auf dem Hof gefunden haben. Ich hoffe zumindest stark auf Fingerabdrücke oder sogar DNA-Spuren in der verschlossenen Halle. Aber das Wichtigste: Ohne diesen Meierhoff gefunden zu haben, wird alles im Sande verlaufen. Wir müssen ihn finden. Und deshalb müssen wir das Gebiet um den Hof noch weitläufiger durchkämmen, obwohl ich die Befürchtung habe, dass er von diesem kleinen Waldparkplatz mit dem Auto wegtransportiert worden ist. Dann kann er überall sein und wir können fast nur auf einen Zufallsfund hoffen."

Es entstand eine kleine Pause, in die hinein sich Karsten Linnemann zu Wort meldete: „Chef, und was machen wir mit den vieren da unten?"

„Die müssen wir gehen lassen", sagte Sommer, „egal ob uns das gefällt oder nicht. Wir haben nichts in der Hand. Aber ich glaube kaum, dass uns jemand wegläuft. Wo sollen die denn hin? Nein, was auch immer passiert, so schnell hauen die uns nicht ab."

Und mit einem Blick auf die Uhr fügte er hinzu: „Und wir sollten uns auch nach Hause entlassen. Selbst wenn ich es vorhin anders gedacht hatte, setzen wir die Befragungen heute nicht mehr fort. Kommt ohnehin nichts dabei raus."

„Und wenn wir den beiden Herren auf den Kopf zusagen, dass ihr Meister immer wieder Sex mit den Frauen hatte, vielleicht sogar mit allen?" Pit Schwameyer sagte das mit der gewohnten Aufregung. „Die müssen das doch bemerkt haben. Doch, das sollten wir schließlich tun, dann können wir sie immer noch nach Hause schicken."

„Nein, Pit, lass es", versuchte Sommer ihn zu beruhigen. „Sie werden das abstreiten, oder, das könnte vielleicht auch sein: Sie sagen, das sei völlig normal, weil, was weiß ich, die freie Liebe Teil ihres Kultes sei. Das ist, wie ich mal gehört habe, bei vielen dieser kleinen Sekten Programm. Nein, lass es gut sein. Ist schließlich spät geworden und das Wochenende schon halb rum. Montag sehen wir uns wieder, ausgeruht und hoffentlich dann auch bald mit ein paar neuen Fakten aus der KTU."

Ziemlich erschöpft kam Frank Sommer an diesem Samstagabend nach Hause. Immerhin hatte sich jetzt endlich warmes, frühsommerliches Wetter durchgesetzt. Angelika saß auf der Terrasse und telefonierte, Sommer nahm sich ein Glas Wasser und setzte sich dazu. Er genoss den Blick in den grünen Garten, in dem jetzt die Rhododendren in voller Blüte standen. Frank bemerkte bald, mit wem Angelika redete, unterbrach sie aber nicht, weil seine Frau das nicht leiden konnte. Als sie aufgelegt hatte, fragte er: „Daniel? Wie geht es ihm. Kommt er mal wieder vorbei?“

Daniel war ihr älterer Sohn. Er war vor einem Dreivierteljahr nicht mit nach Bielefeld gezogen, sondern in Köln geblieben, wo die Familie vorher gelebt hatte. Daniel studierte in Köln BWL und kam nur gelegentlich nach Bielefeld. Das neue Haus seiner Eltern war deshalb nur bedingt sein Elternhaus. Er hatte nie dort gewohnt.

„Ja, das war Daniel. Es geht ihm gut. Das Sommersemester ist in vollem Gange, aber er will uns nächste Woche über Pfingsten besuchen. Er bringt übrigens Lisa mit, dann lernen wir die auch kennen.“

Unsicher sah Sommer seine Frau an. „Lisa?“

„Ja sicher, Lisa. Hab ich dir doch erzählt, auch wenn es schon ein Weilchen her ist. Daniels Freundin. Stammt übrigens aus Göttingen.“

„Und die heißt Lisa und stammt aus Göttingen? Und was macht sie dann in Köln, oder wo hat unser Sohn sie sonst kennengelernt?“

„Hat Daniel das nicht erklärt, als er das letzte Mal hier war? Was wird sie in Köln schon machen. Sie studiert dort.“

Sommer machte einen etwas zerknitterten Eindruck. Dann aber sagte er: „Aber in Göttingen gibt es doch eine Uni, eine ziemlich bekannte sogar. Was studiert sie denn?“

„Hab ich nicht so richtig verstanden. Aber wenn du mehr wissen willst, dann frag sie halt Pfingsten.“

„Werde ich machen.“ Und nach einer Pause fügte Frank hinzu: „Schön, dann sind wir also an Pfingsten alle zusammen? Ist Fabian mit Jennifer auch da?“

„Ist noch nicht ganz klar. Aber sie kommen bestimmt gleich vorbei. Dann kannst du deine Neugier stillen.“

„Ja schön", freute sich Frank, „ich wollte ohnehin noch mit Jennifer sprechen. Aber erstmal mache ich uns etwas zu essen. Was möchtest du denn?"

„Warte, ich komm grad mit."

Nach einer guten Viertelstunde saßen die beiden wieder auf der Terrasse. Jeder hatte einen Salat aus Tomaten und Gurken vor sich, dazu Brot und Aufschnitt. Zu Sommers Leidwesen war das wunderbare Einbecker Mai-Urbock ausgegangen. Deshalb gab es heute nur Wasser. Aber das war vollkommen in Ordnung.

Es dauerte gar nicht lange, als an der Haustür zu hören war, dass Fabian und Jennifer kamen. Fast im selben Moment steckten sie ihre Köpfe durch die Terrassentür nach draußen.

„Hallo, 'n Abend zusammen. Da kommen wir ja gerade recht", bemerkte Fabian sichtlich gut gelaunt. „Habt ihr für uns auch so etwas Leckeres?" Und an Jenni gerichtet: „Auch so'n Salat?"

„Ja gern, aber Brot und Aufschnitt darf auch dabei sein."

„Kommt sofort." Und mit diesen Worten war Fabian in der Küche verschwunden, um kurz darauf mit dem Gewünschten zurückzukommen. „Ich hab Mozzarella gefunden und zusammen mit Tomaten, frischem Basilikum und ein paar Tropfen Olivenöl einen Insalata Caprese gemacht. Ist das okay?"

„Ganz wunderbar", war Jennis Antwort.

„Sieh an, sieh an, unser Sohn. Offenbar ein Feinschmecker. Und so häuslich!", witzelte Angelika, die sich insgeheim riesig über ihren Sohn freute, auch darüber, dass er sich mit Jennifer so gut verstand.

Es dauerte gar nicht lange, bis Jennifer an Frank Sommer gerichtet fragte, ob es Neuigkeiten in Bezug auf den Tod ihres Bruders gebe. Sommer hatte sie zwar zwischendurch schon einmal darüber informiert, dass er sich den gesamten Vorgang noch einmal genau angesehen hatte, die neuesten Entwicklungen durch das Verschwinden Meierhoffs waren ihr aber nicht bekannt. Und für Sommer war das durchaus ein heikles Thema, da er noch deutlich den Hinweis seines Chefs Wende im Ohr hatte, er könne in der Sache eventuell befangen sein. Zögernd sagte er deshalb: „Ja, es gibt tatsächlich Neuigkeiten, aber ich bin mir nicht sicher, ob ich darüber hier und jetzt reden soll. Andererseits, in der Zeitung wird demnächst ohnehin etwas stehen. Also, wir ermitteln im direkten Umfeld dieser merkwürdigen Sekte, in der Tobias war, den ‚Jüngern der universellen Sonne'. Der Chef, ein gewisser Meierhoff, ist verschwunden, und wir haben bislang noch keine Idee, wo er sein könnte oder ob ihm etwas zugestoßen ist. Jedenfalls waren wir gestern und heute mit nichts anderem beschäftigt als uns in Oerlinghausen in dem Sektenhaus, das du ja selbst kennst, umzusehen und mit den verschiedensten Sektenmitgliedern zu reden."

Jennifer und Tobias waren sofort hellwach. „Und? Seid ihr dabei auf irgendetwas im Zusammenhang mit Tobias gestoßen?", kam Fabian mit seiner Frage Jenni zuvor.

„Nein, bislang noch nicht. Aber wir werden Augen und Ohren offen halten. Ich bin sicher, dass wir im Zusammenhang mit der gegenwärtigen Ermittlung auch irgendeinen Hinweis auf Tobias finden werden. Drogen jedenfalls haben in dieser Sekte eine offenbar wichtige Rolle gespielt."

„Drogen?" Jetzt war es Jennifer, die wie elektrisiert nach vorn auf ihre Stuhlkante rutschte.

„Ja, Drogen, in der Tat. Deine damalige Vermutung, dass Tobias dort in der Sekte an dieses Zeug geraten ist, wird immer wahrscheinlicher. Aber, Jenni, tut mir leid. Mehr darf ich im Augenblick wirklich nicht sagen. Ich will nicht von dem Fall abgezogen werden, weil wir uns kennen. Es würde dir und deiner Familie auch nicht helfen, wenn irgendein anderer sich um diese Sache kümmerte, irgendeiner, der das Schicksal deines Bruders nicht weiter beachtete."

Jennifer sah etwas enttäuscht aus. Dann aber nickte sie langsam mit dem Kopf. „Ja, du hast sicher recht, Frank. Danke, dass du dich so für Tobias' Schicksal einsetzt."

„Okay, jetzt mal was anderes", mischte sich Angelika ein. „Wie sieht es bei euch nächste Woche über Pfingsten aus? Seid ihr hier bei uns oder vielleicht bei deinen Eltern, Jennifer?"

„Ach, ich denke, mal hier, mal da. Aber was wir genau vorhaben, darüber haben wir noch gar nicht gesprochen."

„Also, wenn ihr zum Mittagessen kommen wollt, herzlich gern. Wie wär's mit Spargel? Ihr könnt auch an beiden Tagen hier essen."

„Ja sicher", sagte Fabian ein wenig gedämpft. „Wir hatten eventuell vor, ein paar Tage mit dem Zelt wegzufahren. Na ja, so sicher ist das noch nicht."

„Aber nicht beide Male Spargel", sagte Jenni dazwischen.

Fabian sah sie verblüfft an, auch deshalb, weil wohl der Wunsch nach einer kleinen Pfingstreise sich soeben in Luft aufgelöst hatte. „Am zweiten Tag vielleicht irgendetwas Nettes für den Grill? Und überhaupt, was ist denn mit euch?"

„Ja genau. Habt ihr nichts vor?", mischte sich Fabian wieder ein. „An welchem Tag wirst du mit deinem Posaunenchor im Gottesdienst spielen?"

„Dein Vater hat diesmal ganz spezielle Wünsche." Aus dem Tonfall entnahm Fabian, dass seine Mutter diesen Wünschen skeptisch gegenüberstand. „Am ersten Feiertag", fuhr Angelika fort, „spielt er sozusagen etatmäßig in unserer Kirche in Dornberg, aber am zweiten Feiertag will er in Häger spielen. Dort gibt es Pfingsten immer einen Gottesdienst im Wald."

„Häger?" Fabian schaute ihn in einer Mischung aus Überraschung und Verwunderung an. „Häger gehört doch zu Werther. Seit wann spielt ihr da denn. Haben die in Werther keinen eigenen Posaunenchor?"

„Doch sicher, natürlich, zwei sogar. Anfang April traf ich bei einem Bläserworkshop auch einige Bläser aus Werther ..."

„Vater! Komm zur Sache!"

„Ja, ist ja schon gut. Bei dem Waldgottesdienst in Häger spielen immer auch mal Gäste mit. Und in diesem Jahr bin ich einer dieser Gäste. Wollt ihr nicht einfach mitkommen?"

Es entstand eine kurze Pause der Überraschung. Dann war es Jennifer, die den Faden wieder aufnahm. „Du spielst in einem Posaunenchor?"

„Überrascht?"

„Ja, ziemlich. Ist das nicht langweilig - irgendwie? Kirchenlieder und so was?"

„Ach, da hat sich im Laufe der Zeit viel verändert. In allen Posaunenchören wird inzwischen auch viel Gospel und Swing gespielt. Aber kommt doch am zweiten Pfingsttag mit nach Häger. Dann erlebst du es live!"

Fabian guckte ziemlich süßsauer. Aber Jenni wirkte ehrlich neugierig.

„Komm schon, sei kein Frosch! Das machen wir, und anschließend wird hier gegrillt. Hört sich doch so schlecht nun auch nicht an. Und vielleicht erfahre ich dann ja auch, wie das geht, aus so einem Instrument einen Ton herauszubekommen. Was spielst du eigentlich? Es gibt doch verschiedene Instrumente!"

„Bassposaune."

„Wow, irgendwie cool."

„Ja, finde ich auch. Soll ich sie mal gerade holen?"

„Vatter!! Jetzt hör auf!" Fabian stand das Entsetzen ins Gesicht geschrieben. „Dieser Samstagabend war auf dem besten Wege, ein schöner Abend zu werden. Mach ihn nicht kaputt."

„Ja, ist ja schon gut. Aber zu diesem Waldgottesdienst könnt ihr doch kommen. Das ist wirklich schön, vor allem natürlich bei gutem Wetter. Man singt und spielt quasi mit den Buchfinken und Spechten um die Wette – hat mir ein Bläserkollege aus Werther gesagt."

Kapitel 16

April 2010 – Oerlinghausen

Mit großem Pathos war wieder einmal eine dieser rituellen Partys angesetzt worden. Ein- bis zweimal im Monat passierte das. Die Abstände bestimmte allein der Meister aus einer jeweiligen Eingebung heraus. Tobias kannte das schon. Wenn er morgens beim Frühstück und bei der Segnung ihres Trinkwassers so ein merkwürdiges, irgendwie sarkastisches Lächeln im Gesicht hatte, dann war es wieder so weit. Er stöhnte innerlich auf, so unendlich leid war er es geworden in der letzten Zeit. Diese Gemeinschaft war ganz und gar nicht das, was er am Anfang erhofft hatte. Und am schlimmsten waren diese elenden Drogen. Anfangs hatte er ein naiv-grenzenloses Vertrauen gehabt und die diffuse Hoffnung, dass er dadurch mehr zu sich selbst finden könnte. Aber im Laufe der Zeit war ihm immer klarer geworden, dass seine Lebenssituation nicht besser, sondern schlechter geworden war. Hatte er am Anfang, als er der Gemeinschaft beigetreten war, noch gehofft, dort den Zwängen und der Enge seines bisherigen Lebens im Elternhaus entfliehen zu können, so musste er inzwischen ernüchtert feststellen, dass das genaue Gegenteil eingetreten war. Die Zwänge seiner Familie waren den noch schlimmeren Zwängen in der Gemeinschaft gewichen. Vom Regen in die Traufe, diese alte Redensart kam ihm immer öfter in den Sinn. Und der unbedenkliche, fragwürdige Genuss von Suchtmitteln: Sie waren das Sinnbild für seine gnadenlose Misere. Deshalb wusste er mehr denn je: Er musste hier raus. Er musste weg von dem scheußlichen Zeug und er musste heute damit beginnen. Noch eine dieser rituellen Partys mit dem aberwitzigen Drogenkonsum würde er nicht mitmachen. Aber wie? Er begann, einen Plan zu schmieden.

Den ganzen Tag über war Tobias äußerlich so unauffällig wie möglich, aber innerlich voller Unruhe, den normalen Tagesbeschäftigungen nachgegangen. Auf dem Hof gab es immer etwas zu tun. Heute war er zum Einkaufen eingeteilt worden. Also fuhr er mit Axel Soltau und Julia Johanning zu einem der großen Supermärkte am Stadtrand von Bielefeld. Wie immer war es Soltau, der die umfangreiche Einkaufsliste dabeihatte, vor allem aber das Geld. Er und die anderen, die sich bei den Einkaufsfahrten abwechselten, bekamen niemals eigenes Geld in die Hand. Gekauft wurde nur das, was auf der Liste stand, und bezahlt wurde immer von Soltau oder von Wanderbur. Jedenfalls in den seltenen Fällen, in denen er den Einkauf begleitete. Wieder auf dem Hof, gingen sie unmittelbar daran, die Vorräte im Haus zu verstauen. Zum wiederholten Male fiel Tobias dabei auf, dass einige dieser Lebensmittel offenbar nur für den Meister bestimmt waren. Und es waren durchaus sehr besondere Dinge darunter, Dinge, die sie als einfache Sektenmitglieder nie zu Gesicht bekamen, besondere Rotweine zum Beispiel. Alkohol war sonst im Haus strengstens verboten. Ein Umstand, der Tobias am Anfang sehr positiv beeindruckt hatte. Als er aber später merkte, dass stattdessen jede Menge anderer Drogen konsumiert wurden und dass man dazu nicht nein sagen konnte, weil der Meister es so wollte, kam ihm der Verzicht auf Alkohol jämmerlich und lächerlich vor. Was für eine elende Bigotterie, dachte er immer wieder.

Nach getaner Arbeit zog Tobias sich zurück. Er musste unbedingt in Ruhe nachdenken. Ein, zwei stille Ecken im Haus kamen dafür infrage. Gelegentlich, wenn das Wetter es zuließ, suchte er auch ein entsprechendes Plätzchen im Wald etwas unterhalb des Hauses auf. Unter dem Vorwand, meditieren zu wollen, war ein solcher Rückzug gelegentlich möglich, wenn auch nicht immer. Aber heute musste es einfach klappen. Deshalb fragte er gar nicht erst, sondern setzte sich sofort in den Wald ab. Gut, dass der Regen wenigstens vorübergehend aufgehört hatte und die Sonne sich hier und da blicken ließ. Hier draußen allein fühlte er sich jedes Mal wie erleichtert. Der Druck durch die anderen Gruppenmitglieder, allen voran Wanderbur und Soltau, aber schlimmer noch Steven Dükermann, der vor einiger Zeit zu ihnen gestoßen war, war hier wenigstens vorübergehend nicht mehr so direkt spürbar. Dükermann war in kurzer Zeit zu einer Art Spitzel im Auftrag des Meisters geworden, zu dessen rechter Hand, der sich immer mehr darin gefiel, die Einhaltung der Vorschriften genau zu überprüfen und gegebenenfalls Verstöße an Wanderbur, Soltau oder den Meister selbst zu melden. Zuerst hatte Tobias diesen Steven gar nicht recht ernst genommen. Mit seinen Baumwollhandschuhen, die er wegen eines immer wiederkehrenden Ausschlages oft trug, machte er eher einen etwas merkwürdigen Eindruck. Aber das sollte sich bald ändern. Immer mehr hatte Tobias dadurch den Eindruck gewonnen, dass die Allgegenwart des Meisters sich zunehmend in eine dunkle Kraft verwandelte, die drohend in der Luft hing. Floskelhaft sprach er weiterhin bei jeder Gelegenheit von der Helle der universellen Sonne, die durch ihn auf die Gruppe und auf jeden Einzelnen schiene und so jeden in Kontakt bringe mit dem eigenen göttlichen Ich, das ausschließlich im Glanz des Meisters ausstrahle. Für Tobias hatten diese Phrasen längst ihre Faszination verloren. All das, was er hier erlebte, glich mehr und mehr einer Sonnenfinsternis oder einem Sonnenuntergang, allerdings ohne irgendein feurig rotes Farbenspiel.

Kapitel 17

Montag, 21. Mai 2012 – Bielefeld

Bei der Lagebesprechung am Montagmorgen machten alle einen angenehm ausgeruhten Eindruck. Der freie Tag hatte offenbar gutgetan. Vor allem Pit Schwameyer war in einer geradezu aufgeräumten Stimmung.

„Was für ein Tag gestern!" Mit diesen Worten war er in den Besprechungsraum gekommen. „Motorradwetter zum Eierlegen. Eine super Tour, die Weser rauf von Hameln bis Hannoversch Münden und dann durch den Reinhardswald und das Eggegebirge zurück nach Bielefeld. Und zu zweit macht das ja noch mehr Spaß."

Kaum hatte er das gesagt, merkte er, dass er sich verplappert hatte, und prompt fragte Karsten Linnemann auch nach:

„Zu zweit? Pit, haben wir etwas verpasst?"

„Ach, ich mein ja nur. - Weitermachen!"

„Okay", sagte Sommer, „wenn wir uns dann alle so gut erholt haben, dann können wir uns ja wieder dem vermissten Meierhoff und seiner Sekte zuwenden."

Er gab einen kurzen und präzisen Überblick über die aktuelle Situation, die den meisten aber sehr gut bekannt war. Schließlich schloss er seinen Kurzvortrag:

„Was wir zu tun haben, ist klar: Weiterhin umfangreiche Befragung aller Sektenmitglieder. Wir müssen so viel wie möglich über das Leben in dieser Gruppe herausfinden. Besonderes Interesse gilt dabei auch den

Beziehungen der Mitglieder untereinander. Dabei scheinen sexuelle Beziehungen ein wichtiges Thema zu sein, und da besonders zwischen Meierhoff und den Sektenfrauen. Versucht so viele Interna herauszubekommen wie nur eben möglich. Lasst euch nicht abspeisen. Geht auch ans Eingemachte. Gut, dass wir schon seit Freitag so viel Unterstützung haben. Konrad", Sommer schaute sich im Raum um, „Konrad Wemhöner aus Oerlinghausen, ist der noch nicht da? Eigentlich sollte er das."

„Doch, Konrad ist auch da!" Genau in diesem Moment kam Wemhöners baumlange Erscheinung durch die Tür, wie immer mit leicht gebücktem Kopf, weil die meisten Türen kleiner waren als er selbst, auch wenn das in diesem Fall für den Konferenzraum nicht zutraf.

„Schön", quittierte Sommer sein Erscheinen, „den Stand der Dinge hast du nun leider verpasst."

„Ja, tut mir leid. Hab Entfernung und Verkehr von Detmold bis hierher unterschätzt. Sorry!"

„Ja, schon gut. Das Wichtigste kann ich dir gleich noch sagen. Auf jeden Fall bleibst du mit deinen Leuten an der Drogensache. Einmal natürlich, was den Anbau von Cannabis angeht und das Dealen damit. Aber auch, ob sich dort ein Motiv für Meierhoffs Verschwinden ergeben könnte. Mein Bauchgefühl spricht nicht unbedingt dafür. Aber wir müssen das trotzdem in jedem Fall im Auge behalten, und sei es nur, um es sicher ausschließen zu können. Wenn ihr Unterstützung von hier aus Bielefeld braucht, wende dich an KHK Meier von der hiesigen Drogenfahndung. – Und nun noch etwas Wichtiges zum Schluss. Erstens: Heute wird der kleine Tresor in Meierhoffs Zimmer geöffnet. Bin schon sehr gespannt, was da zum Vorschein kommt, und zweitens: Clau Bruning hat für heute im Laufe des Tages die Auswertung der Spuren vom Sektenhof versprochen. Das ist für uns alle interessant, in gewisser Hinsicht aber besonders für dich, Konrad. Ich vermute nach unseren Vernehmungen vom Samstag, dass in der Plantage auch Personenspuren von Wanderbur und Soltau zu finden sind. Dann könntet ihr die beiden schon allein deswegen einkassieren. Bisher waren sie noch nicht besonders kooperativ. Das ändert sich dann vielleicht. Abgesehen davon gilt für alle: Erneute Lagebesprechung heute Nachmittag um 16.30 Uhr."

Unwilliges Gemurmel machte sich im Raum breit. Allen Beteiligten war sofort klar, dass heute an einen pünktlichen Feierabend nicht zu denken war.

Sommer fügte deshalb hinzu: „Ich weiß, was das bedeutet. Aber ich möchte mit einem Lageüberblick nicht bis morgen warten, solange wir nicht wissen, was mit diesem Meierhoff geschehen ist und ob er vielleicht nicht doch irgendwo gefangen gehalten wird. Deshalb gilt: Sobald sich auch nur der kleinste Hinweis auf den Verbleib des Sektenchefs erkennen lässt – sofort Meldung an mich! Ich selbst werde mich übrigens um drei Dinge kümmern: Erstens die Verbindung zu Clau Bruning, zweitens diese Sekte und ihre Gedankenwelt beleuchten und drittens unsere Datenbanken durchgehen, ob es im Sektenumfeld schon einmal irgendwelche Unregelmäßigkeiten gegeben hat. Oder möchte das irgendjemand von euch vielleicht …"

Sommer ließ die Frage bewusst im Raum stehen, und natürlich wollte niemand diese stupide Arbeit erledigen. Alle fuhren lieber nach Oerlinghausen, um dort die notwenigen Befragungen durchzuführen.

„Na dann, an die Arbeit. Und nicht vergessen: Ich bin am Handy jederzeit und überall erreichbar."

Frank Sommer ging allein in sein Arbeitszimmer. Er wusste, auf seine Leute konnte er sich verlassen. Sie würden ihre Arbeit gut und gründlich tun und ihn umgehend informieren, wenn sie auf etwas Wichtiges stießen.

Hinter seinem Schreibtisch sitzend, fuhr er zunächst seinen Computer hoch. Als Erstes wollte er die Datenbanken nach irgendwelchen Auffälligkeit im Umfeld dieser Sekte durchsuchen. Das erste Stichwort war: Jünger der universellen Sonne. Allerdings kein Treffer. Das zweite Stichwort: Klaus Dieter Meierhoff. Zu seiner Verblüffung wurde er umgehend fündig. Und was er dort las, elektrisierte ihn förmlich.

Gegen Klaus Dieter Meierhoff, in der Datenbank als Vorsteher einer ländlichen Wohngemeinschaft bezeichnet, lag eine schon fast zwei Jahre zurückliegende Anzeige wegen sexueller Nötigung und sogar Vergewaltigung vor. Vor fast zwei Jahren. Das muss kurz nach dem Tod von Tobias Oberbaum gewesen sein, dachte er. Er schaute genau hin. Ja, die Anzeige war vom 19. Juni 2010, etwa drei Monate nach Tobias' Tod. Eine gewisse Julia Johanning, Mitbewohnerin dieser Wohngemeinschaft – Sommer machte in Gedanken Anführungsstriche vor und nach diesem Wort Wohngemeinschaft, das wusste er inzwischen besser – hatte damals die Anzeige beim Polizeirevier Oerlinghausen gestellt und sie war auch ordnungsgemäß bearbeitet worden. Vertreten wurde sie von einer Rechtsanwältin aus Heepen, einer gewissen Susanne Mühlmann. Es war tatsächlich ein Verfahren eröffnet worden. Aber dann verlief die Sache im Sande. Das Verfahren wurde noch vor der Eröffnung eines Prozesses vor dem Amtsgericht Detmold von der Staatsanwaltschaft eingestellt. Als Begründung hieß es lapidar: Unglaubwürdigkeit der Anzeigeerstatterin. Zum Glück gab es einen Link zu den damaligen Vernehmungsprotokollen der Detmolder Polizei. Neugierig suchte Sommer nach dem Namen Konrad Wemhöner, fand ihn aber nicht. Anscheinend war er damals nicht beteiligt gewesen, was erklärlich machte, dass Konrad nicht schon längst von sich aus auf diese alte Sache zu sprechen gekommen war.

Aus den Protokollen und den Zusammenfassungen der Kollegen damals entnahm Sommer, dass zunächst Aussage gegen Aussage stand. Das hatte die Staatsanwältin aber noch nicht zur Aufgabe bewegt. Es waren vielmehr zwei andere Umstände, die unabhängig voneinander bewertet worden waren. Erst einmal war ein offenbar über lange Zeit anhaltender Drogenkonsum festgestellt worden, insbesondere mit einer Kombidroge aus LSD und MDMA. Sommer horchte auf. LSD und MDMA, Candyflip also. Dasselbe Zeug war doch auch bei Tobias festgestellt worden. Scheint in diesem irren Sektenhaus ja an der Tageordnung gewesen zu sein, dachte er. Dadurch waren erste Zweifel an der Glaubwürdigkeit von Julia Johanning aufgekommen. Gänzlich ins Wanken geriet diese dann durch die Aussage eines anderen Sektenmitgliedes. Sommer traute seinen Augen nicht, als er den Namen las: Anja Dobertan. Noch genauer als bisher las er deshalb weiter. Das Gespräch war zunächst als Audiodatei aufgenommen und dann wörtlich als Text in den Computer übertragen worden. Die Befragung wurde damals von einem gewissen KOK Ludwig Gruper durchgeführt.

KOK Gruper: Sie möchten eine Aussage machen zu der Anzeige Ihrer Mitbewohnerin Julia Johanning? Habe ich das so richtig verstanden?

Anja Dobertan: Ja, so ist es. (Frau Dobertans Stimme vibriert aufgeregt.) Diese Julia ist ein gemeines Miststück, das vor Neid und Eifersucht platzt. Die will sich nur rächen, weil sie nicht die Einzige ist, die zu unserem Meister kommen darf. Aber so jemanden wie den Meister kann man nicht allein für sich haben. Sein Segen muss für viele gelten.

KOK Gruper: Wie meinen Sie das?

Anja Dobertan: Na, wie soll ich das meinen. Alle Frauen in unserer Gemeinschaft durften zu ihm kommen. Wann und wie oft, bestimmte er.

KOK Gruper: Frau Dobertan, Sie sprechen von Geschlechtsverkehr?

Anja Dobertan: (Laut) Was für ein blödes Wort! Aber wenn Sie es so nennen wollen. Julia wurde wohl seltener gerufen. Und deshalb war sie sauer.

KOK Gruper: Woher wissen Sie das?

Anja Dobertan: Sie ist immer mal wieder gegenüber uns anderen ausfällig geworden. Mir gegenüber ganz besonders, weil ich sehr oft vom Meister gewünscht wurde. Also für mich ist das klar: Wenn die Julia jetzt Anzeige wegen sexueller Nötigung gestellt hat, dann ist das nichts anderes als Ärger darüber, nicht öfter gerufen worden zu sein.

Frank Sommer überflog den Rest des Befragungsprotokolls. Ähnliche Protokolle von anderen Sektenfrauen waren ebenfalls angefügt. Damit war die Glaubwürdigkeit von Julia Johanning nachhaltig erschüttert, und die Staatsanwältin hatte das Verfahren eingestellt.

Sommer lehnte sich zurück und dachte einen Augenblick nach. Merkwürdig ist das schon, fand er. Erstens wird hier ganz klar bestätigt, dass Klaus Dieter Meierhoff sich in dieser Sekte wie der Pascha eines orientalischen Harems aufführte; ein Eindruck, den er und sein Team aus der aktuellen Befragung von Anja Dobertan und Sina Blechschmidt auch schon selbst gewonnen hatten. Und zweitens: Was war eigentlich aus Julia Johanning geworden? War sie etwa noch Mitglied in dieser Sekte? Das konnte sich Sommer nicht wirklich vorstellen. Der Name war seiner Erinnerung nach noch nirgends aufgetaucht. Und wenn sie nicht mehr in der Sekte war, wo lebte sie heute? Das musste er in Erfahrung bringen. Die Anzeige lag schon fast zwei Jahre zurück. Konnte sie etwas mit dem Verschwinden von Meierhoff heute zu tun haben? Nicht sehr wahrscheinlich, aber man weiß ja nie. Er musste dem nachgehen, unbedingt, und sei es nur, um diese Möglichkeit nachweisbar auszuschließen. Natürlich war in den Unterlagen die damalige Anschrift angegeben: Herford, Oetinghauser Weg. Als er den Namen seiner Geburtsstadt las, stutzte Sommer einen Moment. Oetinghauser Weg? War das nicht ungefähr in der Schulgegend, wo im letzten Jahr der Brand gelegt worden war? Ein Blick ins Internet half weiter. Tatsächlich, in gerader Fortsetzung des Oetinghauser Weges kam man zur Uhlandstraße und der dortigen Realschule. Offenbar ist Julia damals nach der missglückten Anzeige tatsächlich nicht bei der Sekte geblieben. Ehrlich gesagt, dachte Sommer, das war wohl auch kaum zu erwarten. Eine Telefonnummer war auch angegeben. Sommer druckte die wichtigsten Fakten aus und nahm dann den Telefonhörer ab, um die angegebene Nummer in Herford anzurufen. Nach mehrmaligem Klingeln meldete sich eine deutlich ältere Frauenstimme.

„Johanning."

„Guten Morgen. Hier Frank Sommer, Hauptkommissar bei der Polizei Bielefeld. Spreche ich mit Frau Julia Johanning?"

„Nein, ich bin Ingeborg Johanning. Julia ist unsere Tochter. Aber die wohnt hier nicht mehr. Worum geht es denn?"

„Das möchte ich eigentlich mit Ihrer Tochter selbst besprechen. Können Sie mir vielleicht sagen, wie ich sie erreichen kann? Es ist wirklich sehr wichtig."

„Also, da bin ich ehrlich gesagt etwas zurückhaltend. Wissen Sie, vor Jahren hatte sie mit einer üblen Sekte zu tun, und die haben sie danach noch lange tyrannisiert. Erst in der letzten Zeit scheint Ruhe eingekehrt zu sein. Woher soll ich wissen, dass Sie tatsächlich bei der Polizei und nicht wieder einer aus dieser Sekte sind?"

„Ich bin tatsächlich bei der Polizei, aber Sie vermuten dennoch recht. Es handelt sich tatsächlich um eine Befragung im Zusammenhang mit dieser Sekte, den ‚Jüngern der universellen Sonne', und deshalb möchte ich …"

Sommer kam nicht mehr dazu, den Satz zu Ende zu sprechen. Am anderen Ende war kommentarlos aufgelegt worden. Verblüfft überlegte er, wie es weitergehen könnte. Er musste mit dieser Julia Johanning sprechen, unbedingt. Er brauchte ihre Anschrift und Telefonnummer. Zunächst versuchte er es mit dem Telefonbuch. Unter Julia Johanning fand sich kein Eintrag. Nirgendwo in Deutschland. Vielleicht eine Geheimnummer. Einwohnermeldeamt? Möglich, aber ein langwieriger Vorgang. Im Übrigen brauchte er das

Vertrauen von Julia, und das war unter Umständen der schwierigste Teil des Ganzen. Also entschloss er sich, direkt nach Herford zu fahren und die Mutter dort persönlich aufzusuchen. Am liebsten hätte er noch jemand mitgenommen, aber alle waren heute hinreichend beschäftigt. Und jemand aus Herford? Sven Bringsmeier vielleicht? Bloß nicht! Nein, er würde allein fahren müssen, das würde auch am wenigsten Staub aufwirbeln.

Per SMS-Nachricht informierte er Pit, Anna und Karsten, dann machte er sich auf den Weg zu Familie Johanning.

Es war bereits später Vormittag, als Frank Sommer in den Oetinghauser Weg einbog. Von der Bielefelder Straße konnte er den Westring nutzen, der ihn direkt zum Oetinghauser Weg führte. Nun galt es die richtige Hausnummer suchen. Hoffentlich wohnen die Johannings nicht zu weit draußen, aber das Navi führte ihn zielstrebig vor ein Haus, das augenscheinlich im Laufe vieler Jahrzehnte schon mehrfach umgebaut worden war. Aber es machte einen tadellos gepflegten Eindruck. Links vom Haus konnte man im hinteren Bereich eine Werkstatt mit Lagerhalle erkennen. In der Einfahrt stand ein Lieferwagen. Ein großes Schild mit der Aufschrift „Malerteam GmbH, Ernst Johanning, Malermeister" war an der Hausecke zur Einfahrt angebracht. Auch der Lieferwagen trug eine entsprechende Aufschrift. Frank Sommer parkte seinen Wagen in einer Parkbucht vor dem Haus. Dann ging er zügig zum Privateingang an der rechten Seite. Auch hier war deutlich die Handschrift des Malermeisters zu erkennen. Das gesamte Haus war offenbar erst vor Kurzem komplett wärmegedämmt und neu verputzt worden, dann in einem leichten Gelbton gestrichen mit grauen Fenstern und einer entsprechenden Haustür. Das Haus ist tatsächlich eine gute Werbung für den Betrieb, dachte Sommer, als er an der Tür läutete. Es dauerte einen kurzen Moment, bis ihm geöffnet wurde. Eine sehr gepflegte, wenn auch etwas konservativ wirkende Frau Mitte fünfzig öffnete ihm.

„Guten Tag, Frau Johanning. Ingeborg Johanning, nehme ich an. Mein Name ist Frank Sommer, Hauptkommissar bei der Kriminalpolizei Bielefeld." Unaufgefordert und gut sichtbar zeigte er der Frau seinen Dienstausweis. „Wir haben vor knapp einer Stunde miteinander telefoniert. Sie erinnern sich? Es geht um Ihre Tochter Julia und um die Anzeige, die sie vor fast zwei Jahren gegen Klaus Dieter Meierh ..."

„Warum können Sie uns nicht einfach in Ruhe lassen, wir haben genug von diesem ganzen Mist. Ernst!!" Sie rief nach hinten ins Haus hinein. „Ernst!!" Niemand meldete sich. Erneut verblüffte Frau Johanning Frank Sommer, indem sie unversehens die Tür vor seiner Nase schloss. In ihm keimte ein Gefühl auf zwischen Ärger und Verständnis. In jedem Fall kam er sich ziemlich dümmlich vor. Während er noch überlegte, was er als Nächstes tun könnte, wurde die Haustür wieder geöffnet und ein Mann im weißen Malerkittel stand vor ihm, ebenfalls Mitte fünfzig.

„Ernst Johanning!", stellte er sich vor. „Entschuldigen Sie, dass wir so vorsichtig sind. Wenn ich Ihren Dienstausweis ebenfalls sehen könnte?"

„Sicher, natürlich, dafür ist er ja da."

Johanning begutachtete ausgiebig den Ausweis, dann sagte er: „Ja, in Ordnung, kommen Sie doch herein."

Während Sommer ihm bis ins Haus folgte, machte er unauffällig sein Handy aus. Bei dem folgendes Gespräch wären Störungen vermutlich nicht hilfreich. Innen setzte sich der ordentliche und etwas konservative Eindruck bei der Einrichtung fort.

Im Esszimmer, das durch einen Durchbruch den Blick ins Wohnzimmer freigab, wartete Frau Johanning stehend in der Mitte des Raumes auf ihn und begrüßte ihn förmlich.

„Bitte nehmen Sie doch Platz“, sagte sie und deutete auf einen der Stühle am Esstisch. „Dürfen wir Ihnen etwas anbieten?“ Der anfangs schroffen, ablehnenden Haltung war nun eine formelle Höflichkeit gefolgt.

„Danke, gern, ein Glas Wasser vielleicht“, sagte Sommer. Aus Erfahrung wusste er, dass das Annehmen einer solchen gastfreundlichen Geste für den Verlauf eines Gespräches von großer Bedeutung sein konnte.

Während Frau Johanning in der Küche verschwand und nach kurzer Zeit mit einer Flasche Mineralwasser und drei Gläsern zurückkam, begann ihr Mann unmittelbar das Gespräch.

„Herr Hauptkommissar Sommer, was können wir für Sie tun?“

Wieder diese übertriebene Korrektheit. Sommer war klar, dass hier noch ein gutes Stück Arbeit vor ihm lag, um wenigstens ansatzweise das Vertrauen dieser Menschen zu gewinnen. Deshalb musste er zunächst den gleichen höflichen Ton anschlagen.

„Also, um welche Sache es geht: Im Zuge einer Ermittlung im Umfeld der Sekte ‚Die Jünger der universellen Sonne‘, der Julia bis vor circa zwei Jahren angehört hat, sind wir auf die Anzeige Ihrer Tochter gegen den Sektenanführer Klaus Dieter Meierhoff gestoßen, eine Anzeige wegen sexueller Nötigung und Vergewaltigung.“

Die Gesichter von Ernst und Ingeborg Johanning spiegelten neben der Reserviertheit mittlerweile eine beginnende Neugier wider.

„Ich vermute“, fuhr Sommer fort, „dass Sie und Ihre Tochter wegen der damaligen Einstellung des Verfahrens über Polizei und Staatsanwaltschaft sehr enttäuscht sind.“

„Das können Sie wohl laut sagen“, fuhr Ernst Johanning dazwischen. „Und was ist das jetzt für eine neue Ermittlung?“

„Nun, Herr Johanning, Klaus Dieter Meierhoff ist seit einiger Zeit spurlos verschwunden …“

„Ach, tatsächlich, ist das so?“, warf Johanning dazwischen, und nach einer kurzen Pause fügte er hinzu: „Aber Sie glauben doch nicht etwa, dass wir oder unsere Tochter etwas damit zu tun haben könnten?“ Er wirkte nervös bis ärgerlich.

„Im Augenblick glauben wir noch gar nichts. Wir versuchen, uns zunächst ein Bild von dieser Sekte zu machen, und sind dort auf eine Reihe von Merkwürdigkeiten gestoßen. Es scheint so, na ja, wie soll ich es sagen, dass dieser Sektenchef es als sein verbrieftes Recht betrachtet hat, sich der weiblichen Sektenmitglieder nach Belieben … zu bedienen.“

„Das haben wir doch damals immer wieder gesagt. Aber unserer Tochter hat niemand geglaubt!“ Ingeborg Johanning wurde beinahe laut.

„Ja, so ist es“, antwortete Sommer. „Meierhoff und die Frauen haben die sexuellen Kontakte auch nie bestritten, aber alles sei vollkommen freiwillig geschehen, und die Vergewaltigung war offenbar nicht nachweisbar.“

„Und das ist nun anders?“

„Vielleicht. Jedenfalls sind im Zuge der aktuellen Ermittlung neue Gesichtspunkte aufgetaucht.“ Es entstand eine kurze Pause, die alle drei mit einem Schluck Wasser zu überbrücken versuchten. Dann setzte Sommer das Gespräch fort.

„Vielleicht verstehen Sie, dass ich gern mit Ihrer Tochter reden möchte. Und ich hatte gehofft, sie hier vorzufinden. Aber anscheinend wohnt sie nicht mehr hier, wie Sie mir ja schon am Telefon gesagt haben. Wissen Sie vielleicht, wie ich sie erreichen kann?"

Wieder eine Pause. Länger noch als die erste. Diesmal redete Sommer allerdings nicht weiter. Manchmal war es besser, eine Gesprächspause auszuhalten, vor allem dann, wenn das, was es zu sagen galt, nicht so leicht über die Lippen kam. Und das ist jetzt wohl der Fall, dachte er. Schließlich, nach einer quälend langen Wartezeit, war es Ingeborg Johanning, die das Gespräch fortsetzte.

„Ich bin mir nicht sicher, ob es gut ist, die alten Geschichten wieder aufzuwühlen. Andererseits so zu tun, als ob gar nichts geschehen wäre, ist auch keine Lösung. Und vielleicht hilft es auch unserer Tochter, wenn sie Ihnen hilft, diesem elenden Meierhoff endlich das miese Handwerk zu legen. So jemand darf eigentlich nicht frei sein Unwesen treiben, und das unter dem Deckmantel der Religionsausübung. Herr Kommissar, ich weiß nicht, ob Sie ein religiöser Mensch sind. Wir jedenfalls sind praktizierende Katholiken. Unser Glaube bedeutet uns sehr viel, und glauben Sie mir, schlimmer als ein, wie soll ich sagen, ehrlicher Atheist ist ein Mensch, der mit den religiösen Sehnsüchten der Menschen sein eigenes, mieses Süppchen kocht." Ingeborg Johanning sah zunächst ihren Mann an, der beinahe entschieden mit dem Kopf nickte, und dann Frank Sommer, der ihr zustimmte: „Ja, da mögen Sie recht haben. Und? Werden Sie mir helfen? Werden

Sie mir sagen, wo ich Ihre Tochter finden kann und werden Sie sie vielleicht sogar ermuntern, mit der Polizei zu kooperieren?“

„Wir werden es versuchen“, bekräftigte jetzt Ernst Johanning, „wir werden es versuchen. Übrigens, Julia wohnt ebenfalls hier in Herford, allerdings fast auf der entgegengesetzten Seite - am Amselplatz. Ich schreib es Ihnen auf, auch die Telefonnummer. Ich kann Ihnen auch erklären, wie Sie dorthin finden.“

„Nein, das ist nicht nötig. Ich bin ja in Herford aufgewachsen und glaube mich zu erinnern, wo der Amselplatz liegt. Mindener Straße raus, rechts in den Lübbelindenweg und dann müsste man eigentlich direkt auf den Amselplatz stoßen. Erinnere ich mich richtig?“

„Ja, in der Tat. Sie kennen sich wohl noch gut in Herford aus.“

„Nun ja, ein Schulkamerad von mir, ich war auf dem Ravensberger Gymnasium, wohnte damals dort, und ich habe ihn gelegentlich zu Hause besucht. - Ich möchte Ihnen ausdrücklich danken, dass Sie mir helfen, Kontakt zu Ihrer Tochter aufzunehmen.“

Mit diesen Worten erhob sich Sommer und wurde von Herrn Johanning zur Tür geleitet.

Noch in der Tür sagte er: „Ach übrigens, tagsüber werden Sie meine Tochter nicht erreichen, seit einigen Monaten arbeitet sie wieder in ihrem ursprünglichen Beruf. Davor war sie lange krankgeschrieben. Sie war nach dieser Geschichte mit Meierhoff psychisch völlig am Ende und musste eine Therapie machen. Ich hoffe, Sie können sie überzeugen, dass es gut ist, mit Ihnen zu sprechen. Aber wenn, dann erst heute Abend.“

Wieder im Auto sitzend, überlegte Sommer, wie er jetzt weiter vorgehen sollte. Sofort zu Julia Johanning zu fahren, kam nachdem, was ihr Vater ihm soeben erzählt hatte, nicht infrage. Also zurück ins Präsidium oder nach Oerlinghausen, dort sollte heute Meierhoffs Tresor geöffnet werden Er sah auf die Uhr: kurz vor 12. Ob Clau Bruning noch auf dem Sektenhof war? Auf dem Display seines Handys sah er, dass sie schon zweimal versucht hatte, ihn zu erreichen. Egal, er würde sie jetzt anrufen. Nach kurzem Klingeln nahm sie ab.

„Hallo, Clau, hier ist Frank. Wie sieht es aus bei euch? Ich brenne vor Neugier."

„Mensch, Frank! Endlich rufst du an! Es gibt interessante Neuigkeiten. Wieso hattest du dein Handy ausgestellt?"

„Ich war in Herford in einem schwierigen Gespräch, da wollte ich nicht gestört werden. Was gibt es Aufregendes?"

„Wir haben den Tresor geöffnet und interessante Entdeckungen gemacht. Erstens Drogen. Welche genau, kann ich noch nicht sagen, das muss gründlich chemisch analysiert werden. Aber nach Augenschein und Erfahrung tippe ich auf Partydrogen. Es gab charakteristische Pillen, das heißt vermutlich MDMA beziehungsweise Ecstasy, und kleine bunt bedruckte Pappen. Das könnte LSD sein. Zudem haben wir auch noch etwas größere bonbonähnliche Pillen gefunden, da habe ich noch keine Ahnung."

„Aber ich", unterbrach Sommer sie. „MDMA und LSD, das ist eine in den letzten Jahren zunehmend aufgetauchte Droge, die auch Candyflip genannt wird. Erinnerst du dich? Genau diesen Kombiwirkstoff hatten die Oldenburger Kollegen in Tobias Oberbaums Körper gefunden."

„Du meinst den Parallelfall von neulich?"

„Genau den!"

„Na, das nenn ich doch mal eine Verbindung ziehen“, stellte Clau lapidar fest. „Aber das Beste kommt erst noch. In dem Tresor befand sich auch ein kleines Notizbuch mit einigen Telefonnummern und, man höre und staune, fein säuberlich notiert, wie viel Cannabis wann geerntet und verkauft wurde. Als Letztes war auch ein zukünftiger Termin notiert worden, Donnerstag, 24. Mai, 4 Uhr morgens. Und bevor du dich wunderst, ja, das ist tatsächlich schon in drei Tagen. Auf dem Büchlein waren übrigens gut erkennbar Fingerabdrücke. Die haben wir gesichert und dann Konrad Wemhöner übergeben. Der ist doch für die Drogenspur zuständig.“

„Absolut richtig! Weißt du, was der im Augenblick macht?“

„Nicht genau, aber ich vermute, dass er einen dieser beiden Obergurus, wie heißen die doch noch gleich...?“

„Wanderbur und Soltau“

„Ja genau, also, diesen Wanderbur hat er mit zur Wache nach Oerlinghausen genommen. Du musst nämlich wissen, dass wir sehr schnell gearbeitet haben und die Fingerabdrücke auf dem Notizbuch umgehend mit den in diesem Fall schon vorliegenden verglichen haben. Es waren zwei verschiedene drauf. Die einen konnten wir noch nicht exakt namentlich zuordnen, sie stimmen aber überein mit einer Vielzahl von Abdrücken aus Meierhoffs Zimmer, das heißt, es sind vermutlich seine. Aber das wissen wir natürlich erst endgültig, wenn wir ihn gefunden haben. Aber die zweiten sind fast noch interessanter. Es waren eindeutig Wanderburs!“

Sommer entfuhr ein unwillkürliches: „Donnerwetter! Manchmal macht Polizeiarbeit richtig Spaß. Und nun hat Konrad diesen Scheinheiligen in der Mangel?“

„Genau so ist es. Ich denke, da werden wir noch interessante Ergebnisse bekommen, zum Beispiel was die Abnehmer und Hintermänner angeht.“

„Und was ist mit der Analyse des Schuhs und der Spritze, die ihr Samstag im Wald gefunden habt?“

„Dazu kann ich persönlich leider noch nichts sagen. Daran arbeiten die Kollegen im Labor zurzeit ohne mich. Ich wollte unbedingt hier auf dem Hof sein. Aber ich fahre jetzt zurück nach Bielefeld, um zu sehen, wie weit die dort schon sind. Übertrieben viel Hoffnung, dass wir da etwas finden, kann ich dir aber nicht machen. Immerhin haben die Gegenstände mehrere Tage im Wald bei starkem Regen gelegen. Aber zum Trost: Wir haben noch etwas anderes gefunden, das dich interessieren wird. Konrad weiß es übrigens schon. Wanderburs Spuren sind auch in der Plantage selbst nachweisbar. Der springt uns jetzt nicht mehr von der Schüppe.“ Clau machte eine kurze theatralische Pause, dann sagte sie: „Also, jetzt wär der Moment, um Beifall zu klatschen.“

„Ja, unbedingt. Du hast mal wieder meine vollste Hochachtung. Wirklich ausgezeichnete Arbeit. Aber wie blöd ist das eigentlich von Wanderbur und Meierhoff, uns solche Spuren auf dem Silbertablett zu präsentieren?“

„Ach, das will ich nicht sagen. Sie waren sich dort zu Hause offenbar vollkommen sicher. Oder trägst du zu Hause immer Handschuhe?“

„Ich züchte ja auch keinen Cannabis.“

„Wie dem auch sei. Sehen wir uns nachher noch in Bielefeld, um zu erfahren, ob die Kollegen doch etwas dem Schuh und der Spritze an Informationen entlocken konnten?"

„Unbedingt, dann bis nachher."

Unter dem üblichen Gezeter von Soltau und einiger anderer Sektenmitgliedern war Steffen Wanderbur in einen Streifenwagen verfrachtet und zur Polizeiwache in Oerlinghausen gebracht worden. Hier gab es natürlich keinen eigenen Verhörraum, aber das Besprechungszimmer im hinteren Bereich der Wache war für die anstehende Befragung ebenso gut geeignet. Polizeihauptmeister Wöste hatte ein Aufzeichnungsgerät aufgebaut, sodass alle Aussagen festgehalten werden konnten, um nicht wörtlich mitgeschrieben werden zu müssen. Das Band würde dann später abgeschrieben werden, damit es Wanderbur zur Unterschrift vorgelegt werden konnte. Im Übrigen blieb Wöste im Raum, um als Zeuge fungieren zu können. Konrad Wemhöner selbst hatte umgehend einen Haftbefehl gegen Wanderbur bei der Staatsanwaltschaft in Detmold beantragt. Dann ging er in den Besprechungsraum.

„Herr Wanderbur. Ich glaube, wir können diese Prozedur hier entschieden abkürzen", begann Wemhöner ohne große Umwege. „Am besten ist es, wenn Sie hier und jetzt uns alles erzählen, was Sie über den Cannabishandel auf Ihrem Hof wissen und welche Rolle Sie dabei spielen. Am besten für Sie und am besten für uns."

„Entschuldigen Sie, aber ich bin nicht dazu da, Dinge zu tun, die für Sie am besten sind. Ich habe Ihnen doch schon mehrfach gesagt, dass ich mit dieser Cannabis-Sache nichts zu tun habe. Das war ganz allein das Ding von Meierhoff, von dem ich im Übrigen maßlos enttäuscht bin. Verstehen Sie das? Meinem

Leben wurde die Grundlage entzogen. Ich hänge plötzlich vollkommen in der Luft. Alles, woran ich geglaubt habe, ist plötzlich zerplatzt wie eine Seifenblase."

Er hielt seine Hände wie zum Schutz vor sein Gesicht und begann zu schluchzen. „Ich bin Opfer dieses Menschen! Verstehen Sie das? Mein ganzes Leben schwimmt gerade davon." Dann schluchzte er wieder laut.

Wemhöner und Wöste schauten sich vielsagend an. Auf Wöstes Lippen lag sogar ein leichtes Grinsen. Was für eine Show, dachte Wemhöner.

„Herr Kommissar", sagte Wanderbur, der das offenbar bemerkt hatte, „ich bitte Sie und Ihren Kollegen, sich nicht über meine Gefühle lustig zu machen." Dann vergrub er erneut mit einem Kopfschütteln das Gesicht in seine Hände.

„Herr Wanderbur! Lassen Sie diese Spielchen!" Deutlich schärfer als zuvor kam diese Bemerkung von Wemhöner. „Sie kommen aus dieser Nummer nicht mehr heraus! Und je eher Sie das begreifen, desto besser. Aber im Grunde ist es auch völlig egal, was Sie uns hier an Gefühlsduseleien erzählen. Sie sollten wissen, dass wir handfeste Beweise für Ihre Verwicklung in den Cannabishandel haben. Also hören Sie auf, uns für dumm zu verkaufen!"

Steffen Wanderbur sah beinahe trotzig zum Fenster. Wemhöner konnte spüren, wie sein Gegenüber alle Eventualitäten durchging, wie er überlegte, was die Polizei wissen konnte und was nicht. Dann sagte er: „Wissen Sie, mir wird das hier eindeutig zu bunt. Erst werde ich letzten Samstag in Bielefeld festgehalten, um dann, als ich einen Anwalt verlangte, vor die Tür gesetzt zu werden. Nur mit Mühe konnte ich Ihre Kollegen dort davon überzeugen, dass sie mich telefonieren ließen, damit meine Freunde vom Hof mich abholen konnten. Ich hatte schließlich kein Handy. Und jetzt geht hier die gleiche Vorstellung wieder los. Ich will jetzt endlich einen Anwalt sprechen. Vorher sage ich kein einziges Wort mehr." Mit verschränkten Armen setzte er sich auf seinem Stuhl nach hinten und nahm eine bewusst gelassene und entspannt wirkende Stellung ein.

„Selbstverständlich können Sie sofort einen Anwalt anrufen. Für den Fall, dass Sie keinen bezahlen können, wird Ihnen sogar jemand amtshalber gestellt. Dem können Sie dann auch gleich erzählen, was wir gegen Sie in der Hand haben. Erinnern Sie sich an ein kleines schwarzes Notizbuch? So ein Büchlein, in dem fein säuberlich alle Lieferungen von Cannabis aufgeführt werden, die Ihren Hof verlassen haben? Auch wenn ich mich recht erinnere, wie viel Sie dafür kassiert haben. Die letzte Eintragung lautet", Wemhöner schaute betont langsam, ja schon beinahe genussvoll in seine Unterlagen, „die letzte Eintragung lautet: Donnerstag, 24. Mai, 4.00 Uhr. Ja, da staunen Sie, es war gar nicht so schwer, den Tresor in Meierhoffs Zimmer zu öffnen. Die Herstellerfirma ist dazu ohne Weiteres in der Lage. Und bevor Sie jetzt noch einmal versuchen uns zu erzählen, dass das nichts mit Ihnen zu tun hätte: Auf diesem Notizbuch waren Ihre Fingerabdrücke, und zwar nicht nur von außen, nein, auch innen auf den Seiten. Sie haben dieses Buch in Händen gehalten, da ist gar kein Zweifel. Fällt Ihnen dazu etwas ein?"

„Ich sagte doch, ich will einen Anwalt sprechen!"

„Ja, das sagten Sie. Und bevor Sie jetzt noch weiter darüber nachdenken, welches Märchen Sie uns auftischen können, wie Ihre Fingerabdrücke auf das Büchlein gekommen sind, erzähle ich Ihnen lieber ebenfalls sofort, dass wir Ihre Spuren auch in der Plantage selbst gefunden haben. Also, Sie waren in die Cannabiszucht und in den schwungvollen Handel mit dem Zeug vollkommen involviert. Besser ist es also, Sie geben es endgültig zu und arbeiten mit uns zusammen, zum Beispiel, indem Sie uns von Ihren Abnehmern erzählen, die offenkundig Donnerstag dieser Woche morgens um vier wieder vorbeischauen."

Er machte eine kurze Pause. Gerade als Wanderbur erneut ansetzen wollte, etwas zu sagen, fuhr er fort:

„Nein, sagen Sie nichts. Warten Sie in Ihrer Zelle auf Ihren Anwalt und denken Sie nach. Wir bieten Ihnen eine Zusammenarbeit an, die sicher nicht zu Ihrem Nachteil sein wird." Dann wandte sich Wemhöner mit einer entsprechenden Handbewegung an Wöste: „Kollege Wöste, wenn Sie so gut sein wollen und die Überführung in die U-Haft in die Wege leiten. Der Haftbefehl müsste inzwischen vorliegen." Damit ging Wemhöner aus dem Raum, ohne Wanderbur noch einmal eines Blickes zu würdigen.

Nach dem Telefongespräch mit Claudia Bruning machte sich Sommer auf den Weg zurück nach Bielefeld. Er war neugierig, ob das Labor vielleicht doch irgendeine Spur sicherstellen konnte. Sein Navi leitete ihn eine andere Route als auf dem Hinweg. Warum Navis so oft für Abwechselung in der Streckenführung sorgten, war ihm immer wieder ein Rätsel. Aber nun ging es nicht über den Westring zur Bielefelder Straße, sondern über die Engerstraße und die B 239.

Unterwegs, schon in Bielefeld, bemerkte er an seinem zunehmenden Hunger, dass es Mittag war. Wieder eine dieser schwierigen Entscheidungen: Entweder essen in der Kantine, aber dort vielleicht zu spät für das Mittagsessen ankommen, oder aber unterwegs etwas essen, vielleicht ein belegtes Baguette bei einem Bäcker. Eine Rückfrage bei seinem Hungergefühl ließ ihn den nächsten an einen Supermarkt angeschlossenen Bäcker ansteuern. Körnerbaguette mit Kochschinken und Krautsalat, dies Angebot erschien ihm verlockend. Dazu einen großen Becher Kaffee, nicht so gut wie sein eigener im Büro, aber auch nicht schlecht. In einer halbwegs ordentlichen Sitzecke ließ er sich nieder. Das Baguette erwies sich jedoch etwas schwierig in der Handhabung. Die Fachkraft hinter dem Tresen hatte es gut gemeint und eine ordentliche Portion Krautsalat zwischen die Brötchenhälften platziert, was allerdings den Essvorgang technisch anspruchsvoll gestaltete, zu anspruchsvoll für Frank Sommer, wie sich alsbald herausstellte, sodass der tropfende Krautsalat, vereint mit der unter dem Schinken befindlichen Remouladensoße, einige sehr unschöne und zudem im vollen Blickfeld eines möglichen Gegenüber Flecke auf Sommers Hemd hinterließen. Notdürftig versuchte er mit einer Serviette den gröbsten Schmutz zu entfernen, was aber wegen des Fettanteils in der Soße nicht recht gelingen wollte. Wohl oder übel machte er sich mit dem schmutzigen Hemd auf den Weg ins Präsidium. Dort wollte er noch einmal den Versuch machen, den Fettrand auszuwaschen. Oder vielleicht hatte die Bruning ja auch irgendein Wundermittelchen in ihrem Labor.

Ohne auch nur den geringsten Aufenthalt ging Sommer deshalb sofort nach seiner Ankunft im Präsidium ins Kriminaltechnische Labor.

„Hallo, Frank“, begrüßte ihn Claudia dort. Dann fiel ihr Blick auf den Fleck auf seiner Brust. „Oh, was gab's denn zum Mittagessen. Soll ich das mal analysieren? Dann müsstest du das Hemd allerdings kurz ausziehen."

„Lass den Quatsch. Sag mir lieber, ob du irgendein Mittelchen hast, das dies Malheur entfernt."

„Was ist es denn?"

„Remouladensoße und Krautsalat, und das Ganze im Baguette mit Kochschinken."

„Aha, also ein, wie soll ich sagen, ‚Baguette fatale'. In der Tat schwer zu essen. Vielleicht solltest du einmal einen Kursus im Fortbildungsausschuss anregen. Titel: Unfallfreies Essen im Außeneinsatz."

Sommer lächelte süßsauer. Dann sagte er: „Hast du nun so was oder nicht?"

„Klar hab ich!"

„Und was?"

„Wasser mit Seife!"

Sommer stöhnte auf. Aber während er noch nach einer passenden Antwort suchte, war Claudia schon verschwunden und kam nach wenigen Augenblicken mit den notwendigen Reinigungsutensilien zurück, und tatsächlich war der Klecks schon bald verschwunden.

„Du bist ein Schatz", entfuhr es Sommer, „äh, eine Meisterin auf deinem Gebiet."

„Weiß ich doch."

Sommer atmete durch. So ein Fleck auf dem Hemd war ihm ungemein peinlich. Wiederholt hatte er schon daran gedacht, in seinem Büro Ersatzkleidung bereitzuhalten, um für solche Sondersituationen gewappnet zu sein. Bisher waren dem guten Gedanken aber noch keine Taten gefolgt. Ich muss es jetzt wirklich tun, dachte er. Dann aber drängte sich der aktuelle Fall wieder in den Vordergrund.

„Claudia, jetzt aber wieder ernsthaft. Habt ihr an dem gefundenen Schuh und der Spritze irgendetwas entdecken können?"

Claudia Bruning wog ein wenig ihren Kopf hin und her.

„Ja und nein", sagte sie. „Fingerabdrücke waren nicht mehr erkennbar. Ich sagte ja, Schuh und Spritze lagen ziemlich lange im Wald herum und es hat während der Zeit oft und heftig geregnet. Aber dennoch haben wir etwas gefunden, das vielleicht weiterhelfen kann, und zwar an der Spritze. Zunächst hafteten äußerlich Fasern an der Kanüle." Clau sah Sommers aufmerksames Gesicht und fuhr deshalb schnellstens fort: „Aber bevor du jetzt an weiße Baumwollfasern denkst, wie neulich bei unserem Parallelfall, muss ich dich enttäuschen. Dies sind Fasern von Futterstoff oder etwas Ähnlichem, vielleicht wie von der Innenseite einer Jackentasche."

„Wie darf ich mir das vorstellen? Hat da jemand die Spritze in seiner Jackentasche verstaut und dann beim Weg durch den Wald schlicht verloren?"

„Möglich, aber Schlussfolgerungen sind dein Part. Allerdings, die Fasern sind nicht alles. Wir haben auch Genmaterial gefunden. Ein Tröpfchen Blut, das in die Kanüle gelaufen war. Da denke ich, ist es nicht schwer sich vorzustellen, dass das von demjenigen stammt, in den die Spritze gestochen wurde. Und noch etwas, dann bist du wieder dran. In der Spritze selbst befand sich der kleine Rest einer Droge."

„Lass mich raten", unterbrach Sommer, „Heroin?"

„Der Kandidat hat 100 Punkte!", grinste die Kriminaltechnikerin.

Auch Sommer grinste über das ganze Gesicht.

„Wann glaubst du, ist dein Bericht fertig?"

„Gib mir noch eine halbe Stunde, dann maile ich ihn dir zu."

„Clau, du bist wirklich ein Schatz!"

„Frank, du sagtest es bereits." Danach trennten sich ihre Wege.

Es war kurz nach drei, als Sommer wieder in seinem Büro saß. Bis zur allgemeinen Lagebesprechung, die er mit seinen Mitarbeitern am Morgen vereinbart hatte, waren es noch fast eineinhalb Stunden. Für einen Anruf bei Julia Johanning war es noch immer zu früh. Also war jetzt der richtige Moment, sich mit der Sekte zu beschäftigen, diesen „Jüngern der universellen Sonne". Ist die eigentlich unter Sektenkennern bekannt? Sein erster Weg führte ihn natürlich ins Internet und auf die Homepage der Sekte. Er las mit wachsendem Befremden, was dort stand und von einer offenbar sehr schillernden und wirren Gedankenwelt kündete. Von Erleuchtung war da oft die Rede und von dem Weg zu einem befreiten Ich. In vornehmlich dunklen Farben wurde die alltägliche Welt geschildert, in der wir alle in Zwänge verstrickt seien und gefangen in einer oft mit moralischen Vorhaltungen umgebenen Enge, aus der es sich zu befreien gelte, wenn man ein glückliches und erfülltes Leben führen wollte. Es käme darauf an, das Sonnenschiff zu betreten und mit ihm einer universellen Befreiung des eigenen Ichs entgegenzufahren. Wörtlich stand dort, und Sommer musste es mehrmals lesen, so unwirklich kam es ihm vor: „Folge dem Meister auf dem Weg zur universellen Sonne deines eigenen Ichs. Lass dich erleuchten auf dem Weg der Befreiung von allen dunklen und moralischen Zwängen, die der totalen Entfaltung deiner Möglichkeiten im Wege stehen. Lass dich führen zur Gottheit deiner selbst, so wird dir die Welt zu Gebote stehen."

Sommer schaute verwirrt auf den Bildschirm und den merkwürdigen Text, den er dort las. Was soll das, fragte er sich immer wieder. Waren diese, er suchte innerlich nach Worten, verirrten Gedanken der Schlüssel auch zum Verständnis der ebenfalls verirrten Ereignisse auf dem Sektenhof. War mit den moralischen Zwängen, von denen es sich zu befreien galt, vielleicht besonders oder gar ausschließlich sexualmoralische Zwänge gemeint? Und wenn ein Mensch selbst zu einem Gott wird, dem dann die Welt zu Gebote steht, heißt das dann etwa, dass ein solcher Gottmensch tun kann, was immer er will und was immer ihm Spaß bringt ohne Rücksicht auf andere, die eventuell darunter zu leiden haben. Ist das Leiden anderer überhaupt ein Begriff, der in dieser Sekte und bei diesem Meister eine Rolle spielt? Alles, was Sommer schon über das Leben in dieser Sekte gehört und erfahren hatte, ließ ihn im Zusammenhang mit dem, was er hier las, erschaudern. Meierhoff war nicht nur Pascha in einem Harem, das erschien Sommer jetzt beinahe normal. Meierhoff wähnte sich obendrein noch als Gott! Du sollst keine anderen Götter neben mir haben! Das erste Gebot der Bibel kam Sommer in den Sinn. Aber hier war eben nicht vom Schöpfer der Welt die Rede, hier spielte sich ein Mensch, ein ganz normaler Mensch, als Gott auf. Kann es unter dieser Voraussetzung überhaupt mehrere Götter in einer solchen Gruppe nebeneinander geben? Der Werbetext in der Homepage scheint das zumindest nahezulegen: Komm zu uns und befreie die Gottheit in dir. Die Sekte als eine Ansammlung von Gottmenschen. Aber offensichtlich ist die Wirklichkeit ganz anders. Da gab es dann nur noch einen Gott, den Meister, Klaus Dieter Meierhoff. Und die anderen Mitglieder seiner Gruppe? Waren die mit „der Welt“ gemeint, die ihm, dem Meister, zu Gebote stehen sollte? Der Gedanke, dass das genauso war, erschütterte Sommer zutiefst. Der Meister war der Gott der Gruppe und alle anderen waren ihm vollkommen untergeordnet, hatten für ihn da zu sein, und das galt, zumindest für die Frauen, auch besonders in sexueller Hinsicht. Sommer wurde beinahe körperlich übel. War hier vielleicht das Motiv für Meierhoffs Verschwinden zu suchen? Hatte eine der Frauen aus der Gruppe diese elende Versklavung nicht mehr ausgehalten? Oder hatte eines der Mitglieder den Aufruf zur persönlichen Gottwerdung ernst genommen und „Gott Meierhoff“ aus dem Weg geräumt, um das eigene Ich ins göttliche Licht zu führen? Wanderbur vielleicht oder Soltau? Was für eine total verkommene und dekadente Welt tat sich da vor dem Kommissar auf. Angewidert druckte er die wichtigsten Teile der Sektenhomepage aus, um sie später mit seinen Kollegen zu besprechen.

Am meisten aber musste Sommer an Tobias Oberbaum denken, der vermutlich ungemein gutgläubig in diese Sekte hineingerutscht war, der dann die Hölle auf Erden erlebt haben musste und der schließlich auf Langeoog äußerst elend endete. Aber Selbstmord oder Mord – diese Frage war nach wie vor offen. Hoffentlich bekommen wir auch in diese Dunkelheit Licht, dachte Sommer. Wie von allein fiel sein Blick auf die Urlaubsfotos an der Wand gegenüber seines Schreibtisches. Wie gut, stellte er fest, wenn man sich immer wieder einmal daran erinnert, dass es nicht nur Sodom und Gomorrha in dieser Welt gibt, sondern auch echte

Liebe und Zuneigung in einer vom Ursprung her gut geschaffenen Welt.

Durch das Klingeln seines Telefons wurde er aus den Gedanken gerissen. Am anderen Ende meldete sich Konrad Wemhöner.

„Hallo, Konrad, was gibt's Neues? Hat das kleine Notizbuch aus dem Safe des Meisters Wunder bei Wanderbur gewirkt?"

„Oh, du bist anscheinend schon gut von eurer Kriminaltechnikerin informiert worden. Na ja, wie man's nimmt. Das Büchlein hat gewirkt, aber leider noch keine Wunder. Der Guru-Stellvertreter ziert sich noch. Offenbar hat er ziemliches Muffensausen, und jetzt will er erst einen Anwalt sprechen. Vorher sagt er nichts mehr. Aber für einen ordentlichen Haftbefehl hat es natürlich gereicht. Wanderbur sitzt erst einmal in Untersuchungshaft. Der läuft uns nicht mehr weg."

„Claudia Bruning sprach von einer besonderen Eintragung in das Notizbuch. Ein Termin, ziemlich bald, am nächsten Donnerstag wohl schon?"

„Ja, stimmt. Ich bin mir relativ sicher, dass es sich dabei um einen neuen Übergabetermin für die nächste Cannabislieferung handelt. Die Pflanzen in der Plantage waren ja schon so weit. Die Experten gehen davon aus, dass sie längst geerntet und für den Verkauf getrocknet worden wären, wenn wir nicht dazwischen gekommen wären. Ich bin mir mit KOK Meier von eurer Drogenfahndung einig, dass wir diesen Termin unbedingt nutzen sollten, um weitere Festnahmen durchführen zu können. Wenn es sein muss, werden wir den Lieferwagen verfolgen, um auch an die Hintermänner heranzukommen. Diese Chance dürfen wir uns nicht entgehen lassen. Noch schöner wäre natürlich eine umfassende Aussage von Wanderbur, durch die wir uns eventuell das Theater einer Verfolgung ersparen könnten. Aber da bin ich, ehrlich gesagt, skeptisch."

„Sehr gut!", kommentierte Sommer. „Und ihr in Detmold arbeitet mit Bielefeld zusammen?"

„Ja, natürlich. Oerlinghausen liegt ja unmittelbar an der Grenze zu Bielefeld. Im Übrigen haben wir auch Gütersloh und Paderborn informiert. Man weiß ja nie, wohin die Reise geht bei einer solchen Verfolgung. Schließlich grenzen diese Kreise direkt südlich an Lippe beziehungsweise Oerlinghausen an."

„Na dann, Waidmannsheil!", scherzte Sommer.

Kaum war das Telefongespräch mit Wemhöner beendet, als die Tür aufging und seine drei wichtigsten Kollegen hereinkamen. Überrascht schaute er auf die Uhr. Tatsächlich schon deutlich nach vier und damit Zeit für die angesetzte Abendbesprechung.

Zunächst begann das übliche Ritual des Kaffeekochens. Anna hatte sogar ein paar Kuchenteilchen mitgebracht, was allgemein mit sehr freundlichem Gemurmel aufgenommen wurde. Dann aber kam Frank Sommer schnell zur Sache, wofür ebenfalls alle dankbar waren, rückte doch der Feierabend immer näher. Nachdem er einen Überblick aus seiner Sicht gegeben hatte, wobei er besonders den Besuch bei den Eltern von Julia Johanning in Herford und die Festnahme von Steffen Wanderbur erwähnte sowie den wichtigen Termin Donnerstag, morgens um vier Uhr, machte er seine drei Kolleginnen und Kollegen besonders auf seine Recherche im Internet und die abstruse Gedankenwelt dieser Sekte aufmerksam.

Anna war es, die sich danach als Erste zu Wort meldete: „Frank, es wird dich nicht überraschen, wenn unsere Befragungsergebnisse deinen Eindruck von den Zuständen in der Sekte unterstützen. Ganz offensichtlich gibt oder gab es, solange Meierhoff da war, ein ausgemachtes Netz sexueller Abhängigkeiten, in das zumindest einige Frauen nicht wirklich freiwillig verstrickt waren. Bei Sina Blechschmidt hatten wir das schon am Samstag vermutet und der Verdacht hat sich bestätigt, auch wenn alle Frauen noch ganz unter dem Eindruck dieses Obergurus stehen, oder sollte ich, nachdem, was du uns eben erzählt hast, lieber Obergottes sagen. Obwohl mir das so auszudrücken innerlich ziemlich zuwider ist. Schließlich fließt als gebürtige Polin noch viel katholisches Blut in mir, wenn ihr mir die Bemerkung erlaubt."

„Wir erlauben, Anna. Wir erlauben", bestätigte Pit. „Schließlich geht mir als Atheist dies Gehabe ebenfalls extrem gegen den Strich und ist auch mit Humor absolut nicht mehr zu ertragen."

„Okay, dann hätten wir das ja geklärt", beendete Sommer diese kleine Diskussion. „Folgendes weiteres Vorgehen: Unser im Augenblick wichtigster Ermittlungsfaden ist Julia Johanning, die Aussteigerin, die seinerzeit Anzeige wegen Vergewaltigung gestellt hatte. Ich werde sie heute Abend noch anrufen und bitten, zu uns zu kommen, damit wir sie als Zeugin befragen können. Sie wird vermutlich offener reden als die Frauen, die jetzt immer noch in der Sekte sind. Ich schick euch nachher noch eine Mail, wie es in dieser Sache weitergeht. Also dann, schönen Feierabend, und bis morgen."

Kapitel 18

April 2010 - Oerlinghausen

Der Gedanke, dass er es sein würde, der wenigstens für sich diesen Albtraum beendete, versetzte Tobias beinahe in Euphorie und beflügelte ihn in seinem Vorhaben, bei nächster Gelegenheit von hier zu verschwinden. Er musste nur die Augen offen halten, damit er diese nicht verpasste. Aber er würde, um sich gründlich abzusetzen, Geld brauchen, über das er nicht verfügte. Zum Glück hatte er vor Kurzem zum ersten Mal bemerkt, wo Wanderbur und Soltau die gemeinsame Kasse aufbewahrten. Die würde er nach Möglichkeit mitgehen lassen. Aber wann war der richtige Zeitpunkt? Vielleicht sogar, wenn bei dieser elenden rituellen Party wieder einmal alle im Drogenrausch sein würden, so wie auch er bisher jedes Mal. Er musste einen Weg finden, dieser Party oder zumindest den Drogen heute zu entgehen.

Ohne es zu merken, war Tobias, ganz in seine Gedanken versunken, um das Hofgelände herumgelaufen. Das war, wie so vieles andere auch, strikt verboten. Aber es war ihm egal. Ganz in der Nähe musste die Meditationshütte des Meisters sein, dieses mythenumwobene Refugium, das normale Mitglieder nur auf dessen persönliche Einladung betreten durften. Irgendwann hatte Tobias bemerkt, dass offensichtlich nur die Frauen dorthin eingeladen wurden, vor allem Anja Dobertan und Sina Blechschmidt, seltener Julia Johanning. Anja und Sina schienen es zu genießen, vom Meister aufgefordert zu werden. Bei Julia waren ihm Zweifel gekommen, als er vor etwa zwei Wochen durch Zufall gesehen hatte, wie sie in einer Ecke saß und weinte. Zwei Tage später ergab sich bei den ersten Frühjahrsarbeiten im Garten eine Gelegenheit, sich zu erkundigen, was mit ihr los sei? „Mit mir? Was soll mit mir los sein? Nichts!", hatte sie zunächst abwehrend, fast entrüstet gesagt und dann lange geschwiegen. Tobias wollte schon resigniert aufgeben. Sie will mir wohl nichts sagen, hatte er gedacht, bis sie dann flüsternd und leise schluchzend erzählte, weshalb sie und die anderen immer wieder in die Hütte des Meisters geholt wurden. Tobias hatte schon einen Verdacht gehabt, dass es dort in der Hütte nicht nur ums Meditieren ging, sondern dass Sex der Hauptgrund für die Besuche war. Aber dass Meierhoff so brutal und demütigend seine Wünsche auch gegen Julias Willen durchsetzte, damit hatte er nicht gerechnet. Von dem Tag an war Tobias endgültig klar, dass er in dieser Sekte nicht mehr bleiben konnte. Nun auch noch dies, zusätzlich zu den Drogen! Er wollte einfach nur weg, und er würde die nächstbeste Gelegenheit nutzen, um davonzulaufen. Julia wollte er mitnehmen. Sie konnte doch hier nicht mehr bleiben. Zu seiner großen Enttäuschung aber wollte sie nicht heimlich verschwinden. Sie hätte sich Steven Dükermann anvertraut, der wolle ihr helfen. Tobias war fast der Atem stehen geblieben. Ausgerechnet Steven, die rechte Hand des Meisters, der Mann fürs Grobe. Aber er hatte keine Chance. Julia war fest davon überzeugt, dass Steven ihr helfen würde. Tobias hatte sogar zunehmend den Eindruck, Julia sei in Steven verliebt, oder wie man auch immer diese in Tobias' Augen merkwürdige Beziehung nennen sollte. Jedenfalls konnte er sie nicht überzeugen, mit ihm zusammen zu fliehen, weshalb er schließlich aufgab und zunächst so tat, als wolle auch er bleiben. Auf keinen Fall durfte Julia Steven gegenüber irgendetwas ausplaudern. Das hätte seine Pläne vollkommen zerstört.

Vorsichtig näherte er sich der Hütte. Unter keinen Umständen durfte er hier entdeckt werden. Er hatte zwar keine Ahnung, was dann passieren würde, aber er wollte es auch ganz bestimmt nicht ausprobieren.

Plötzlich nahm er auf dem schmalen Weg zur Hütte eine Bewegung war und ging reflexartig hinter einen dichten Busch in Deckung. Zuerst erkannte er den Meister, dann hinter ihm Sina Blechschmidt und, er musste zweimal hinschauen, Sinas Tochter Alina, die im letzten Monat elf Jahre alt geworden war. Sie wurde von ihrer Mutter mehr gezogen als dass sie selbst ging. Tobias schluckte. Seine Kehle schnürte sich zu. Was wurde das? Seine Fantasie verfinsterte sich. Nein! Das nicht! Direkt vor der Hütte übernahm Meierhoff das Kind, das sich heftig wehrte und bei seiner irgendwie apathisch wirkenden Mutter vergeblich Zuflucht suchte. Tobias hatte nur noch einen Gedanken. Weg, sofort weg. Hier bleibe ich keine einzige Nacht mehr, keine Stunde mehr, dachte er. Diesem furchtbaren Treiben musste ein Ende gesetzt werden. Er musste es der Polizei melden. Schnell! Aber wie? Seine Gedanken wirbelten wild durcheinander. In Panik lief er zunächst zurück zum Haupthaus. Dann jedoch, auf halbem Weg, drehte er um. Das Kind, das Kind, dachte er. Ich muss es da rausholen, jetzt, sofort.

Zurück bei der Hütte, traf er zunächst auf Sina, die dort auf der Erde kauernd, die Hände vors Gesicht hielt. Sie sah kaum auf, als Tobias auf die Tür zustürzte und diese aufriss. Das Bild, das sich innen bot, brannte sich in sein Gedächtnis: Der Meister auf einem Plüschkissen sitzend und davor die wie gelähmt wirkende Alina, die von Meierhoff über die Wange gestreichelt wurde. Dieser sah verdutzt auf, aber noch bevor er reagieren konnte, hatte Tobias Sinas Tochter geschnappt und lief an der jetzt kreischenden, aus ihrer Starre erwachten Mutter vorbei Richtung Haupthaus. Hinter ihm fluchte Meierhoff lautstark, Sina lief hinter Tobias her und riss Alina aus seinen Armen.

„Nimm dein Kind und hau ab. Sofort. Rette dich und deine Tochter. Begreifst du nicht, was hier vorgeht?", schrie Tobias.

Völlig unverständlich sah Sina ihn an. „Lass Alina in Ruh!" Ihre Stimme klang unbarmherzig und fest. „Es ist wichtig für sie, dass sie vom Meister erleuchtet wird. Für unsere Kinder wird es leichter sein als für uns, den Weg zu ihrer eigenen Gottheit zu finden. Und du wirst das nicht kaputtmachen."

Tobias schaute sie ratlos und verständnislos an. „Verdammt, Sina, merkst du nicht, was hier tatsächlich los ist?"

„Was zum Teufel wird das?", brüllte nun Meierhoff hinter ihm. „Bist du jetzt völlig verrückt geworden?" Der Meister packte ihn brutal an den Armen und stieß ihn vor sich her.

Sehr bald schon kam Dükermann ihnen von unten entgegen und kurz darauf erschienen auch Wanderbur und Soltau. Sie hatten natürlich den Lärm gehört.

„Nehmt ihn und sperrt in ein, damit er keinen Unfug mehr machen kann. Er ist vollkommen verwirrt. Wenn er sich wieder beruhigt hat, werden wir uns morgen um ihn kümmern", gab Meierhoff an die beiden seine Anweisungen. „Ach ja, und natürlich findet das Ritual heute Abend wie geplant statt."

Wanderbur und Soltau führten diesen Befehl umgehend aus und sperrten Tobias in eine kleine Dachkammer mit allerhand Gerümpel, das möglicherweise noch vom Vorbesitzer stammte. Es war stockdunkel in dem fensterlosen Raum. Fast erstarrt und kaum fähig, klar zu denken, saß er da. Dann, nach und nach, gelang es ihm, seine Gedanken zu sortieren. Hatte er sich in der Situation getäuscht? War Alina gar nicht in Gefahr gewesen? Ging es wirklich nur um irgendeine harmlose rituelle Übung? Er musste sich eingestehen, dass ihm der letzte Beweis fehlte. Es gab keine eindeutigen Gesten, die auf einen Missbrauch hingewiesen hätten. Wenn er damit zur Polizei ginge, würde er sich lächerlich machen. Irgendwie hoffte er sogar, dass er sich tatsächlich irrte. Eins aber wurde ihm auch jetzt in diesem Kabuff klar. Auf diesem Hof konnte er nicht bleiben, durfte er nicht bleiben. Auf gar keinen Fall! Er musste von hier verschwinden, so schnell wie möglich, am besten noch diese Nacht. Er mochte sich gar nicht vorstellen, was diese sogenannten Brüder mit ihm am nächsten Tag alles anstellen würden, um ihn wieder auf Kurs zu bringen. Ungern erinnerte er sich an ein Erlebnis ganz am Anfang seiner Zeit bei der Sekte. Nachdem ein anderes Mitglied, Bruder Alexander, unangenehm aufgefallen war, brachte die Gemeinschaft ihn auf ihre Weise zur Räson. Die gesamte Gruppe demütigte ihn öffentlich, indem sie auf ihn einspuckten und ihm die Sektenkleidung vom Leibe rissen. Dann sperrte man Alexander einfach weg. Was mit ihm passiert war, wusste niemand. Niemand hatte wieder etwas von ihm gehört. Er sei aus der Gemeinschaft ausgeschlossen worden, hieß es später lapidar. Tobias graute, wenn er jetzt daran dachte. Nein, darauf konnte er gut verzichten. Deshalb musste er weg.

Diese Nacht noch! Womöglich war sogar genau heute, wenn diese Drogenparty stattfand, der beste Zeitpunkt, dachte er. Er musste nur noch eine Möglichkeit finden, die Tür aufzubekommen, dann konnte er in der Dunkelheit der Nacht verschwinden. Etwas Besseres als das Elend in dieser Sekte gab es überall. Davon war er überzeugt.

Langsam hatten seine Augen angefangen, der Finsternis zu trotzen. Ein kleiner Lichtspalt an der Tür reichte dafür mehr schlecht als recht aus. Er tastete sich durch den Raum. Gleich neben der Tür stand ein alter Stuhl. Auf der gegenüberliegenden Seite entdeckte Tobias eine alte Kommode. Vorsichtig, um keinen Lärm zu machen, öffnete er mehrere Türen und Schubladen. Jede Menge altes Zeugs, dachte er. Putzlumpen, Fahrradöl, Schrauben. Plötzlich ertasteten seine Hände etwas Anderes, etwas Dünnes, Metallenes. Er zog es aus dem Wirrwarr der Schublade heraus – ein Draht, biegsam und fest zugleich. Fast wollte Tobias ihn schon wieder zurücklegen, als ihm eine Idee kam. Keine Ahnung, ob es ihm gelingen würde, aber er wollte es zumindest versuchen. Nach mehrmaligem Verdrehen und Hin- und Herbiegen des Drahtes gelang es ihm schließlich, daraus einen provisorischen Dietrich zu formen. Umgehend überprüfte er, ob sich damit das einfache Türschloss öffnen ließ. Nicht auf Anhieb, aber nachdem er den Draht noch einmal über eine Kante der Kommode schärfer abgeknickt hatte, gab das Schloss nach und die Tür öffnete sich.

In einem Hochgefühl des Triumphes, aber dennoch vorsichtig, horchte er nach draußen und steckte schließlich seinen Kopf durch die Tür. Niemand war zu sehen. Wie spät mochte es sein? Er hatte keine Uhr. Die waren auf diesem Hof nur wenigen erlaubt. Von unten hörte er die Geräusche der rituellen Party. Er kannte den Ablauf, jedenfalls bis zu dem Zeitpunkt, an dem die Drogen verteilt wurden. Danach verschwammen Wahrnehmung und Erinnerung. Allzu lange würde es nicht mehr dauern, dann wäre, so hoffte er, der Zeitpunkt zum Verschwinden gekommen. Jetzt hieß es geduldig sein, auch auf die Gefahr hin, dass Dükermann oder ein anderer ihn schon diese Nacht holen würde. Leise zog Tobias sich in die Kammer zurück und schloss die Tür wieder hinter sich ab.

Kaum zehn Minuten später hörte er voller Schrecken draußen auf dem Flur Schritte. Den Draht ließ er vorsichtshalber wieder in der Kommode verschwinden. Dann öffnete sich die Tür. Gut, dass er sie wieder verschlossen hatte, sonst wäre er jetzt aufgeflogen. Im Türrahmen erschien Dükermann mit einem breiten, hämischen Grinsen, das im von hinten einfallenden Licht aus dem Flur noch gespenstischer aussah. Eine schier endlose Zeit, in der sein verächtlicher Blick auf Tobias brannte, blieb er dort stehen.

„Ja, wenn du das vorher gewusst hättest, bevor du in das Allerheiligste des Meisters eingedrungen bist. Dieses Vergehen kann nicht ungestraft bleiben. Niemand widersetzt sich dermaßen dem Meister. Das musste dir doch klar sein?"

Dükermann machte eine Pause, in der er ernsthaft und besorgt auf Tobias heruntersah.

„Wieso war dir das nicht klar?", fuhr er dann fort. „Nun, wir werden morgen sehen, was wir mit dir machen. Der Meister hat sich noch nicht entschieden", wieder eine Pause, „hat noch nicht entschieden, welche Bestrafung deinem Frevel und deiner Unbotmäßigkeit angemessen ist." Er hielt einen Augenblick inne, um die Wirkung seiner Worte zu unterstreichen.

Frevel und Unbotmäßigkeit, waren das seine Worte? Ja, das waren die Worte, die er benutzt hat.

In einer erneuten Unterbrechung schüttelte er betont traurig und scheinbar mitfühlend den Kopf.

„Du hast dich der so ziemlich schlimmsten Vergehen, die man sich vorstellen kann, schuldig gemacht. Man revoltiert nicht gegen den Meister. Der Meister ist dein Licht und deine Sonne. Dagegen begehrt man nicht auf. Nein, das tut man einfach nicht! Du schon gar nicht!“ Dükermanns Ton wurde lauter und rauer. „Diese Chance zum Leben durch das Medium des Meisters - nein, das wirft man nicht einfach weg und das zieht man auch nicht einfach in den Schmutz. Das kann nicht ohne Strafe bleiben. Das musst du doch einsehen.“

Tobias saß mit tief gesenktem Kopf in seine Ecke gekauert. Die Angst war längst einer resignativen Verzweiflung gewichen. Wenn er mich jetzt mitnimmt, dann ist es aus, dachte er. Mit den Händen umklammerte er seine Fußgelenke, dass die Handknöchelchen weiß hervortraten. Aber Tobias wurde nicht herausgeholt aus der Kammer. Mit einem letzten „Wir werden sehen!“ wandte sich Dükermann zum Gehen. Schon fast aus der Tür heraus, sah Tobias, wie Dükermann etwas auf den Stuhl direkt neben der Tür legte. Seine weißen Baumwollhandschuhe leuchteten dabei hell auf. Dann schloss sich die Tür hinter ihm.

Wieder dauerte es eine Weile, bis sich die Augen an die Dunkelheit gewöhnt hatten. Dann ging Tobias hinüber zum Stuhl, um nachzusehen, was Dükermann dort hingelegt hatte. Zu seiner Überraschung, ja zu seinem Entsetzen stellte er fest, dass es sich dabei um eine fertig aufgezogene Spritze handelte, mit welchem Inhalt auch immer. Angst und Panik durchzogen Tobias.

Was sollte das bedeuten? Wollten die etwa, dass er sich hier und jetzt mit dieser Spritze das Leben nahm? Hatten sie das damals auch mit Alexander gemacht? War er deshalb nicht wieder aufgetaucht, weil er sich das Leben genommen hatte, oder war es ihm eventuell doch gelungen, von diesem Ort zu verschwinden? So wie er es selbst auch vorhatte? Nein, kampflos wollte er nicht aufgeben. Nicht, wo sich bereits eine Möglichkeit aufgetan hatte, von hier zu verschwinden. Vorsichtig nahm er die Spritze und suchte nach irgendetwas, worin er sie einwickeln konnte. Er würde sie mitnehmen, auf jeden Fall. Vielleicht konnte sie ihm später noch einmal nützlich sein. Vielleicht konnte sein Inhalt helfen, diese elende Bande dingfest zu machen. So durften die hier nicht weitermachen. Die Spritze legte Tobias vorsichtig, ohne sich zu ritzen, in eine Plastiktüte, die er ebenfalls in der Kommode gefunden hatte. Bei aller Boshaftigkeit ist Dükermann offenbar doch etwas dümmlich, dachte Tobias. Sonst hätte er diese Kommode mit seinem überaus nützlichen Inhalt nicht hier im Raum gelassen.

Tobias wartete noch einmal einige Zeit, dann öffnete er erneut die Tür. Jetzt war nichts mehr von unten zu hören. Vorsichtig schlich er sich aus der Kammer heraus, zunächst hin zum Versteck der Kasse und dann nach draußen auf den Hof, um mit dem Bulli zu verschwinden. War ihm jemand gefolgt? Einmal glaubte er ein verdächtiges Geräusch gehört zu haben. Dann aber war alles wieder ruhig, und er konnte ungesehen vom Hof entkommen.

Kapitel 19

Dienstag, 22. Mai 2012 – Bielefeld

Auch dieser Tag begann mit der Morgenbesprechung im Konferenzraum. Nach der Vergrößerung der Ermittlungsgruppe reichte Sommers Dienstzimmer schon lange nicht mehr aus. Dort trafen sie sich nur noch im kleinen Kreis der Ermittlungsleitung. Außerdem gab es im Konferenzraum einen Rechner mit Beamer und ein großes, magnetisches Whiteboard. Das erwies sich oft als sehr hilfreich, um die Ermittlungsergebnisse übersichtlich sortieren zu können. Alle Beteiligten waren versammelt, auch Konrad Wemhöner aus Detmold, der über den neuesten Stand in der Drogenermittlung berichten sollte. Nachdem sie auf einen gemeinsamen Stand gebracht worden waren, ergriff Sommer das Wort und berichtete über das Telefongespräch mit Julia Johanning, das er am Abend zuvor noch mit ihr geführt hatte.

„Das Gespräch“, begann er, „war erwartungsgemäß schwierig. Aber um es gleich zu sagen, am Ende hat sie sich überreden lassen, heute noch zu uns zu kommen. Die Sache war ihr offenbar so wichtig, dass sie sich dafür extra freinehmen wollte. Nachher um zehn Uhr sollte sie hier sein. Ziel des Gespräches ist es, mehr über die innere Struktur der Sekte herauszufinden, vielleicht auch über weitere Hintergründe für die Vergewaltigungsklage. Vor allem möchte ich wissen, was seitdem geschehen ist. Hatte Julia Johanning noch Kontakte zu der Sekte und wenn ja, wie sahen die aus. Ich will nicht verhehlen: Diese erfolglose Klage von damals könnte ein Motiv sein, sich irgendwie an Meierhoff zu rächen. Obwohl das nach so langer Zeit auch wieder nicht ganz zwingend ist. Damals und offenbar noch heute sind in der Sekte Dinge geschehen, die, ich sag es mal vorsichtig, außerhalb der gängigen Moral liegen. Anna, ich möchte, dass du als Frau bei dem Gespräch dabei bist. Das könnte hilfreich sein. Und du bist ja im Moment auch die einzige Sie in unserer Abteilung."

„Stimmt, aber nicht mehr lange", warf Anna ein. „Im Übrigen hoffe ich, dass ich nicht nur aus Mangel an Alternativen zu diesem Gespräch hinzugezogen werde."

„Äh? Wie? Nein, natürlich nicht. Du bist für diese Art von Gespräch in jedem Fall ganz besonders geeignet", entgegnete Sommer, und als er merkte, dass auch darin ein leicht süffisanter Unterton erkennbar sein könnte, fügte er rasch hinzu: „Und das meine ich ganz ehrlich!"

„Ja, ja, schon gut", gab sie zurück. „Werden wir beide zusammen das Gespräch führen?"

„Ja, das ist mein Plan. Aber ich möchte auch, dass von draußen noch jemand genau zusieht. Ich hab das Gefühl, dass nachher Entscheidendes geschehen könnte. Pit, hättest du Gelegenheit dazu? Deshalb soll das Gespräch auch in einem Vernehmungszimmer stattfinden, das du vom Beobachtungsraum verfolgen kannst. Aber sie ist Zeugin! Merkt euch das!" Und an Karsten gerichtet fuhr er fort: „Könntest du dich mit Konrad und Meier von der Drogenfahndung um Wanderbur und die geplante Cannabis-Übergabe kümmern? Ist das okay?"

„Ja sicher", antwortete Karsten, und Pit nickte kurz zustimmend.

„Gut, dann machen wir uns an unsere Tagesaufgaben. Ach, übrigens, das hätte ich beinahe vergessen. Bislang hat die Presse von einem möglichen Zugriff am Donnerstag noch nichts erfahren. Ich hoffe, dass das auch so bleibt, um den Einsatz nicht zu gefährden. Ich werde gleich mal mit Hermes, dem Polizeisprecher reden, damit alles ruhig bleibt. Vielleicht kann er da irgendetwas machen. Also dann. Frohes Schaffen."

Anna, Pit und Frank zogen sich gleich nach der Morgenbesprechung in Sommers Arbeitszimmer zurück. Sie wollten die noch zur Verfügung stehende Zeit für eine Beratung über die Gesprächsstrategie nutzen. Um kurz vor zehn läutete Sommers Telefon und Inge Dammeier unten am Empfang meldete die Ankunft von Julia Johanning und ihrer Rechtsanwältin.

„Die bringt sofort ihre Rechtsanwältin mit?", wunderte sich Schwameyer.

„Ja, das ist schon etwas außergewöhnlich", stimmte Sommer zu, „aber vielleicht auch nicht. Immerhin hat sie bei ihrer damaligen Anzeige keine besonders guten Erfahrungen gemacht. Da wird man vielleicht vorsichtig. Umso besser, dass ich nicht allein mit ihr sprechen muss. Kommt gleich mit. Wir wollen sie nicht warten lassen."

Julia Johanning ging mit ihrer Anwältin im Eingangsbereich des Präsidiums auf und ab, als Sommer mit seinen Kollegen herunterkam. Noch auf der Treppe bemerkte er bei Pit eine zunehmende Unruhe, auf die er jetzt nicht eingehen wollte. Stattdessen ging er zielstrebig auf die beiden Frauen zu und begrüßte sie betont offen und höflich.

„Frau Julia Johanning, nehme ich an?" sprach Sommer die jüngere der beiden Frauen an, die auch in ihrer äußeren Erscheinung locker und jugendlich wirkte.

„Ja, das bin ich", antwortete sie mit einem Gesichtsausdruck, der irgendwo zwischen offener Erwartung und ängstlicher Zurückhaltung lag. Die zweite, etwas ältere Frau, erfüllte dagegen alle Erwartungen einer Anwältin, seriös, im dunklen Hosenanzug.

„Dann sind Sie die Anwältin von Frau Johanning?", wandte sich Sommer jetzt an sie.

„Mühlmann mein Name. Und Sie sind Herr Sommer? Ja, Frau Johanning ist meine Mandantin, übrigens schon seit ihrer erfolglosen Klage gegen diesen Klaus Dieter Meierhoff. Frau Mühlmann hat mich informiert, direkt nachdem Sie bei ihr angerufen hatten, und ich konnte es kurzfristig möglich machen, sie zu begleiten. Andernfalls hätte das Gespräch später stattfinden müssen. Aber es scheint ja wirklich sehr wichtig zu sein, und Frau Johanning hat selbst großes Interesse an diesem Gespräch, auch wenn sie in Bezug auf ihre, sagen wir, weniger guten Erfahrungen vor zwei Jahren verständlicherweise etwas vorsichtig ist."

Noch während die Anwältin dies sagte, wanderte ihr Blick deutlich zu Pit Schwameyer hinüber, der, das bemerkte Sommer jetzt, wie versteinert neben ihm stand.

„Guten Morgen, Pit", begrüßte sie seinen Kollegen. „So sieht man sich wieder." Dabei begann ihr Gesicht zu strahlen und auch Pits Mimik hellte sich zusehends auf.

„Hallo, Susanne. Dich hier zu sehen, hätte ich nun am allerwenigsten gedacht." Sommers Eindruck war, dass Pit den Impuls, Susanne zu umarmen, gerade noch unterdrücken konnte. Dann sagte er: „Ich denke, das bedarf einer Erklärung und, um es gleich zu sagen, unsere Planungen für das Gespräch haben sich unversehens geändert beziehungsweise müssen sich ändern. Frau Mühlmann und ich kennen uns seit einigen Wochen persönlich, sehr persönlich sogar, wenn du diese Redewendung erlaubst." Das Letzte sagte Pit direkt in Richtung Susanne Mühlmann, die darauf mit einem „Ich erlaube." antwortete.

Frank Sommer und Anna Tomczyk sahen sich teils verblüfft, teils amüsiert an. Dann war es Anna, die als erste die verfängliche Situation erfasste. Sie klärte die Lage, indem sie schlussfolgerte:

„Ja, Frank, schätze, Pit ist jetzt raus aus der Sache. Da ich nicht glaube, dass Frau Johanning wegen dieser Beziehung ihre Anwältin wechseln wird, muss er sich wohl zurückziehen."

„Tut mir leid", gab ihr Susanne Mühlmann recht, „aber das sehe ich genauso."

„Ja, äh ...", sagte Sommer, der erst jetzt seine Sprache wiederfand, „... stimmt. – Dann machen Anna und ich das alleine. Wenn ich dann bitten dürfte. Hier entlang." Doch dann hielt er plötzlich inne und sagte: „Ach, wissen Sie was, wir gehen nach oben in mein Arbeitszimmer. Das ist vielleicht doch eher ein informelles Gespräch. Und oben spricht es sich leichter als in einem dieser Vernehmungs- äh, Gesprächszimmer."

„Wie auch immer", sagte die Anwältin und ergänzte mit einem vielsagenden Unterton. „Das ist auch meine Meinung."

„Frau Johanning", begann Sommer, nachdem alle in seinem Dienstzimmer Platz genommen hatten und auch mit Kaffee versorgt worden waren. „Sie haben sicher von Ihren Eltern gehört, dass Klaus Dieter Meierhoff verschwunden ist." Johanning nickte.

„Vor knapp zwei Jahren", fuhr Sommer fort, „haben Sie die ‚Jünger der universellen Sonne' verlassen, und nicht nur das, Sie haben auch Strafanzeige gegen den Sektenchef gestellt. Ich will Sie jetzt nicht damit quälen, alle schrecklichen Erlebnisse und Aussagen von damals noch einmal zu wiederholen. Das steht ja in den Akten, die uns natürlich bekannt sind. Uns interessiert vielmehr, ob Sie zum jetzigen Zeitpunkt noch Kontakt zu Personen aus der Sekte haben oder gehabt haben?"

Julia Johanning sah Sommer und Tomczyk offen und neugierig an. Anscheinend überlegte sie, was Sie darauf antworten sollte. Dann sagte sie:

„Nein, zu der Sekte habe ich keinen Kontakt mehr. Ehrlich gesagt, ich war heilfroh, als mit diesem elenden Verein endlich Schluss war. Irgendwann war es mir auch egal, was aus der Anzeige werden würde. Können Sie sich vorstellen, wie entsetzlich das war, diesem Kerl wiederzubegegnen und sein hämisches und siegessicheres Grinsen ertragen zu müssen?"

„Sie haben Meierhoff doch noch einmal wiedergesehen? Aber es gab eigentlich gar keine Verhandlung. Können Sie uns genauer erklären, unter welchen Umständen Sie Klaus Dieter Meierhoff nach Ihrem Ausstieg noch einmal getroffen haben?", schaltete sich jetzt Anna Tomczyk ein.

Es entstand wieder eine Pause, in der sich Julias Gesichtszüge erkennbar verdunkelten. Eine Mischung aus Abscheu, Scham, Ekel und Hass meinte Sommer auf ihrem Gesicht zu sehen. Er nahm sich vor, nachher mit Anna darüber zu sprechen. Die Pause dauerte immer länger. Aber er war gewillt, sie auszuhalten. In einer solchen Situation durfte man nicht zu schnell mit weiteren, vielleicht sogar drängenden Fragen kommen, sonst machte das Gegenüber eventuell ganz zu. In anderen Fällen konnte es gut sein, jemanden auch einmal unter Druck zu setzen, hier und jetzt wäre das der falsche Weg gewesen. Anna schien das ebenso zu spüren. Gut, dass er jetzt sie dabeihatte und nicht Pit. Und tatsächlich erzählte Frau Johanning schließlich mehr von ihrer letzten Begegnung mit Meierhoff. Ihr Ton wurde aber rauer.

„Wir trafen ihn zufällig in Detmold bei der Polizei. Ich war noch einmal eingeladen worden, und man hatte mir mitgeteilt, dass es zu keiner Anklage gegen diesen Scheißkerl kommen würde. Sie können sich gar nicht vorstellen, wie total am Ende ich danach war. Ich hatte wirklich geglaubt, irgendwann mein Recht zu bekommen, aber die Staatsanwältin sah keine Chance mehr auf eine erfolgreiche Anklage. Ich sei nicht glaubwürdig genug, das hatte sie mir in aller Seelenruhe vorgehalten. Es lägen Aussagen vor, nach denen es offenbar in der Sekte üblich war, dass Meierhoff mit vielen Frauen aus der Sekte Sexualverkehr hatte. Von Nötigung oder gar Vergewaltigung wäre dabei aber nie die Rede gewesen."

Julia Johanning hielt sich die Hände vor ihr Gesicht und musste mühsam Tränen der Enttäuschung und Verzweiflung unterdrücken. Zwei Jahre her, dachte Sommer, und noch alles irgendwie frisch.

„Muss das sein?", schaltete sich jetzt die Anwältin ein. „Sie sehen doch, dass diese Dinge meine Mandantin enorm belasten."

„Ja, doch das ist wichtig. Auch wenn wir sehr gut nachvollziehen können, wie schwer es Ihrer Mandantin fällt, sich an diese Dinge wieder erinnern zu müssen.“ Anna reagierte sehr einfühlsam auf die schwierige Situation.

„Schon gut“, sagte Julia Johanning. „irgendwann muss ich ja so weit darüber hinweggekommen sein, dass ich auch ohne zu schluchzen darüber reden kann. Es hilft nichts, die Augen davor zu verschließen.“ Mit dem Handrücken wischte sie einige Tränen weg. „Also, bei dieser Gelegenheit habe ich Meierhoff das letzte Mal gesehen, draußen auf dem Flur. Man hatte ihm wohl ebenfalls soeben mitgeteilt, dass die Anklage fallen gelassen wird. Als er mich dann sah, drehte er sich um, grinste höhnisch und zeigte mir den Stink …, den Mittelfinger. Können Sie sich vorstellen, wie ich mich da gefühlt habe?“

Johannings Stimme war wieder lauter und aggressiver geworden.

„In dem Moment hatte ich eine solche Wut auf ihn. Um ein Haar hätte ich mich auf ihn gestürzt. Dieser elende Mistkerl.“ Und wieder mehr in sich gekehrt und ruhiger fügte sie hinzu: „Gut, dass Frau Mühlmann mich untergehakt hatte. Deshalb bin ich nicht auf ihn los. Stattdessen bin ich in einer Art Schwächeanfall in mich zusammengesackt.“

Tröstend legte die Anwältin ihre Hand auf ihre Schulter. Dann sagte sie: „Ich finde, wir sollten jetzt abbrechen. Sie sehen doch, dass meine Mandantin nervlich am Ende ist. Im Übrigen war das von der Staatsanwaltschaft Detmold wohl eine sehr schlechte zeitliche Planung, die beiden mehr oder weniger gleichzeitig einzuladen. Ich habe deshalb auch umgehend Beschwerde eingelegt. Liegt die nicht bei den Akten?“

„Oh, ja, mag sein. Vielleicht habe ich da am Ende nicht mehr so genau hingesehen“, entschuldigte sich Sommer. „Im Übrigen stimme ich Ihnen zu.“

Die Situation ging ihm nahe, näher als es für einen Ermittlungsbeamten gut war. Er fürchtete, die notwendige Distanz zu verlieren. Nach einer Weile wandte er sich schließlich noch einmal direkt an Johanning.

„Haben Sie eigentlich versucht, Ihre Erlebnisse in der Sekte und danach in einer Therapie aufzuarbeiten? Das kann bei solchen einschneidenden Erinnerungen oft sehr hilfreich sein." Dann griff er in eine Schublade seines Schreibtisches und holte eine Karte heraus. „Ich gebe Ihnen mal die Anschrift eines Opferschutzvereins. Die haben auch Adressen von Therapeuten, die auf solche Traumata spezialisiert ..."

„Lassen Sie das!" Jetzt schrie Julia Johanning beinahe. „Lassen Sie diesen Unsinn! Ich bin nicht krank. Krank ist dieser Mistkerl Meierhoff. Der braucht eine Therapie, wenn überhaupt. Wahrscheinlich braucht der ganz etwas anderes!"

Es war erneut Anna, die versuchte, noch einmal Ruhe in das Gespräch zu bringen. „Selbstverständlich, Frau Johanning. Niemand will Ihnen zu nahe treten. Sie wissen selbst, was für Sie am besten ist. Eine Frage erlauben Sie uns aber noch. Außer dieser schrecklichen Begegnung mit Meierhoff – haben Sie davon abgesehen noch andere Kontakte zu weiteren Mitgliedern der Sekte, vielleicht auch zu ehemaligen?"

Johanning brauchte einen Moment, um sich erneut zu beruhigen. Dann aber antwortete sie in erstaunlicher Offenheit:

„Ja, natürlich zu Steven, meinem Freund."

Sommer glaubte seinen Ohren nicht zu trauen: „Sie haben einen Freund, der auch ein ehemaliges Mitglied der Sekte ist, ein Aussteiger? Habe ich das jetzt richtig verstanden?"

„Ja, das haben Sie“, war die nun eher leise gesprochene Antwort.

„Sagen Sie uns bitte den vollen Namen Ihres Freundes und seine Anschrift.“

„Ja sicher: Steven Dükermann, und wir wohnen zusammen in Herford, am Amselplatz.“

„Danke, Frau Johanning, ich denke, wir sollten Sie jetzt nicht länger belästigen“, versuchte Anna Tomczyk das Gespräch zu beenden.

Sommer sah sie etwas verdutzt an und sagte dann: „Entschuldigung, eine Frage hätte ich noch: Aus Ihrer Zeit bei der Sekte – kennen Sie da einen gewissen Tobias Oberbaum?“ Jetzt war es Anna, die verwundert guckte. Auch die Anwältin wurde wieder sehr aufmerksam. Ging hier irgendetwas vor, dass ihrer Mandantin gefährlich werden konnte? Solche scheinbar unzusammenhängenden Fragen waren selten wirklich harmlos.

„Kennen Sie Tobias Oberbaum?“, wiederholte der Hauptkommissar seine Frage.

„Ja, in der Tat, den kenne ich. Aber was hat das … Was meinen Sie …?“

„Würden Sie uns verraten, ob Sie ihn gut kannten?“

„Ja sicher, warum nicht. Also, gut kann man nicht sagen. Nein. Er war eines der männlichen Mitglieder. Eher ruhig und still. Allerdings ist er irgendwann plötzlich von der Bildfläche verschwunden. Steven hat gesagt, er sei eine ziemliche Belastung für die Gruppe geworden. Es war gut, dass er sich verdünnisiert hatte.“

„Verdünnisiert, das waren die Worte Ihres Freundes?“

„Ja, so oder so ähnlich. Was soll das denn? Das ist doch alles schon über zwei Jahre her. Zu diesem Tobias habe ich übrigens keinen Kontakt mehr, wenn es das ist, was Sie meinen."

„Danke für Ihre Offenheit. Haben Sie eigentlich eine Erklärung, warum er die Gruppe verlassen hat?"

Johanning dachte einen Moment nach. „Ja, ich glaube, da war irgendeine Auseinandersetzung mit Meierhoff. Es ging", sie überlegte erneut, „es ging irgendwie um das Kind von Sina Blechschmidt, ihre Tochter Alina. Aber genau weiß ich das nicht. Ansonsten hatte ich damals schon genug mit mir selbst und diesem Meister zu tun. Da hat mir Steven übrigens sehr geholfen."

„Danke, ich glaube, jetzt sind wir wirklich ans Ende gekommen. Falls Ihnen allerdings noch etwas einfällt, was auch immer, rufen Sie uns einfach an." Damit gab Sommer ihr seine Karte. „Und, ach ja, wir möchten auch noch mit Ihrem Freund sprechen. Aber wir melden uns bei ihm. Wann ist er denn am besten zu erreichen?"

„Der hat Schichtdienst. Versuchen Sie es einfach bei uns zu Hause."

„Oder vielleicht eine Handynummer?"

„Ja sicher." Julia Johanning nannte die Handynummer von Steven Dükermann und wandte sich anschließend mit der Anwältin zum Gehen.

Noch in der Tür rief Sommer hinterher: „Ach, sagen Sie, wo arbeitet Ihr Freund eigentlich?"

Etwas irritiert sahen Johanning und Mühlmann sich noch einmal um. Dann sagte Johanning: „Bei Streuber und Lohmann, Sie wissen schon, SULO-Mülltonnen."

Anna und Frank sahen sich nach diesem Gespräch Rat suchend an.

„Mit diesem Dükermann müssen wir unbedingt ebenfalls sprechen", begann Sommer, während er den Telefonhörer abnahm und die Nummer von Schwameyer wählte. „Hallo, Pit … Ja, das Gespräch mit Johanning und deiner Freundin ist zu Ende. Wie bitte? … Gut, dann: deiner Bekannten. Kannst ja zu uns rüberkommen, dann können wir dich informieren und gleichzeitig überlegen, wie es weitergehen soll … Ja, okay."

Kaum hatte Sommer aufgelegt, als Pit auch schon durch die Tür hereinkam.

„Sagt jetzt bloß nichts Falsches!", begann er. „Es wird ja wohl erlaubt sein, auch noch ein Privatleben zu haben."

„Sicher, natürlich." Sommer wollte es dabei bewenden lassen. Aber Anna war deutlich neugieriger. „Pit, eine Anwältin? Wie hast du das denn geschafft?"

„Also, Anna! Ehrlich! Was hast du denn für eine Meinung von mir? Wir haben uns beim Motorradfahren kennengelernt. Ganz zufällig, auf dem Köterberg. Und dann haben wir uns noch ein paar Mal getroffen. So. Und könnten wir nun wieder zum Dienstlichen übergehen?"

„Susanne Mühlmann fährt Motorrad? Hätte ich nicht vermutet. – Hast du gewusst, dass sie Anwältin ist?", wollte Sommer jetzt wissen.

„Ja, hab ich. Denk mal an. Aber ich bin dir ja darüber wohl keine Rechenschaft schuldig. Im Übrigen wär ich nicht im Traum darauf gekommen, sie hier in diesem Fall wiederzusehen. Was hätt' ich denn sagen sollen: Lieber Frank, ich hab eine Frau kennengelernt, die ist Anwältin, sogar für Strafrecht, und hat sich darüber hinaus auf Mobbingopfer spezialisiert. Hättest du die Güte, mir den Umgang mit ihr zu erlauben?"

„Pit, ist ja schon gut. Sei doch nicht immer gleich so pikiert. Es macht dir doch niemand einen Vorwurf. Dein Privatleben geht uns doch wirklich nichts an. Und die Situation vorhin war zwar überraschend, vielleicht auch ein wenig satirereif, aber doch am Ende vollkommen unproblematisch."

„Okay, lassen wir es dabei. Ehrlich gesagt, diese Susanne, das ist schon eine Wahnsinnsfrau. Würde unsere neue Beziehung ungern aufs Spiel setzen. Aber bitte äußerste Diskretion! Dieses Haus hier hat Ohren statt Wände."

„Pit", Anna antwortete für beide, „du kennst uns doch. Wir sind doch keine Tratschmäuler."

„Stimmt! Dann könnt ihr mir ja jetzt mal erzählen, was bei dem Gespräch inhaltlich herausgekommen ist."

Frank Sommer und Anna Tomczyk fassten abwechselnd den Verlauf des Gespräches zusammen.

„Ganz wichtig ist", schloss Sommer, „dass wir bald mit diesem Freund sprechen, mit Steven Dükermann. Bin gespannt, was der uns noch zu sagen hat. Das wird dann in jedem Fall auch unsere Aufgabe sein, also Annas und meine. Aus dieser Teilermittlung bist du ja nun raus. Ich denke, du solltest dich mit Konrad Wemhöner zusammentun und sehen, ob ihr etwas über die Hintermänner der Drogengeschichte herausfinden könnt, oder was da am Donnertag bei der Aktion auf dem Hof herauskommt, wenn der Cannabis abgeholt werden soll. Es ist ja nun wirklich nicht auszuschließen, dass hier auch die Hintergründe für das Verschwinden von Meierhoff zu finden sind."

Sommer dachte einen Augenblick nach, dann sagte er: „Und Karsten, was macht der eigentlich, sollte der nicht mit Wemhöner an dieser Drogensache arbeiten?"

„Ja, hat er doch zunächst auch. Aber dann kam ein Suizid dazwischen. Das hat er doch in einer E-Mail rumgeschickt", sagte Schwameyer verwundert. „Hast du da noch nicht reingeschaut?"

„Äh, nein, sorry!" Sommer öffnete sofort seine E-Mail und fand die besagte Nachricht. Nachdem er sie kurz überflogen hatte, sagte er: „Okay, das wird offenbar nicht so sehr lange dauern. Und im Augenblick geht es ja auch so. Hoffentlich finden wir bald diesen Meierhoff. Aber wer weiß, wo der steckt."

Kapitel 20

Mittwoch, 23. Mai 2012 – Detmold

Im dichten Berufsverkehr fuhr Pit Schwameyer an diesem Morgen nach Detmold, um dort in der Kreispolizeibehörde Konrad Wemhöner zu treffen. Sie wollten gemeinsam noch einmal mit Steffen Wanderbur sprechen. Vielleicht würde er ja auf das Angebot eingehen und in der Hoffnung auf geringere Bestrafung wichtige Hinweise über die Hintermänner und nähere Einzelheiten des Drogenhandels geben.

Dort angekommen, saß Wanderbur schon mit einem Anwalt im Vernehmungszimmer. Es war abgemacht, dass zunächst Wemhöner allein mit dem Inhaftierten sprechen sollte, um die Möglichkeit einer Kooperation auszuloten. Schwameyer blieb im Nebenraum, von dem aus er das Gespräch verfolgen konnte.

„Nun, Herr Wanderbur, Sie hatten ja ausreichend Zeit, um allein und mit Ihrem Anwalt über unser Angebot nachzudenken. Wir glauben, dass Sie eher ein kleiner Fisch sind. Meierhoff scheint offensichtlich derjenige zu sein, der in Ihrer Sekte das Sagen hatte."

Bei dem Wort „Sekte" stöhnte Wanderbur kurz auf, äußerte sich aber nicht weiter. Anscheinend hatte sich bereits Resignation breitgemacht.

„Was können Sie uns erzählen?"

„Woher weiß ich, dass es mir tatsächlich nützt, wenn ich etwas preisgebe?" Wanderbur wirkte nun doch wieder irgendwie aufsässig.

„Hat Ihnen das Ihr Anwalt nicht erklärt? Herr Anwalt, bitte, das ist Ihre Chance."

„Selbstverständlich habe ich meinen Mandanten entsprechend beraten, und was Herr Wanderbur sagen will, ist, dass er nicht bereit ist, nähere Einzelheiten zu berichten, weil er Angst hat, sich selbst dadurch unnötig zu belasten."

„Hoppla! So tief sind Sie also in diesen offenbar schwunghaften Drogenhandel verstrickt? Dann war alles ja vielleicht ganz anders und wir haben einen richtig dicken Fisch an Land gezogen. Oder sind Sie gar der eigentliche Kopf der ganzen Sache. Und Meierhoff, den Sie immer so huldvoll ‚Meister' nennen, in Wirklichkeit nur die Nummer zwei? Ich will Ihnen mal sagen, wie das Ganze sich meiner Meinung nach darstellt: Am Anfang war Ihre, sagen wir ‚Gemeinschaft' tatsächlich eine eher religiöse Gruppe, die sich auf diesen Hof in Oerlinghausen zurückgezogen hat, um irgendwie spirituell vollkommen zu leben. Aber dann wurde immer klarer, dass man nur von Luft und Liebe nicht leben kann, und Ihre gartenbaulichen Kenntnisse reichten vermutlich auch nicht aus, um die Gruppe mit ausreichend Nahrungsmitteln zu versorgen, geschweige denn mit genügend finanziellen Mitteln, und sei es nur für Wasser, Strom und Heizung."

„Wir haben nur mit Holz geheizt, das wir aus dem zum Haus gehörenden Wald geholt haben", ging Wanderbur dazwischen.

„So, haben Sie das? Und was ist mit dem Kredit für die Anschaffung des Hofes?" Wemhöner riss die Augenbrauen hoch und schaute neugierig auf sein Gegenüber in der Hoffnung auf eine Reaktion. Als die jedoch nicht kam, fuhr er fort.

„Ja, glauben Sie denn, wir sind untätig gewesen, seit Sie bei uns sind? Natürlich haben wir jede Art von Erkundigungen über Sie und Ihren Verein eingeholt."

„Dann werden Sie ja auch gemerkt haben, dass wir die Raten immer pünktlich bezahlt haben. Wir sind nicht im Rückstand."

„Ja, stimmt, aber das war nicht von Anfang an so. In der allerersten Zeit gab es da durchaus Schwierigkeiten. Aber dann, nach zwei Jahren, lief alles wie geschmiert."

„Wir haben gut verdienende Gönner gefunden."

„Ach, hören Sie doch mit diesem Unsinn auf. Dieses Märchen haben Sie mir schon bei unserer ersten Begegnung aufgetischt, und was soll ich sagen: Ich habe es schon damals nicht geglaubt, auch wenn ich noch nicht wusste, wie die Sache tatsächlich abgelaufen ist."

„Und jetzt wissen Sie es?" Wanderbur blieb trotzig.

„Ja, jetzt weiß ich es. Es war der Drogenhandel beziehungsweise die Cannabiszucht, die Sie von da an finanziell auf Rosen gebettet hat."

„Das war doch allein die Idee des Meisters. Ich habe am Anfang nichts davon gewusst. Erst viel später bin ich eingeweiht worden und dann war ich immer nur die Hilfskraft. Der Meister hatte mich unter Druck gesetzt, ich konnte gar nicht anders."

„Unter Druck gesetzt? Was meinen Sie damit? Hatte Meierhoff irgendetwas gegen Sie in der Hand, oder wie darf ich das verstehen?"

„Verstehen Sie es doch, wie Sie wollen. Ich sag jetzt nichts mehr!"

Wemhöner machte eine kurze Pause, in der er Wanderbur und seinen Anwalt beobachtete, um in ihrer Mimik nach Reaktionen zu suchen. Bei Wanderbur war es wieder resignativer Trotz, beim Anwalt sah er ein professionelles Pokerface.

„Wie Sie wollen. Wechseln wir das Thema." Wemhöner fing immer mehr an, von diesem Sektenfreak genervt zu sein.

„Was können Sie uns über den Eintrag in Ihrem Notizbuch aus dem Tresor in Meierhoffs Zimmer sagen? Donnerstag, vier Uhr morgens, also morgen früh? Wir gehen davon aus, dass die nächste Lieferung Cannabis abgeholt werden soll. Stimmt das?"

„Wenn Sie es sagen."

„Okay, das ist ja schon mal ein Anfang. Nun aber die wichtigste Frage: Steht dieser Termin noch oder haben Ihre Abnehmer den Termin irgendwie abgesagt? Der Medienrummel wird ihnen vielleicht nicht entgangen sein. Wenn Sie uns jetzt alles erzählen, was Sie über die Aktion morgen früh wissen, wer da kommt, wie viele Personen es sind und wie das Ganze überhaupt ablaufen soll, dann, ich wiederhole mich, wird sich das günstig auf Ihr Strafmaß auswirken. Am liebsten wäre es mir sogar, wenn Sie morgen um vier dabei sind, um zumindest am Anfang die Abholer in Sicherheit zu wiegen."

„Oh, Scheiße, nein! Glauben Sie etwa, ich bin lebensmüde? Niemals! Okay, wir sind übereingekommen, dass alles genau so laufen soll wie geplant. Die Abnehmer sind Lieferverpflichtungen eingegangen. Die können es sich gar nicht leisten, auf unseren Stoff zu verzichten. Also, ich erzähle Ihnen hier und jetzt, wie das morgen ablaufen wird, und es ist Ihre Sache, was Sie dann damit machen. Das ist alles, was ich Ihnen anbieten kann, Ehrlich!"

„Na, dann schießen Sie mal los."

Sommer und Tomczyk hatten sich an diesem Morgen mit Steven Dükermann verabredet. Er hatte bis abends um zehn Schichtdienst gehabt. Nach gutem Zureden hatte er sich am Telefon bereit erklärt, vor seinem erneuten Arbeitsbeginn am Nachmittag, mit Sommer und Tomczyk zu sprechen. Um kurz nach halb elf trafen sie in der Wohnung am Amselplatz in Herford ein. Dükermann öffnete den beiden Polizisten die Tür.

„Herr Dükermann? Guten Morgen. Frank Sommer und Anna Tomczyk von der Polizei Bielefeld. Wir haben vorhin miteinander telefoniert." Die beiden zeigten gut sichtbar ihre Polizeiausweise.

„Kommen Sie rein, wenn's denn schon sein muss. Aber ich weiß ehrlich gesagt überhaupt nicht, was wir miteinander zu besprechen hätten. Julia ist übrigens nicht da. Arbeit, Sie verstehn?"

„Ja, natürlich", begann Sommer das Gespräch, „aber wir wollen ja heute auch mit Ihnen reden. Mit Ihrer Lebensgefährtin haben wir gestern alles erörtert. Sie wird Ihnen sicher davon erzählt haben."

„Hat sie. Und das war alles andere als eine Glanzleistung von Ihnen. Sie haben alles wieder aufgewühlt, was gerade einigermaßen vergessen war. Julia konnte die halbe Nacht nicht schlafen. Sie war vollkommen am Ende. Es war beinahe genauso schlimm wie damals, als ihre Anzeige danebenging."

„Das verstehen wir sehr gut, auch wenn wir als Polizei immer wieder unbequeme Fragen stellen müssen", ging Anna auf Steven Dükermann ein. „Trotzdem haben wir noch einige wichtige Fragen an Sie, weil Sie doch selbst auch Mitglied in dieser Sekte waren."

„Erinnern Sie mich bloß nicht daran. Das war echt die bitterste Zeit in meinem Leben. Ich hab da Dinge erlebt – also, die wären mir vorher nicht in meinen schlimmsten Träumen eingefallen. Müssen Sie das wirklich wieder alles aufrühren?"

„Leider ist das so“, übernahm wieder Sommer. „Klaus Dieter Meierhoff ist seit einiger Zeit spurlos verschwunden und …“

„Ja, weiß ich. Julia hat es mir erzählt. Also ehrlich, Herr Kommissar, das ist mir herzlich egal. Das war ein Scheißkerl!“

„Warum?“

„Wie, warum?“

„Warum war das ein Scheißkerl?“

„Aber das wissen Sie doch. Er hat Julia vergewaltigt und er hat es mit allen anderen Frauen auch getrieben. Ein elender Hurenbock, das war er!“

„War er? Wieso sagen Sie: War er?

„Damals natürlich. Damals war er ein Schwein. Was weiß ich, was, wie oder wo er jetzt ist.“

„Ja, sicher“, setzte Sommer das Gespräch fort. „Wir haben das jetzt schon von verschiedensten Seiten gehört, dass sich Meierhoff wie ein Pascha im Harem verhalten hat.“

„Pascha im Harem! Ha, das ist gut. Pascha im Harem! Hurenbock, Scheißkerl!“

„Wie auch immer. Wie war das eigentlich mit den anderen Männern in Ihrer Gemeinschaft? Mit Wanderbur zum Beispiel, oder mit Soltau, mit Tobias Oberbaum, mit Ihnen? Waren es nicht insgesamt sechs Männer?“

„Keine Ahnung mehr, wie viele es waren. Tobias Oberbaum, sagen Sie? Wie kommen Sie denn auf den? Der ist doch schon“, Dükermann überlegte, „seit zwei Jahren oder so nicht mehr bei der Gruppe.“

„Sie kennen Tobias noch persönlich? Warum hat er die Gruppe verlassen? Wissen Sie etwas darüber?“

„Ach, was weiß denn ich? Ich war damals noch ziemlich neu dabei.“

„Wann sind Sie beigetreten?“

„2009, im Herbst, glaube ich, oder im September.“

„Aha, dann waren Sie mit Tobias ein gutes halbes Jahr zusammen in der Gruppe.“ Sommer hatte bewusst eine Art Versuchsballon gestartet. Dass er auf der richtigen Spur war, merkte er, als Dükermann erkennbar stutzte.

„Ein halbes Jahr? Wie? Was wissen Sie dann davon?“

„Nun, wir wissen es. Aber sagen Sie, gab es einen besonderen Grund, warum Tobias Oberbaum die Gruppe verlassen hat? Wissen Sie da Näheres?“

Steven Dükermann überlegte offenbar angestrengt, dann schüttelte er energisch den Kopf.

„Sie wissen also nichts?“, fragte Anna Tomczyk.

„N... nein.“

„Aber wir wissen etwas“, setzte Frank Sommer nach. „Sina Blechschmidt und ihre Tochter Alina? Klingelt da etwas bei Ihnen? Alina ist jetzt dreizehn. Sie müsste also damals elf gewesen sein. Immer noch keine Erinnerung?“

„Scheiße, was geht hier ab! Was weiß ich, was mit Sina und Alina gewesen ist. Was wollen Sie überhaupt von mir. Ich will das nicht mehr! Betrachten Sie das Gespräch als beendet.“

Dükermann sprang auf und öffnete die Tür, um die Polizisten zum Gehen aufzufordern. Hektische rote Flecke im Gesicht waren nicht zu übersehen.

In der Tür drehte sich Sommer noch einmal um.

„Sagen Sie, haben Sie etwas zu verbergen? Oder ist Ihnen etwas peinlich? Haben Sie fleißig mitgemacht und wollten Ihrem Meister nicht nachstehen? Ich denke, wir haben uns nicht zum letzten Mal gesprochen.“

„Machen Sie, dass Sie rauskommen. Das muss ich mir nicht gefallen lassen. Auch nicht von der Polizei. Wo leben wir denn!"

Wieder im Auto, sah Sommer seine Kollegin fragend an.

„Also ehrlich, Frank, da stimmt etwas ganz gewaltig nicht", begann Anna.

„Sehe ich auch so. Der weiß über Tobias Oberbaum sowie über Sina Blechschmidt und ihre Tochter sehr viel mehr, als er zugeben will, so hektisch, ja panisch, wie er regiert hat. Da müssen wir unbedingt am Ball bleiben. Ich glaube, wir sollten ihn förmlich vorladen, damit wir ihn ernsthaft befragen können. Dann kann er uns nicht einfach vor die Tür schicken. Wenn du mich fragst: Dükermann und vielleicht auch Julia Johanning könnten sehr gut etwas mit dem Verschwinden von Meierhoff zu tun haben. Eine späte Form von Selbstjustiz vielleicht. Und auch über Tobias' Verschwinden aus der Gruppe und seinen Tod auf Langeoog wissen die beiden mehr, als sie zugeben wollen."

„Stimmt", gab Tomczyk ihrem Chef recht, „Dükermann auf alle Fälle. Bei Julia bin ich mir da nicht so sicher. Passt irgendwie nicht zu ihr. Sie scheint mir mehr der Typ zu sein, der am Ende resignierend in Depression verfällt."

„Ja, vermutlich."

Konrad Wemhöner hatte das Vernehmungszimmer verlassen und war zu seinem Kollegen Schwameyer in den Beobachtungsraum gegangen.

„Nun, was sagt dein Gespür?"

„Okay, jetzt wissen wir etwas mehr über das, was uns morgen an diesem Sektenhaus erwartet", fasste

Schwameyer seine Eindrücke zusammen. „Aber so richtig viel ist es auch nicht."

„Ja, in der Tat. Ich glaube, ich werde jetzt unverzüglich mit der Drogenfahndung die morgige Aktion vorbereiten. Aber du kannst dich mit Wanderbur ja noch einmal unterhalten. Vor allen Dingen, was er so alles über das Verschwinden von Meierhoff weiß."

„Ja, und ich werde ihn fragen, was er über Sina Blechschmidt und deren Tochter Alina weiß und über Tobias Oberbaum."

Wemhöner sah Pit fragend an, woraufhin er seinem Kollegen erklärte, welche Andeutungen Julia Johanning im Gespräch mit Frank und Anna gemacht hatte.

„Okay, dann frohes Schaffen", verabschiedete sich Wemhöner.

„Ebenso."

Als Schwameyer das Vernehmungszimmer betrat, wurde er unversehens von einer heftigen Beschwerdeattacke des Anwalts erfasst.

„Entschuldigen Sie. Was soll das eigentlich, dass Sie uns hier so lange warten lassen. Ich hab doch nun wirklich auch noch anderes zu tun, als hier auf Sie zu warten. Und wer sind Sie denn überhaupt? Wo ist Herr Wemhöner?"

„Schwameyer, mein Name ist Pit Schwameyer, Hauptkommissar bei der Mordkommission Bielefeld. Und Sie sind Herr …", Pit schaute in seine Unterlagen, „Herr Wennemann, Gundolf Wennemann, der Anwalt von Herrn Wanderbur?"

„Ja, bin ich. – Aber wieso Mordkommission? Hier geht es doch um eine Drogensache und dann auch noch Cannabis. Okay, das ist selbstverständlich illegal und wohl auch nicht besonders gesundheitsfördernd. Aber deswegen gleich die Mordkommission?" Wennemann lachte über den aus seiner Sicht offenbar gelungenen Scherz.

Pit sah ihn lange und ernst an, sodass das Lächeln des Anwalts verschwand.

„Herr Wennemann, nach Scherzen ist mir ganz und gar nicht zumute. Hat Ihnen Ihr Mandant nicht erzählt, dass wir auf die Cannabiszucht nur deshalb aufmerksam geworden sind, weil wir im Fall des vermissten Sektenführers Klaus Dieter Meierhoff ermitteln?"

Schwameyer sah die beiden aufmerksam an und registrierte genüsslich die Verwunderung bei Wennemann und die leichte Nervosität bei Wanderbur. Dann fuhr er fort:

„Und da dieser Meierhoff nach wie vor verschwunden ist, sind wir auch nach wie vor daran interessiert, ihn zu finden. Dafür werden Sie sicher Verständnis haben. Und Sie sollten in diesem Zusammenhang auch wissen, dass wir deutliche Hinweise darauf haben, dass Herr Meierhoff nicht freiwillig die Sekte verlassen hat und nun vielleicht irgendwo das durch die Drogen verdiente Geld verjubelt. Herr Meierhoff wurde mit ziemlicher Sicherheit gewaltsam entführt, und wir haben sogar die Befürchtung, dass ihm etwas zugestoßen ist, oder sollte ich besser sagen, dass ihm etwas zugestoßen wurde, Herr Wanderbur?"

Steffen Wanderbur schaute den Kommissar mit steigender Nervosität an. Das war für Schwameyer das Stichwort weiterzumachen.

„Ist Ihnen das unangenehm, Herr Wanderbur? Sie mögen nicht so gern davon sprechen, oder?"

„Ja, es ist mir unangenehm!" Wanderburs Ton wurde lauter. „Es ist mir sogar sehr unangenehm. Es geht hier schließlich um unseren Meister, der unsere Gemeinschaft führt. Das ist doch für uns kein Pappenstiel. Ohne den Meister, wie soll ich es sagen, hängen wir spirituell in der Luft. Er ist es doch, von dem die Kraft für unsere Gruppe ausgeht. Axel Soltau und ich können ihn nicht ersetzen. Er ist die Sonne für uns, die nun nicht scheint."

„Ach, hören Sie doch mit diesem elenden Gesülze auf. Wer soll Ihnen denn das abnehmen? Das glauben Sie ja nicht einmal selbst. Also lassen Sie uns hier und jetzt vernünftig miteinander reden."

„Herr Hauptkommissar, ich muss Sie dringend bitten, die religiösen Gefühle meines Mandanten nicht zu verhöhnen. Seine Religion kann hier nicht zur Debatte stehen. Da muss ich Sie als Diener des Staates ja wohl nicht an das Grundgesetz erinnern, auf das Sie als Beamter vereidigt sind und das zu schützen und zu bewahren Sie gelobt haben."

Pit überlegte eine Sekunde, wie er damit umgehen sollte, entschied sich dann aber dafür, den Einwand des Anwalts schlicht zu überhören, und wandte sich stattdessen weiterhin direkt an Wanderbur.

„Was können Sie mir eigentlich erzählen über Ihre Schwester Sina Blechschmidt und deren Tochter Alina?"

Wieder mischte sich der Anwalt ein: „Herr Hauptkommissar, ich bitte Sie, jetzt auch noch die Familie meines Mandanten. Wir haben doch keine Sippenhaft mehr, oder?"

Nun wurde es Pit doch zu bunt.

„Herr Anwalt, wenn Sie keine Ahnung haben, dann reden Sie auch nicht immer so unwissend dazwischen. Bruder und Schwester sind in der Sekte dieses Herrn die gängigen Anredeformen untereinander." Und an Wanderbur gerichtet: „Habe ich das so richtig formuliert?"

„Ja, so könnte man es sagen. Wir fühlen uns als Schwestern und Brüder im Geiste der universellen Sonne."

Pit verzog erneut das Gesicht, wollte sich aber nicht noch einmal zu einem Kommentar hinreißen lassen.

„Also, fällt Ihnen zu Sina und Alina Blechschmidt etwas ein?", fragte er.

„Sie gehören zu unserer Gemeinschaft."

Schwameyer wartete, ob noch etwas kommen würde. Das war aber nicht der Fall. Er biss sich auf die Lippen, um nicht gänzlich zu explodieren.

„Ja, das war uns allen im Raum nun schon klar. Ich frage direkter: Es gehen Gerüchte um, dass es in Ihrer Sekte an der Tagesordnung sein soll, dass die Frauen Ihrem Meister sexuell zur Verfügung stehen müssen. Was wissen Sie davon?"

„Ja, einige Frauen haben auch sexuelle Beziehungen zum Meister. Sie werden so auf eine ganz besondere Weise von ihm erleuchtet."

Pit musste sich wieder auf die Lippen beißen, und sogar der Anwalt sah Wanderbur irritiert an.

„Und das geschah natürlich alles im gegenseitigen Einvernehmen?"

„Natürlich. Ich sagte doch, dass die Frauen sich in solcher Weise besonders erleuchtet fühlten."

„Aber mindestens einmal war das nicht so." Pit ließ nicht locker. „Am", er sah in seine Unterlagen, um das genaue Datum zu nennen, „19. Juni 2010 wurde Strafanzeige gegen Meierhoff gestellt, und zwar, man höre und staune, wegen sexueller Nötigung und Vergewaltigung. Die Anzeige wurde erstattet von einem damaligen Mitglied Ihres Vereins. An diesem genannten Tag war es wohl nicht so ganz freiwillig, oder?"

„Ich kann mich nicht recht erinnern."

„Lassen Sie sich Zeit. Eventuell kommen wir weiter, wenn ich Ihnen den Namen nenne: Julia Johanning. Dann merken Sie auch unmittelbar, dass ich genau weiß, wovon ich rede. Vielleicht hilft das bei Ihrer Erinnerung."

„Julia Johanning?" Wanderbur legte seine Stirn übertrieben deutlich in Falten. „Julia Johanning? Ja, da ist etwas, an das ich mich entsinne."

„Herr Wanderbur, bitte. Die Sache war hochdramatisch für Ihren Chef. Das können Sie gar nicht vergessen haben."

„Ja, ja. Jetzt weiß ich es wieder. Die Sache ist im Sande verlaufen. Es wurde keine Anklage erhoben und es gab demzufolge auch keine Verhandlung. Die Glaubwürdigkeit dieser Julia Johanning war nachhaltig erschüttert worden. Wenn Sie mich persönlich fragen: Das war alles Quatsch! Julia war nur eifersüchtig auf die anderen. Sie hat dann auch bald die Gruppe verlassen. Übrigens mit einem anderen männlichen Mitglied. Mit Steven Dükermann. Wussten Sie das?"

Schwameyer sah Wanderbur tief in die Augen und sagte schlicht: „Ja, denken Sie mal an." Dann fuhr er fort: „Ach, wo wir schon beim Nennen von Namen sind. Tobias Oberbaum. War auch bis vor zwei Jahren in Ihrem Verein. Ist dann aber im April 2010 ausgetreten und wenige Tage später auf Langeoog tot aufgefunden worden. Er starb an einer Überdosis Heroin, obwohl er nachweislich vorher nie Heroin genommen hatte. Fällt Ihnen dazu etwas ein?"

„Ach! Er starb, kurz nachdem er uns verlassen hatte? Die Tatsache war mir nicht bekannt. Aber da können Sie mal sehen, wohin das führt, wenn man uns den Rücken kehrt."

„Wie bitte?" Pit schäumte fast über. „Wie bitte? Haben Sie gerade zugegeben, dass Sie oder jemand anderes aus Ihrer Sekte für Tobias' Tod verantwortlich sind?"

„Nein! Herr Kommissar, nein! Ich wollte damit nur sagen, dass man schon sehr den inneren Halt verloren haben muss, wenn man uns verlässt. Tobias war vollkommen verwirrt. Irgendetwas hatte ihn aus der Bahn geworfen. Er hatte am Tag, bevor er verschwand, randaliert und rumgeschrien. Wir mussten ihn zu seinem Schutz und damit er sich abregen konnte, in einem eigenen Raum unterbringen. Am nächsten Tag wollten wir uns dann seelsorgerlich um ihn kümmern."

„Seelsorgerlich? Entschuldigen Sie, ich bin Atheist, dennoch verbinde ich mit dem Wort Seelsorge etwas im Grunde Positives. Aber so, wie Sie das Wort verwenden – das ist ja wohl das Letzte!"

„Wenn Sie meinen. Aber es ist auch egal, in der Nacht verschwand Tobias spurlos. Wir haben nie wieder etwas von ihm gehört. Dass er tot ist, habe ich eben erst von Ihnen erfahren. Ehrlich, das müssen Sie mir glauben. Ich bin wirklich erschüttert, was aus einem Menschen werden kann, wenn er vom rechten Weg abkommt."

„Herr Wanderbur! Wir machen Schluss. Ich lasse Sie zurück in die U-Haft bringen. Und Sie, Herr Rechtsanwalt, haben nun hier auch Feierabend. Auf Wiedersehen!"

Mit diesen Worten verließ Schwameyer das Vernehmungszimmer. Er konnte sich nicht länger beherrschen.

„Moment, Moment, so schnell geht das nicht!" Genau in dem Augenblick, als Schwameyer den Raum verlassen wollte, kam Wemhöner wieder herein.

„Wir müssen doch noch einmal über morgen früh reden."

Wanderbur und der Rechtsanwalt stöhnten auf: „Wenn's denn sein muss."

„Ja, es muss, es muss!", war Wemhöners Antwort.

Kapitel 21

Donnerstag, 24. Mai 2012 – Oerlinghausen

Eine Stunde vor Sonnenaufgang. Wemhöner war immer wieder fasziniert von einem solchen Morgen, an dem im Osten schon der neue Tag erahnt werden konnte und in dem langsam aber unaufhaltsam das Licht sich ausbreitete. Und am schönsten war ein Morgen im Frühjahr, wenn Gärten und Wälder auch hörbar erwachten.

Sein Funkgerät unterbrach ihn.

„Hallo, Konrad. Alle sind auf ihrem Posten. Im Augenblick gut getarnt, jedenfalls, solange es nicht gänzlich hell wird. Bist du sicher, dass es reicht?“ Das war Meier von der Drogenfahndung, sinnigerweise Drogen-Meier genannt.

„Ja, ich bin sicher. Uhrzeit jetzt“, er schaute auf seine beleuchtete digitale Funkuhr, „drei Uhr dreiundzwanzig, Sonnenaufgang dank Sommerzeit um kurz nach fünf. Bis dahin sollte die Sache gelaufen sein. Aber jetzt ab sofort totale Ruhe. Es sei denn, jemand kann die Ankunft unserer Vögelchen melden. Haben wir auch einen kleinen Trupp oben an der Lämershagener Straße?“

„Ja, sicher, wie verabredet.“

„Die sollten sich dann ja vermutlich zuerst melden. Und unbedingt aufpassen, ob irgendein, ich nenn es mal so, Kommandowagen dieser Drogenheinis dort oben stehen bleibt. Wenn das der Fall ist, dann sind diese Leute unsere wichtigsten. Die dürfen uns auf keinen Fall entkommen.“

„Ja sicher, auch das war doch so verabredet."

„Ja, natürlich. Bin schon etwas aufgeregt. Jetzt aber endgültig Ruhe", schloss Wemhöner. Wieder nahmen ihn Wald und Feld mit ihrer kaum zu überbietenden Friedlichkeit gefangen. Sie legte sich fast gespenstisch über die angespannte Szenerie in Erwartung der Drogenhändler.

Mittlerweile erwachten die ersten Singvögel. Schon bei der Ankunft um kurz vor drei hatte ihnen eine Nachtigall unverkennbar entgegengerufen. Königin der Singvögel wurde sie genannt, aber sie war selten geworden in den letzten Jahren und Jahrzehnten. Wemhöner war ziemlich ländlich aufgewachsen und kannte ihren durchdringend schlagenden Gesang. Heute hörte er sie seit Langem zum ersten Mal wieder. Inzwischen war sie allerdings wieder verstummt. Vielleicht war es ihr zu unruhig geworden im Schopketal in Oerlinghausen, vielleicht aber einfach nur zu hell. Sie war und blieb eine Sängerin der Nacht. Andere Sänger taten sich jetzt hervor, Amsel natürlich, aber auch Rotkehlchen, und ein Gesang, von dem er glaubte, es müsse sich um einen Zaunkönig handeln. Vielleicht sollte man mal wieder eine vogelkundliche Wanderung mitmachen. Von der Volkshochschule und von den Naturschutzbünden wurde so etwas ja regelmäßig angeboten.

Es war drei Minuten vor vier, als sich der Posten am Eingang zum Schopketal oben an der Lämershagener Straße flüsternd meldete: „Zwei Fahrzeuge, unbeleuchtet, nähern sich. Kleintransporter, Marke FIAT Ducato, Kennzeichen Bielefeld … Rest nicht erkennbar, und Pkw, Marke Audi A6, neues Modell, ebenfalls aus Bielefeld. Audi wendet und bleibt an der Lämershagener Straße stehen, innen mindestens zwei Personen, auf der Rückbank niemand zu sehen. Transporter fährt weiter Richtung Hof."

Es folgte ein Augenblick der Ruhe. Dann meldete sich der Posten unten im Tal an der Hofzufahrt.

„Kleintransporter jetzt auf direktem Wege zum Hof."

In diesem Moment kam das Fahrzeug in Wemhöners Blickfeld. Vor der Scheune drehte es und fuhr dann rückwärts an sie heran, sodass die Männer zum seitlichen Tor, hinter dem sich der Cannabis befand, den kürzest möglichen Weg hatten. Dort trat Wanderbur hinter der Scheunenwand hervor und begrüßte den Fahrer, während der Beifahrer schon die hinteren Türen des Transporters öffnete. Wanderbur hatte sich tatsächlich noch am Abend zuvor zur vollständigen Kooperation bereit erklärt, vor allem gegen das Zugeständnis, alles so aussehen zu lassen, dass auch er von der Polizeiaktion überrascht wurde und wie alle anderen abgeführt werden sollte. Gemeinsam gingen sie zum Seiteneingang und verschwanden im Gebäude. Das war der entscheidende Moment.

„Zugriff!"

Auf Wemhöners Kommando stürzten jeweils drei Beamte des Spezialeinsatzkommandos, das die eigentliche Festnahme durchführen sollte, zum Scheunentor und zum Transporter, falls sich dort noch weitere Personen sich befänden, die von außen nicht sofort erkennbar waren. Das war aber nicht der Fall. Gleichzeitig rissen SEK-Beamte oben an der Lämershagener Straße die Türen des dort wartenden A6 auf und überwältigten infolge des enormen Überraschungsmomentes problemlos die beiden Männer im Auto. Obwohl alle vier Bandenmitglieder bewaffnet waren, kam es zu keinem Schusswechsel. Die Maßnahme war ein voller Erfolg. Vor allem Wemhöner, der eine solche Aktion bisher noch nicht verantwortlich durchgeführt hatte, war ausgesprochen erleichtert.

Am späten Vormittag hatte der Pressesprecher Hermes auf Veranlassung von Frank Sommer und Kriminaldirektor Wende zu einer Pressekonferenz eingeladen. Der große Sitzungssaal im Polizeipräsidium war gut gefüllt. Mehrere Fernsehteams waren angerückt, darunter auch die Privatsender. Sommer war sich von Anfang an sicher gewesen, dass dieser Fall, vor allem wegen der Beteiligung einer Sekte, das Interesse auch der Sensationsmedien wecken würde. Entsprechend drehte sich nach einem allgemeinen und eher groben Überblick über die bisherigen Ermittlungsergebnisse die Diskussion sehr schnell um die Sekte und ihre Machenschaften.

„Herr Sommer“, meldete sich die Vertreterin eines Boulevard-Magazins zu Wort. „Können Sie uns etwas Näheres zu dieser Sekte mit dem Namen ‚Die Jünger der universellen Sonne‘ sagen? Und trifft es zu, dass gegen den verschwundenen Meister dieser Sekte vor einigen Jahren ein Verfahren wegen sexueller Nötigung angestrengt wurde, das aber dann wieder fallen gelassen wurde?“

„Nun, Sie sind anscheinend bereits informiert“, antwortete Sommer, der diesen Sachverhalt lieber nicht in der Öffentlichkeit breitgetreten hätte. Aber manche Medien gieren geradezu nach solchen Informationen, weil sie genau wissen, dass das die Einschaltquoten und die Auflagen steigert. Und sie finden offenbar immer irgendeine Quelle, die sie anzapfen können.

„Ja, es ist zutreffend, dass vor zwei Jahren eine solche Anzeige gegen den nun verschwundenen Herrn Meierhoff erstattet worden ist", fuhr Sommer fort. Wenn er gehofft haben sollte, durch diesen kleinen Hinweis die Fragestellerin zu beruhigen, so sah er sich umgehend getäuscht.

„Nach unseren Informationen wurde das Verfahren durch die Staatsanwaltschaft Detmold frühzeitig eingestellt. Können Sie uns etwas zu den Gründen sagen, die dazu geführt haben?"

„Nein!"

Ein Raunen ging durch den Saal und Sommer bereute umgehend seine etwas schroffe Antwort. Postwendend kam der Einwand der Journalistin: „Schade! Soweit ich gehört habe, wurde das Verfahren eingestellt, weil man die Glaubwürdigkeit der Anzeigeerstatterin anzweifelte. Können Sie uns eventuell dazu etwas sagen, zum Beispiel, warum der Wahrheitsgehalt auf einmal ins Wanken geraten ist?"

„Kein Kommentar! Aber wir haben mit der betreffenden Person gesprochen, um auszuschl..."

„Steht sie im Verdacht, eventuell späte Rache genommen zu haben?"

„... um auszuschließen, dass sie in den aktuellen Fall verwickelt ist. Im Übrigen bitte ich darum, das Feld der Spekulationen zu verlassen. Ich werde mich jedenfalls nicht daran beteiligen. Für uns ist jetzt die vordringlichste Aufgabe, den Verschwundenen zu finden. Erst dann können wir Licht in diese zum jetzigen Zeitpunkt noch recht verschwommene Sache bringen."

„Entschuldigung, aber uns ist zu Ohren gekommen, dass in dieser Sekte ausschweifende Sexpartys eine Rolle gespielt haben sollen." Die Boulevard-Journalistin ließ nicht locker. „Was können Sie uns dazu sagen?

Sie müssen verstehen, unsere Zuschauer sind daran interessiert. Und, denken Sie nicht, dass die Öffentlichkeit ein Recht hat, gerade diese Dinge zu erfahren, damit etwaige Sektenopfer frühzeitig gewarnt werden können?"

„Kein Kommentar."

„Aber vielleicht können Sie uns etwas Allgemeines zu dieser Sekte sagen? Welche Rolle spielt deren, wie soll ich sagen, Lehre in dieser Sache?" Ein Sommer bereits bekannter Redakteur der örtlichen Presse hatte diese Frage gestellt.

Der Kommissar überlegte einen Augenblick, wie viel er hier und jetzt preisgeben sollte. „Natürlich", sagte er dann, „müssen wir alle Bereiche in unsere Ermittlungen einbeziehen. Zu Glaubensinhalten der Sekte möchte ich mich hier jedoch nicht äußern. Aber Sie können sich im Internet über die Gruppe informieren. Sie betreiben dort eine eigene Webseite."

„Das habe ich natürlich schon getan", bestätigte der Redakteur. „Gerade deshalb frage ich danach. Jeder soll zu einer Art Gott werden und sich so auf den Weg zur vollkommenen Selbstverwirklichung machen. Das erscheint mir enorm egoistisch zu sein. Von Mitmenschen und von der Sorge für andere ist da nicht die Rede. Birgt das nicht ein enormes Konfliktpotenzial? ‚Komm zu uns und befreie die Gottheit in dir', diesen Satz habe ich wörtlich auf der Webseite gelesen. Heißt das nicht am Ende, dass es nur einer dieser Gottmenschen zur totalen Selbstverwirklichung schafft und die anderen sich unterordnen müssen? Braucht ein solcher Gottmensch nicht geradezu andere, von ihm abhängige Menschen, damit er seine eigene Gottheit vollkommen ausleben kann?"

Sommer hatte dem Redakteur aufmerksam zugehört. Dann sagte er: „Ja, ich glaube, da ist was dran.

Und soweit wir das bisher beurteilen können, ist Meierhoff dieser Obergott, dem sich alle und alles in der Sekte unterzuordnen hatten. Und ja, das birgt ein großes Konfliktpotenzial, und deshalb versuchen wir auch die Strukturen innerhalb der Sekte zu beleuchten, was sich allerdings als schwierig erweist. Ich habe mich einmal kundig gemacht: Solche Machtstrukturen, die sehr an das erinnern, was man früher ‚Führerprinzip' genannt hat, gelten als typisch für Sekten aller Art. Egal wie ihre Lehre", Sommer malte Gänsefüßchen in die Luft, „im Einzelnen aussehen mag, diese Führerstruktur gehört offenbar immer dazu. Dem Anführer darf nicht widersprochen werden. Er oder sie bestimmt allein, was richtig und was falsch ist. Eigenes Denken der Mitglieder ist nicht erwünscht. Ja, es wird sogar bestraft und verfolgt. Diese Verfolgung gilt auch Kritikern außerhalb der eigenen Gruppe und besonders natürlich Aussteigern."

Ein ungeduldig gewordener Journalist in der zweiten Reihe rief jetzt dazwischen. „Ja, schön, dieser Ausflug in philosophische Gefilde. Aber was gedenken Sie jetzt zu tun?"

„Wir gedenken Herrn Meierhoff zu finden."

„Und, mal ehrlich. Glauben Sie, ihn irgendwo lebend zu entdecken?"

„Die Hoffnung stirbt zuletzt."

„Ja, meine Damen und Herren, ich glaube, jetzt ist alles gesagt", übernahm der Pressesprecher. „Damit ist die Pressekonferenz für heute beendet. Weiterhin frohes Schaffen."

„Herr Sommer!" Noch in der Tür sprach Wende Frank Sommer an. „Auf ein Wort, aber nicht hier, sondern in meinem Zimmer."

Dort angekommen, kam Wende schnell zur Sache: „Wir müssen endlich diesen Meierhoff finden. Ist das denn so schwierig?"

„Ja, leider. Es gibt überhaupt keine Zeugen, die irgendetwas gesehen haben. Wir haben tatsächlich nicht die geringste Ahnung, wo dieser Sektenchef ist. Aber dass wir ihn lebend finden, ehrlich gesagt, halte ich für unwahrscheinlich."

„Und wär käme als Täter infrage?"

„Ich vermute irgendjemand aus dem Kreis der Sekte. Die Art und Weise, wie sich Meierhoff sexuell der weiblichen Mitglieder bediente, könnte ein Motiv abgeben."

„Und die Aussteiger, sind die aus dem Schneider?"

„Nein, keineswegs. Auch da müssen wir dranbleiben." Sommer machte eine kleine Pause, bevor er den nächsten Gedanken äußerte. „Einen Personenkreis dürfen wir allerdings auch nicht außer Acht lassen. Auch wenn mir das nicht leichtfällt. Sie erinnern sich an Tobias Oberbaum? Der Drogentote von Langeoog, der vor seinem Ableben Mitglied dieser Sekte gewesen ist. Die Familie hätte auch ein gutes Motiv, sozusagen die Strafverfolgung selbst in die Hand zu nehmen. Immerhin scheinen sie bis heute überzeugt davon zu sein, dass der Tod ihres Sohnes kein Unfall oder Suizid war, sondern dass die Sekte ihre Finger im Spiel hatte. Das müssen wir im Auge behalten."

„Ja, ich erinnere mich." Wende machte ein besorgtes Gesicht. „War Ihr Sohn nicht mit der Schwester von diesem Tobias befreundet."

„Ja, ganz richtig. Deshalb widmet sich auch Schwameyer dieser Sache."

„Gut, dann will ich Ihre Zeit nicht weiter beanspruchen. Sie halten mich auf dem Laufenden?"

„Ja, natürlich."

Pit Schwameyer kehrte etwas nervös und aufgeregt an diesem Abend nach Hause zurück. Seit ihrem unverhofften Zusammentreffen am Dienstag im Präsidium hatten Pit und Susanne Mühlmann sich nicht wieder getroffen. Es war ein riesiger Schock für ihn gewesen, seine neue Bekanntschaft plötzlich im Präsidium als Anwältin einer eventuell Tatverdächtigen zu sehen. Im Grunde wusste Pit noch nicht einmal, was Susanne für ihn eigentlich bedeutete. Eine Bekannte? Das war entschieden zu wenig. Jedenfalls hoffte er das. Eine neue Freundin? Vielleicht. Und wenn es nach ihm ginge, dann würde daraus eine ernsthafte Beziehung. Er musste sich eingestehen, dass diese Motorrad fahrende Anwältin gehörigen Eindruck auf ihn gemacht hatte. Nein, eigentlich war es viel mehr. Sie hatte in ihm etwas ausgelöst, was er schon einige Zeit nicht mehr gefühlt hatte. Ich habe Schmetterlinge im Bauch, dachte er, wobei er sich als erwachsener Mann von Mitte vierzig eher ein wenig albern vorkam, wenn er diesen Teenagerausdruck verwendete. Aber irgendwie traf die Bezeichnung dennoch das, was er empfand. Und deshalb wusste er eines ganz genau. Dieses zarte Pflänzchen, das da zwischen ihm und Susanne wuchs, durfte um nichts in der Welt durch eine Unachtsamkeit verletzt werden, und erst recht nicht durch ihre beiden Berufe. Sie mussten einen Weg finden, um mit Situationen wie am Dienstag klarzukommen. Deshalb hatte er Susanne bald danach angerufen und sich mit ihr heute Abend verabredet. Entsprechend aufgeregt war er. Diesmal hatten sie als Treffpunkt das Brauhaus in der Innenstadt ausgewählt.

Um kurz vor acht betrat er das Lokal und ging ohne zu zögern in den Innenhof. Neugierig blickte er sich um, als ihm von einem der Tische zugewinkt wurde.

Aber zu seiner Überraschung war das nicht Susanne, sondern Sonja Rosenfeld, seine ehemalige Kollegin, die nun zur Vorbeugung gewechselt hatte.

Er winkte etwas verlegen zurück und blickte sich gleichzeitig nach Susanne um, die er schließlich an einem der Tische entdeckte. Er machte Sonja ein kurzes Zeichen, ging dann aber zielstrebig an Susannes Tisch.

„Hallo, Pit“, begrüßte sie ihn freundlich fröhlich. „Eine Freundin von dir?“

„Nein, nein, nein“, beeilte er sich zu sagen. „Eine Kollegin, die bis vor einem Dreivierteljahr auch bei uns im KK11 gearbeitet hat. Ist jetzt aber zur Vorbeugung gewechselt. Im letzten Jahr hat sie eine üble Erfahrung gemacht und wollte sich deshalb beruflich verändern.“

„Hättest sie ruhig intensiver begrüßen können.“

„Ja, sicher, vielleicht nachher noch. Aber jetzt erstmal: Schön, dass DU da bist. War schon ziemlich verblüfft am Dienstag, dich als Anwältin von Julia Johanning im Präsidium zu sehen.“

„Das kannst du wohl laut sagen. War auch für mich eine echte Überraschung. Aber dein Chef, dieser Hauptkommissar Sommer, hat die Situation ja gut gemeistert und ich finde, wir beide auch.“

„Stimmt, obwohl der Flurfunk danach eine Menge zu berichten hatte. Das Ganze fand schließlich in aller Öffentlichkeit statt.“

„Oh, war es dir peinlich?“

„Was? Wie? Nein! Ganz und gar nicht peinlich. Kann doch jeder wissen, dass wir uns kennen.“

Eine kleine Pause entstand, in der Susanne irgendwie über das Gesagte nachzudenken schien. Dann sagte sie: „Nur kennen?“, und sah Pit dabei mit einem ganz besonderen Blick an. „Ein bisschen mehr ist es doch wohl hoffentlich? Oder?"

„Aber ja! Ehrlich, ich glaube", Pit stockte und seine Stimme wurde tatsächlich etwas brüchig, „ich glaube, ich habe mich ...", er holte Luft und setzte noch einmal neu an. „Ich glaube, ich habe mich in dich verliebt." Er war aus tiefem Herzen froh, es gesagt zu haben, aber ebenso gespannt auf Susannes Antwort. Es fiel Pit nicht leicht, so sein Innerstes nach außen zu kehren. Gefühle zu zeigen und auszusprechen, waren nicht gerade seine starke Seite. Er hatte das Gefühl, dass er sich Susanne völlig auslieferte, beinahe auf Gedeih und Verderb, ohne Rückzugsmöglichkeit. Wie würde sie reagieren? Würde sie ihn auslachen oder freundlich aber bestimmt zurückweisen?

Wieder Susannes ungewöhnlicher Blick. Allein für diesen Moment hat sich der Abend gelohnt, dachte er. Und dann, ganz langsam und zärtlich, nahm sie seine Hände und streichelte darüber. Tief sah sie ihm dabei in die Augen und sagte: „Ich mich auch in dich. Und ich möchte, dass wir eine gemeinsame Zukunft haben."

Unwillkürlich schloss Pit, den Augenblick genießend, für eine Weile die Augen. Susannes Worte lösten ein tiefes, wohliges Gefühl in ihm aus. Schließlich sagte er: „Das werden wir, das werden wir." Und nach einer kleinen Pause: „Aber wir müssen auch darüber sprechen, wie wir unsere Berufe so koordinieren, dass sie uns nicht auf Dauer zur Belastung werden." Pits Ratio hatte wieder die Oberhand gewonnen. Fast belustigt sah Susanne ihn an: „Das werden wir schon hinbekommen. Aber lass uns jetzt nicht vom Beruf sprechen. Diesen Abend sollten wir nicht mit solchen banalen Dingen vergeuden. Dann ergriff sie wieder seine

Hände, beugte sich über den Tisch und gab ihm einen, von ihm unerwartet, kurzen aber intensiven Kuss. Aus dem Augenwinkel konnte Pit noch soeben erkennen, wie Sonja ihnen dabei zusah.

Eine Zeit lang sahen sie sich verliebt an und sprachen über Interessen und Vorlieben in ihren Leben, über gemeinsame Unternehmungen am bevorstehenden Pfingstwochenende, auch darüber, wie sie ihre Wohnungen eingerichtet hatten. Schließlich war es Susanne, die sagte: „Komm doch mit zu mir. Dann kannst du sehen, wie ich lebe.“ Pit war glücklich.

Kapitel 22

Freitag, 25. Mai 2012 – Bielefeld

Guter Dinge und in der Hoffnung auf ein sonniges, erholsames und vor allem langes Pfingstwochenende fuhr Frank Sommer an diesem Morgen ins Präsidium. Sicher waren die Ermittlungen ein wenig ins Stocken geraten und das vor allem deshalb, weil es noch immer keinen Hinweis zum Verbleib von Klaus Dieter Meierhoff gab. Da mussten sie in der Tat auf einen Zufallsfund warten. In der Regel tauchten alle Verschwundenen irgendwann wieder auf, zumindest dann, wenn sie einem Verbrechen zum Opfer gefallen waren. Allerdings, er musste tief seufzen, manchmal auch erst nach vielen Jahren. Vor gar nicht allzu langer Zeit war die Leiche einer jungen Frau entdeckt worden, die vor über zwanzig Jahren verschwunden war. Alle damaligen Ermittlungen gegen einen dringend der Tat Verdächtigen aus dem näheren Umkreis der Frau verliefen im Sande, weil keine Leiche gefunden werden konnte und ein Zeuge dem Verdächtigen ein glasklares Alibi gab. Erst als ein weiterer Zeuge nach einem Vierteljahrhundert auspackte, kam die Wahrheit ans Licht. Die Leiche war fest in einen Plastiksack gewickelt tief vergraben worden, sodass die Leichenspürhunde keine Witterung aufnehmen konnten. So etwas muss entsetzlich frustrierend sein, dachte Sommer. Ihn gruselte davor, etwas Ähnliches auch einmal erleben zu müssen. Aber so weit waren sie in dem aktuellen Fall noch lange nicht. Natürlich war es möglich, dass Meierhoff sich schlicht und ergreifend abgesetzt hatte. Dann würden die Ermittlungen irgendwann eingestellt werden müssen. Aber wegen der Funde im Wald bei dem Sektenhof in Oerlinghausen war das doch eher unwahrscheinlich. Nun, dachte er, wenigstens ist das lange Wochenende nicht in Gefahr, und das Wetter sollte frühsommerlich warm werden.

Im Präsidium angekommen, steuerte Sommer unmittelbar sein Zimmer an. Wegen der schon hoch am Himmel stehenden Maisonne war es bereits recht warm in seinem Raum, und er öffnete zunächst ein Fenster und ließ sich dann hinter seinen Schreibtisch fallen. Während er den Rechner hochfuhr, dachte er darüber nach, was heute zu tun sein würde. Er wollte sich unbedingt noch einmal mit einigen weiblichen Sektenmitgliedern unterhalten, und natürlich war es notwendig, Steven Dükermann und vielleicht auch Julia Johanning erneut zu befragen. Allerdings wurde er in seinen Gedanken abrupt unterbrochen, als Anna Tomczyk die Tür zu seinem Zimmer regelrecht aufriss.

„Hey, Anna, so stürmisch heute? Ist was passiert?"

„Na ja, passiert nicht direkt. Aber du solltest dir unbedingt einen Beitrag ansehen, der gestern Abend noch in der Sendung ‚Boulevard Drei' im Fernsehen lief. Offenbar ein Beitrag von genau der Journalistin, die gestern Morgen hier bei unserer Pressekonferenz war. So was Sensationsgeiles wie diesen Bericht habe ich schon lange nicht mehr gesehen. Und das Verrückteste … aber sieh selbst."

Anna nannte Frank die entsprechende Webseite des Senders, auf der man sich die Beiträge der letzten Zeit im Internet anschauen konnte, und dann lief der Magazin-Beitrag ab.

Was er zu sehen bekam, überraschte ihn zunächst noch nicht. Bilder vom Sektenhof, Interviews mit einigen Sektenmitgliedern, die sich lautstark über das Vorgehen der Polizei beschwerten und das Verschwinden ihres Meisters beklagten. Dann kamen einige Nachbarn zu Worte, die aber nichts von dieser Sekte mitbekommen haben wollen, was vermutlich sogar stimmte, weil der Hof recht einsam lag. Dann wurde über die Drogen berichtet, und irgendwann kam Sommer selbst auf der Pressekonferenz ins Bild. All seine nachdenklichen Sätze waren natürlich nicht gesendet worden, dafür aber in theatralischer Aufmachung die Fragen der Reporterin und Sommers eher schroffe Antworten. Sommer blickte Anna bereits fragend an, ob noch irgendetwas wirklich Spannendes folgen würde, da tauchte plötzlich Steven Dükermann auf dem Bildschirm auf. Zunächst sprach wieder die Journalistin: „Mehrfach wurde von den Mitgliedern der Glaubensgemeinschaft ‚Die Jünger der universellen Sonne' das zum Teil rüde Vorgehen der Polizei bei den Befragungen und der Durchsuchung des Hofes beklagt."

Sie wandte sich um. „Herr Dükermann, auch Sie sind von der Bielefelder Polizei vernommen worden, obwohl Sie gar nicht Mitglied der Glaubensgemeinschaft sind. Können Sie uns sagen, warum?"

„Nein, kann ich nicht! Ich habe echt keine Ahnung. Meine Lebensgefährtin und ich sind längst nicht mehr in diesem Verein und wir wollen mit ihm auch gar nichts mehr zu tun haben. Also ehrlich, das war damals schon eine total schlimme Zeit."

Die Reporterin machte einen besorgten und mitfühlenden Gesichtsausdruck.

„Verdammt, guck dir die Scheinheiligkeit dieser Frau an", kommentierte Sommer. „Tut so, als würde sie Anteil an seinem Schicksal nehmen. Dabei geht es ihr nur um Sensation und Quote. Und dieser Dükermann fällt darauf rein."

„Möchten Sie uns von dieser Zeit erzählen?", fuhr die Journalistin fort.

„Ja, das möchte ich. Wir waren beide, also meine Lebensgefährtin Julia und ich, einige Zeit bei dieser Sekte, bis wir es da nicht mehr ausgehalten haben. Das heißt, vor allen Dingen Julia nicht."

„Stimmt es, dass Julia Anzeige gegen den Sektenchef erstattet hat - wegen sexueller Nötigung?" Die Reporterin schien etwas ungeduldig zu werden und wollte unbedingt so schnell es ging zum quotenbringenden Kern der Sache vordringen.

„Ja, das stimmt. Aber die Polizei hat rein gar nichts für uns getan. Das Verfahren wurde eingestellt. Es ist ihnen nicht gelungen, diesen Meierhoff einzubuchten. Die Beweise hatten nicht ausgereicht."

„Und wie ist Ihre Freundin damit umgegangen? Das muss doch ziemlich schlimm für sie gewesen sein."

„Ja, voll schlimm. Die war eine ganze Zeit überhaupt nicht mehr richtig ansprechbar. In den letzten Monaten hatte sie sich gerade etwas erholt und konnte wieder arbeiten. Und dann erscheinen diese beiden Polizisten aus Bielefeld und rühren alles wieder auf. Bestellen Julia ins Präsidium zur Vernehmung. Gut, dass ihre Anwältin gerade Zeit hatte. Und dann kommen die auch noch hierher in unsere Wohnung und befragen mich. Als ob wir irgendwas mit dem Verschwinden von diesem Meierhoff zu tun hätten. Das ist doch nun wirklich ein unmögliches Verhalten. Damals schafften sie es nicht, diesen Meierhoff dingfest zu machen, aber heute kreuzen sie auf und machen uns an, was wir von der Sache wüssten. Aber wir haben nichts damit zu tun. Können Sie sich vorstellen, was diese Schikanen für uns bedeuten?"

Wie um irgendetwas zu beweisen, hielt Dükermann plötzlich seine beiden Hände vor die Kamera, die in weißen Baumwollhandschuhen steckten.

„Hier", sagte er, „ich habe schon seit vielen Jahren einen blöden Hautausschlag. Und immer wenn ich mich aufrege oder wenn mich irgendwas innerlich besonders aufwühlt, dann kommt der zum Ausbruch. Das ist irgendwie psychisch. Und Sie sehen, ich kann gar nichts mehr ohne diese lästigen Handschuhe anfassen, so sehr belastet mich das Benehmen der Polizei."

Langsam, ja fast in Zeitlupe drehte sich die Reporterin in die Kamera. „So weit zum vollkommen unsensiblen Vorgehen der Polizei in Bielefeld. Hier dürfte wohl eine Entschuldigung fällig sein. Marja Büting für ‚Boulevard Drei'."

Fassungslos starrte Sommer auf den Bildschirm.

„Verdammter Mist! Was bilden die sich eigentlich ein! Wie sind die überhaupt an diesen Dükermann gekommen? Und was ist das eigentlich für ein Schwachmat?" Frank Sommer konnte sich gar nicht wieder beruhigen.

„Komm runter, Frank. Reg dich nicht unnötig auf. Nimm es bloß nicht persönlich", versuchte Anna ihn zu beruhigen. „Ich hab dir das Video übrigens nicht gezeigt, damit du dich sinnlos ärgerst."

„Sondern?"

„Sondern wegen der wunderbaren weißen Baumwollhandschuhe. Klingelt da bei dir was?"

Überrascht sah Frank seine Kollegin an. Sich beruhigend, sagte er: „Du meinst weiße Baumwollhandschuhe, die eventuell kleine weiße Fasern an Fixerspritzen hinterlassen können?"

Im Gesichtsausdruck des Kommissars waren Erstaunen und Freude gleichzeitig zu erkennen.

„Sag mal, wann genau haben Julia und Steven die Sekte verlassen?"

„Das war im Herbst 2010", antwortete Anna.

„Herbst 2010. Dann waren beide noch in dem Verein dabei, als Tobias Oberbaum im Frühjahr desselben Jahres sich nach Langeoog abgesetzt hat. Wenn das nicht eine interessante Wende ist. Ich glaube, da ist tatsächlich eine erneute intensive Befragung dieses Herrn fällig. Aber diesmal nicht bei ihm zu Hause. Diesmal holen wir ihn zu uns und unterhalten uns hier ganz offiziell mit ihm. Ich will das mal sofort in die Wege leiten. Aber vorher sollten wir auch mit Pit und Karsten reden, um unsere Vorgehensweisen abzusprechen."

„Unbedingt", stimmte Anna zu. „Ich sag ihnen schnell Bescheid. Sie sind beide in ihren Zimmern."

Wenige Augenblicke später kam Anna mit Pit und Karsten zurück. Sie ließen sich in der Konferenzecke nieder und Sommer begann unmittelbar, die beiden Kollegen über die neuesten Ereignisse zu informieren. Besonders Pit Schwameyer hörte sehr aufmerksam zu. Unruhig rutschte er auf seinem Stuhl hin und her. Es war damals sein Fall gewesen, weshalb ihn die Fernsehvorstellung von Steven Dükermann geradezu elektrisierte.

„Okay", sagte Sommer schließlich. „Es gibt drei parallele Ermittlungsstränge. Erstens die Sektenmitglieder, von denen eines vielleicht einen besonderen Ärger mit Meierhoff hat, ähnlich dem, den Julia Johanning hatte. Zweitens die Familie Oberbaum. Darum haben wir uns bisher noch gar nicht gekümmert. Vor allem der Vater, Uwe Oberbaum, hegt einen tiefen Groll gegen die Sekte und Meierhoff. Es ist nicht auszuschließen, dass er die Strafverfolgung selbst in die Hand genommen hat. Pit, das wird deine Aufgabe sein. Du kennst die Familie schon von damals und ich selbst kann da wegen der Verbindung zwischen meinem Sohn und Jennifer Oberbaum nicht aufkreuzen. Bleibt drittens Steven Dükermann. Den will ich ganz offiziell vorladen. Und zwar für Dienstag nach Pfingsten, morgens um zehn Uhr. Dann können wir ihn hier in aller Ruhe förmlich befragen."

„Und wenn der uns dann stiften geht?", warf Pit ein.

„Das Risiko müssen wir eingehen, aber ich glaube, es ist klein. Im Übrigen haben wir doch gar nichts gegen ihn in der Hand, um ihn vorläufig festzunehmen. Weiße Baumwollhandschuhe als Haftgrund haut uns doch jeder Richter um die Ohren. Daraus kann man wohl keinen dringenden Tatverdacht konstruieren. Ich will aber versuchen, dass die Vorladung durch den Staatsanwalt erfolgt, damit er ihr auch Folge leisten muss und wir ihn notfalls vorführen können. Ich hoffe, dass das gelingt. Sonst müssen wir uns doch entschließen, ihn noch einmal persönlich zu Hause aufzusuchen. Das heißt: Anna und Karsten, ihr fahrt schon mal vor nach Oerlinghausen und beginnt mit der erneuten Befragung der Bewohner. Nehmt euch noch Unterstützung mit, wenn ihr sie braucht. Ich selbst komme nach, wenn die förmliche Vorladung für Dükermann raus ist. Und Pit, dir wünsche ich alles Gute bei der heiklen Mission in Halle bei den Oberbaums." In den letzten Satz von Sommer hinein klingelte sein Telefon.

„Uwe Oberbaum hier. Spreche ich mit dem Ersten Kriminalhauptkommissar Sommer?"

„Ja, das ist richtig." Geistesgegenwärtig drückte Sommer die Lauttaste seines Telefons und winkte seine Kollegen, die sich bereits zum Gehen wandten, zurück.

„Herr Sommer, ich habe gestern Abend im Fernsehen etwas gesehen, das mich und meine Frau sehr aufgewühlt hat. Es geht um diese furchtbare Sekte, der auch mein Sohn angehört hat. Ich nehme an, Sie wissen Bescheid."

„Selbstverständlich, Herr Oberbaum."

„Also, wie soll ich es sagen. Meine Frage, ach eigentlich meine Bitte, meine Hoffnung ist es, dass Sie nun auch den Fall meines Sohnes wieder aufnehmen. Ich meine, es ist doch wohl ganz klar, dass dieser Meierhoff Dreck am Stecken hat. Und dann taucht da auch noch dieser Dükermann auf - mit Baumwollhandschuhen. Sie werden verstehen, dass ich alles, was meinen Sohn betrifft, genau im Kopf habe, auch noch nach zwei Jahren. Und ich erinnere mich, dass da von Baumwollfädchen die Rede war, die an der Spritze gefunden wurden. Ich finde, Herr Hauptkommissar, das sollten Sie erneut ermitteln, wenn Sie verstehen, worauf ich hinaus will."

„Herr Oberbaum, ich verstehe sehr gut, was Sie meinen. Wir haben selbst gerade im kleinen Kreis darüber gesprochen. Übrigens habe ich das Telefon auf ‚laut' geschaltet, damit meine Kollegen mithören können. Wenn es Ihnen recht ist, dann kommt heute Morgen mein Kollege Schwameyer zu Ihnen, um die neue Lage zu erörtern."

„Schwameyer, das ist doch der, der auch damals die Ermittlungen geführt hat. Können Sie nicht selbst …?"

„Leider nein, Herr Oberbaum. Sie wissen doch, dass Ihre Tochter und mein Sohn miteinander befreundet sind. Da ist es nicht sinnvoll, wenn ich komme. Dafür ist die ganze Sache zu ernst."

Am anderen Ende der Leitung entstand eine kurze Pause, dann sagte Oberbaum: „In Ordnung, das verstehe ich. Wann wird Ihr Kollege kommen?"

„Sind Sie eigentlich zu Hause oder auf der Arbeitsstelle?"

„Zu Hause. Hab über Pfingsten etwas Urlaub, nächste Woche Dienstag übrigens auch noch."

„Schön. Sagen wir dann in einer Stunde?" Sommer sah Pit an, der mit dem Kopf nickte.

„Okay, dann in einer Stunde bei uns zu Hause. Sie wissen noch, wo das ist?"

„Ja, keine Sorge. Herr Schwameyer weiß Bescheid."

Es war später Vormittag, als Pit Schwameyer in Halle ankam. Hartmanns Wäldchen war eigentlich keine Straße, sondern eher ein ganzes Wohngebiet mit einer Art Ringstraße sowie mehreren Querstraßen. Die Bebauung war unterschiedlich, stammte aber offenbar durchgängig aus den sechziger Jahren. Im hinteren Bereich größere Wohnblocks mit Satteldächern, teilweise gut renoviert, an der Seite Zweifamilienhäuser, ebenfalls oft nach dem Geschmack der Eigentümer mit neuen Klinkerfassaden versehen, und im Zentrum mehrere Reihen von eher einfachen Reihenhäusern. Aus der Erinnerung glaubte Pit, dass die Familie Oberbaum in einem der Zweifamilienhäuser wohnte, was sich alsbald als zutreffend herausstellte.

Es dauerte nur einen kurzen Augenblick, bis nach seinem Klingeln die Tür geöffnet wurde. Es war Uwe Oberbaum selbst, Tobias' und Jennifers Vater, der Pit öffnete. Höflich wurde er hereingebeten, und er betrat ein Haus, dessen außen schon erkennbare Kleinbürgerlichkeit sich im Inneren fortsetzte. Bereits im Flur: Eiche rustikal. Ebenso im Wohnzimmer, in das Pit im

Vorbeigehen einen Blick werfen konnte: wuchtige Eichenmöbel und eine dazu passende Polstergarnitur. Auf dem Fußboden braunmelierter Teppichboden und darauf ein Perserteppich in überwiegend rot-braunen Tönen. An den Wänden helle Tapeten in großen aber dezenten Mustern und ein großes Bild mit bayerischem Bergmotiv, eingefasst in einem dicken Rahmen, ebenfalls aus Eiche. Moderne Einrichtungsgegenstände suchte man in diesem Haus vergebens. Rustikal auch das Esszimmer, in das Pit gebeten wurde. Auf ebenfalls wuchtig zu nennenden Stühlen mit weichem Lederpolster forderte der Hausherr ihn auf, Platz zu nehmen. In diesem Moment erschien auch Frau Oberbaum.

„Das ist Marlies, meine Frau. Sie erinnern sich sicher“, stellte Uwe Oberbaum seine Frau vor, die versuchte, mit einem kaum merklichen Lächeln den Gast zu begrüßen, dann aber wieder sehr schnell in eine maskenhafte, fast starre Mimik verfiel. Diese Frau hatte in den letzten Jahren unendlich gelitten, dachte Schwameyer, als er sie begrüßte. Mit einem freundlichen: „Ja, gerne.“ beantworte Pit ihre Frage nach Kaffee. Dann verschwand sie wieder in Richtung Küche, Uwe Oberbaum deutete auf einen Stuhl und Pit ließ sich nieder. Es dauerte nur einen kleinen Moment, bis Frau Oberbaum mit Kaffee und Geschirr auf einem Tablett wieder hereinkam. Offensichtlich war schon alles vorbereitet gewesen. Sie setzte die silberne Warmhaltekanne vor ihrem Mann ab und verteilte zwei Tassen und Untertassen. Dazu stellte sie eine Zuckerdose und ein Milchkännchen, goss zunächst dem Gast ein, dann ihrem Mann. Als sie sich anschließend wieder zurückziehen wollte, bat Schwameyer sie, doch zu bleiben.

„Ach, nein danke, ich habe noch Verschiedenes zu tun. Mein Mann kann sicher alle Fragen beantworten, die Sie haben", war ihre Antwort.

„Selbstverständlich, aber halten Sie sich bitte zur Verfügung. Es könnte sein, dass ich auch mit Ihnen sprechen möchte", erwiderte Pit.

„Ich bin in der Küche." Mit diesen Worten zog sie sich mehr huschend als gehend zurück.

„Wenn es möglich ist, halten Sie bitte meine Frau außen vor", sagte jetzt Uwe Oberbaum. „Sie hat sich seit den Ereignissen vor zwei Jahren noch immer nicht richtig erholt. Sie nimmt außerdem starke Psychopharmaka, um ihre Depression in den Griff zu bekommen. Eigentlich ging es schon viel besser. Aber durch die neuen Vorkommnisse ist alles wieder aufgewühlt worden. Wenn Sie darauf Rücksicht nehmen könnten, wäre ich Ihnen sehr dankbar."

„Ich werde es versuchen."

Beide nahmen einen Schluck von ihrem Kaffee, beide weiß mit Zucker. Dann kam Oberbaum auf das zu sprechen, was ihn offenbar sehr bewegte.

„Sagen Sie, werden Sie aufgrund der neuen Vorfälle auch im Fall meines Sohnes erneut ermitteln? Haben wir eine Chance, doch noch zu erfahren, was damals tatsächlich geschehen ist? Dass Tobias sich selbst das Leben mit Heroin genommen hat, können wir bis heute nicht glauben. Wir sind absolut davon überzeugt, dass diese irre Sekte dahinterstecken muss. Anders ist das gar nicht möglich, auch wenn Sie damals die Sache so nicht eingeschätzt haben."

„Herr Oberbaum, ich kann Ihnen versichern, dass wir den Tod Ihres Sohnes während der gesamten neueren Ermittlung im Blick haben, von Anfang an. Und ich kann Ihnen auch zusagen, dass wir uns um

Steven Dükermann kümmern werden. Das ist es doch, was Sie jetzt erwarten?"

„Das stimmt. Dieser Steven Dükermann trägt Baumwollhandschuhe. War der eigentlich zur Zeit meines Sohnes auch in der Sekte?"

„Wie gesagt, wir kümmern uns darum, brauchen natürlich noch mehr Anhaltspunkte, die wir hoffen zum Beispiel von Ihnen zu bekommen." Schwameyer nahm noch einen Schluck von seinem Kaffee. In der Küche hörte er Marlies Oberbaum mit irgendetwas hantieren. Er war fest davon überzeugt, dass sie die gesamte Zeit das Gespräch mit anhörte. Dann fuhr er fort: „Sagen Sie, warum sind Sie eigentlich nach wie vor, auch nach so langer Zeit, fest davon überzeugt, dass Ihr Sohn nicht das tragische Opfer seines Drogenkonsums geworden ist?"

In der Küche hörte Pit ein Geräusch, das wie ein gequälter, unterdrückter Schrei klang.

„Es ist völlig ausgeschlossen, dass Tobias sich irgendetwas angetan hat. Und an den verdammten Drogen ist auch diese elende Sekte schuld. Die hat ihn doch erst dazu gebracht. Tobias war einer der besten und freundlichsten Jungen, die man sich vorstellen kann. Eine einzige Freude für mich und seine Mutter. Und dann kommt er eines Tages und zieht zu dieser Scheißsekte. Nein, Herr Hauptkommissar, da können Sie erzählen, was Sie wollen. Diese Sekte ist, auf welche Art auch immer, schuld an Tobias' Tod. Da gibt es auch nach zwei Jahren überhaupt keinen Zweifel."

Oberbaum war rot angelaufen im Gesicht, und er war laut geworden, sehr laut. Ärger, Verzweiflung, Wut – alles mischte sich in seine Worte.

„Nein, ohne diese Sekte wäre das alles nicht passiert. Ohne diese Sekte würde Tobias noch Biologie studieren und stünde sicher inzwischen kurz vor einem erstklassigen Abschluss. Vielleicht wäre er auch dem Wunsch seiner Mutter gefolgt und hätte mit einem zweiten Fach, vielleicht Chemie oder Geographie, eine Laufbahn als Gymnasiallehrer vor sich. Das war eine Herzensangelegenheit meiner Frau. Und Tobias und seine Mutter hatten ein sehr gutes und inniges Verhältnis. Nein, kommen Sie mir nicht damit, dass irgendwer sonst schuld sein ... "

Er kam nicht dazu, seinen Gedanken zu Ende zu formulieren.

„Hör doch endlich auf, Uwe! Hör doch endlich auf!" Mit aggressiver Stimme schnitt Marlies Oberbaum ihrem Mann das Wort ab. „Du bist es doch gewesen, der Tobias regelrecht aus dem Haus gejagt hat, und zwar schon lange bevor er mit dieser Sekte in Kontakt kam. Du hast ihm jede Unterstützung gestrichen, als er sich eine eigene Wohnung suchen wollte und, das weiß ich von Jennifer, auch gefunden hat. Er brauche sich zu Hause gar nicht mehr blicken zu lassen, wenn er diesen Unsinn vorhabe, hier auszuziehen. Schließlich habe er doch alles, was er brauche. Dem Anschein nach hatte er es nicht. Auch das weiß ich von Jenni. Und das war mindestens ein Jahr, bevor er in diese Wohngemeinschaft nach Oerlinghausen zog. Und noch etwas! Warum ist Tobias eigentlich nicht zu uns gekommen, als er sich von der Sekte entfernte? Er hatte sie doch ganz offensichtlich verlassen, als er sich nach Langeoog aufmachte. Warum fährt er allein dahin und nicht zu seinen Eltern, seiner Mutter? Soll ich es dir sagen, warum? Weil er sich nicht hertraute. Weil er Angst vor dir hatte! Weil er es nicht fertigbrachte, wie der verlorene Sohn zu uns, zu dir zurückzukommen, weil er ganz genau wusste, dass du nicht so reagieren würdest wie der Vater in dem biblischen Gleichnis. Du hättest ihn nicht mit offenen Armen empfangen, sondern ihn voller Selbstgerechtigkeit überzogen mit Vorwürfen, dass er schließlich selbst schuld an seiner Lage sei. Und nun ist er tot. Und du hast ihn in die Sekte getrieben, die schließlich sein Untergang wurde."

Wie gebannt beobachtete Pit Schwameyer, was sich da vor seinen Augen und Ohren abspielte. Offenbar platzte hier soeben ein Kessel, in dem sich über zwei Jahre ein enormer Druck aufgebaut hatte. Und sein Besuch heute war vermutlich der Katalysator, der dieses Verhalten hervorgerufen hatte, eine wohl schon längst überfällige Reaktion.

Eins ist sicher, dachte Pit, dieses Ehepaar hat nicht nur eine schwere Zeit hinter sich, es hat auch eine schwere Zeit vor sich. Aber da müssen die beiden jetzt durch, und es ist ganz und gar nicht sicher, ob die Eheleute eine gemeinsame Zukunft haben werden.

Dennoch, so wie bisher konnte es nicht weitergehen. All diese aufgestaute depressive Last, die Pit in der Wohnung und zwischen Marlies und Uwe Oberbaum spüren konnte, all diese unausgesprochenen Vorwürfe, all diese Schuldzuweisungen und Selbstvorwürfe, diese Selbsttäuschungen, alles, was sich angesammelt hatte, war soeben vor seinen Augen explodiert.

So wie Marlies Oberbaum vor ihnen wie ein Blitz aufgetaucht war, genauso war sie nach ihrem Ausbruch wieder in der Küche verschwunden.

Blass vor Schrecken und offenbar von der Situation ebenso überrascht wie überfordert, blickte Uwe Oberbaum seiner Frau nach. Dann sah er Pit an und versuchte etwas zu sagen, was die Situation retten könnte. „Ich … ich entschuldige mich für meine Frau. Tut mir leid, dass Sie das erleben mussten. Aber sie macht seit geraumer Zeit eine Therapie, und ich weiß nicht, irgendwie ist sie dadurch total anders geworden. Ich erkenne Sie manchmal gar nicht wieder." Oberbaum musste deutlich schlucken. Schwameyer hatte den Eindruck, dass in diesem Haus schon seit langer Zeit der Schein einer Zusammengehörigkeit nur noch mühsam aufrechterhalten wurde. Lange würde das nicht mehr gut gehen. Uwe Oberbaum schien nur daran interessiert zu sein, dass alles so weitergehen solle, wie es vor Jahren einmal war. Eine geordnete, bürgerliche Familie mit untadeligen Kindern und einer treu sorgenden Hausfrau. In dem Moment, als Tobias von zu Hause ausziehen wollte, fing diese äußere Fassade an zu bröckeln. Vermutlich hatte Uwe Oberbaum damals geglaubt, durch die Androhung, jegliche Unterstützung zu streichen, seinen Sohn zwingen zu können, im Haus zu bleiben, damit alles so geregelt bliebe, wie er es wollte. Aber das war eben nicht so gewesen. Tobias ging und entzog sich so der Autorität des Vaters. Und nun war seine Frau dabei, sich ebenfalls immer mehr von ihm zu entfernen, und seine heile Welt fiel immer mehr wie ein Kartenhaus in sich zusammen. Ob er wohl ahnt, dachte Schwameyer, dass er selbst das Zentrum des Problems ist. Vielleicht wird es ihm klar, und deshalb seine Verbissenheit, die Schuld der Sekte herauszustellen. Je schuldiger die Sekte, desto geringer seine eigene Verantwortung an dieser Familientragödie. Eventuell, dachte Pit, muss ich die Polizeipsychologin Hanna Hülsmeier zu Rate ziehen. In dieser Familie stand ein Erdbeben kurz bevor und das, was er heute erlebt hatte, war womöglich nur das Vorbeben.

Pit überlegte, ob er das Gespräch heute weiterführen sollte. Entschied sich dann aber dafür, es doch lieber zu einem späteren Zeitpunkt fortzusetzen. Die gesamte Situation hatte sich emotional viel zu sehr aufgeladen, als dass es hier noch zu einem guten Ergebnis kommen könnte. Außerdem vermisste er Anna an seiner Seite, die mit solchen Situationen erfahrungsgemäß besser umgehen konnte als er. Deshalb beendete er das Gespräch und bot einen neuen Termin an, und zwar am kommenden Dienstag, also am Tag nach Pfingsten. Uwe Oberbaum war offenbar dankbar für diese Lösung und mit einem Gespräch am Dienstagvormittag einverstanden. Er habe ja noch Urlaub.

Auf dem Weg nach Oerlinghausen überlegten Karsten und Anna, mit wem sie dort bevorzugt sprechen wollten. Anna entschied sich dafür, vor allem mit denen zu reden, die bisher eher oberflächlich befragt worden waren. Vielleicht ergab sich da wirklich ein Anhaltspunkt für neue Erkenntnisse. Die Ermittlungen waren so festgefahren, dass jeder noch so kleine Strohhalm helfen könnte. Karsten wollte sich dem anschließen, zunächst aber Sina Blechschmidt befragen.

„Du hast Sina doch vor einer Woche schon befragt und hattest einen eher diffusen Eindruck, wenn ich mich recht erinnere. Die Sache mit Sinas Tochter kam dir nicht ganz geheuer vor."

„Ja, exakt. Ist vielleicht gar nicht schlecht, wenn du ihr ein weiteres Mal auf den Zahn fühlst, und vielleicht auch, wenn Du das machst und nicht wieder ich. Obwohl, einer Frau erzählt sie vielleicht mehr." Anna überlegte einen Moment, dann sagte sie: „Ach was, mach du das. Doch, das ist sogar gut."

Es dauerte eine Weile, bis Karsten Sina Blechschmidt auf dem weitläufigen Gelände ausfindig gemacht hatte. Das lag auch daran, dass die übrigen Sektenmitglieder wieder einmal wenig kooperativ waren.

„Frau Blechschmidt“, begann Linnemann vorsichtig, „ich möchte sehr gern noch einmal mit Ihnen reden.“

„Aber ich nicht mit Ihnen! Können Sie das eigentlich nicht akzeptieren? Und überhaupt: Ich weiß beim besten Willen nicht, was ich Ihnen noch erzählen könnte.“

„Da ist noch eine Sache, über die wir mit Ihnen bisher nicht wirklich gesprochen haben. Sie haben eine Tochter. Alina, wenn ich recht informiert bin. Dreizehn Jahre alt. Ist das zutreffend?“

Sichtlich irritiert sah Sina Blechschmidt ihn an. „Wie? Was?“, stammelte sie. „Was wollen Sie von meiner Tochter“ Ihr Blick flackerte unruhig hin und her. Genau wie bei der ersten Vernehmung im Präsidium, dachte Karsten. Jedenfalls hatte Anna etwas in der Art damals berichtet.

„Wie würden Sie Ihr Verhältnis zu Ihrer Tochter beschreiben?“

„Was ist das denn für eine blödsinnige Frage! Gut natürlich! Wir verstehen uns prächtig. Warum auch nicht? Schließlich geht es ihr gut hier auf dem Hof. Na ja, sie ist jetzt dreizehn. Das ist ein schwieriges Alter, wenn Sie verstehen, was ich meine?“

„Ja, ich glaube, ich weiß, was Sie meinen. Können Sie trotzdem beschreiben, was genau schwierig ist oder anders?“ Karsten Linnemann war bemüht, sich äußerst vorsichtig dem heiklen Thema zu nähern. Er spürte mehr als deutlich, dass hier ein wunder Punkt vorlag, und da durfte er in diesem Gespräch die Mutter nicht verprellen.

„Gibt es Probleme in der Schule? Das wäre in diesem Alter sicher normal. Wie sieht es mit Freunden aus? Hat Ihre Tochter Freundinnen außerhalb Ihrer Wohngemeinschaft?"

Sina Blechschmidt machte ein immer besorgteres Gesicht. Karsten fühlte, dass er auf der richtigen Spur war.

„Na ja, früher war sie in der Tat besser in der Schule. In der Grundschule hatte sie nur Einsen und Zweien. Im Gymnasium ist das dann etwas schlechter geworden."

„Darf ich fragen, wie schlecht?"

„Nein!" Oh, so schlimm, dachte Karsten.

„Und Freundinnen?"

„Wir sehen es nicht gern, wenn unsere eigenen sich mit fremden Kindern aus dem Ort treffen. Sie haben hier doch alles, was sie brauchen."

„Also keine Freunde?"

„Doch sicher, aber hier in unserer Gemeinschaft."

„Sind das nicht ausschließlich Erwachsene. Ich bin kein Pädagoge, aber ich glaube, dass Kinder im Alter Ihrer Tochter vor allem Gleichaltrige brauchen, damit ..."

„Wenn Sie nichts davon verstehen, dann reden Sie auch nicht davon", unterbrach Blechschmidt den Kommissar unsanft. „Außerdem ist da ja noch Leah. Sie haben sie bestimmt schon auf dem Hof gesehen. Leah ist elf und eine gute Spielpartnerin für Alina."

„Ja stimmt, ich erinnere mich. Zu wem gehört Leah, wenn ich fragen darf?"

„Leah ist Fraukes Tochter."

„Und mit Nachnamen?"

„Müsing. Frauke Müsing."

„Und die beiden, Frauke und Leah Müsing, wohnen auch hier auf dem Hof?"

„Sag ich doch."

Linnemann notierte sich sorgfältig die Namen. Dann fragte er weiter: „Frau Blechschmidt. Eine Frage hätte ich noch. Wie ist eigentlich das Verhältnis Ihrer Tochter zu Ihrem Meister?"

„Wie meinen Sie das?" Sina sah Linnemann verwirrt und überrascht an.

„Nun, Sie leben hier in dieser Gemeinschaft ohne den Vater Ihrer Tochter."

„Mit dem habe ich gebrochen, übrigens schon bevor wir hierherkamen."

„Das beantwortet nicht meine Frage. Kann es sein, dass der Meister Meierhoff so etwas wie der Vaterersatz für Alina ist?"

„Vaterersatz, ich weiß nicht recht. Irgendwie ist der Meister für uns alle auch eine Art Vater. Er nennt uns gern seine Töchter. Ja, auch für Alina ist er wohl eine Art Vater und umgekehrt."

Auch das notierte Karsten sorgfältig. Er hatte zunehmend das Gefühl, an einem wichtigen Punkt angelangt zu sein. Dann formulierte Karsten bewusst scharf und deutlich. „Ein Vater, der zu seinen Töchtern sexuelle Beziehungen unterhält?"

„Wie bitte?!" Sina Blechschmidts Stimme überschlug sich nun fast. „Sind Sie völlig von Sinnen? Wie kommen Sie überhaupt darauf?"

„Nun, Ihre Mitbewohnerinnen waren deutlich gesprächiger als Sie." Karsten wusste, dass er bluffte, hielt das aber für angemessen. „Aber bitte noch einmal", fuhr er fort, „welcher Art war Meierhoffs Verhältnis zu Ihrer Tochter?"

„Wollen Sie etwa sagen, der Meister hätte ... Sie sind ja vollkommen irre."

„War er nie mit Ihrer Tochter allein?"

Sina Blechschmidt überlegte kurz einen Moment. Dann, merklich stiller, sagte sie: „Doch, gelegentlich. Sie wurde vom Meister erleuchtet, also, ich will sagen, sie wurde vom Meister in die Meditation eingeführt."

Karsten war jetzt hellwach. „Und da sind Sie nie dabei gewesen? Alina war immer allein beim Meister?"

„Am Anfang war ich dabei. Aber dann irgendwann meinte der Meister, es sei besser, wenn Alina allein mit ihm wäre. Sie könne sich dann in der Meditation besser konzentrieren."

„Und das ist Ihnen nie merkwürdig vorgekommen?"

„Nein, warum denn. Etwas Besseres als mit dem Meister zu meditieren, konnte ihr doch gar nicht geschehen."

„Hat sich Alina eigentlich seitdem verändert? Ihre schlechteren Schulnoten? Passierte das etwa ab demselben Zeitraum?"

„Nein! Scheiße! Was reden Sie für einen völligen Unsinn! Alina geht es gut hier. Und der Meister tut ihr gut. Jetzt, wo er nicht da ist, da hat sie sich verändert. Ist geradezu aufsässig geworden."

„Aufsässig, sagen Sie. Kann es sein, dass sie eher befreit wirkt?"

„Nein, kann es nicht!"

„Danke, Frau Blechschmidt. Im Moment habe ich keine weiteren Fragen. Aber es ist möglich, dass wir noch einmal auf Sie zukommen."

Grußlos wandte sich Sina Blechschmidt von dem Kommissar ab, und Karsten suchte nach seiner Kollegin Anna Tomczyk.

„Hallo, Karsten!" Frank Sommer stand unerwartet und plötzlich hinter ihm.

„Ach, Frank, hab dich gar nicht kommen sehen. Hat alles mit der Einladung an Steven Dükermann geklappt? Hat der Staatsanwalt die Einbestellung unterschrieben?"

„Die Staatsanwältin, ja, Editha Meise. Sie hat die Vorladung unterschrieben. Da kann er sich nicht mehr weigern. Dienstagmorgen werde ich ihm persönlich das Schreiben mit zwei uniformierten Kollegen aus Herford überbringen. Die Vernehmung wird dann unmittelbar in Herford stattfinden. Von euch braucht aber niemand dabei zu sein. Wenn es nötig sein sollte, kann ich Bringsmeier dazubitten. – Und wie lief es hier?"

„Bin gerade auf dem Weg zu Anna", antwortete Karsten. „Ich selbst habe eben noch einmal Sina Blechschmidt befragt und zwar besonders nach ihrer Tochter. Über die sexuellen Kontakte der Mutter zu Meierhoff wussten wir schon Bescheid. Aber nach diesem Gespräch bin ich sicher, dass der Guru sich auch an dem Mädchen vergangen hat."

Frank Sommer blies mit dicken Backen geräuschvoll Atemluft aus.

„Also doch", sagte er dann. „Und wie sicher bist du?"

„Gerichtsfest ist das noch nicht. Aber ich bin wirklich ziemlich sicher. Übrigens wird es nötig sein, auch noch die Mutter des zweiten Mädchens zu befragen, das hier auf dem Hof wohnt. Leah Müsing, elf Jahre alt. Vielleicht erinnerst du dich, es schon einmal gesehen zu haben."

„Ja, Jennifer hatte bereits ganz am Anfang von zwei Kindern gesprochen", bestätigte Sommer.

„Ehrlich gesagt", fuhr Linnemann fort, „bei diesem Guru würd's mich wundern, wenn er dies Mädchen in Ruhe gelassen hätte. Aber wer weiß, vielleicht hat die Mutter da ja mehr drauf geachtet."

Inzwischen war auch Anna zu ihnen gestoßen und hatte einen Teil der Unterhaltung mit angehört.

„Ihr sprecht gerade von Leah Müsing? Ich hab eben mit der Mutter, Frauke Müsing, geredet. Also ehrlich, ich fress einen Besen, wenn diese Leah nicht auch ein Opfer unseres Gurus ist."

„Okay", entschied Sommer, „wir brechen hier ab. Diese Neuigkeiten müssen wir erst einmal bewerten. Scheint so, als ob die beiden Frauen, Blechschmidt und Müsing, ein ganz besonderes Interesse daran haben könnten, dass der Obermeister aus dem Verkehr gezogen wird. Ich rufe gleich mal Pit an, wie weit der in Halle bei den Oberbaums gekommen ist. Dann setzen wir uns bei mir zusammen, um die neue Lage zu besprechen. Doch ohne eine konkrete Spur von Meierhoff kommen wir hier nicht weiter. Entweder wir finden ihn irgendwo lebend, dann können wir versuchen, eine Anklage wegen Kindesmissbrauchs anzustrengen, oder wir finden endlich seine Leiche. Letzteres halte ich für wahrscheinlicher, auch wenn uns dabei der Zufall helfen muss."

Kapitel 23

Pfingstmontag, 28. Mai 2012 – Werther

Das Wetter meinte es besonders gut dieses Jahr. Bereits morgens um kurz nach sieben war die Luft angenehm warm und die Sonne schien schon fast zwei Stunden von einem strahlend blauen Himmel, der nur von ein paar Schönwetterwolken dekorativ aufgelockert wurde. Charlotte Pepermeier liebte diese Zeit am Morgen, wenn sie mit ihrer treuen Begleiterin, der dreijährigen Münsterländer Hündin Tessa, im Wald oberhalb von Werther ihre Runde drehte, natürlich nicht nur bei schönem Wetter wie heute, sondern auch im November und Winter. Die Bewegung tat ihr gut und ihr Hund hatte mehr als eine Möglichkeit, sie daran zu erinnern. Direkt unterhalb des Restaurants „Bergfrieden" gab es einen großen Wanderparkplatz, den sie mit Vorliebe ansteuerte. Ordnungsgemäß parkte sie ihren Kombi und stieg aus, um die Heckklappe zu öffnen, hinter der Tessa schon aufgeregt schwanzwedelnd stand. Kaum draußen, wollte sie immer am liebsten sofort losstürmen. Charlotte musste deshalb aufpassen. Die Kleine Münsterländerin war nun einmal ein Jagdhund und betrachtete den Wald als ihr angestammtes Revier. Sicher war Tessa gut erzogen und gehorchte in der Regel auch aufs Wort, aber hier im Wald wollte Charlotte es nicht darauf ankommen lassen. Deshalb hatte sie eine extra lange Führleine, die der Hündin genügend Freiraum ließ, aber dennoch die Kontrolle sicherstellte. Tessa blieb jedes Mal folgsam neben dem

Auto stehen, bis sie angeleint worden war, und dann ging es los.

Regelmäßig führte sie der Weg zunächst direkt hoch auf den Kammweg des Teutoburger Waldes und dann immer dem Hermannsweg folgend bis zum Haus Ascheloh. Dort kehrten sie um und wählten entweder die Strecke auf der Südseite des Hauptkammes, die sonniger aber auch weiter war, oder sie wandten sich zur Nordseite, nach einigen hundert Metern der Markierungsnummer 10 folgend. Diese Route war etwas kürzer, weil sie direkt am Ausgangsparkplatz endete, aber auch schattiger, was je nach Jahreszeit Vor- oder Nachteile hatte. Heute wählte Charlotte die nördliche Variante, vor allem wegen der bereits stark wärmenden Sonne. Da war es im Schatten des herrlichen Buchenmischwaldes angenehmer zu gehen.

Nach einiger Zeit führte der Weg durch einen dichten Fichtenschlag, kurz bevor er sich für einige hundert Meter mit einer Teerstraße vereinte, die die letzten Häuser am Waldrand erschloss. Tessa war nach einer guten Stunde schon nicht mehr ganz so aufgeregt wie am Anfang. Sie kannte die Wanderung und wusste, dass es nur noch eine kurze Strecke war bis zum Parkplatz. Das bremste ihren Elan in der Regel deutlich. Doch plötzlich blieb sie wie angewurzelt stehen. In der typischen Weise eines Vorstehhundes schob sie Kopf und Nase vor und verharrte zunächst vorsichtig. Dieses angeborene Verhalten wurde in der Jagdhundeausbildung regelmäßig trainiert und manche sehr spezialisierte Hunderassen blieben dann pfeilförmig wie versteinert stehen, meist indem sie eine Vorderpfote anhoben, ohne dabei auch nur einen einzigen Laut abzugeben. Damit zeigten sie dem Jäger das Wild an, weshalb diese Rassen im Englischen treffend „Pointer“ genannt werden.

Irgendetwas musste auch Tessa mit ihrer feinen Nase jetzt entdeckt haben. Charlotte versuchte Tessa weiterzuziehen, weil sie vermutete, dass dort ein verendetes Tier liegen könnte, vielleicht die Überreste eines von einem Fuchs erbeuteten Kleintieres. Aber so sehr sie sich auch mit Rufen und Ziehen bemühte, es gelang ihr nicht. Tessa entwickelte einen ungeheuren Drang in die Fichtengruppe hinein. Schließlich gab Charlotte, selbst neugierig geworden, nach. Den Hund nun ganz eng nehmend, tastete sie sich vorwärts. Tessa zog sie immer weiter hinein, bis sie schließlich vor einem größeren Reisighaufen anhielt. Unter dem Reisig erkannte Charlotte einen flachen Erdhügel, dem offenbar das besondere Interesse ihrer Hündin galt. Vorsichtig ging sie noch ein, zwei Schritte weiter, bis sie schließlich starr vor Entsetzen stehen blieb. Ein Arm schaute aus der Erde heraus, anscheinend von einem Fuchs freigescharrt und, sie schaute noch einmal genauer hin, angefressen – ein scheußlicher Anblick. Mit aller Kraft zog sie Tessa zurück auf den Weg, wobei ihr trockene Fichtenzweige ins Gesicht schlugen. Ihre Konzentration reichte nicht mehr aus, um ihnen gänzlich auszuweichen. Endlich wieder auf dem Weg angelangt, holte sie sofort ihr Handy aus der Tasche und wählte den Polizeinotruf.

Die Bläserinnen und Bläser des Posaunenchores Werther hatten sich bereits um 10 Uhr, eine Stunde vor Beginn des traditionellen Waldgottesdienstes, am Jugendfreizeitheim in Häger eingefunden. Für Bläser ist es generell wichtig, frühzeitig da zu sein, damit die Lippen, die schließlich für die eigentliche Tonerzeugung notwendig sind, durch das Einspielen Zeit genug haben, warm zu werden. Im Übrigen war es auch immer gut, wenn man die Stücke kurz vorher noch einmal anspielte. Als Frank Sommer mit Angelika sowie Fabian und Jennifer eintraf, waren die meisten anderen Bläserinnen und Bläser schon da und hatten hinter dem Freizeitheim im Schatten riesiger Buchen Platz genommen. Zu Franks und Angelikas Leidwesen waren Daniel und Lisa am Abend zuvor schon nach Göttingen zu Lisas Eltern weitergefahren. Schade eigentlich, aber irgendwie auch zu verstehen.

„Hallo, Frank, schön dich zu sehen. Hast deine Zusage ja tatsächlich wahr gemacht und bist als Gast heute dabei“, wurde er vom Chorleiter herzlich begrüßt. „Die Noten für Eingangs- und Ausgangsstück hatte ich dir gemailt.“

„Ja, alles perfekt, ich hab die Stücke auch zu Hause geübt und hoffe, dass gleich alles klappt.“

„Das werden wir jetzt sofort sehen. Wir haben ja noch Zeit, um die Sachen durchzuspielen.“

Schließlich begann der Gottesdienst, der von der evangelischen und katholischen Kirchengemeinde gleichermaßen verantwortet wurde. Wirklich schön, so ein Gottesdienst im Wald, dachte Sommer. Der Wertheraner Kollege hatte mit seiner Einladung tatsächlich recht behalten: Sie sangen und spielten mit Rotkehlchen und Buchfinken um die Wette, und sogar vom Trommeln eines Spechtes hallte der Wald wider. Zum Schluss wurde noch das bekannte Paul-Gerhard-Lied „Geh aus mein Herz und suche Freud in dieser lieben Sommerzeit“ gesungen. Dieses Lied gehörte einfach zu einem solchen Gottesdienst im Grünen dazu.

Zwischen der zweiten und dritten Strophe passierte es. Für alle hörbar, schrillte Sommers Handy in einem zur Musik entsetzlich dissonanten Ton. Peinlich berührt, weil er nicht daran gedacht hatte, es vor dem Gottesdienst auszuschalten, versuchte er den Störenfried so schnell wie möglich aus seiner Tasche zu ziehen, was auch schließlich gelang. Allerdings hatte das Handy bis dahin schon viermal geklingelt und er hatte Unmengen von missbilligenden Blicken auf sich gezogen. Ein kurzer Blick auf das Display verriet ihm, dass sein Kollege Schwameyer am anderen Ende der Leitung war. Während der Chor bereits die nächste Strophe anstimmte, drückte Sommer schnell auf die Aus-Taste und spielte dann mit den anderen weiter. Nach dem Gottesdienst hielt es ihn allerdings nicht auf seinem Stuhl. Er musste unbedingt erfahren, was Pit von ihm wollte. Ohne triftigen Grund würde er mit Sicherheit nicht anrufen, das war Frank klar. Hatte er nicht erzählt, er wolle mit seiner Rechtsanwältin eine Motorradtour unternehmen? Sommer ging deshalb rasch ein wenig abseits neben das Haus und wählte Pits Handynummer. Sein Kollege meldete sich sofort.

„Hallo, Pit, hier ist Frank."

„Hallo, Frank. Was war das denn eben? Warum hast du mich weggedrückt?"

„Erzähl ich dir später. Was gibt's so Wichtiges? Wolltest du nicht mit dem Motorrad unterwegs sein?"

„Ja, stimmt, wollte ich. Bin aber unterwegs angerufen worden. Susanne und ich waren gerade kurz vor Melle auf dem Weg zum Dümmer. Wo bist du jetzt?"

„In Werther, genauer gesagt in Häger. Bei einem Gottesdienst."

„Dann setz dich ins Auto und komm. Meierhoff wurde gefunden – ganz in deiner Nähe unterhalb vom Kamm des Teutoburger Waldes. Du kannst mit dem Auto fast bis zum Fundort fahren, die Straße heißt ‚Am

Hengeberg'. Soll ich dir beschreiben, wie du hinfindest?"

„Nein, nicht nötig. Ich kann meine Bläserkollegen fragen. Die kennen sich hier aus."

„Deine Bläserkollegen? Na ja, wie auch immer. Aber lass dir nicht zu viel Zeit."

Es war wirklich nicht schwer, die Straße zu finden, die Schwameyer Sommer genannt hatte. Sie führte ziemlich weit nach oben bis zu den letzten Häusern unterhalb des Hauptkammes. Angelika war nicht besonders erfreut, dass er so schnell aufbrechen musste, schließlich waren sie nur mit einem Auto gekommen, aber ein Bläserfreund, der relativ nah zum Haus der Sommers wohnte und schon lange Jahre in Werther spielte, erklärte sich ohne Umschweife bereit, die drei mitzunehmen.

Schon aus einiger Entfernung sah Sommer die Einsatzfahrzeuge, die vor ihm angekommen waren. Nicht schlecht gewählt dieser Ort, dachte Sommer, während er ausstieg, um zu Fuß die letzten Meter in den Wald hineinzugehen. Die Asphaltstraße führte direkt bis an den Wald heran, ja teilweise sogar hindurch, und man konnte zudem auf einem breiten Wanderweg in den Fichtenschlag hineinfahren, und das sogar unbemerkt, dachte Sommer weiter.

Die eigentliche Fundstelle befand sich dann noch einmal ein gutes Stück vom Wanderweg entfernt; dennoch merkwürdig, dass die Leiche bisher unentdeckt blieb, begann der Kommissar bereits mit der Analyse der Situation. Schließlich entdeckte er Schwameyer, und Claudia Bruning mit ihrer Truppe war natürlich auch schon vor Ort. Direkt an der Leiche erkannte er zudem Werner Meyer zu Lakefeld, den Gerichtsmediziner.

„Was kann man bis jetzt sagen?“, fragte er zunächst Pit. „Ist das tatsächlich Meierhoff?“

„Ja, denke schon. Die Leiche liegt hier schon einige Zeit, das heißt, sie wurde eventuell schon bald nach ihrem Verschwinden hier abgelegt, wenn ich Clau richtig verstanden habe. Insgesamt sieht der Körper aber noch ziemlich gut aus, auch die Kleidung - ich würde sagen, es ist Meierhoff. Kannst dir die Sache ja selbst mal ansehen. Aber sei vorsichtig, bleib außerhalb der direkten Absperrung. Da beginnt Claudias Reich.“

„Morgen, Clau! Morgen, Herr Lakefeld!“, rief Sommer der Technikerin und dem Mediziner entgegen. „Alles klar?“

„Alles klar? Können Sie sagen, was an einem Pfingstmorgen mit strahlendem Wetter klar sein soll, wenn man diese Arbeit hier tun muss. Dass sich die Damen und Herren Mörder nicht an meine Dienstzeiten halten, ist ja schon schlimm genug. Aber wenigstens beim Auffinden des Toten hätten sich die Leute doch Zeit bis morgen lassen können. Der läuft uns doch nicht weg.“

Sommer verzog leicht das Gesicht bei diesem berufsbedingten Sarkasmus des Gerichtsmediziners. Er konnte zwar verstehen, warum man sich auf diese Weise vor den vielen negativen Bildern und Eindrücke schützen wollte und vielleicht auch musste. Aber manchmal ging Sommer dieser Zynismus extrem auf die Nerven.

„Herr Schwameyer sagt, dass der hier schon einige Zeit gelegen hat. Können Sie das bestätigen?“

„Ja, natürlich kann ich das. Schließlich hat Herr Schwameyer seine Weisheit von mir.“

„Und haben Sie auch eine Idee, warum die Leiche nicht schon eher entdeckt wurde? Ich meine, der Weg dort unten scheint ja ein durchaus beliebter Wanderweg zu sein, wenn ich sehe, wie viele Schaulustige sich da schon versammelt haben."

„Das habe ich mich auch schon gefragt. Aber der Körper war ziemlich gut vergraben, und die Stelle war zudem mit Reisig getarnt. Sehen konnte man da nichts."

„Und Hunde mit ihren feinen Nasen?"

„Sicher, Leichenspürhunde hätten das sofort gemerkt und auch heute war ja offenbar die feine Nase eines Jagdhundes, die sein Frauchen hierhergelockt hat, verantwortlich für den Fund. Allerdings war inzwischen auch eine Hand und ein Stück vom Arm vermutlich von Füchsen oder Dachsen freigescharrt worden. Das hat die Geruchswirkung sicher deutlich verstärkt. Oder die Hundeführerin heute hatte als Erste dem Drängen und Ziehen ihres Hundes nachgegeben. Was weiß ich. Jedenfalls nehme ich die Leiche jetzt mit. Dann können wir sie in aller Ruhe untersuchen."

„Stopp, stopp, Herr Kollege", mischte sich jetzt Claudia Bruning lautstark ein. „Bevor die Leiche hier ausgebuddelt wird, sollten Sie uns unsere Arbeit sorgfältig zu Ende machen lassen."

Lakefeld nahm abwehrend die Hände hoch als Zeichen dafür, dass er sich auf keinen Fall mit der Kriminaltechnikerin anlegen wollte. Wohl aber auch, weil er genau wusste, wie wichtig jede auch noch so kleine Spur sein konnte.

„Gibt es eigentlich schon irgendwelche verwertbaren Spuren? Reifenspuren vielleicht?", fragte Sommer nach. „Der Täter wird sicherlich sehr nah mit dem Auto herangefahren sein."

„Haben wir uns natürlich zuerst drum gekümmert", war Brunings unmittelbare Antwort. „Aber da mach dir mal keine großen Hoffnungen. Es gab zwar noch kleine Stücke von Reifenspuren, aber der Weg wird tatsächlich viel von Wanderern und Joggern frequentiert, und deshalb ist nicht viel übrig geblieben."

„Okay, Clau. Danke fürs Erste." Und an Lakefeld gewandt, fuhr Sommer fort: „Wann rechnen Sie mit Ergebnissen?"

„Na wann wohl, Herr Hauptkommissar? Wie lange sind Sie Polizist? Morgen Nachmittag frühestens."

„Ja sicher", antwortete Sommer leicht gekränkt. „Übrigens - bei der Suche nach der Todesursache haben wir den Verdacht, dass Heroin gespritzt worden sein könnte. Aber vermutlich nicht freiwillig. Also, wenn Sie da zuerst ..."

„Ja, selbstverständlich, Herr Hauptkommissar." Jetzt schien Lakefeld leicht gereizt zu sein. „Ich werde schnell sein und gründlich - wie immer."

Es war schon fast halb zwei, als Sommer wieder zu Hause war. Die Familie hatte bereits ohne ihn gegessen, aber Angelika hatte ihm einen Teller zurechtgemacht, den er nun in die Mikrowelle schob. Sie saßen draußen auf der Terrasse, und er gesellte sich mit seinem Gedeck dazu.

„Scheußliche Sache?" Es war Fabian, der als Erster sprach.

„Ja, scheußliche Sache. Aber jetzt haben wir wenigstens Klarheit über den Verbleib von Meierhoff."

„Und ihr seid sicher, dass es sich um diesen Sektenchef handelt?", fragte Angelika.

„Ja, es spricht alles dafür. Ich kenne ihn zwar nur von Bildern, aber ja, ich glaube, er ist es. Er war noch gut zu erkennen. Irgendein Sektenmitglied wird ihn noch identifizieren müssen oder, na ja, vielleicht genügt auch ein technischer Beweis: DNA oder Zähne. Das sollen Claudia und Lakefeld entscheiden."

„Frank", begann Jennifer jetzt, „hat das auch irgendetwas mit Tobias zu tun? Ein Kollege von dir war doch am Freitag bei meinen Eltern, und seitdem sprechen die kaum noch miteinander. Was ist denn da passiert?"

Frank presste die Lippen aufeinander. Das war schon unangenehm, wenn Privates und Dienstliches so eng beieinanderlagen. Schließlich entschied er sich dafür, doch wenigstens einiges von dem zu erzählen, was Pit ihm berichtet hatte.

„Ja", sagte Jennifer schließlich, „so ähnlich hat es meine Mutter auch erzählt. Mein Vater allerdings sagt gar nichts. Wie immer. Schmollt nur vor sich hin und fühlt sich mal wieder von der Welt missverstanden." Sie holte tief Luft. Dann fuhr sie fort: „Und wie geht es jetzt weiter?"

„Ich fürchte, Pit wird sich noch einmal mit deinen Eltern unterhalten müssen. Die eigentlichen Fragen war er noch gar nicht losgeworden. Morgen will er das nachholen."

Mit einem Seufzer quittierte Jennifer diese Auskunft.

„So, und jetzt schlage ich vor, wir reden von etwas anderem", versuchte Angelika eine Aufmunterung. „Es ist immer noch Pfingsten und das Wetter ist einfach wunderbar. Lasst uns den Tag noch sinnvoll nutzen."

Kapitel 24

Dienstag, 29. Mai 2012, Bielefeld

In der morgendlichen Lagebesprechung ging das Hauptermittlungsteam noch einmal alle Fakten und Ereignisse durch. Da sie Näheres über die Leiche aus Werther frühestens am Nachmittag erfahren würden, beschlossen sie, zunächst das geplante Programm abzuarbeiten, das heißt Vernehmung von Steven Dükermann in Herford und Pits zweiter Anlauf zu einem Gespräch mit den Oberbaums in Halle.

Da Pit dringend darum gebeten hatte, dass Anna ihn nach Halle begleiten sollte, hatte Frank Sommer sich auf den Weg nach Herford gemacht. Als sie losfuhren, entschied er sich, doch Karsten mitzunehmen, da er sich nicht auf die eventuell notwendige Hilfe von Sven Bringsmeier verlassen wollte. Die Vorladung für Steven Dükermann war am Morgen bereits bei Sommer eingetroffen, weshalb er und Karsten sich nun einen Umweg zu Editha Meise von der Staatsanwaltschaft in der Rohrteichstraße sparen konnten. Auf der Beifahrerseite sitzend, rief Sommer aus dem Auto bei der Kreispolizeibehörde in Herford an und bat um Unterstützung durch die Schutzpolizei, damit sie auch auf etwaigen Widerstand durch Steven Dükermann vorbereitet waren.

„Wollen Sie wirklich selbst zu diesem Herrn fahren?“, fragte der Beamte auf Sommers Bitte, ihn zu begleiten. „Wir könnten ihn doch schon mal vorab holen.“

„Nee, ist wohl besser, wenn wir selbst mitkommen. Erstens bringen wir die Vorladung der Staatsanwaltschaft direkt mit. Und zweitens müssen wir natürlich sehen, ob Dükermann überhaupt zu Hause ist. Ich will kein Risiko eingehen."

„Und wenn nicht?"

„Er ist nach Auskunft seiner Freundin im Schichtdienst", gab Sommer zurück. „Könnte also sein, dass er zu Haus ist. Wenn nicht, suchen wir ihn am Arbeitsplatz auf, bei Streuber und Lohmann." Er war froh, bei dem Gespräch mit Julia Johanning vor ein paar Tagen danach gefragt zu haben.

Kurz nach zehn hielten die beiden Polizeifahrzeuge, das Zivilfahrzeug aus Bielefeld und der Streifenwagen aus Herford, auf dem Parkstreifen vor der Wohnung von Johanning und Dükermann am Amselplatz in Herford. Zielstrebig gingen sie auf das mehrstöckige Haus zu und klingelten an der Haustür. Aber sie warteten vergebens. Auch nach dem dritten Klingeln wurde ihnen nicht geöffnet.

„Der Vogel schein nicht zu Haus zu sein", bemerkte einer der Streifenbeamten.

„Sieht so aus", meinte Karsten, und Sommer fügte an: „Dann werden wir uns wohl doch auf den Weg zu Streuber und Lohmann machen müssen.

In diesem Moment wurde die Haustür von innen geöffnet und eine ältere Frau trat ins Freie.

„Oh, was ist denn hier los?", entfuhr es ihr überrascht. „Suchen Sie jemand Spezielles, jemanden aus unserem Haus?" Die erste Verwunderung war unverzüglich einer guten Portion Neugier gewichen. „Wollen Sie vielleicht zu Herrn Dükermann? Der war ja grad erst groß im Fernsehen. Also, wenn Sie den suchen, der müsste eigentlich da sein. Glaube ich zumindest. Letzte Woche hatte er Frühschicht. Dann hat er diese Woche Spätschicht. Wenn er nicht aufmacht, hat er Sie vielleicht nicht gehört. Der Steven schläft nämlich gern sehr lang."

„Aha, Sie scheinen ja gut Bescheid zu wissen", reagierte Frank Sommer.

„Na ja, wenn man in einem Haus wohnt, interessiert man sich schließlich füreinander."

„Da mögen Sie recht haben", antwortete Sommer. Aber wahrscheinlich gilt das auch nur für ältere Damen mit viel Zeit, dachte er im Stillen. „Wir versuchen es dann am besten direkt an seiner Wohnungstür", schloss Frank und ging durch die von der Hausbewohnerin aufgehaltene Tür. Im dritten Stock klingelten sie noch einmal. Als ihnen immer noch nicht geöffnet wurde, klopfte Sommer energisch gegen die Tür.

„Herr Dükermann, wir wissen, dass Sie zu Hause sind. Hier ist die Polizei. Bitte öffnen Sie die Tür!"

Wieder nichts.

„Herr Dükermann, hier ist die Poli ..."

„Verdammt, was soll das? Was wollen Sie von mir. Lassen Sie mich in Ruhe!" Dükermann schrie wütend durch die immer noch geschlossene Tür.

„Herr Dükermann, bitte öffnen Sie die Tür", und etwas leiser fügte Frank hinzu: „Wir haben eine Vorladung für Sie."

Von innen hörten Sie jetzt schlurfende Schritte. Schließlich öffnete Dükermann im Schlafanzug. „Kommen Sie schon rein, bevor das ganze Haus informiert ist." Er ließ die vier Beamten eintreten und schloss schnell hinter ihnen die Tür. „Gehen Sie doch geradeaus ins Wohnzimmer. Ich zieh mir schnell was an. Hab diese Woche Spätschicht. Sie verstehen? Da schlafe ich morgens immer länger. Auch wenn gestern frei war."

Noch bevor er in sein Schlafzimmer verschwinden konnte, hielt Sommer ihm die schriftliche Vorladung der Staatsanwältin hin. „Sie werden aufgefordert, uns zu einer Vernehmung zu begleiten", sagte er.

„Wie, was? Bin ich verhaftet?"

„Je nachdem wie die Vernehmung verläuft, sind Sie heute Nachmittag wieder zu Hause oder …"

„Scheiße, was soll das! Warum verfolgen Sie mich, uns? Willkür ist das! Stasi-Methoden, verdammt! Das wird die Medien sicher brennend interessieren. Glauben Sie ja nicht, dass ich das mit mir machen lasse. Erst belästigen Sie meine Lebensgefährtin, und nun mich."

Drohend baute sich Dükermann vor den Polizisten auf. Zu komisch sah er dabei allerdings in seinem Pyjama aus. Beinahe hätte Sommer laut losgelacht. Aus den Augenwinkeln konnte er erkennen, dass es seinen Kollegen nicht anders erging.

„Herr Dükermann, beruhigen Sie sich. Niemand geht in Willkür gegen Sie vor. Selbstverständlich können Sie einen Anwalt hinzuziehen. Das ist Ihr gutes Recht. Aber jetzt ziehen Sie sich erst einmal etwas an und dann fahren wir zusammen zur Polizeidienststelle hier in Herford. Ihre Lebensgefährtin informieren wir selbstverständlich auch. Da brauchen Sie sich keine Sorgen zu machen. Und im Übrigen: Bei der Stasi wäre das hier garantiert anders abgelaufen. Können Sie uns einen Anwalt benennen?"

„Frau Mühlmann soll kommen."

„Frau Susanne Mühlmann? Die Anwältin Ihrer Lebensgefährtin?", vergewisserte sich Sommer.

„Ja, sicher. Irgendwas dagegen?"

„Nein, aber Frau Mühlmann wird das ablehnen, ablehnen müssen. Sie kann nicht Sie und Ihre Lebensgefährtin gleichzeitig vertreten. Wenn Sie wollen, wird Ihnen aber ein anderer Anwalt gestellt."

„Ja, will ich!"

„Aber mitkommen müssen Sie dennoch in jedem Fall, und zwar jetzt sofort."

Pit Schwameyer und Anna Tomczyk befanden sich erneut auf dem Weg nach Halle. Vor allem Pit fühlte sich nicht wohl in seiner Haut. Zu deutlich war ihm noch sein letzter Besuch bei den Oberbaums in Erinnerung. Aber es musste sein. Er musste vor allem Uwe Oberbaum nach seinem Alibi für den Zeitpunkt fragen, als der Sektenchef verschwand. Zudem hatte sich die Situation durch das Auffinden dessen Leiche am Tag zuvor noch einmal zugespitzt. Er war heute ganz besonders froh, dass er Anna, wie früher, wieder an seiner Seite hatte. Bald, wenn die neue Kollegin aus Minden ihren Dienst beginnen würde, sollte das wieder ganz planmäßig so sein.

In Halle angelangt, gingen sie zielstrebig zum Hauseingang. Noch bevor sie klingeln konnten, wurde ihnen geöffnet, diesmal von der Tochter Jennifer.

„Hab Sie kommen sehen, deshalb wollte ich Sie schon mal einlassen. Meine Eltern erwarten Sie bereits im Esszimmer. Ich wusste schon von Frank, äh, Herrn Sommer, dass Sie uns heute noch einmal aufsuchen würden."

„So, wussten Sie das?" Pit sah Anna vielsagend an. Dann ging er voran ins Esszimmer, Anna folgte ihm unmittelbar.

Die Oberbaums erwarteten sie stehend, und die Begrüßung fiel noch einmal deutlich kühler aus als beim ersten Mal. Die damalige zurückhaltend korrekte Höflichkeit war nun einer stummen, aber deutlichen Ablehnung gewichen.

„Herr Oberbaum, Frau Oberbaum", begann Schwameyer noch im Stehen. „Es tut mir leid, dass unser Gespräch vom letzten Freitag eine solche Wendung genommen hat. Aber ich kann für mich nicht erkennen, dass die Ursache für den schlechten Verlauf bei mir gelegen hat."

Uwe Oberbaum sah ihn mit noch eisigerer Miene an, sagte aber nach wie vor nichts.

„Dennoch müssen wir unsere Unterredung fortsetzen. Wie Sie sehen, bin ich heute nicht allein gekommen. Dies ist meine Kollegin Anna Tomczyk. Wir haben uns das heute so gedacht, dass ich erneut mit Ihnen sprechen werde und meine Kollegin mit Ihrer Frau. Können wir das in zwei getrennten Räumen tun, sonst stören wir uns gegenseitig."

„Wie bitte?" Jetzt wurde Uwe Oberbaum munter. „Wir haben keine Geheimnisse voreinander. Das ist doch lächerlich, in zwei getrennten Räumen."

„Herr Oberbaum, ich will ganz ehrlich sein. Zwei Räume sind unsere Bedingung. Sollten Sie das versuchen zu unterlaufen, müssten wir das Gespräch auf einer Polizeistation fortsetzen, vielleicht hier in Halle oder auch in Bielefeld. Glauben Sie mir: Es ist auch besser für Sie, wenn wir uns hier getrennt mit Ihnen verständigen."

„Kommen Sie mit, wir gehen ins Wohnzimmer", war die Antwort. Dann stand Oberbaum auf und ging ohne ein weiteres Wort voraus. Anna blieb mit Mutter und Tochter im Esszimmer.

Kapitel 25

April 2010 – Langeoog

Der schwere depressive Zustand traf Tobias wie ein Bannstrahl des Bösen. Verdammt, konnte er noch denken, ein Horror-Flashback.

Den gesamten langen Weg von Bielefeld bis hier auf die Insel war er zuversichtlich gewesen, beinahe euphorisch. Die Notwendigkeiten der Flucht, der unbedingte Überlebenswille und natürlich die Hoffnung auf eine Wende in seinem Leben hatten ihn vorangetrieben. Nun war er angekommen – auf der Insel, die für ihn das Ziel seiner Flucht dargestellt hatte. Er war mit der Inselbahn in den Ort hineingefahren. Zwischen all den Urlaubermassen, die sich aus dem Bähnchen hinaus auf die Hauptstraße im Ortszentrum ergossen, kam er sich seltsam geborgen vor. Erinnerungen an die Kindheit flammten in ihm auf. Wohlige, wehmütige Erinnerungen. Er sah seine Schwester vor sich, wie er mit ihr am Strand im Sand gebuddelt hatte. Er sah seine Eltern, die im Strandkorb sitzend sich sonnten und lasen. Wie lange war das jetzt her? Er wusste es nicht genau, vierzehn, fünfzehn Jahre? Jedenfalls war er noch in der Grundschule gewesen. Da war er sich ziemlich sicher.

Der Strom der ankommenden Urlauber verteilte sich rasch auf die vielen kleinen Seitenstraßen, die zu ihren Ferienwohnungen führten. Tobias blieb auf der Hauptstraße, bis er den Wasserturm vor sich sah, Langeoogs Wahrzeichen. Vorbei am Lale-Andersen-Denkmal ging es eine hohe Düne hinauf, auf deren

Spitze der Wasserturm stand und von dem aus, so glaubte er sich zu erinnern, sich eine weite Aussicht über das Dorf und die Insel bot. Oben angekommen, wurde er nicht enttäuscht. Häuser, Dünen, Strand und Meer lagen zu seinen Füßen. Zum Strand, dachte er. Ich muss jetzt sofort zum Strand. Alles andere konnte warten. Auch eine Unterkunft. Irgendetwas wird sich noch finden lassen. Zur Not würde er eben einfach abends mit dem letzten Schiff wieder aufs Festland fahren. Zum Glück fuhren die Fähren der Langeoog Schifffahrt unabhängig von Ebbe und Flut. Fast beschwingt durch die befreiend frische Luft marschierte er weiter Richtung Strand. Im letzten Dünental gab es eine Reihe von Imbissläden und Restaurants. Sie machten ihn darauf aufmerksam, dass er nun eine ganze Weile nichts mehr gegessen hatte. Eine Cola und zwei Fischbrötchen sollten Abhilfe schaffen. Er ließ sie einpacken, weil er sie am Strand mit Blick auf die Nordsee essen wollte.

Aus seinen Kindertagen hatte er den Strand breiter in Erinnerung. Er wusste aber nicht zu sagen, was der Grund für diese Einschätzung war. Vielleicht erscheinen Kindern alle Dinge größer, weil man selbst kleiner ist. Vielleicht hatte er einfach den Strand bei Ebbe im Gedächtnis behalten, und jetzt war Flut.

Direkt unterhalb der Randdünen hatte die Kurverwaltung einen Bohlenweg anlegen lassen und daran entlang Bänke zum Verweilen aufgestellt. Auf einer dieser Bänke fand er Platz. Allerdings musste er sie erst trocknen, denn das Wetter jetzt im April machte seinem Namen alle Ehre. Immer wieder hatte es seit seiner Ankunft auf der Insel heftige Schauer gegeben, die sich mit kurzen sonnigen Abschnitten abwechselten, wenn die Wolkendecke für kurze Zeit aufriss. Wie fasziniert blicke Tobias auf das Meer, das mit Ketten immer neuer Wellen, gekrönt von weißer Gischt, auf die Küste zulief. Davor einige unentwegte Strandwanderer, die, wie er selbst in dicke Regenjacken gehüllt, dem Wetter trotzten. Jetzt war er froh, dass er sich vor seiner Abfahrt gut eingekleidet hatte, auch wenn das schon einen Gutteil des Geldes verschlungen hatte, das er bei der Sekte hatte mitgehen lassen.

Gestärkt machte er sich schließlich auf den Weg. Zunächst dachte er daran, gleich wieder ins Dorf zurückzugehen, um nach einer Unterkunft zu suchen. Ein, zwei Nächte, länger wollte er gar nicht bleiben. Dann hätte er vielleicht die Kraft, doch nach Hause zurückzukehren und wie der „verlorene Sohn" darauf zu hoffen, nicht abgewiesen zu werden, auch wenn ihm vor allem die mögliche Reaktion seines Vaters einige Sorgen bereitete. Aber wohin sollte er denn sonst gehen, wenn nicht zu seiner Familie? Ihm stiegen Tränen in die Augen.

Dann aber entschied er sich doch anders. Es war erst kurz nach Mittag und zwei, drei Stunden würde er noch Zeit haben, um sich eine Bleibe zu beschaffen. Also machte er sich weiter auf den Weg, den Anblick des Strandes, des Meeres und des Wolkenspiels am Himmel genießend. Am Flutsaum entlang kam er immer weiter nach Osten voran. Irgendwann stellte er fest, dass er offenbar das Dorf schon hinter sich gelassen hatte. Gleichzeitig hatten die Regengüsse an Heftigkeit zugenommen. Er musste umkehren, und er musste unbedingt einen trockenen Fleck finden. Je länger er ging, desto klarer wurde ihm aber auch, dass er doch besser noch am selben Tag wieder zurück zum Festland fahren sollte. Objektiv sich selbst betrachtend, musste er sich eingestehen, dass er, durchnässt wie er inzwischen war, trotz seiner neuen Sachen keinen besonders positiven Eindruck auf einen Vermieter machen würde. Außerdem hatte ihn in der letzten Stunde immer deutlicher Heimweh nach seiner Familie, nach der heilen Welt seiner Kindheit befallen. Am Strand fragte er einige der letzten verbliebenen Wanderer, wie er am schnellsten zurück ins Dorf käme.

„Am besten, Sie gehen beim nächsten Dünenübergang auf die andere Seite der Randdünen", war die Antwort. „Dort befindet sich das sogenannte Pirolatal. Ein gut ausgebauter Fußweg führt sie dann unmittelbar in den Ortskern."

Was auch immer mit ihm passiert sein mochte, Tobias fühlte, als die Wanderer sich wieder von ihm entfernten, eine tiefe Einsamkeit und Melancholie. Es war, als ob alles, was er in den letzten Jahren erlebt und erlitten hatte, zusammen mit seiner tiefen Sehnsucht nach Zuhause und der Erkenntnis, hier am einsamen Strand vollkommen allein zu sein, sich in einem Punkt seiner Seele zusammenkrallte und danach wieder zu explodieren drohte. Alle Zuversicht und Hoffnung waren dahin. Er erlebte seinen eigenen psychischen Zusammenbruch wie einen Albtraum, in dem der Träumende seinem eigenen Untergang hilflos zusehen muss, ohne sich auch nur bewegen zu können. Ist das jetzt der gefürchtete Horror-Flashback, für den gerade Candyflip berüchtigt ist, dachte er. Aber unter Angst und Panik verlor sich jede Möglichkeit des klaren Denkens. Dann begann er zu rennen. Er rannte, wie um sein Leben zu retten, aber die Panik begleitete ihn. Sie klebte geradezu an ihm. Umklammerte ihn, schüttelte ihn, sobald er langsamer wurde. Trieb ihn voran.

Völlig am Ende, erreichte er schließlich jenseits der Dünen eine kleine hölzerne, halboffene Schutzhütte. Zitternd vor Entkräftung und noch mehr vor Angst ließ er sich auf die kleine Holzbank im Unterstand fallen. Immer mehr verdichteten sich seine Gedanken auf einen einzigen Punkt: Die Angst sollte verschwinden, die Panik sollte aufhören. Schließlich glaubte er die Rettung vor sich zu sehen. Er musste wieder klar denken können, seinen Angstzustand bekämpfen. Mit dem Blick auf den Rucksack, den er neben sich gestellt hatte, fiel ihm das darin befindliche Rauschgift samt Fixerbesteck ein. Das Heroin, das er in Bielefeld gekauft hatte, erschien ihm nun als paradiesähnliche Lösung seiner Probleme. Die Horrorvorstellungen würden sich verflüchtigen und er würde es schaffen, sich auf den Heimweg zu machen.

Wie in Trance bereitete er alles vor. Mit einem Feuerzeug löste er in etwas Regenwasser vom Dach der Hütte das Heroin in einem Löffel. Mit dem Gürtel seiner Hose band er seinen Oberarm ab. Dann zog er die Spritze auf und setzte sich den Schuss in die Armbeuge. Er schloss die Augen in der Hoffnung auf die ersehnte Wirkung. Dann wurde es in ihm und um ihn herum dunkel.

Kapitel 26

Dienstag , 29. Mai 2012, Halle (Westfalen)

„Frau Oberbaum“, begann Anna, „wir sind nicht hier, um Sie zu verdächtigen. Aber wir möchten unbedingt herausfinden, ob der Tod Ihres Sohnes damals wirklich nur ein bedauerlicher Unfall beziehungsweise ein Suizid war oder, wie Ihre Tochter gegenüber unserem Chef Sommer sich geäußert hat, ein Tötungsdelikt. Es wird sehr schwer, das herauszufinden. Immerhin sind zwei Jahre vergangen. Aber vielleicht können Sie uns dabei helfen. Hatten Sie eigentlich gar keinen Kontakt zu Ihrem Sohn in seiner Zeit bei der Sekte?“

Marlies Oberbaum machte ein deprimiert ernstes Gesicht und antwortete mit einem resignierten Kopfschütteln.

„Nein, gar keinen Kontakt“, sagte sie zögerlich. „Schon vor der Sekte nicht mehr. Tobias war ja einige Zeit vorher hier ausgezogen. Mein Mann hatte daraufhin jeden Kontakt abgebrochen. Er sagte, der Junge müsse merken, dass er zu weit gegangen sei. Im Übrigen käme er sicher schon bald wieder, wenn er eingesehen hätte, wie gut er es bei uns hatte. Aber er kam nicht. Unsere Tochter war die einzige, die bis zu seinem Eintritt in die Sekte noch Kontakt zu ihm hatte.“

„Ihr Mann sagte ‚zu weit gegangen‘? Hatte Tobias sich irgendetwas zuschulden kommen lassen?“

„Ach, Unsinn!“, meldete sich Jennifer zu Wort. „Er wollte einfach ausziehen und in Bielefeld in eine eigene Wohnung einziehen. Er studierte dort Biologie, müssen Sie wissen. Aber für meinen Vater war das so etwas wie Hochverrat."

Anna machte sich eine kurze Notiz. Dann sagte sie: „Und während der Sektenzeit hatten Sie keinen Kontakt mehr zu ihm?"

„Doch, ganz zu Anfang. Da hat er mir davon erzählt, völlig euphorisch, verstehen Sie?"

„Hat er da vielleicht mal den Namen Steven Dükermann erwähnt?"

Jennifer überlegte eine Weile. Dann schüttelte sie langsam den Kopf. „Nein, Namen hat er eigentlich gar nicht erwähnt, das heißt außer dem Meister und", Jennifer überlegte wieder einen Moment, „außer einer gewissen Anja. Die hat ihn wohl in die Sekte gelotst."

„Anja Dobertan?", hakte Anna nach.

„Kann sein, Tobias sprach immer nur von Anja. Ich hatte damals gedacht, sie sei seine neue Freundin."

Wieder machte Anna sich eine Notiz. Dann wandte sie sich erneut Marlies Oberbaum zu.

„Haben Sie und Ihr Mann eigentlich gar keine Nachforschungen angestellt, was diese Sekte anging. Es gibt doch für solche Fälle private Ermittler."

Überrascht sah Annas Gegenüber auf. „Nein. Allerdings, vielleicht hätten wir es tun sollen. Aber Uwe wollte nicht. Er war wie vernagelt. Und ich hatte nicht die Kraft, selbst aktiv zu werden. Und als dann Tobias … Ich konnte einfach nicht mehr. Schließlich musste ich sogar in Therapie."

„Das kann ich bestätigen", fügte Jennifer hinzu. „Mein Vater ließ überhaupt nicht mit sich reden. Ich glaube, er hatte sich vollkommen verrannt. Und nach Tobias' Tod war er selbst auch nah dran an einer Depression. Hier im Haus herrschte nur noch eisiges Schweigen. Erst Anfang dieses Jahres hat sich das nach und nach ein wenig gebessert. Mutters Therapie machte langsam Fortschritte. Aber mein Vater blieb nach wie vor verbohrt. Allerdings ging sein Zorn gegen Tobias jetzt auf die Sekte über."

Anna horchte auf. „Wie meinen Sie das?"

Erschrocken über das, was sie soeben gesagt hatte, stammelte Jennifer: „Ach, nee, irgendwie, halt. Ich meine nichts Bestimmtes. Er hatte wohl einfach eingesehen, dass er mit seiner Wut auf Tobias entschieden zu weit gegangen war. Ich glaube, er fühlte sich unausgesprochen schuldig an Tobias' Tod."

Anna machte sich erneut Notizen. Das half ihr immer, das Gehörte innerlich zu sortieren „Frau Oberbaum, ich muss Sie das jetzt fragen", wandte sie sich dann nachdenklich und besorgt an Jennifers Mutter. „Ich weiß, dass das schon eine Weile her ist, aber können Sie sich erinnern, was Sie beziehungsweise Ihr Mann am 26. April dieses Jahres gemacht haben?" Anna schaute in ihren Kalender. „Das war ein Donnerstag vor knapp fünf Wochen, zwei Wochen nach Ostern."

„Wie bitte, woher soll ich das denn heute noch wissen?", gab Marlies Oberbaum zurück.

„Ein Donnerstag, sagen Sie", übernahm wieder Jennifer. „Na, da wird mein Vater wohl bei der Arbeit gewesen sein."

„Und wo arbeitet Ihr Vater?"

„Bei der Stadtverwaltung hier in Halle, Leiter im Amt für Ordnung, Schule, Sport und Kultur."

„Und wann kommt er da normalerweise nach Hause?"

„Das ist verschieden", antwortete jetzt die Mutter. „Donnerstags ist das Rathaus besonders lang bis 18.00 Uhr geöffnet, da kommt er dann auch immer spät, selbst wenn er als Leiter der Abteilung nur wenig mit dem Publikumsverkehr zu tun hat. Meistens ist er immer so um sechs da. Er arbeitet lieber abends etwas länger und kommt dafür mittags zum Essen nach Haus."

„Und am 26. April war das vermutlich auch so?"

„Ja, ich wüsste nichts anderes zu sagen."

„Danke Ihnen beiden. Ich denke, das war's für heute. Wenn wir noch weitere Fragen haben, dann melden wir uns. Jetzt will ich mal nebenan sehen, wie das Gespräch meines Kollegen mit Ihrem Mann verlaufen ist." Damit erhob sich Anna und ließ die beiden Frauen zurück.

Schon auf dem Flur begegnete sie Pit. Er war offenbar zur gleichen Zeit mit seinem Gespräch fertig geworden. Er bedeutete ihr, nichts zu sagen, bevor sie nicht die Wohnung verlassen haben würden. Deshalb verabschiedeten sie sich endgültig von den Oberbaums und gingen direkt zum Auto.

Wieder im Auto – Pit setzte sich wie in alten Zeiten ungefragt hinter das Steuer, sodass Anna schmunzeln musste –, tauschten sie sich unmittelbar über ihre jeweiligen Gespräche aus. Das meiste stimmte zwischen beiden überein, vor allem auch die Angaben darüber, was Oberbaum am 26. April gemacht hatte. Anna und Pit hatten sich vor den Gesprächen schon darüber verständigt, dass sie unbedingt nach dem Alibi des Vaters fragen mussten. Allerdings, ein besonders starkes war es nicht. Bei der Arbeit im Rathaus sei er gewesen, hatten sowohl Uwe Oberbaum als auch seine Frau angegeben. Aber es sei natürlich schon viel zu lange her, um Genaueres zu sagen. Pit und Anna beschlossen, am besten sofort ins Rathaus zu fahren, um in der

Personalabteilung nachzufragen, ob das tatsächlich stimmen konnte oder ob sich Oberbaum vielleicht krankgemeldet oder kurzfristig freigenommen hatte. Dort stellten sie dann allerdings sehr schnell fest, dass Oberbaums Angaben vermutlich richtig waren. Jedenfalls war er weder krank noch im Urlaub gewesen. Auf Nachfrage musste der Leiter der Abteilung „Innere Dienste" jedoch einräumen, dass Oberbaums Arbeit ihn gelegentlich auch außer Haus führte und er sich dafür selbstverständlich nicht abzumelden brauchte. Damit konnten seine Angaben als bestätigt gelten, aber doch wohl eher ein Alibi zweiter Klasse, denn es war nicht auszuschließen, dass Oberbaum sich klammheimlich mit anderen Dingen als mit seiner Arbeit beschäftigt hatte, wenn es auch wegen des Zeitaufwandes wohl ziemlich unwahrscheinlich schien, bis nach Oerlinghausen zu fahren, dort den Sektenmeister zu entführen und zu töten sowie ihn im Wald bei Werther zu vergraben. Nein, Anna und Pit waren sich einig. Für den Mord an Meierhoff kam Oberbaum nicht infrage.

Frank Sommer und Karsten Linnemann hatten in Herford ziemlich missmutig die Vernehmung von Steven Dükermann beendet und waren nun auf dem Rückweg nach Bielefeld. Erst hatten sie eine geschlagene Stunde warten müssen, bis der gewünschte Anwalt erschien, und dann verlief das Gespräch wie das Hornberger Schießen. Im Grunde hatte Sommer so etwas befürchtet, aber dass dieser Dükermann so abgebrüht war, das hätte er doch nicht gedacht. Er zeigte sich vollkommen kooperativ, umschiffte aber sehr klug, ja gerissen, alle problematischen Bereiche im Zusammenhang mit Tobias Oberbaum.

Ja, er habe ihn gekannt. Aber über dessen plötzliches Verschwinden könne er, so drückte er sich aus, rein gar nichts sagen. Es käme immer mal wieder vor, dass Menschen die Gruppe verließen. Schließlich hätten er selbst und seine Freundin diesen Schritt ja auch getan. Im Übrigen habe er mit Tobias auch während seiner Zeit bei den Sonnenjüngern eher weniger Kontakt gepflegt. Tobias sei, so glaubte er sich zu erinnern, irgendwie kontaktscheu und ziemlich verschlossen gewesen. Man kam nicht so recht an ihn heran. Als er dann irgendwann nach seinem Verschwinden davon hörte, dass Tobias sich mit Heroin umgebracht hätte, habe ihn das nicht wirklich überrascht. Er fragte sich allerdings seitdem immer mal wieder, ob man ihm nicht besser hätte helfen können, aber er habe im Grunde keine Ahnung von dem, was in einem Selbstmörder so vor sich geht.

Schließlich hatte Karsten ihn noch nach den Drogen in der Gruppe gefragt. Ja, davon wüßte er etwas, allerdings nichts von der Cannabis-Plantage. Damit hätte er ehrlich nichts zu tun gehabt, aber bemerkt, dass Tobias wohl des Öfteren Drogen konsumierte. Er selbst habe sich bei den Drogen immer zurückgehalten. Tobias aber leider nicht.

Dann hatte Sommer das Gespräch auf eine ganz andere Bahn gelenkt und ihn ganz offen danach gefragt, was er am 26. April gemacht habe. Natürlich gab er sich vollkommen ahnungslos und überrascht. Warum die Polizei denn das wissen wolle. Karsten erläuterte es ihm und Dükermann schien auch ernsthaft nachzudenken. Am Ende sagte er, dass er das beim besten Willen nicht mehr wisse. Bei der Arbeit sei er nicht gewesen. Er habe damals eine Woche Urlaub gehabt. Er und seine Lebensgefährtin seien aber nicht verreist gewesen, weil Julia überraschend dann doch nicht freibekommen hat. Er sei dann allein viel herumgefahren, mal hier, mal da. Am Ende des Gespräches, Sommer wollte Dükermann schon unverrichteter Dinge nach Hause gehen lassen, zog er dann plötzlich sein Portemonnaie heraus und begann in einer Reihe von Zetteln zu kramen. Schließlich hielt er triumphierend einen davon hoch, der sich als Tankquittung entpuppte. Das Datum wies den 26. April aus, 13.37 Uhr, ausgestellt von einer Tankstelle in Minden. Soeben sei es ihm wieder eingefallen. Er habe an dem Tag eine Wesertour mit dem Auto gemacht und eben in Minden getankt. Er gab sich einfach keine Blöße.

Am Nachmittag zurück im Präsidium, ließen sich Frank und Karsten entnervt in Sommers Zimmer nieder und machten sich einen aufmunternden Kaffee. Unterwegs hatten sie ein paar belegte Brötchen besorgt, da sie bislang noch nicht zum Essen gekommen waren. Es dauerte gar nicht lange, da trudelten auch Pit und Anna ein. Auch sie konnten nichts Ermutigendes mitteilen.

„Irgendwie schwimmen uns an allen Fronten unsere Verdächtigen davon. Wir stehen nach fast fünf Wochen genauso dumm da wie am Anfang." Frank war sichtlich frustriert. „Jetzt haben wir die Leiche gefunden, aber müssen quasi wieder von vorn anfangen. Den Fall Tobias Oberbaum müssen wir vermutlich ebenfalls endgültig als Suizid oder Unfall behandeln. Und das, obwohl ich bei diesem Dükermann ein ziemlich schlechtes Gefühl habe. Aber wir kommen ihm nicht bei. Und für sein Verschulden am Tod von Meierhoff haben wir auch nichts in der Hand." Er holte tief und resigniert Luft.

Eine ganze Weile saßen die vier mehr oder weniger stumm in Sommers Zimmers. Jeder für sich dachte offenbar über die festgefahrene Situation nach, machte hin und wieder einen Vorschlag, wurde aber umgehend von den anderen gestoppt. Wirklich sinnvolle Vorschläge waren nicht darunter. Es war Sommers Computer, der sie aus ihrer Lethargie befreite. Mit einem deutlich vernehmbaren Piepton meldete er die Ankunft einer E-Mail.

„Von Lakefeld“, teilte Frank den anderen mit, die immer noch verhalten, wenn auch inzwischen etwas interessierter aufblickten.

„Er schreibt, dass verwertbare DNA-Spuren sichergestellt werden konnten.“ Sommer las, während er weitersprach. „Haare und Hautpartikel unter den Fingernägeln der rechten Hand. Er hat sofort mit der Analyse begonnen. Wenn wir einen Verdächtigen bringen, kann er morgen sagen, ob er zu den Spuren passt.“

„Immerhin!“, kommentierte Pit, der sich bereits aufrecht hingesetzt hatte, ein deutliches Zeichen dafür, dass er wieder aufmerksamer wurde. „Anscheinend die Hand, die nicht von Wildfraß zerstört wurde, die wohlbehütet unter einer dicken Erdschicht ruhte, bis sie uns über Lakefeld eine Spur präsentiert.“

Die drei anderen sahen ihn belustigt an. „Horrido“, kommentierte Anna, „so ein Ausflug ins Poetische aus deinem Mund, der sonst eher markige Bikersprüche absondert! Ist das Susannes Einfluss?“ Als Antwort bekam sie einen leichten Boxhieb in die Seite.

„Aber im Ernst, Frank“, fuhr Anna lächelnd fort. „Schreibt Lakefeld auch etwas über die Todesursache?“

„Ja, tut er. Er hat sich wirklich beeilt. Todesursache: Oh, Moment, da bin ich platt!“ Frank blickte noch einmal stumm auf den Bildschirm, während die anderen ihn fragend anschauten. „Todesursache: Herzversagen!“

„Was!! Herzversagen?“ Pit war völlig konsterniert. „Kein Heroin? Ich meine wegen der Spritze, die wir gefunden haben? Ist der Kerl etwa vor Aufregung abgenippelt?“

„Moment, ich lese ja schon weiter“, unterbrach ihn Frank. „Doch, auch Heroin, irgendwie.“ Er las noch einmal genau. „Also, dem Meierhoff wurde tatsächlich mit Gewalt eine Heroinspritze verabreicht. Die Menge selbst wäre aber eventuell nicht tödlich gewesen. Aber offensichtlich hatte er auch ein vorgeschädigtes Herz. Und deshalb ist er an der vergleichsweise kleinen Menge Heroin gestorben. Lakefeld vermutet, dass die Täter ziemlich erschrocken gewesen sein müssen, als er plötzlich verschied. Es sei denn, sie hätten das gewusst.“

„Hat er wirklich ‚verschied‘ geschrieben?“, wollte Anna wissen.

„Ja, tatsächlich, hat er. In seinen schriftlichen Texten äußert er sich immer sehr gebildet.“ Alle Anwesenden mussten grinsen, denn sie kannten Lakefelds oft rabiate mündliche Ausdrucksweise nur zu gut.

„Und übrigens“, ergänzte Sommer, „falls ihr es nicht mitbekommen haben solltet: Er sprach von ‚die Täter‘, genauer gesagt von zweien. Meierhoff ist mit Gewalt festgehalten worden, als ihm die Spritze gesetzt wurde. Er hat entsprechende Blutergüsse an den Armen und diffuse Spuren an den Beinen, so als ob dort jemand auf ihm gekniet hätte.“

Einen Moment war nachdenkliche Stille im Raum.

„Zwei Täter“, begann Karsten Linnemann. „Das würde ja zu den Fußspuren passen, die im Wald bei seiner Meditationshütte gefunden wurden. Die Schuhgröße ließ sich damals wegen des vielen Regens leider nicht korrekt feststellen."

„Stimmt", nahm Anna Tomczyk den Faden auf. „Clau konnte nicht einmal mit Sicherheit sagen, ob die Spuren Männern oder Frauen zuzuordnen seien. Obwohl, eine der Fußspuren schien eher groß zu sein. Haben wir es denn nun doch mit wenigstens einem Mann als Täter zu tun?"

„Wir müssen das im Auge behalten", überlegte nun Pit Schwameyer weiter. „Nur – unsere beiden wichtigsten männlichen Verdächtigen sind ja offenbar aus dem Schneider, auch wenn das Alibi wenigstens von Oberbaum nicht hundertprozentig wasserdicht ist. Aber wer könnte, wenn wir nach einem Mann suchen, sonst infrage kommen?"

„Ihr habt recht", versuchte Sommer eine Zusammenfassung. „Die meisten Verdächtigen sind uns zwar abhanden gekommen", er machte eine vielsagende Pause, „die meisten, aber nicht alle. Die aktuellen Sektenmitglieder kommen wieder ins Spiel, auch die Männer. Allerdings stellt sich bei denen sofort die Frage nach dem Motiv, und wenn ich ehrlich sein soll, in Bezug auf ein Motiv passen Sina Blechschmidt und Frauke Müsing am ehesten ins Bild."

„Du meinst, wegen deren Kinder?", vergewisserte sich Karsten, und Pit ergänzte: „Natürlich, das wär schon ein starkes Motiv."

„Ja, das ist wahr", brachte sich jetzt Frank wieder ein. „Allerdings sind wir bisher über Vermutungen nicht hinausgekommen. Wir haben es noch nicht geschafft, die Blechschmidt aus der Reserve zu locken. Aber jetzt haben wir vielleicht etwas in der Hand. Alle anderen dürfen wir aber trotzdem nicht außer Acht lassen. Wir machen Folgendes: Ich schaue mir noch einmal alle Gesprächsprotokolle an, die bisher schon von den Sektenmitgliedern gemacht worden sind. Dann beantrage ich sofort die Entnahme einer DNA-Probe, am besten ebenfalls von allen Sektenmitgliedern."

„Alle? Meinst du, du kriegst das beim Staatsanwalt durch?", fragte Pit dazwischen.

„Ich will es versuchen. Aber ich glaube, ich kann die Meise überzeugen, dass wir die Proben wirklich von allen brauchen, und nicht nur die von Blechschmidt und Müsing und natürlich den beiden Männern, also Soltau und Wanderbur. Das heißt, von Wanderbur haben wir sie ja schon. Wenn nicht, müssen die vier enger Verdächtigen eben reichen."

Karsten Linnemann schaute nach wie vor skeptisch. „Und wenn sich dann herausstellt, dass die an Meierhoff gefundene DNA männlich ist?"

„Ja, wenn die DNA männlich ist, dann hätten wir uns die große Aktion sparen können. Dann ist die Auswahl deutlich kleiner. Männliche Sektenmitglieder gibt es ja nicht so viele. Aber …"

„Na, kein Wunder", kommentierte Pit im Hinblick auf die sexuellen Umtriebe des Sektenchefs.

Ungerührt fuhr Sommer fort: „Aber ich werde Editha Meise schon überzeugen. Immerhin waren es zwei Täter, und wenn auch einer vielleicht ein Mann war wegen der Schuhgröße, so war der andere Täter eher eine Täterin, ebenfalls wegen der Schuhgröße. Außerdem scheint die Meise nicht übertrieben ängstlich zu sein. Wir dürfen jetzt einfach keine Zeit mehr verlieren. Allerdings", setzte Sommer fort, „das ist noch nicht alles. Die heißesten Kandidatinnen sind die Damen Blechschmidt und Müsing, wegen der Motivlage. Deshalb müssen wir gleichzeitig auch mit denen dringend noch einmal reden. Und zwar noch heute Nachmittag."

Die Aussicht auf einen deutlich späten Feierabend verfinsterte die Mienen seines Teams.

„Ja, tut mir leid, aber es muss ein. Das sollen übrigens Karsten und Anna machen. Karsten spricht mit Blechschmidt und Anna mit Müsing. Vielleicht kommen wir über Frauke Müsing weiter, weil mit ihr bisher noch weniger intensiv geredet wurde als mit Sina Blechschmidt. Und Anna kommt da, so von Frau zu Frau, vielleicht besser weiter."

„So, so, von Frau zu Frau", kommentierten Anna und Karsten in ungeplanter Übereinstimmung, weshalb sie sich alle vier verdutzt anschauten und gemeinsam lachten. Dann aber verfinsterte sich Annas Blick zusehends. „Entschuldige, Frank, wissen die Sektenmitglieder eigentlich schon etwas über Meierhoffs Tod?"

Betretenes Schweigen machte sich breit, und eher kleinlaut antwortete Sommer: „Oh, verdammt! Das haben wir ja noch gar nicht gemacht. Anna, würdet ihr …"

Anna atmete schwer aus, dann sagte sie leise, aber mit fester Stimme: „Ja, können wir machen, wenn wir gleich nach Oerlinghausen fahren. Ich hoffe nur, dass danach noch sinnvolle Gespräche möglich sind."

Es war Pit, der die nachdenkliche Stille unterbrach: „Und womit möchtest du mir meinen Feierabend versüßen?"

„Mit einem wunderschönen Bericht über deine beziehungsweise eure Gespräche in Halle mit den Oberbaums und mit einer abschließenden Würdigung des Ganzen", gab Frank zurück, froh darüber, dass das peinliche Versäumnis überwunden werden konnte. „Ich will so bald wie möglich mit der Familie sprechen und sie über das Schlussergebnis unterrichten. Ich finde, das sollte ich erledigen, weil die Tochter auch zuerst an mich herangetreten ist. Aber, Pit, du solltest dennoch mitkommen, und ich denke, auch Hanna Hülsmeier als Psychologin. So, und jetzt ran an die Arbeit. Ich rufe sofort Staatsanwältin Meise an, bevor die in den Feierabend verschwindet und ich die ganze Geschichte irgendeinem übellaunigen Staatsanwalt von der Abend- und Nachtbereitschaft erklären muss. Und dann stürze ich mich noch einmal auf die Akten." Sommer winkte seinen Kollegen zu, die sich auf den Weg machten, und nahm den Telefonhörer zur Hand.

Auf dem Sektenhof gab es zunächst bei Annas und Karstens Ankunft das schon hinlänglich bekannte Gezeter der Bewohner. Da sie aber inzwischen ganz andere Heerscharen von Polizisten und Medienvertretern gewohnt waren, legte sich der Aufruhr vergleichsweise schnell und machte einer spannungsvollen Stille Platz, als Anna andeutete, dass sie Gravierendes über das Verschwinden des Sektenchefs mitzuteilen habe.

„Wir haben Ihnen über Ihren Meister, Herrn Meierhoff, etwas sehr Wichtiges zu berichten", begann Anna vorsichtig. „Leider ist es eine traurige Nachricht, die wir zu überbringen haben. Wir haben Herrn Meierhoff gestern tot aufgefunden." Ein Aufschrei, der antiken Rachegöttinnen würdig gewesen wäre, erschütterte den Hof. Und es dauerte nun doch eine ganze Weile, bis es Axel Soltau gelang, die Gemüter zu beruhigen. Natürlich gab es eine Menge Fragen, die Umstände des Todes betreffend, die die beiden Polizisten so gut es ging zu beantworten suchten. Schließlich konnten Anna und Karsten tatsächlich mit ihren geplanten Befragungen beginnen.

Sina Blechschmidt erwies sich dabei genauso verschlossen wie schon beim ersten Mal. Es gelang Karsten nicht, sie aus der Reserve zu locken. Allerdings verfestigte sich dennoch sein Eindruck, dass sie immer mehr zur Hauptverdächtigen wurde. Die Blechschmidt müsste mehr unter Druck gesetzt werden, dachte er, zum Beispiel mit einer förmlichen Befragung im Präsidium. Andererseits hoffte er, dass der DNA-Abgleich etwas Beweiskräftiges zu Tage fördern würde. Der sollte, so war die Planung, gleich am nächsten Morgen stattfinden, wenn Clau alle Vorbereitungen getroffen und die Staatsanwältin grünes Licht gegeben hatte.

Ein wenig anders verlief jedoch das Gespräch mit Frauke Müsing.

„Frau Müsing", begann Anna, „wie lange sind Sie und Ihre Tochter eigentlich schon Mitglied in dieser Wohngemeinschaft?"

„Es war vor gut drei Jahren, als ich vom Meister erleuchtet wurde. Eine Kommilitonin von der Uni hatte mich angesprochen und hierher eingeladen."

„Sie studieren in Bielefeld?"

„Ich hab studiert, Soziologie. Aber hier", sie deutete mit ihren Händen in die Runde, „habe ich gefunden, was ich im Grunde immer gesucht hatte. Wissen Sie, ich hatte irgendwie gehofft, in der Soziologie die Welt erklärt zu bekommen. Heute weiß ich, wie naiv das war."

„Aber die soziologische Fakultät in Bielefeld ist doch eine der bedeutendsten in ganz Deutschland, wenn nicht in Europa. Helmut Schelsky, Niklas Luhmann – berühmte Namen, die in Bielefeld gelehrt haben."

„Sie kennen sich offenbar aus. Gehört das zur Ausbildung von Polizeibeamten?"

„Am Rande schon."

„Na, wie dem auch sei", fuhr Müsing fort, „die Welt konnten sie nicht erklären. Das hier, der Meister", Frauke Müsings Blick verklärte sich geradezu, „das hier hat meine Sehnsucht gestillt."

„Und Ihr Kind haben Sie dann auch gleich mitgebracht. Was hat eigentlich der Vater dazu gesagt?"

„Der interessiert nicht!" Frauke Müsings Ton wurde abrupt schärfer. „Der hat es vorgezogen, sich unmittelbar aus dem Staub zu machen. Ich konnte ihm nicht einmal mehr erzählen, dass er eine Tochter hat."

„Und Sie haben nicht nach ihm geforscht? Und sei es nur, damit er seinen Unterhaltsverpflichtungen nachkommen kann?"

„Unterhaltsverspflichtungen! So bürokratisch kann auch nur eine Polizistin reden. Der Scheißkerl soll bleiben, wo der Pfeffer wächst."

Jetzt nur nicht weiter Öl in diese Wunde gießen, dachte Anna. „Wie alt war Ihre Tochter, als Sie hierherkamen?"

„Acht, jetzt ist sie elf. Aber bevor Sie jetzt anfangen herumzufantasieren: Leah geht es gut. Sehr gut." Mit energischen Handbewegungen versuchte Müsing ihren Worten Nachdruck zu verleihen.

Wenn meine Gesprächspartnerin so vehement etwas bestreitet, dann könnte ich vielleicht einen wunden Punkt erwischt haben, dachte Anna Tomczyk und machte sich eine kleine Notiz. Allerdings war die Abwehrhaltung von Frauke Müsing so heftig, dass Anna hier sicher im Moment nicht weitergekommen wäre.

Deshalb entschied sie sich nach einer kleinen Unterbrechung, das Gespräch auf ein anderes Gebiet zu lenken.

„Haben Sie eigentlich auch Kontakt zu Frau Blechschmidt oder ihrer Tochter?"

Überrascht sah Müsing auf „Unsere Kinder spielen zusammen, oder sagen wir besser, spielten zusammen. Seit mindestens einem Jahr ist Alina immer verschlossener geworden. Obwohl, wenn ich jetzt darüber nachdenke, so richtig fröhlich habe ich Alina noch nie erlebt. Immer etwas bedrückt und dann wieder, wie soll ich sagen, irgendwie anhänglich, auch bei Fremden. In letzter Zeit war sie auch noch regelrecht kratzbürstig. Vielleicht liegt's ja an der Pubertät. Alina ist dreizehn", schloss sie bedeutungsvoll an.

„Und Sie selbst? Haben Sie Kontakt zu Frau Blechschmidt?"

Frauke Müsing presste die Lippen aufeinander, als wolle sie sich selbst den Mund verbieten. Anna wusste, dass sie ihr jetzt Zeit lassen musste.

Schließlich, nach einer schier endlosen Zeit, sagte Müsing: „Na ja, wie man's nimmt. Die Sina ist auch immer schwieriger geworden. Am Anfang, also, sie war schon hier, als Leah und ich hierherkamen, am Anfang war sie eigentlich sehr nett. Aber dann fixierte sie sich zunehmend auf den Meister. Ich glaub, die war richtig verschossen in ihn. Aber da war sie leider nicht allein."

„Frau Müsing, wir haben immer wieder gehört, dass Herr Meierhoff zu vielen Frauen hier in der Gemeinschaft eine sexuelle Beziehung unterhielt."

„Ach, so würde ich das nicht nennen. Wissen Sie", Frauke Müsing wurde still und ernsthaft fuhr sie fort, „wir glauben, dass Sexualität ein Offenbarungskanal der göttlichen Sonne ist. Aber Sina wollte den Meister wohl für sich ganz allein. Da gab es manchmal Streit, vor allem mit Anja. Anja Dobertan, vielleicht haben Sie sie ja schon kennengelernt." Während sie dies sagte, hielt sie sich immer wieder die Hand vor den Mund und spannte gleichzeitig einen Fuß unnatürlich an. Offenbar ein weiterer wunder Punkt, dachte Anna. Möglicherweise war Frauke Müsing selbst auch an Meierhoff interessiert. Dass sie andererseits überhaupt so viele Details berichtete, schien Anna ein deutlicher Hinweis darauf zu sein, dass Müsing Vertrauen zu ihr gefasst hatte und sich öffnete. Deshalb wagte sie jetzt die entscheidende Frage.

„Sagen Sie. Eine sehr heikle Frage." Die bewusst eingebaute Pause sollte Müsing neugierig und noch gesprächiger machen. „Man wagt so etwas ja kaum auszusprechen oder auch nur zu denken." Wieder eine kleine Unterbrechung. „Könnte es sein, dass Herr Meierhoff auch an Alina mehr als sagen wir freundschaftlich, väterliches Interesse hatte?"

„Wie meinen Sie das?" Frauke Müsing sah die Polizistin fragend und irritiert an.

„Ich will ganz ehrlich sein. Wir haben in unseren Gesprächen hier auf dem Hof immer mehr den Eindruck bekommen, dass Klaus Dieter Meierhoff nicht nur an den Frauen hier sexuell interessiert war, sondern auch an Alina."

„Sie meinen, er hat Alina missbraucht?" In Müsings Gesicht konnte Anna Entsetzen erkennen, aber auch so etwas wie eine plötzliche Erkenntnis.

„Hat er?" Auf die Antwort musste die Kommissarin erneut eine Zeitlang warten.

Schließlich schüttelte Frauke Müsing langsam den Kopf. „Das kann ich nicht glauben. Nein." Fragend sah sie Anna an. „Oder doch? Woran merkt man so etwas?“

„Das ist nicht leicht zu sagen. Aber so, wie Sie Alina geschildert haben - also, das könnte schon sein. Vertrauensverlust gegenüber Erwachsenen, depressives Verhalten, plötzlicher Leistungsabfall in der Schule, Distanzlosigkeit. Sie sagten vorhin, Alina sei verschlossen und gleichzeitig irgendwie anhänglich, neuerdings auch aggressiv. Wie gesagt, im Einzelfall ist das gar nicht leicht zu erkennen. Schließlich kann das Verhalten eines Kindes immer viele Ursachen haben. Unbewusst machen sie durch ein für uns merkwürdiges Verhalten auf sich aufmerksam, darauf, dass irgendetwas nicht stimmt. Und dann beginnt die Suche nach der Ursache, was meistens nicht einfach ist.“

Frauke Müsings Miene verfinsterte sich immer mehr. Offenbar versuchte sie das Gehörte zu verarbeiten und möglicherweise mit ihren Erfahrungen sowie dem Verhalten Alinas und vielleicht auch ihrer eigenen Tochter zu vergleichen.

„Ich weiß nicht“, sagte sie schließlich leise. „Ich kann mir das nicht recht vorstellen, will es mir gar nicht vorstellen. Das wäre ja … Das würde ja bedeuten … Scheiße!“ Aus den letzten Worten sprach lähmende Verzweiflung.

Doch dann kam es wie eine Explosion. „Ich muss sofort zu meiner Tochter! Entschuldigen Sie, aber wir müssen unser Gespräch beenden. Meine Tochter …“ Sie sprach den Satz nicht zu Ende. Stattdessen sprang sie auf, den Stuhl nach rückwärts umstoßend, und rannte zur Tür. Anna konnte sie nicht zurückhalten, wollte es auch gar nicht. Sie hatte selbst Kinder und konnte deshalb nur allzu gut nachvollziehen, wie es einer anderen Mutter gehen musste, wenn eine Erkenntnis dieser Tragweite sie wie ein Schlag traf.

Immerhin war nun eindeutig: Sie mussten davon ausgehen, dass Meierhoff sich an den Kindern der Sekte vergangen hatte. Und damit hatten beide Mütter ein mehr als ausreichendes Motiv, den Guru aus dem Weg zu räumen. Obwohl Frauke Müsing offenbar erst vor Annas Augen klar geworden war, was da vor sich gegangen sein könnte. So wie sie sich bei der zunehmenden Gewissheit gewunden hatte, ahnte sie vermutlich bis dahin nichts. Das schlösse sie als Täterin eher aus. Aber man weiß ja nie. Die Wege der Menschen, dachte Anna, sind oft noch unergründlicher als die Wege des Herrn.

Während Anna noch das Erlebte innerlich sortierte, wurde die Tür aufgerissen und Karsten stürmte herein.

„Was war denn hier los? Die Müsing veranstaltet da draußen einen riesigen Terror. Wie eine Furie ist sie in meine Vernehmung geplatzt und hat sich beinahe auf die Blechschmidt geworfen. Sie hätte alles gewusst, aber nichts gesagt. Sie wäre das Allerletzte, so wissentlich ihre Kinder ins Verderben zu führen. Ich hab vor lauter Gekreische gar nicht genau verstanden, was die sich dann gegenseitig alles an den Kopf geworfen haben. Denke, die heile Welt dieser Sekte“, Karsten grinste süffisant bei dem Wort „heile Welt“, „hat sich soeben in Luft aufgelöst. Vielleicht kann man demnächst diese Immobilie günstig erwerben, wenn die Sonnenjünger sich hier vom Acker gemacht haben. Sonnenuntergang sozusagen.“ Anna sah ihn tadelnd an. „Wieso, ist doch ’ne schöne Lage hier, so ganz im Wald“, versuchte er sich zu rechtfertigen.

„Du spinnst!“, war Annas ganzer Kommentar. Dann erzählte sie ihrem Kollegen, was Frauke Müsing so aufgebracht hatte und welch fürchterliche Erkenntnis sie offenbar eben im Gespräch mit Anna Tomczyk gewonnen hatte. Als sie fertig war, kratzte Linnemann sich am Kopf und sagte etwas kleinlaut: „Na ja, dann war das mit dem Hinweis auf den möglichen Verkauf der Immobilie wohl nicht ganz angemessen."

„Ist schon gut. Oft kann man den ganzen Mist, mit dem wir uns in vielen Fällen herumschlagen müssen, nur mit Humor ertragen. Und diese Sonnensekte hier … ach, vergiss es". Anna winkte ab. Dann fuhr sie fort: „Was meinst du, ob wir die Streithähne da draußen mal zur Ruhe bringen, damit wir heute noch nach Hause kommen. Ist immerhin schon fast acht."

„Und weißt du was", fügte Linnemann hinzu, „Sina Blechschmidt nehmen wir gleich mit. Ich glaube, wir sind ihr jetzt so nahegekommen, da hätte ich Angst, dass sie uns im allerletzten Moment stiften geht. Ich telefoniere gleich mal mit Frank, der das garantiert genauso sehen wird."

In dem Augenblick wurde der Tumult auf dem Sektenhof noch lauter. Die beiden Polizisten mussten jetzt eingreifen. Das da draußen konnten sie nicht mehr sich selbst überlassen. Soltau und Müsing kamen als Erste aufgeregt auf sie zu.

„Die Blechschmidt ist abgehauen." Axel Soltau schrie am lautesten. „Sie hat sich Alina geschnappt und ist mit dem Auto des Meisters los. Scheiße, ich hätte die Schlüssel nicht einfach so offen rumliegen lassen sollen. Hat sie etwa den Meister auf dem Gewissen?"

„Los, Karsten", schrie jetzt Anna. „Vielleicht erwischen wir sie noch. Und schnell eine Fahndung nach dem Fahrzeug – ach Unsinn, das dauert alles zu lange. Wir müssen hinter ihnen her."

Sie rannten so schnell es ging aus dem Gebäude zu ihrem Wagen. Soeben konnten sie noch erkennen, wie Meierhoffs großer Geländewagen den Weg durch den Wald hinauf zur Straße nahm. Als Anna und Karsten allerdings selbst auf der Lämershagener Straße waren, war von Sina und Alina Blechschmidt schon nichts mehr zu sehen. Sie fuhren bis auf die Brücke über die Tunnelstraße, um vielleicht von dort noch einen Blick auf das Fluchtfahrzeug zu bekommen. Aber in beiden Richtungen kein Auto zu suchen. Vielleicht waren sie ja auch aus dem Schopketal kommend nach links abgebogen, um über Lämershagen nach Bielefeld zu kommen. Oder sie waren weiter nach Oerlinghausen hineingefahren oder Richtung Detmold. Da entdeckten sie den Wagen, wie er unterhalb der Innenstadt nach Süden fuhr. Karsten konnte sich dunkel erinnern, dass diese Straße südlich des Hauptkammes des Teutoburger Waldes wieder auf die Tunnelstraße mündete, natürlich jenseits des Tunnels, der der Straße ihren Namen gegeben hatte. Aber die Straße, auf der sich Mutter und Tochter Blechschmidt befanden, führte auch Richtung Segelflugplatz oder wer weiß, wohin. Und nun hatten sie das Fluchtfahrzeug schon zwischen den Häusern aus den Augen verloren. Resigniert mussten Anna und Karsten erkennen, dass sie sie nicht mehr einholen konnten, und kehrten zum Sektenhof zurück. Dort ließen sie sich die genaue Beschreibung des Autos geben und lösten die Fahndung aus. Schließlich kehrten sie wie geschlagene Helden ins Polizeipräsidium zurück, wo sie Frank Sommer tröstend in Empfang nahm. Pit allerdings meinte: „Da habt ihr euch aber nach allen Regeln der Kunst verladen lassen."

„Ja, meckere nur. Wir wissen, dass das keine Glanzleistung war. Aber wir hatten keine Chance, das Überraschungsmoment lag einfach auf der anderen Seite", versuchte Karsten sich zu verteidigen. „Andererseits, was würdet ihr sagen, wenn ich eine leise Ahnung hätte, wohin die beiden verschwunden sein könnten?"

Überraschung stand auf den Gesichtern der Kollegen.

„Also, ich hab nicht nur mit Frau Blechschmidt gesprochen, sondern auch mit einer gewissen Nicole Hassfurt. War reiner Zufall, dass sich das ergeben hatte, weil ich mit der Blechschmidt nicht weiterkam und ich nicht untätig herumstehen wollte, bis Anna mit ihrem Gespräch fertig war. Und diese Frau Hassfurt hat mir erzählt, dass die Blechschmidt bis vor einem Jahr einen Freund in der Sekte gehabt hat, der aber ausgestiegen ist. Seitdem war zwischen den beiden Funkstille. Ich war gerade in einem zweiten Anlauf dabei, Sina Blechschmidt nach diesem Freund zu fragen, als Frauke Müşing hereingestürmt kam. Blechschmidts Freund heißt übrigens Claudius Rastmöller. Vielleicht ist das ja sogar unser möglicher männlicher Täter, wenn es denn einen gibt. Adresse wusste niemand bei der Sekte. Ließe sich aber sicher herausfinden. Ein Versuch wär's doch vielleicht wert, Mutter und Tochter Blechschmidt dort zu suchen."

Sommers Gesicht hellte sich zusehends wieder auf. „Das wäre es, Karsten. Das wäre es! Die Kollegen von der Fahndung sind auf so etwas spezialisiert. Bis zum Beweis des Gegenteils sind Sina Blechschmidt und ihr Ex-Freund Rastmöller unsere Hauptverdächtigen, und sie werden uns nicht entwischen, da bin ich ganz sicher."

Kapitel 27

Mittwoch, 30. Mai 2012, Bielefeld

Noch bevor am nächsten Morgen die Entnahme der DNA-Proben bei den restlichen Sektenmitgliedern beginnen sollte, erreichte Sommer eine weitere Mail aus der Gerichtsmedizin. Es war Lakefeld und seinen Mitarbeitern gelungen, das Material, das sie bei dem toten Sektenchef gefunden hatten, zu entschlüsseln. Und da stand nun klar und deutlich: Die gesuchte Person ist männlich! Aber es ist nicht Wanderbur, dessen DNA der Gerichtsmedizin ja schon vorlag. Blieben nur noch Soltau und die anderen wenigen Männer der Gruppe übrig, und natürlich Rastmöller, den die Polizei zusammen mit seiner Freundin seit dem Abend zuvor intensiv suchte. Damit konnten sie die DNA-Tests im Sektenhaus auf wenige Personen beschränken. Claudia Bruning hatte sich mit entsprechenden richterlichen Anordnungen unverzüglich auf den Weg nach Oerlinghausen gemacht. Wie sie später berichtete, habe es dort nicht im Ansatz Probleme gegeben. Claudia hatte deshalb sogar den Eindruck bekommen, dass alle hier ein reines Gewissen vorweisen konnten. Blieb Rastmöller, nach dem weiter intensiv gefahndet wurde.

Die entstandene Zwangsruhepause verbreitete eine seltsame Stimmung im Hauptermittlungsteam. Deshalb beschloss Sommer, diese Zeit zu nutzen und mit Schwameyer und Hülsmeier nach Halle zu fahren, um den Oberbaums zu erklären, dass sie trotz erneuter intensiver Bemühungen keine neuen Hinweise gefunden hätten, dass ihr Sohn Tobias ermordet worden sei.

Frank Sommer erreichte Uwe Oberbaum nach seinem Urlaubstag an dessen Arbeitsplatz. Er hatte sich kurzfristig für eine Stunde Zeit nehmen können und war nach Hause gefahren, wo seine Frau ihn bereits erwartete. Mit beinahe stoischer Ruhe nahmen Herr und Frau Oberbaum auf, was Sommer ihnen übermittelte. Nur Jennifer, die etwas später von der Fachhochschule kam, rutschte unruhig auf ihrem Stuhl hin und her.

„Und Sie sind absolut sicher, dass dieser Steven Dükermann nichts mit dem Tod unseres Sohnes zu tun hat?“, fragte Uwe Oberbaum nach einer längeren Zeit des Schweigens. „Oder ist es Ihnen nur nicht gelungen, ihm etwas nachzuweisen?“

„Wir können ihm rein gar nichts nachweisen. Aber wir glauben auch, dass es am wahrscheinlichsten ist, dass Ihr Sohn sich das Leben genommen hat oder dass es ein Unfall war“, erwiderte Sommer schließlich zögerlich.

Erneut schwiegen die drei Oberbaums. In Sommer stieg immer mehr ein ungutes Gefühl auf. Was bahnte sich hier an? War es die Ruhe vor einem Sturm, war es Resignation oder war es die Erkenntnis, dass ein Weg zu Ende gegangen war, und damit Einsicht in das Unvermeidliche? Er wusste es nicht zu sagen. Ein Blick in Pits Gesicht schien ihm zu zeigen, dass er ähnliche Gedanken hatte. Schließlich war es Hanna Hülsmeier, die diese bedrückende Situation versuchte aufzufangen.

„Ich kann mir sehr gut vorstellen, dass das, was die Polizei herausgefunden hat, Sie nicht zufriedenstellen kann. Man möchte deutliche Klarheit haben. Wenn ich die Kollegen Sommer und Schwameyer richtig verstanden habe, dann geht es ihnen nicht viel anders. Aber leider gibt es keinen letzten klaren Beweis, weder für den Suizid noch für den Mord. Vielleicht war es tatsächlich doch eher ein Unfall, wobei es gelegentlich vorkommt, dass Menschen etwas tun, von dem sie glauben, dass es ihnen eine Hintertür aufhalten könnte. Sie nehmen Tabletten, spritzen sich irgendein Gift oder fahren als Geisterfahrer auf der Autobahn und haben das Gefühl, dass sie damit vor der eigenen letzten Entscheidung herumkommen und überlassen sich in einer Art Gottesurteil dem Schicksal. Wenn sie rechtzeitig gefunden werden, dann sollten sie leben, wenn nicht, dann war der Tod das Schicksal für sie."

„Aber gibt es denn bei einem Selbstmord nicht immer einen Abschiedsbrief?", wollte Jennifer wissen, und auch Marlies Oberbaum sah die Psychologin fragend an.

„Sehr häufig ist das so, aber eben nicht immer", antwortete Hanna Hülsmeier bedächtig. „In solchen Fällen muss die Polizei dann nach dem äußerlich rekonstruierbaren Verlauf gehen. Und das ist, wie in diesem Fall, nicht immer einfach."

„In diesem Fall ist aber noch etwas", fügte Sommer jetzt an. Alle drei Oberbaums sahen ihn kaum noch verwundert an. „Wir haben in dem Sektenhaus in Oerlinghausen neben Cannabis auch andere, viel gefährlichere Drogen entdeckt. Candyflip zum Beispiel. Das ist eine synthetische Droge, eine Mischung aus LSD und Ecstasy. Vielleicht haben Sie von diesen Drogen schon einmal gehört."

Jennifer nickte. Ihre Mutter schüttelte den Kopf.

„Also, was mein Kollege sagen will, ist", übernahm wieder Hanna Hülsmeier die Gesprächsführung, „dass diese neue sogenannte Kombidroge ganz schreckliche Spät- und Nebenwirkungen hat. Da Ihr Sohn diese Droge auch genommen hat, könnte es sein, dass er unter plötzlich einsetzenden, extremen Depressionen litt. So einen richtigen Horrortrip mit Angst- und Panikattacken. Da wäre dann ein Suizid absolut denkbar."

Marlies Oberbaum hielt sich die Hände vor ihr Gesicht und begann erst leise, dann immer lauter zu schluchzen. Jennifer nahm sie liebevoll in den Arm. Auch bei ihr rannen die Tränen.

Allein Uwe Oberbaum saß weiter mit stoischer Miene da. Schließlich sagte er: „Dann müssen wir das wohl hinnehmen. Aber auch wenn die Polizei Steven Dükermann persönlich nichts nachweisen kann, an Tobias' Tod ist diese Sekte schuld. Davon gehe ich nicht ab. Sie hat ihn zu dem Wrack gemacht, das er vermutlich am Ende war. Sie hat ihn so in die Enge getrieben, dass er unter Umständen keinen anderen Ausweg wusste. Und da können Sie mir erzählen, was Sie wollen. Dükermann hat garantiert eine Rolle dabei gespielt." Die letzten Worte nahmen eine zunehmend aggressive Färbung an.

Beunruhigt sagte Sommer schließlich in einer Mischung aus Ruhe, Klarheit und Autorität. „Herr Oberbaum, versuchen Sie sich in das Unvermeidliche zu fügen. Tun Sie sich und Ihrer Familie den Gefallen und akzeptieren Sie die Gegebenheiten."

Wieder wurde das Schluchzen der beiden Frauen heftiger.

Dann standen Sommer und Schwameyer auf, um sich zu verabschieden. Hanna Hülsmeier hatte sich angeboten, noch eine Weile zu bleiben, um auch über eventuelle Hilfen mit den dreien zu sprechen, was zumindest die Frauen dankbar annahmen.

Frank und Pit fuhren auf direktem Wege nach Bielefeld ins Präsidium. Zwischen Werther und Dornberg erreichte sie Karsten auf dem Handy. Da Pit am Steuer saß, ging Frank ans Telefon.

„Wir haben ihn, wir haben ihn ausfindig gemacht! Also jedenfalls, wo er wohnt.“ Karsten ließ Sommer gar nicht erst zu Wort kommen. Vor Aufregung zitterte beinahe seine Stimme.

Na, da ist aber jemand erleichtert, dass sein Fauxpas vom Vortag ausgebügelt worden ist, dachte Sommer. Laut ins Telefon sagte er: „Da gratuliere ich! Das ging aber wirklich sehr schnell.“

„Ja, die Kollegen von der Fahndung haben absolut ganze Arbeit geleistet. Sollen wir Rastmöller und Blechschmidt sofort festnehmen, wenn sie zu Hause sind? Oder willst du hinfahren? Und was machen wir eigentlich mit dem Mädchen, mit Alina?“

„Seid ihr noch im Präsidium?“

„Ja.“

„Dann bleibt dort, wir sind in fünf Minuten bei euch. Im Augenblick sind wir mitten in Dornberg beim Amtshaus. Wo wohnt dieser Rastmöller denn?“

„In Windflöte“, war Karstens Antwort.

„Windflöte? Entschuldigung, das sagt mir im Moment nicht so viel.“

„In Senne, direkt an der Grenze zu Gütersloh, kurz vor Friedrichsdorf. Die Straße heißt auch so ähnlich: An der Windflöte. Ein Mehrfamilienhaus. Die Wohnung liegt im zweiten Obergeschoss.“

„Okay, wir sehen uns gleich im Präsidium. Liegen schon Haftbefehle vor?“

„Hab mit Wende drüber gesprochen. Der hat alles auf den Weg gebracht.“

„Prima, Karsten. Aber so lange müssen wir nicht warten. Wir werden die beiden in jedem Fall vorläufig festnehmen. Und wegen des Kindes informier schon mal das Jugendamt, damit eine Unterbringung organisiert werden kann. Aber wir sind ja auch gleich da." Sommer drückte auf die Aus-Taste und informierte Pit, der ihn schon neugierig ansah.

Als sie nur Minuten später ins Polizeigebäude an der Kurt-Schuhmacher-Straße kamen, gingen sie sofort in Karstens Zimmer, den sie dort mit dem Jugendamt telefonierend antrafen.

„Karsten, wirklich gute Arbeit!", lobte Sommer seinen jüngsten Kollegen. „Wenn du fertig bist, komm rüber ins große Konferenzzimmer. Die Fahndungsleitung und Wende werde ich auch dorthin bitten, und bring Anna natürlich mit."

Es dauerte gar nicht lange, bis alle Personen versammelt waren. Frank überließ Karsten die zusammenfassende Darstellung der Lage, was diesen sichtlich mit Stolz erfüllte. An einer mit Hilfe des Beamers an die Wand projizierten Doppelbildes aus Karte und Satellitenansicht erläuterte er die örtliche Situation. Dabei stellte er besonders auch die möglichen Fluchtwege heraus, die es seiner Meinung nach vor der Festnahme abzuriegeln galt. Frank und Pit warfen sich vielsagende Blicke zu. Offenbar dachten beide das gleiche, nämlich, dass er diesmal auf Nummer sicher gehen wollte, damit er bei einer Flucht nicht erneut das Nachsehen hatte.

Als er eine Pause machte, fragte Sommer dazwischen: „Entschuldige Karsten, aber ich hab das noch nicht ganz mitbekommen. Wie sicher ist es denn eigentlich, dass die drei tatsächlich in dem besagten Haus sind?"

„Dazu kann Kollege Breumer von der Fahndung gewiss etwas sagen", antwortete Linnemann.

„Ja, die Vöglein sind im Nest", antwortete dieser. „Wir haben mehrere Leute vor Ort, die das bestätigen. Falls irgendjemand das Haus verlässt, wird uns das unverzüglich gemeldet."

„Schön, dann ist das ja klar", erwiderte Sommer. „Aber, Kollege Breumer, versuchen Sie auf solche herabsetzende Metaphern aus der Vogelwelt zu verzichten. Bei allem, was die Gesuchten getan haben, äh, vermutlich getan haben, handelt es sich wahrscheinlich um sehr verzweifelte Menschen, die allerdings, daran darf kein Zweifel bestehen, den falschen Weg zur Lösung ihrer Probleme genommen haben. Es gibt viele Beratungs- und Anlaufstellen. Aber als Sektenmitglieder in ihrer vollkommenen, selbst gewählten Isolation von der Außenwelt haben sie diese Möglichkeiten nicht gesehen und sind so auf einen falschen Weg geraten. Und noch etwas: In dem Haus befindet sich auch ein Mädchen von dreizehn Jahren, die in der Zeit bei der Sekte Entsetzliches durchgemacht hat. Jemand vom Jugendamt und eine Kinderpsychologin müssen deshalb vor Ort sein. Karsten, hattest du da schon Erfolg?"

„Äh, ja, müssten eigentlich jeden Augenblick kommen, eine Sozialarbeiterin vom Jugendamt und jemand vom Kinderpsychologischen Notdienst, deren Namen ich noch nicht kenne. Die Dame vom Jugendamt wollte sich darum kümmern."

„Karsten! À la bonne heure!" Frank konnte sein Lob kaum zu Ende aussprechen, als die Angekündigten zur Tür hereinkamen, eskortiert von einem Beamten in Uniform, der ihnen den Weg gewiesen hatte.

„Na, dann sind ja alle da. Herzlich willkommen in unserer Runde, Frau …?"

„Ich bin Ruth Binger vom Jugendamt und das ist Waldemar Augusti, Kinderpsychologe."

„Schön", quittierte Sommer die Selbstvorstellung. Dann wandte er sich wieder Klaus Breumer von der Fahndung zu.

„Was meinen Sie aus Ihrer Sicht? Auf Unterstützung durch die Spezialkräfte können wir doch vermutlich verzichten, oder?"

„Na ja, also …", begann Breumer. Allerdings kam er nicht weiter, weil sich Augusti unmittelbar einmischte.

„Entschuldigen Sie, wenn ich mich dazwischenmelde. Aber auf das SEK sollten Sie wenn irgend möglich verzichten, und zwar im Interesse des Kindes. Vermummte Gestalten, die mit lauten Kommandos und vorgehaltener Waffe plötzlich in der Wohnung stehen, könnten bei einer Dreizehnjährigen ein ernsthaftes Trauma hinterlassen. Das sollten wir unbedingt verhindern. Überhaupt sollten Sie die Festnahme so vorsichtig wie möglich durchführen. Kennt das Mädchen irgendjemanden von Ihnen schon besonders?"

„Kennen ist vielleicht zu viel gesagt", gab Sommer zu bedenken. „Aber uns vier vom Kernermittlungsteam hat sie sicher schon öfters auf dem Sektenhof gesehen. Anna und ich, wir werden an der Tür klingeln, Frau Binding und Herr Augusti direkt dahinter, Karsten und Pit etwas zurück im Treppenhaus, und weitere Kollegen von der Fahndung sichern die Umgebung des Hauses. Noch Fragen? Nein? Dann los!"

„Viel Glück!", rief Wende ihnen hinterher, als die Ersten bereits durch die Tür entschwanden.

Trotz Blaulicht und Martinshorn dauerte es eine geraume Zeit, bis alle Fahrzeuge am äußersten südlichen Stadtrand von Bielefeld vor Ort waren. Kurz vor Erreichen des Ziels wurden alle Sonderzeichen ausgestellt. Sie wollten nicht vorzeitig bemerkt werden. So leise wie möglich schlichen sich Sommer und Tomczyk mit Binger und Augusti im Schlepptau bis vor die Wohnungstür. Schwameyer und Linnemann warteten auf dem Treppenabsatz. Dann klingelte Sommer. Sie horchten nach drinnen: nichts! Sommer drückte noch einmal auf den Klingelknopf. Jetzt rief drinnen ein Mädchen, vermutlich Alina: „Mama, es hat geklingelt!" Sie bekam keine Antwort. Stattdessen hörten die Polizisten, wie die Tür von innen aufgeschlossen und dann geöffnet wurde. Alina stand vor ihnen und sah Frank Sommer und Anna Tomczyk verwundert an.

„Sie?" Ihre Stimme wirkte unsicher. Und nach drinnen rief sie laut: „Mama, die Polizei! Die, die auch schon in Oerlinghausen auf dem Hof waren!"

„Die sollen abhauen!", antwortete ihre Mutter von innen. „Wir haben nichts verbrochen!"

Schon wollte Alina die Tür wieder schließen, was ihr jedoch nicht gelang, weil Sommer dagegenhielt. Während sich Anna zunächst Alina zuwandte und diese dann an Binger und Augusti übergab, marschierte Sommer in die Wohnung, dann auch gefolgt von Anna sowie Pit und Karsten.

„Mama, Mama!" Alina schrie laut auf. Hoffentlich versteht der Psychologe etwas von seiner Arbeit, dachte Frank, während er mit seinen drei wichtigsten Kollegen alle Räumlichkeiten absuchte. Küche und Bad – leer. Ein weiteres Zimmer, offenbar ein Arbeitszimmer mit Schreibtisch und Computer. Luftmatratze und Bettzeug ließen erkennen, dass jetzt Alina und ihre Mutter hier übernachtet hatten. Auch hier hielt sich niemand auf. Dann wandte sich Sommer dem letzten noch verbliebenen Raum, dem Wohnzimmer, zu. Direkt hinter ihm Anna.

An der Wohnzimmertür blieb er vor Schreck wie angewurzelt stehen. Die Tür zum Balkon war geöffnet und draußen auf der Brüstung stand Claudius Rastmöller. Mit der einen Hand hielt er sich an der Wand fest, mit der anderen versuchte er Sina Blechschmidt abzuwehren, die ihn am Bein festzuhalten schien, ohne vermutlich zu merken, dass sie ihn damit nur noch mehr in Gefahr brachte. Sie war mit der Situation vollkommen überfordert.

„Bleiben Sie, wo Sie sind!", das war Claudius Rastmöller, der Sommer mit funkelndem Blick anstarrte. „Oder ich stürze mich runter. Und Sina mit!" Reflexartig ließ seine Freundin los. Verwundert und überrascht sah sie ihn an. Dass sie selbst in Gefahr war, wurde ihr anscheinend erst jetzt schlagartig klar.

Die gesamte Szenerie ließ in Sommer keinen Zweifel, dass Rastmöller es ernst meinte.

„Tun Sie, was er sagt!", unterstützte ihn jetzt Sina lautstark. „Er meint es wirklich so!"

Frank Sommer tat, wie von ihm verlangt wurde. Jetzt hieß es zunächst Zeit zu gewinnen. Hinter ihm hörte er, wie Pit die Feuerwehr alarmierte, die sicher bald anrücken würde. Sie befanden sich im zweiten Stock. Das war für das Luftkissen hoffentlich noch nicht zu hoch.

„Bleiben Sie ganz ruhig, Herr Rastmöller", versuchte Frank Sommer weiter beruhigend auf ihn einzuwirken. „Ich werde hier stehen bleiben. Ich werde keine Tricks versuchen. Ich habe kein Interesse daran, dass Sie dort hinunterstürzen. Ich möchte, dass Sie leben, auch um Alinas willen, für die das alles hier schon schlimm genug ist."

„Alina? Wo ist Alina? Was haben Sie mit ihr gemacht?", Sina Blechschmidt war nah dran, vollkommen hysterisch zu werden.

„Es geht ihr gut.“ Sommer musste sich beherrschen, um äußerlich gelassen zu wirken. Nur so konnte er der ruhende Pol sein, der er jetzt sein musste. „Sie wird drinnen von einer Sozialarbeiterin und einem Kinderpsychologen betreut. Sie können zu ihr gehen. Sie braucht Sie, dringend!“

Mit einer merkwürdigen Mischung aus Angst, Verzweiflung und Mitgefühl mit ihrer Tochter sah die Mutter den Kommissar an. Aber dann schien sie wieder verunsichert. „Und Claudius! Ich muss ihn doch zurückhalten! Alina soll herkommen! Ich will sie sehen! Ich will sehen, ob es ihr gut geht! Sie soll nicht noch mehr leiden. Sie hat doch schon genug ertragen.“

„Tun Sie das Ihrer Tochter nicht an“, gab Sommer zurück. „Gerade weil Alina schon genug durchgemacht hat. Kommen Sie und gehen Sie zu Ihrer Tochter. Alina braucht Sie – jetzt.“

Hin- und hergerissen zwischen Tochter und Freund siegte schließlich das Muttergefühl in Sina und sie lief an Sommer und den anderen vorbei nach hinten.

Eine vorübergehende Erleichterung erfüllte Frank. Aber Claudius Rastmöller stand nach wie vor auf dem Geländer, offensichtlich jederzeit bereit zu springen.

„Bleiben Sie ja, wo Sie sind. Ich mache ernst, ich springe runter“, Rastmöllers Stimme verriet seinen psychischen Ausnahmezustand.

„Ich kann mir vielleicht nicht voll und ganz vorstellen, wie es Ihnen im Augenblick geht.“ Sommer versuchte, das Gespräch hinauszuzögern, in der Hoffnung, dass die Feuerwehr bald eintreffen würde.

„Nein, das können Sie garantiert nicht!“, war die Antwort.

„Aber meine Lebenserfahrung sagt mir, dass es immer irgendeinen Ausweg gibt, auch wenn Sie den im Moment nicht sehen können." Sommer hatte keine Ahnung, was er sagen sollte. Er wusste nur, dass alles gut war, solange Rastmöller noch dort oben auf dem Geländer stand und mit ihm sprach. Das brachte vielleicht wenigstens die Zeit, die die Feuerwehr benötigte.

„Scheiße, Sie haben doch überhaupt keine Ahnung. Sie reden Schwachsinn. Ich habe einen Menschen umgebracht. Wie wollen Sie mir da helfen."

Noch immer halsbrecherisch auf dem Geländer stehend, begann er plötzlich wie ein Wasserfall zu reden: „Ich habe zugesehen, wie Meierhoff an dem Scheiß-Heroin, das ich ihm gespritzt habe, verreckt ist. Ich habe mir tausendmal gesagt, dass es diese Drecksau nicht anders verdient hat. Aber das nützt nichts! Die toten Augen verfolgen mich bis in die Nacht. Und dann sehe ich wieder Alina vor mir, wie sie von diesem Schwein gequält worden ist. Aber auch das nützt nichts! Ich habe getötet! Ich bin schuld! Ich bin nicht besser als er! Aber ich wollte das doch nicht!" Rastmöllers Stimme erstickte jetzt fast. Tränen der Verzweiflung liefen über sein Gesicht.

„Du hast was nicht gewollt?" Sina stand plötzlich wieder in der Balkontür. Das, was sie hörte, ließ sie zurückkommen.

„Ach, ich weiß auch nicht! Scheiße! So viel Stoff war das doch gar nicht. Ich hab nur das halbe Tütchen verbraucht. Aber plötzlich verdreht der die Augen und ist weg. Einfach so!"

„Was? Wie? Du? Warum?"

Sina sah ihren Freund zutiefst überrascht an.

„Ich weiß inzwischen von Alina, was sie dir alles erzählt hat. Aber warum bist du nicht zu mir gekommen? Du hättest mir erzählen müssen, was du wusstest."

„Ach verdammt, du warst doch total vernagelt. Hast überhaupt nicht gemerkt, was da in der Scheiß-Meditationshütte wirklich vor sich ging. Mich hat Alina angerufen, als sie es nicht mehr aushalten konnte. Mich hat sie ins Vertrauen gezogen ..."

Rastmöller konnte den Satz nicht zu Ende führen. Mit einem Ruck wurde er auf den Balkon gerissen. Tomczyk war es gewesen, die die ganze Zeit neben Sommer gestanden hatte. Zu sehr hatte der sich auf Sommer und Sina konzentriert. Nun lag er auf dem Boden und schrie sich alle Angst, allen Frust und allen Ärger heraus.

„Mama!", Alina stürmte durch das Wohnzimmer. Ruth Binder hatte sie nicht mehr zurückhalten können. Zu schrecklich war wohl das Schreien in ihren Ohren gewesen. Mutter und Tochter fielen sich laut schluchzend in die Arme, was auch Rastmöller, der von Anna und Sommer nach innen gebracht wurde, etwas beruhigte.

Draußen fuhren gerade mehrere Einsatzfahrzeuge der Feuerwehr vor. Ihre Sirenen hatten sie wie immer in einem solchen Fall natürlich nicht eingeschaltet. Wenn eine Person sich vom Dach stürzen will, niemals mit Martinshorn vorfahren. Das könnte der letzte Auslöser sein, der die Person zum Sprung veranlasst. Sommer war das schon in seiner Ausbildung immer wieder vor Augen geführt worden. Aber die Feuerwehrleute, die jetzt aus ihren Wagen sprangen, hatte keine Eile mehr. Offenbar waren sie von Schwameyer schon über die geänderte Situation unterrichtet worden. Nur die Rettungssanitäter, deren Fahrzeug kurz vor der Feuerwehr eingetroffen war, kamen nach oben gelaufen.

„Du hast Claudius angerufen?", fragte Sina in einer Mischung aus Fassungslosigkeit und Resignation an

Alina gewandt. „Du? Du hättest doch mit mir sprechen können. Ich bin doch deine Mutter."

„Meinst du, das hätte ich nicht versucht? Immer wieder hab ich das! Aber du warst ja total blind in deiner Dämlichkeit." Alina sprach das Wort mit einer kaum zu überbietenden Verachtung aus. „Immer wieder habe ich gehofft, du würdest es endlich merken, was dieser Kerl da macht, und du würdest mich endlich beschützen. Ach, Scheiße!" In einem verzweifelten Heulkrampf brach sie zusammen, und die Sozialarbeiterin nahm sie fürsorglich und verständnisvoll in ihre Arme und brachte sie nach hinten in das Arbeitszimmer.

„Hab ich das gerade richtig verstanden?", fragte Sommer in Richtung Sina Blechschmidt mehr als überrascht, „Sie waren an der Entführung und Ermordung nicht beteiligt? Sie haben gar nichts davon gewusst?"

„Ich hatte keine Ahnung, bis Alina mir vor ein paar Tagen alles erzählt hatte. Sie ist es gewesen, die ... ach verdammt, was erzähle ich hier eigentlich. Was passiert jetzt mit meiner Tochter?"

„Ihre Tochter ist dreizehn, wenn wir richtig informiert sind, und deshalb ist sie noch nicht strafmündig. Was auch immer sie getan hat, ihr wird nichts passieren. Aber sie wird unbedingt psychotherapeutische Hilfe benötigen, genauso wie Sie selbst. Herr Augusti und Frau Binder werden das sicher in die Wege leiten. Ihnen beiden wird jetzt geholfen. Ihre Tochter ist vor allem Opfer."

Der Blick von Sina Blechschmidt zeigte so etwas wie einen Anflug von Dankbarkeit. Dann fragte sie: „Und was ist mit Claudius?"

„Da ist die Sache leider anders. Ihn erwartet eine Anklage, allerdings vermutlich nicht wegen Mordes, wenn das zutrifft, was ich eben gehört habe. Alles hängt davon ab, wie die Staatsanwaltschaft den genauen Tathergang bewertet. Im Moment sieht es zwar so aus, als habe er die Tat vorher geplant und möglicherweise sogar heimtückisch ausgeführt, aber es gibt auch Hinweise, dass der Tod nicht beabsichtigt war."

Sina Blechschmidt hörte beinahe ungläubig zu, ebenso wie Rastmöller, der das Ganze noch mitbekam. Und direkt an ihn gerichtet, fuhr Sommer fort: „Sie haben gesagt, dass es gar keine Absicht war. Nach unseren Informationen könnte das stimmen. Jedenfalls hat die Untersuchung des Gerichtsmediziners ergeben, dass Meierhoff an einer Herzattacke gestorben ist, allerdings ausgelöst durch das Heroin. Aber das juristisch zu bewerten, ist nicht Sache der Polizei. In jedem Fall werden Sie alle noch ausführlich aussagen müssen."

„Auch Alina?", fragte Sina ängstlich.

„Ja, ich denke schon, jedoch nur, wenn Jugendamt und Kinderpsychologischer Dienst ihre Zustimmung geben und dabei anwesend sind."

„Können Sie ihr das nicht ersparen, wenn ich alles erzähle, was sie mir berichtet hat?"

„Wir werden sehen. Ich denke, wir sollten versuchen, Ihre Tochter so weit wie möglich zu schonen. Halten Sie sich bitte morgen mit Alina zu unserer Verfügung." Sommer versuchte fürsorglich und beruhigend zu wirken. „Wo werden Sie jetzt eigentlich wohnen? Haben Sie schon eine Idee?"

Sina sah den Kommissar überrascht an. Offenbar war ihr dies Problem auch eben erst bewußt. „Keine Ahnung! Vielleicht hier?"

„Das halte ich für keine gute Idee."

Der Psychologe Augusti stand schon eine Weile hinter Sommer und hatte gehört, was gesprochen wurde.

„Sie sollten nicht allein in dieser Wohnung bleiben. Ich organisiere umgehend einen Platz in einem Wohnheim oder vielleicht auch im Frauenhaus. Da kann Alina dann bei Ihnen bleiben."

Dankbar sah Sommer Augusti an. „Sie werden mir mitteilen, wo Frau Blechschmidt untergekommen ist?" Sommer gab dem Psychologen seine Karte.

„Ja, selbstverständlich", antwortete er.

Ein wachsendes Gefühl der Erleichterung durchfuhr den Hauptkommissar. Für ihn und seine Kollegen gab es hier nichts mehr zu tun. Rastmöller saß schon in einem Streifenwagen. Er würde umgehend in Untersuchungshaft gehen. Linnemann hatte schon dafür gesorgt, dass die Kollegen von der Fahndung über das glückliche Ende informiert worden waren. Sie saßen ebenfalls bereits in ihren Autos. In den nächsten Tagen müssten Sommer und seine Kollegen dann allerdings noch eine Reihe von Vernehmungen führen, um den Tathergang genau zu klären. Aber das war nur noch Routinearbeit.

Mehr als erschöpft kam Frank Sommer an diesem Abend nach Hause. Dort schlich er sich ins Wohnzimmer. Angelika schien in ihrem Arbeitszimmer zu sein und er wollte erst mal nur seine Ruhe. Unwillkürlich musste er an eine Äußerung denken, die Anna vor einiger Zeit gemacht hatte, irgendwann vor dem Verschwinden von Meierhoff. Frank hatte sich damals halb ernst, halb im Scherz beklagt, dass die Routine ihn anödete.

„Frank", hatte sie gesagt, „denk immer daran, wenn unsere Routine aufhört, bedeutet das für andere oft genug der Anfang großen Leids." Wie recht sie hatte.

Kapitel 28

Freitag, 1. Juni 2012, Bielefeld

Angespannt las Frank Sommer auf seinem Rechner die Vernehmungsprotokolle vom Vortag. Den ganzen Tag über hatten sie parallel und getrennt voneinander Rastmöller, Blechschmidt und auch Alina vernommen. Es war immer deutlicher geworden, dass Meierhoffs Tod nicht geplant gewesen war. Die von Lakefeld festgestellte Menge Heroin in Meierhoffs Körper konnte durchaus der von Rastmöller angegebenen kleinen Menge entsprechen. Editha Meise würde in der Anklage das Geschehen deshalb als schwere Körperverletzung mit Todesfolge werten. Von dem Herzfehler des Sektenchefs konnte Rastmöller nichts wissen. Dennoch war er nach wie vor außer sich, dass seine Handlung das Leben eines Menschen gekostet hatte. Am Ende seiner Vernehmung hatte er gesagt: „Ich habe einen entsetzlichen Fehler gemacht. Da ist es völlig egal, dass Meierhoff ein elendes Schwein war. Es wäre besser gewesen, er hätte sich in der Öffentlichkeit vor Gericht verantworten müssen."

Keine Überraschung mehr war die Tatsache, dass Sina Blechschmidt nicht an der Sache beteiligt war. Sie hatte offenbar wirklich keine Ahnung gehabt. Das hatten Alina und Rastmöller übereinstimmend ausgesagt.

Sehr nahe ging Sommer und seinen Kollegen aber Alinas Beteiligung an der Tat. Immer wieder brach die ganze Verzweiflung in ihr auf, die der jahrelange Missbrauch durch Meierhoff in ihr ausgelöst hatte. Noch schlimmer für sie war aber, dass ihre Mutter sie so furchtbar im Stich gelassen hatte. In der behutsamen und oft durch den Kinderpsychologen unterbrochenen Befragung hatte sie schließlich zugegeben, nicht nur den Freund ihrer Mutter informiert und überredet zu haben, irgendetwas gegen Meierhoff zu unternehmen, damit der Missbrauch aufhört, nein, sie war es auch, die Meierhoffs Beine festgehalten hatte, damit Rastmöller die Injektion setzen konnte. Nur ihr Alter schützte sie noch vor einer hohen Jugendstrafe. Aber sie würde ohne therapeutische Aufarbeitung des Geschehens nicht zurechtkommen können. Ob das Verhältnis zu ihrer Mutter wiederhergestellt werden konnte? Der Kinderpsychologe Augusti war eher skeptisch.

„Kommst du, Frank?“ Anna Tomczyk schaute durch die Tür seines Dienstzimmers. „Heute kommt doch unsere neue Mitarbeiterin, Marina Burmann.“

Überrascht schaute Annas Chef auf. „Äh, ja – komm doch mal eben her. Ich seh mir gerade die Vernehmungsprotokolle von gestern an. Ich kann immer noch nicht glauben, dass Sina von dem wiederholten Missbrauch ihrer Tochter nichts mitbekommen haben soll. Das ging doch über mehr als zwei Jahre. Kann man so die Augen verschließen? Und dann Alina, wie sie sich verzweifelt an Rastmöller gewandt hat, weil sie es nicht mehr aushielt. Ich weiß, dass so etwas nicht selten ist, dass Mütter irgendwie wegschauen. Aber ich finde keinen Zugang zu diesem Verhalten.“ Frank schüttelte den Kopf.

Anna legte beruhigend ihre Hand auf seine Schulter. „Ich könnte versuchen, es dir zu erklären“, sagte sie, „aber im Augenblick ist nicht der richtige Zeitpunkt dafür. Wende wartet.“ Als ob er nicht gehört hätte, was Anna gerade von sich gab, schaute Frank weiter auf den Bildschirm mit den Protokollen. Dann aber blickte er doch auf Anna und sagte: „Ja, du hast recht." Und nach einer weiteren Pause: „Wie spät ist es denn?"

„Gleich zehn. Wende wartet sicher schon auf uns. Er liebt solche Anlässe wie heute ungemein und er hasst es, wenn sich jemand dabei verspätet."

„Ja, ja, sicher", war Sommers immer noch ein wenig abwesende Antwort.

In Wendes Dienstzimmer waren bereits alle anderen versammelt. Schon komisch, dachte Frank, heute stehe ich hier und begrüße ein neues Mitglied in unserer Truppe. Und es ist noch nicht einmal ein Jahr her, dass ich selbst willkommen geheißen wurde. Seine sentimentalen Gedanken wurden jäh beendet, als er nicht nur die neue Mitarbeiterin sah, sondern auch Sonja Rosenfeld, die offenbar extra zur Vorstellung ihrer Nachfolgerin gekommen war.

„Sonja, wie schön, dich zu sehen", ging Frank fröhlich auf seine ehemalige Kollegin zu. „Wir geht es dir bei der Vorbeugung? Ist alles so, wie du es dir gewünscht hattest?"

„Ja prima, Frank. Alles ist am Ende gut geworden."

„Herr Sommer, schön dass Sie auch noch gekommen sind. Dann können wir ja anfangen", ließ sich Wende vernehmen. Oh, dachte Frank, da ist wohl jemand etwas angesäuert.

Schließlich begann der Kriminaldirektor mit der Prozedur, die der von Sommers Begrüßung im letzten Jahr auffallend ähnelte. Wende stellte das Team nacheinander vor. Bei Pit Schwameyer wies er wieder darauf hin, dass „der Herr Schwameyer" lieber „Pit" genannt werden wollte, was dieser umgehend bestätigte. Etwas mehr Aufmerksamkeit widmete Wende dann Karsten Linnemann, schließlich sollte Marina Burmann mit ihm am engsten zusammenarbeiten, so wie vorher Sonja. Dann gab es die Ernennungsurkunde, den Dienstausweis und den Hinweis auf die Waffenausgabe im Keller. Für Frank war das Ganze ein echtes Déjà-vu. Und am Ende kam, worauf alle gewartet hatten: die Handbewegung, mit der sie aus dem Raum entlassen wurden.

Nach 15 Minuten war alles beendet, und außer Wende machten sich alle einschließlich Sonja auf den Weg in Franks Zimmer. Nur Kaffee holen musste diesmal niemand. Schließlich gab es in diesem Büro seit einiger Zeit einen eigenen Kaffeeautomaten.

„Frau Burmann“, sprach Frank jetzt die neue Kollegin persönlich an, „oder darf ich sofort ‚Marina‘ sagen?“

„Selbstverständlich! Kein Problem, Frank“, war ihre Antwort.

„Welche Art von Kaffee möchtest du? Wir haben …“

„Latte macchiato, wenn's möglich ist.“

„Si, subito!“

Nachwort

Das Wichtigste zuerst: Die gesamte Handlung und alle darin vorkommenden Personen sind frei erfunden. Das gilt auch ganz besonders für die Sekte der „Jünger der universellen Sonne“. Es gibt keine Sekte dieses Namens. Falls doch, wäre es reiner Zufall.

Nach Expertenmeinung gibt es in Deutschland 500 bis 600 Sekten und religiöse Sondergemeinschaften. Das ist eine enorm hohe Zahl. Dort den Überblick zu behalten, ist nicht einfach. Dennoch habe ich mich über viele Jahrzehnte hinweg auch aus beruflichen Gründen mit der Frage der Sekten beschäftigt. Nicht zuletzt waren sie immer wieder Thema in dem von mir erteilten Religionsunterricht in der Schule. Diese Erfahrungen und das dadurch zusammengetragene Wissen sind in ganz erheblichem Maße in den Inhalt meines Buches eingeflossen.

Bei aller Unterschiedlichkeit und der großen Bandbreite, die es in diesem Bereich unseres gesellschaftlichen Lebens gibt, sind doch einige immer wiederkehrende Gemeinsamkeiten erkennbar, die praktisch zu einer Art Checkliste führen können, wenn es darum geht, eine religiöse Sondergemeinschaft zu beurteilen.

Zu diesen Gemeinsamkeiten gehört zum Beispiel eine oft extreme Festlegung und Einschwörung der Anhänger auf eine Führungsperson , der unbedingt zu folgen und an der keinerlei Kritik erlaubt ist oder zugelassen wird. In diesem Sinn hat jede Sekte eine grundsätzlich faschistoide Tendenz.

Dazu passt, dass Kritiker, sei es innerhalb oder außerhalb der Sekte, nicht nur gemieden, sondern verteufelt und oft auch hart bekämpft werden. Wir kennen Sekten, die dabei auch vor Straftaten nicht zurückschrecken und seien es „nur“ Verleumdung oder üble Nachrede in der Öffentlichkeit.

Die gefährlichsten Kritiker jedoch aus Sicht einer Sekte sind natürlich die Aussteiger. Ihnen gilt deshalb die besondere „Aufmerksamkeit“. Das reicht von oft über lange Zeit wiederkehrenden Telefonanrufen, durch die die Abweichler zur Rückkehr bewegt werden sollen, bis hin zu öffentlicher Diffamierung als Einschüchterung der ehemaligen Mitglieder, die manchmal sogar Rufmord ist. Damit sollen die Ehemaligen über ihre oft skandalösen Erlebnisse bei der Sekte wenigstens in der Gesellschaft zum Schweigen gebracht werden. In der Tat fürchten Sekten nichts mehr als eine öffentliche Diskussion über ihre Lehren, Praktiken und Ziele. Gerade deshalb sind Aussteiger aber auch besonders gefährdet. Durch die massive Indoktrination durch die Sekte haben sie in der Regel jeden Sinn für die Realität verloren. Dazu kommt, dass Sekten ihre Mitglieder auch immer wieder dazu nötigen, jeden persönlichen Kontakt zu Familienangehörigen, zu Bekannten und ganz allgemein zu allen Personen außerhalb der Sekte abzubrechen. Wenn sie es dann dennoch schaffen abzuspringen, weil, oft durch persönlich einschneidende Erlebnisse, die inneren Widersprüche der Sekte nicht mehr zu ertragen sind, stehen sie, zurück im „normalen“ Leben, ganz allein da, was durchaus zu Depressionen und Suizidgedanken führen kann.

Wer sich näher über Sekten, deren Ausrichtung und Gemeinsamkeiten informieren möchte, kann dies zum Beispiel bei der Evangelischen Zentralstelle für Weltanschauungsfragen (EZW) in Berlin tun, die im Internet: www.ekd.de/ezw für jeden zur Verfügung steht.

Danksagung

Drei Personen möchte ich am Ende dieses Buches besonders danken.

Da ist zunächst meine liebe Frau Irmela. Seit 37 Jahren haben wir das Glück, durch viele Höhen und Tiefen hindurch unser Leben zu teilen. Sie hat dies Buch als Erste gelesen und ich bin ihr dankbar für ihre aufmunternd kritische Unterstützung sowie wertvolle Hinweise. Und sie hat es auch ertragen, dass ich oft über viele Stunden in meinem Arbeitszimmer verschwunden bin, um an diesem zweiten Krimi zu arbeiten.

Des Weiteren danke ich unserer Schwiegertochter Anita. Sie und unser Sohn Markus haben unsere Leben nicht nur bereichert durch eine wunderbare Enkeltochter Finja, nein, sie gehörte auch bei diesem neuen Buch wieder zu den ersten Lesern und war mit wichtigen Kommentaren eine große Hilfe.

Zu diesen unentbehrlichen „Erstlesern" gehört schließlich auch, wie schon bei meinem ersten Buch „Septemberwut", unser zweiter Sohn Christian, dem ich hier ebenfalls ganz herzlich danke.

Dabei möchte ich für alle drei nicht versäumen darauf hinzuweisen, dass Erstleser zu sein nicht immer nur das reine Vergnügen ist. Man muss sich mit formlosen DIN-A4-Ausdrucken aus dem Computer zufriedengeben und sitzt zudem mit dem Bleistift in der Hand da, um alle möglichen Fehler und eventuelle Fragen zu notieren, und wird dann am Ende vom Autor kritisch befragt, ob er dieses oder jenes so lassen könne. Mit gemütlicher Krimilesestunde in einer

Sofaecke und einem angenehmen Getränk daneben hat das nichts zu tun. Deshalb noch einmal mein ganz spezieller Dank!

Brandstiftung in einer Herforder Realschule und eine verkohlte Leiche auf dem Stuhl des Schulleiters – Frank Sommer, der neue Leiter des 11. Kommissariats in Bielefeld, wird gleich am Tage seines Dienstantritts mit einem Fall konfrontiert, der ihn und sein Team an die Belastungsgrenze führt. Die Mordkommission ermittelt auf Hochtouren. Die Ermittlungsgruppe selbst gerät, ohne es zu ahnen, in eine gefährliche Nähe zum Täter ...

Rolf Düfelmeyer. Septemberwut
280 Seiten. Paperback. ISBN 978-3-8271-9561-6
E-Book 978-3-8271-9624-8 (Pdf)
978-3-8271-9824-2 (Epub)

Eine Frau hängt am Pranger der Petzer Kirche. Ihr wurde die Kehle durchgeschnitten, aber es findet sich kein Blut. Es zeigt den Kommissaren Wolf Hetzer und Peter Kruse, dass sie es mit einem brutalen Mörder zu tun haben. Dass eine Frau gleichzeitg Drohbotschaften erhält, erfahren sie zu spät. Aber wer kann wissen, ob es sich um denselben Täter handelt oder jemand die Gelegenheit nutzt, sich einen unliebsamen Menschen vom Hals zu schaffen.

Nané Lénard. SchattenTod
320 Seiten. Paperback. ISBN 978-3-8271-9415-2
E-Book 978-3-8271-9618-7 (Pdf)
978-3-8271-9818-1 (Epub)

Das Ende einer Geburtstagsfeier: Ein Schock, denn eine Teilnehmerin der Party lrbt nicht mehr. Die Tote liegt in der Wohnung ihrer Freundin Laura Feldmann. Laura aber ist verschwunden. Falls sie noch lebt, verfügt sie über Wissen, das ihre tote Freundin nicht mehr preisgeben kann. Bestürzende Nachrichten scheinen Chefermittler Morlock zu bestätigen, dass Laura lebt. Damit verbunden ist eine furchtbare Gewissheit: Ihr bleiben nur drei Tage, bevor auch sie sterben muss …

Horst Friedrichs. Opferwissen
344 Seiten. Paperback. ISBN 978-3-8271-9541-8
E-Book 978-3-8271-9617-0 (Pdf)
978-3-8271-9817-4 (Epub)

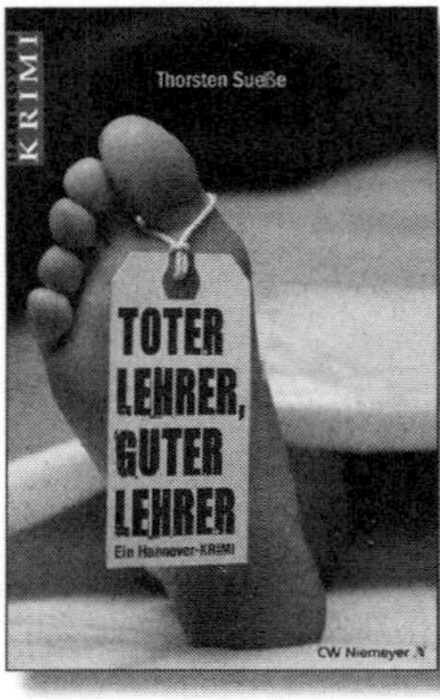

Ein 18-jähriger Schüler des Hermann-Hesse-Gymnasiums wird ermordet in seiner Wohnung aufgefunden. Sein Tod gleicht einer Hinrichtung. Die polizeiliche Rekonstruktion der Geschehnisse am Tatort verweist auf einen Serienmörder. Dr. Mark Seifert, Psychiater mit kriminalistischem Spürsinn, hat einen guten Grund, sich zunehmend mit der geheimnisvollen Mordserie zu beschäftigen. Er ahnt nicht, in welch tödliche Gefahr er sich dadurch begibt …

Thorsten Sueße. Toter Lehrer, guter Lehrer
448 Seiten. Paperback. ISBN 978-3-8271-9454-1
E-Book 978-3-8271-9622-4 (Pdf)
978-3-8271-9822-8 (Epub)

Parallel zur Auffindung grausam entstellter Leichen kämpfen zwei verfeindete Motorradclubs um die Vorherrschaft der Organisierten Kriminalität Hannovers. Ihr Einfluss reicht bis weit in die Behördenspitzen hinein, und Tarek Neumann kann nicht jedem seiner Kollegen über den Weg trauen. Dieses hochkomplexe Handlungsgeflecht gerät zu einem lebensgefährlichen Ermittlungsjob für Tarek Neumann, dessen Lösung all seine Talente und Fähigkeiten bis aufs Äußerste fordert.

Björn Brocks. Grob
520 Seiten. Paperback. ISBN 978-3-8271-9453-4
E-Book 978-3-8271-9621-7 (Pdf)
978-3-8271-9821-1 (Epub)

In Leipzig tobt der OB-Wahlkampf. Clemens Völker sieht schon wie der sichere Sieger aus. Da erhält PR-Profi Michael Lenk den Auftrag, zugunsten des Gegenkandidaten für einen Umschwung in der Wählermeinung zu sorgen. Lenks Plan sieht vor, mithilfe eines Doppelgängers Völker innerhalb seiner Partei und in den Medien in Misskredit zu bringen. Die zufällige Begegnung mit seinem Double nimmt einen dramatischen Verlauf ...

Joachim Anlauf. Völkers Schlacht
272 Seiten. Paperback. ISBN 978-3-8271-9421-3
E-Book 978-3-8271-9640-8 (Pdf)
978-3-8271-9840-2 (Epub)